우리의 티 나는 연애

예거 장편소설

동아

우리의 티 나는 연애

초판 1쇄 인쇄일 | 2021년 8월 17일
초판 1쇄 발행일 | 2021년 8월 26일

지은이 | 예거
펴낸이 | 박성면
펴낸곳 | (주)동아

출판등록 | 제406 - 3960100251002007000071호
주소 | 경기도 파주시 문발로 115, 세종대학교출판부 206호
전화 | (031)8071 - 5201
팩스 | (031)8071 - 5204
E - mail | bear6370@hanmail.net

정가 | 12,500원

ISBN 979-11-6302-520-7 (03810)

Our apparent love affair

우리의 티나는 연애

예거 장편소설

동아

목차

프롤로그. 우리의 계약 연애

– 만호 식당 아줌마 아들, 결혼했다더라.

다짜고짜 전화를 걸어온 마 여사의 말에 우리의 미간이 좁아졌다.

'다음 말이 예상되는군.'

우리는 긴 한숨과 함께 입술을 움직였다.

"엄마."

– 알아! 안다고!

"……."

– 천하의 여우리 부원장님은 연애도 못 할 만큼 바쁘다는 거. 몰려오는 환자들을 보살펴 주느라 남자 만날 시간이 없다는 것도! 하지만 네 나이가 몇이니. 벌써 마흔을 바라보고 있다고. 독신 선언을 한 것도 아닌데 이 엄마 귀에도 뭔가 소식은 들려와야 할 거 아냐!

우렁찬 외침이 휴대폰 너머로 들려왔다. 돌연 머리가 지끈거렸다.

'마흔이라니.'

아직 6년도 넘게 남았거든요.

목구멍까지 차오른 말을 밖으로 뱉어내지 못한 우리는 눈을 질끈 감았다.

[[위험] Q에게서 곧 전화가 갈 예정! 철저한 대비 요망!]

'그래서 그런 문자를 보낸 거군.'

현 시점에서 여우리의 유일한 아군이나 다름없는 동생 나라가 오전에 보낸 뜬금없는 문자가 이제야 이해 됐다. 우리는 평소 친하게 지내던 <만호식당> 주인아주머니의 아들 결혼 상대에 대해 줄줄 읊고 있는 마 여사의 말을 끊기로 했다.

"엄마."

— 엄마는 무슨 엄마! 너 내가 엄마로 보이기는 하니?

"……."

— 정말 너 때문에 내가 하루하루가 속이 터져. 이럴 줄 알았으면 3년 전에 그냥…….

똑똑.

"들어와요."

— 응? 뭐가 들어와?

"부원장님. 3시 반 환자분 오셨어요."

— 어…… 환자? 우리 너 휴식 시간 아니었어?

나이스 타이밍.

휴대폰 너머로도 전해질 만큼 커다란 노크 소리와 힘찬 음성에 우리를 향해 잔소리를 늘어놓던 마 여사의 목소리가 낮아졌다. 우리는 "이렇게 하면 되는 거죠?" 하고 저를 보며 눈을 깜빡이고 있는 간호사 수경에게 엄지손가락을 들어 보인 후 입꼬리를 올렸다.

"아니었어요."

― 어머!

"엄마. 그 일은 나중에 다시 이야기해요."

― 어? 어어, 그, 그래. 바쁜데 어서 끊어. 아니다, 엄마가 먼저 끊을게! 얼른 일 봐!

우리가 대답할 틈도 없이 길고 길었던 통화가 종료됐다.

"어머님이세요?"

부드러운 미소를 지으며 제게 다가온 담당 간호사 수경이 차트 하나를 내밀었다. 반사적으로 차트를 받아 든 우리는 미소 지었다.

"응."

"설마 제가 방해한 건 아니죠?"

"그럴 리가. 이 타이밍에 들어와 달라고 부탁한 건 난 걸. 그것보다 환자가 진짜 있었어요?"

"어머? 부원장님, 기억 안 나세요? 부원장님 지인분께서 약속 잡으셨잖아요."

"내 지인? 그게 누……."

'언니. 저 이번 주 금요일에 언니네 병원에 가도 돼요? 언니한테 진찰 받아야 할 일이 생겼거든요. 제가 아는 사람들 중 이 분야는 언니가 최고잖아요. 게다가 언니한테 하고 싶은 말도 있고요.'

수경의 말에 고개를 갸웃거리던 우리가 낮게 탄성을 터트렸다.

'미주.'

그러고 보니 며칠 전 우리는 중·고등학교 후배인 미주의 갑작스러운 연락을 받았다. "기억 나셨어요?" 하고 묻는 수경에게 눈웃음을 지어 보이자 수경이 휙 몸을 돌려 반쯤 열린 문을 향해 소리쳤다.

"장미주 환자분, 진찰실로 들어오세요!"

"아, 네!"

"잠깐. 같이 들어가."

"아니에요. 오빠는 보호자 부를 때까진 여기 있어요. 조금만 기다리면 돼."

수경의 호출에 대기실 밖에서 부산스러운 소리가 들려왔다. 미주의 차트를 훑고 있던 우리는 왠지 모르게 익숙한 음성에 귀를 쫑긋거렸다.

'오빠?'

지방 방송사의 아나운서로 일하고 있는 미주는 멀리 있어도 단번에 알아차릴 만큼 목소리와 발음이 또렷했다. 덕분에 꽤 먼 거리에서도 우리는 미주의 목소리를 알아듣는 편이었다. 그러나 미주와 함께 온 것이 분명한 보호자의 음성은 그것과는 달랐다.

'어디서 들었지.'

이상할 정도로 귀 익은 음성에 괜히 볼펜 끝자락을 톡톡 두드리던 우리는 "언니!" 하고 문을 열고 들어온 미주를 보고 빙긋 웃었다.

"오랜만이네. 장미주."

"그러게 말이에요! 잘 지내셨죠?"

"나야 뭐. 일단 검사부터 할까?"

"네!"

고등학교 시절부터 알고 지낸 미주의 얼굴은 화사하다 못해 꽃이 피어 있었다. 피식 웃으며 고개를 끄덕이던 우리는 자리에서 일어나 초음파 기기가 있는 진찰실 안쪽을 가리켰다. 미주는 간단히 웃옷을 벗은 후 우리가 향한 곳으로 따라 들어왔다.

"그나저나 장미주, 너 진짜 너무했던 거 알아?"

"헤헤, 놀라셨어요?"

"당연히 놀라지. 대뜸 연락 와서 '언니, 저 임신한 것 같아요. 그래서 그러는데 언니가 검사 좀 해 주시면 안 돼요?'라고 말하면 내 심장이 남아나겠어?"

"흐흐흐."

"요 꼬맹이가. 웃기는."

침대에 누운 채 쯧 혀를 차는 우리를 보며 배시시 웃던 미주는 어느새 신중한 얼굴로 초음파 기기를 바라보고 있는 우리에게 물음을 던졌다.

"어때요?"

"응?"

"언니. 저 진짜…… 임신이에요? 정말 임신 맞아요? 그런 거예요?"

미주의 눈이 초롱초롱 빛나자 우리는 빙긋 웃으며 대답했다.

"6주쯤 된 것 같네."

"헉!"

"아기집도 잘 보이고 크기나 위치도 좋아. 여기, 여기 보이는 게 난황이야."

하루에도 수십 명의 환자를 진찰하며 해 주었던 말이지만 눈을 반짝이고 저를 쳐다보는 미주에게 이 말을 하게 될 줄은 몰랐다. 그저 어리게만 보았던 후배, 미주였건만.

우리는 감격에 찬 얼굴로 초음파 기기 모니터와 자신을 번갈아 바라보는 미주에게 임신 6주 증상과 태아에 대해 간략하게 설명해 준 뒤, 커튼 밖을 가리켰다.

"자세한 건 보호자랑 같이 들어. 보호자도 함께 온 거 맞지?"

"네!"

기다리지 않고 대답하는 미주에게 고개를 까딱인 우리는 자리에서 일어났다. 그러고는 저를 도와주던 수경에게 말했다.

"장미주 씨 보호자 분 들어오라 하세요."

수경이 알겠다는 듯 진찰실 밖을 나가 미주의 보호자를 호출할 동안, 어느새 옷을 갖추어 입고 우리 앞에 앉은 미주가 왠지 긴장된 표정을 짓고 있었다.

"그런 얼굴 하고 있는 거 보니 내 반응이 무섭긴 한가 보네?"

"후. 언니……."

"저 문 열고 들어올 남자가 누군지는 모르겠지만 나한테 한 소리 들을 각오는 되어 있겠지? 어떤 대책 없는 인간이 결혼도 안 한 꼬맹이를 덜컥 임신시켰는지 몰라."

"하, 하하."

"왜 그렇게 긴장해?"

"어, 그게……."

"뭔데. 설마 나도 아는 사람이랑 사고 친 거니?"

"……."

"미주야?"

"당연히 알지."

"……!"

후우, 길게 숨을 내쉬며 어쩐지 불안한 표정을 짓고 있는 미주는 각오를 다지고 있었다. 미주의 모습이 수상쩍어 계속해서 질문을 던지던 우리는 진찰실 문 쪽에서 들려오는 목소리에 제 얼굴이 딱딱하게 굳는 것을 느꼈다.

'아닐 거야.'

우리는 머리를 스치는 직감을 수도 없이 부정하며 고개를 들었다.

천천히, 그리고 아주 서서히.

그런 그녀가 미주의 보호자와 눈이 마주친 순간 쿵, 심장이 바닥으로 떨어졌다.

"우리야, 오랜만이다. 잘 지냈어?"

* * *

"그 자식 진짜 미쳤네."

우리의 말을 듣고 있던 도욱이 테이블 위로 맥주가 가득 든 술잔을 내려놓았다. 잔 안에 든 액체가 테이블 밖으로 튀기까지 했다. 우리는 제 손바닥이 끈적한 맥주로 젖었다는 것을 인지하면서도 그저 도욱을 향해 흐리게 웃었다.

"뭐가 좋다고 웃어? 여우리. 넌 내 말이 웃기냐?"

"도욱아."

"그 자식은 미친 새끼고, 너는 그냥 멍청이야."

"……."

"그러니까 내가 몇 번을 말했어! 이렇게 앓을 거면 그냥 고백해서 죽이든 밥이든 되게 하라고 몇 년을 말했냐고? 그런데 넌 뭐랬어. 괜찮다고, 아직은 아니랬지? 아직은 아니라는 말을 내가 17년을 들었다. 지금 네 얼굴이 괜찮은 거냐? 괜찮은 거야?"

"……."

"너 때문에 내 울화통이 터지겠다! 너 같은 답답이는 내 주변을 둘러봐도 네가 유일해, 알아?"

신랄하기 짝이 없는 말을 늘어놓는 도욱에게 단 한마디도 할 수가 없었다. 우리는 쓴웃음을 머금은 채 눈앞에 놓여있던 술잔을 움켜쥐었다.

'오늘따라 술이 다네.'

도욱의 비난 아닌 비난을 한 귀로 듣고 다른 한 귀로 흘리던 우리는 비어 버린 잔을 새로이 따르며 눈을 내리깔았다.

"여우리! 너 내 말 듣고 있어? 듣고 있냐고!"

단단히 화가 나 귀가 따가울 만큼 소리치는 도욱의 음성에 맥주 세 잔을 연거푸 들이켜던 우리가 겨우 고개를 들었다.

"듣고 있어."

듣다못해 한 자, 한 자 가슴에 콕콕 새기고 있었다. 진작 고백하지 그랬냐는 도욱의 말이 틀린 것이 하나도 없었기 때문이다. 우리는 "이 멍청아!" 하고 부르르 떨고 있는 도욱에게 어색하게 웃었다.

'고백.'

고백이라.

우리는 길게 숨을 내뱉었다.

'그러고 보니 내가 그 녀석을 좋아한 게 몇 년째더라.'

17년 정도 되려나. 고등학교 1학년 때 처음 만나 순식간에 반해 버렸고, 그로부터 대학교를 거쳐 사회인이 되어 버린 지금까지 합친다면 얼추 그 정도가 된다. 그렇게 긴 시간 동안 한 사람만 좋아하면서도 제 마음을 언제나 꽁꽁 감춰 둔 채 삭이고 또 삭여 왔다.

'이렇게 앓을 거면 그냥 고백해서 죽이든 밥이든 되게 하라고 몇 년을 말했냐고?'

그러나 도욱 역시 모르는 것이 있었다. 도욱으로부터 겁쟁이 소리를 듣는 여우리일지라도, 오랫동안 마음에 품어온 그에게 고백한 적이 있었다는 것을.

하지만 하늘은 우리의 고백을 시도조차 허락하지 않았고 시간은 흘러갔다. 이후로도 몇 번이나 우리가 결의를 다질 때마다 그의 입대, 유학, 약혼 그리고 파혼 등과 같은 소식이 들려와 고백 의지를 무너트렸으며 어느새 정신을 차려 보니 그를 비롯한 우리는 30대 중반의 나이로 달려가고 있었다.

'언니, 많이 놀랐어요? 미안해요. 미리 말하려 했는데 어쩌다 보니…….'

'네가 왜 사과를 해. 우리야. 미주 탓할 거 없어. 내가 다른 애들한테는 비밀로 하라고 했거든. 적어도 자리 잡을 때까지는 밝히고 싶지 않아서. 너는 이해해 줄 거지?'

환하게 웃으며 미주의 손을 꼭 잡은 그의 얼굴이 눈앞을 아른거렸다.

그가 1년 전, 함께 미국으로 떠났던 약혼녀와의 관계를 정리하고 한국으로 돌아왔다는 이야기를 듣기는 했었다.

언제 한번 봐야지, 봐야지, 라며 전화로만 대화를 나눴었는데.

그 사이 그가 우리가 아끼는 후배 미주와 가까워질 줄이야.

'그래도 이번 일은 너한테 제일 먼저 알리는 거야. 넌 나와 미주의 오작교잖아.'

호탕하게 웃는 그 녀석의 얼굴을 보니 속이 더욱 쓰렸다.

'오작교.'

확실히 그 녀석과 미주의 연결 고리가 된 사람은 우리가 맞았다. 접점이라고는 없었던 두 사람이 우리를 통해 고등학교에서 인사를 나누었고 연락을 하고 지냈다고 하니 더더욱.

"여우리!"

몇 시간 전, 자신이 일하는 병원으로 찾아와 그들의 연애 사연에 대해 늘어놓던 두 남녀의 얼굴을 떠올리던 우리는 있는 힘껏 그녀를 부르는 도욱의 외침에 겨우 정신을 차렸다.

"그 녀석은 이 일, 알고 있어?"

그 녀석?

"진한이?"

"그건 그 '자식'이고! 그 '녀석', 금주형 말이야."

도욱의 말을 듣던 우리의 얼굴이 급속도로 어두워졌다.

우리는 냉정하게 대꾸했다.

"그 애 얘기가 여기서 왜 나와."

"왜 나오기는. 너랑 한진한, 그리고 금주형이 고등학교 때 삼총사였는데 한진한 그 자식이 자기 결혼 소식을 주형이한테 알리지 않을 리 없잖아. 너, 주형이랑 연락……."

"됐어. 그만해."

머리가 지끈거리는 것을 느끼던 우리는 자리에서 일어났다.

"숨 좀 돌리려고 널 부른 건데, 네 말을 들을수록 머리만 복잡해져. 그만할래. 먼저 갈게."

"여우리."

"모두 과거라고. 내가 진한이를 좋아한 건, 전부 과거야. 그러니까 이제 와 결혼 소식을 들어도 아무렇지 않아. 괜찮다고. 나, 멀쩡해."

"여, 여우리. 잠깐."

"진짜 왜 그래. 도욱아, 몇 번이나 말했잖아. 전부 과거라……!"

우리는 냉랭하게 일갈하며 등을 돌리려했다. 그러나 이내 제 뒤에 서 있던 누군가로 인해 당황한 도욱만큼이나 굳어졌다.

"그게…… 무슨 말이야?"

* * *

딩동.

꾸욱 초인종을 누르는 손끝이 떨렸다.

딩동, 딩동딩동—

한 번 눌러도 반응이 없자, 두 번, 세 번, 네 번까지 이어졌다. 기다리면 기다릴수록 심장의 박동 소리는 커져 간다. 꺼지지 않은 휴대폰은 여전히 진동하고 있었고, 그 때문에 숨이 컥컥 막혀 왔다.

'나와.'

딩동.

우리는 조금 더 빠르게 손가락을 움직였다. 꾸욱.

'나오라고.'

초인종 소리가 열 번을 넘기고 나서야 두꺼운 철문 안에서 인기척이 들렸다. 초조한 나머지 입술을 꾹 누르고 있던 우리의 귀에 철컥거리는 소리가 울렸다.

"뭐야."

정확히 초인종을 열다섯 번 정도 눌렀을 때, 인상을 쓴 남자가 우리의 앞에 나타났다. 큰 키에, 하얀 얼굴, 짙은 눈썹에, 오뚝한 코, 그리고 도톰하고 붉은 입술까지.

조금 전까지 잠을 청하고 있었는지 머리가 까치집이 되어 있었지만 그 모습마저도 눈부실 만큼 아름다운 사람이었다. TV나 영화, 그리고 패션 잡지에서 슽하게 보는 그 얼굴이 우리의 앞에 있었다.

우리는 물끄러미 그를 바라봤다. 조금 전 마셨던 술 때문인지 알딸딸한 기운이 눈앞을 뒤덮고 있었다.

"뭐냐고."

아무 말 없이 자신을 쳐다보고만 있는 우리를 향해 그는 동굴처럼 낮게 울리는 목소리를 뱉어 냈다. 3년 만에 찾아온 우리를 반기는 음성은 아니었다. 그의 미간이 서서히 좁아지는 것이 보였다.

"말 안 하면 들어갈 거다."

그의 냉정한 성격상, 3년 전 그날 이후 당연히 그녀가 알지 못하는 곳으로 이사를 갔을 거라 여겼다. 그럼에도 불구하고 우리는 자신이 알고 있던 그의 집 주소로 찾아온 건데, 놀랍게도 TV에서나 볼 수 있던 그를 만날 수 있었다. 3년 전이나, 3년 후인 지금이나 변함없는 얼굴이어서 놀라울 틈도 없었다.

우리가 망설이는 사이 후, 숨을 내뱉던 그가 문고리를 잡았다.

"진한이가……."

홱 몸을 돌리려던 그의 행동이 멈추었다. 우리는 머뭇거리다 낮게 중얼 거렸다.

"내 비밀을 알아 버렸어."

반쯤 돌아가던 그의 몸이 다시 우리를 향했다. 여전히 세상이 빙글빙글 돌아가고 있었으나 눈앞의 그만은 또렷했다. 우리는 파도처럼 일렁이는 그의 검은 눈동자를 마주했다. 그가 물었다.

"네 비밀? 네 비밀이 뭐였더라?"

우리는 피식 실소를 터트리는 그를 보고 이를 악물었다.

이 세상에서 여우리가 수년 동안이나 감추어 온 비밀을 알고 있는 사람은 단둘. 한 시간 전까지 우리와 술잔을 기울이던 도욱과 눈앞의 남자뿐이다. 그리고 눈앞의 남자는 도욱보다 훨씬 전부터 우리의 비밀을 알고 있었다.

되묻는 자신의 질문에 답하지 않는 우리를 보고 낮게 웃던 그는 다시 말했다.

"네가 한진한을 좋아했다는 거? 아니. 진행형이니, 아직도 좋아한다는 거?"

나른한 그의 음성이 우리의 심장을 파고들었다. 우리는 비아냥거리는 그를 향해 이곳까지 찾아온 이유를 꺼내고 말았다.

"네가 날 도와줬으면 해."

"내가? 어떻게?"

기다란 손가락 끝으로 흐트러진 머리카락을 뒤로 넘기던 그의 질문에 심장이 벌렁거렸다.

젠장.

'괜히 왔어.'

어떻게 이 녀석을 찾아올 생각을 했는지 모르겠다. 우리는 눈을 질끈 감았다. 아무리 절박한 상황에 몰리게 되었더라도 이 악마 같은 녀석에게 손을 뻗는 것이 아니었다.

우리는 문틀에 비스듬하게 기대어 자신을 내려다보는 남자를 노려보다 끝내 체념했다.

"됐어. 없던 걸로 해."

절박한 제 심정 따위는 개의치 않는 그의 행동에 입술을 깨물던 그녀는 집으로 돌아가려 했다.

"네가 생각하는 연극에 동참해 줄 수는 있어."

그때였다. 우리가 몸을 반쯤 돌렸을 때, 그의 부드러운 목소리가 복도를 울렸다. 우리는 다시금 그를 응시했다.

"나는 뛰어난 배우니까. 그 정도는 어렵지 않지."

그가 뱉어 낸 말은 거짓이 아니다. 우리의 눈앞에 서 있는 사람은 그녀의 고등학교 동창생이기도 하지만, 대한민국에서 알아주는 유명한 배우였다. 그가 무수한 영화제나 시상식에서 상을 받아 온 것은 분명한 사실이었고 해외로 진출하여 성과를 거둔 것도 대한민국 국민이라면 모르는 사람이 없었다. 그래서 우리 역시, 그를 찾아온 것이다.

그는 대답 없는 우리에게 붉은 입술을 달싹여 주었다.

"하지만 여우리, 네가 이번에도 날 이용할 생각이라면……. 그냥은 못 해 줘."

"뭐?"

"우린 이제 친구도 뭐도, 아니잖아? 만약 네 연극에 동참해야 한다면 나도 얻는 게 있어야 할 것 같은데."

우리는 그의 입가에서 잔잔하게 퍼지는 미소에 인상을 썼다.

'너랑 난 오늘부터 모르는 사이야. 다시는 너, 안 봐.'

우리와 그는 지금으로부터 3년 전 절교를 했다. 그날 이후 우리는 그를 만나지 않았고, 그 역시 마찬가지였다. 두 사람 사이의 균열을 깨달은 친구들이 그의 이야기를 할 때마다 침묵을 유지했던 것은 그 까닭이었다.

우리는 저보다 훨씬 여유로워 보이는 그에게 물었다.

"원하는 게 뭐야."

지금 이 상황에서 벼랑 끝에 몰린 사람은 자신이었고, 그의 도움을 원하는 것도 자신이었다. 절박한 사람이 고개를 숙일 수밖에 없으니 우리는 그가 원하는 그 무엇이라도 들어줄 준비가 되어있었다.

"내가 할 수 있는 거라면 뭐든지 할게."

우리는 망설이지 않고 말을 덧붙였다.

그러자 "정말?" 하고 그가 웃으며 물었다.

"그래. 그러니 조건을 말해."

그는 무엇이든 들어주겠다는 그녀를 가만히 내려다보더니 낮게 중얼거렸다.

"사실, 아주 오래전부터 가지고 싶은 게 하나 있었어."

우리가 알고 있기로 눈앞의 남자는 거의 모든 것을 다 가진 사람이었다. 뛰어난 배경에, 비상한 머리, 화려한 업적에, 선망 받는 외모까지.

"네가 가지고 싶은 게 있는 줄 몰랐네."

코웃음을 삼킨 우리는 고개를 끄덕였다.

"네가 원하는 게 뭔지는 모르겠지만 내 힘이 닿는 한 도와줄게."

"정말?"

"난 할 수 없는 약속은 안 해."

우리는 지금 이 상황을 벗어날 수만 있다면 온 힘을 다해 그를 도울 생각이었다. 설령 어떤 대가를 치르든 간에.

한동안 우리를 내려다보던 그가 눈썹을 까딱이더니 갑자기 한 걸음, 우리가 서 있는 쪽으로 다가왔다. 우리는 저도 모르게 뒷걸음질 쳤다.

"뭐……."

"좋아. 협력할게."

그의 말에 긴장하던 우리가 크게 숨을 터트렸다. 그가 돕는다면 다행히 우리는 이 난관을 헤쳐 나갈 수 있을 것이다. 우리는 고맙다는 말 대신 생글생글 웃고 있는 남자를 응시했다.

미소 짓는 그를 보자니 결코 좋은 예감은 들지 않았지만 그녀는 그가 거짓말을 하지 않는다는 것을 잘 알고 있었다. 호흡을 고른 우리는 "안에 들어가서 커피라도 마시지, 그래?" 하고 묻는 그에게 말했다.

"기다려."

그러자 현관문을 활짝 열고 집 안으로 들어가려던 그가 뒤를 돌아보았다. 우리는 물었다.

"네가 원하는 건 뭐야."

우리의 질문을 들은 주형의 눈꼬리가 부드럽게 휘어졌다.

"걱정하지 마. 네가 충분히 도와줄 수 있는 거니까."

"무슨 소리야. 알아듣도록 말해."

"하긴. 너는 눈치가 없는 편이니 직접적으로 말하는 게 좋겠네."

뭐?

그가 쯧, 혀를 차더니 우리에게 얼굴을 들이밀었다.

"······!"

쿵쿵.

갑자기 다가온 남자의 얼굴이 너무도 가까워 우리는 돌처럼 굳어졌다. 다른 사람도 아닌, 하필이면 대한민국의 많은 여성의 마음을 훔친 사람이 제게 다가왔으니 아무리 강심장 여우리라고 할지라도 긴장할 만했다.

그런 우리가 숨을 꾹 참고 이어질 말을 기다리고 있을 때.

"내가 원하는 건······."

그가, 주형이, 속삭였다.

"너야. 여우리."

PART 1. 우리의 오랜 인연

'아.'

따사로운 햇살에 우리가 스르륵 눈꺼풀을 들어 올리자 낯익은 광경이 눈에 들어왔다. 분명 매일 눈을 뜨고 잠을 자던 제 침실은 아니었으나 이상할 정도로 익숙하게 느껴지는 곳.

그래.

아주 익숙해.

"여기는……. 헉!"

멍하니 천장만 응시하고 있던 우리가 거친 숨을 들이마시며 몸을 일으킨 것은 몇 초 뒤였다.

"미쳤어!"

내가 왜 여기 있어?

심장이 벌렁거렸다. 쿵쾅쿵쾅 뛰는 박동을 막을 수가 없었다. 몸의 반동으로 인해 목을 덮고 있던 부드러운 이불자락이 스르륵 떨어지는 소리가 들렸다. 그와 동시에 어쩐지 한기가 일어 무의식적으로 고개를 아래로 내리자 우리의 얼굴은 더욱 굳어졌다.

"……!"

이윽고 시야에 들어온 제 모습은 가관이었다.

두근두근.

그녀의 심장은 이미 몸 밖으로 튀어나가기 직전의 상황까지 이르렀다.

'여우리, 너…….'

입술이 파르르 떨렸다. 이게 대체 무슨 일인가.

여우리는 가끔 주변인들에게서 "비정하다."라는 말을 들을 만큼 냉정하고 차분한 성격이었지만 지금 이 상황에서는 어찌 된 셈인지 진정을 할 수가 없었다.

그녀는 느릿하게, 아주 느릿하게 고개를 옆으로 돌렸다. 침착함을 유지하기 위해 이를 꽉 악물고 있었지만 벌렁거리는 가슴의 박동은 막지 못했다.

"하!"

무슨 생각을 했던 걸까. 불안감과 두려움, 그리고 여차하면 휘두를 생각으로 주먹까지 불끈 쥐고 있던 손아귀 힘이 풀렸다. 우리는 숨을 길게 토해 냈다. 불행 중 다행인지, 염려했던 상황까지는 발생하지 않은 모양이다.

그녀가 눈을 뜬 침대의 옆자리는 비어 있었다. 기다란 손끝으로 자신의 풍성한 머리카락을 쥐어뜯으며 욕설을 흘리던 우리는 주변을 살폈다.

현재 우리가 앉아 있는 침대가 존재하는 공간에는 그녀 말고는 아무도 없었다. 그러나 이곳이 누구의 방인지 알아내는 것은 너무도 쉬웠다.

우리의 옅은 갈색 눈동자가 침대 정면에 위치한 대형 사진에 꽂혔다.

『[FOCUS] 금주형 화보집, 오백만 부 돌파!』

지금으로부터 6년 전쯤, 무려 오백만 부 넘게 팔아 치웠다는 화보집의 표지가 시야로 들어온다. 우리는 흥 콧방귀를 뀌고는 입술을 삐죽였다.

"예나 지금이나……."

얼굴 하나만큼은 지독하게 잘났군.

작게 불만을 드러내던 그녀는 곧 침대를 벗어나기로 결심했다. 이럴 때일수록 태연하게 행동해야 한다. 지난밤의 일이 온전하게 기억나지 않는 상황에서 초조해지는 것은 하수나 할 법한 행동이다. 우리는 자신이 입고 왔던 옷을 찾기 위해 움직였다.

"젠장!"

으스스한 한기가 느껴지는 속옷 차림으로 무려 10분 동안 침실을 뒤적이던 우리는 놀랍게도 자신의 웃옷을 찾지 못했다. 보통 이런 일이 일어난 다음 날에는 바닥이나 의자, 아니면 침대 위라도 걸옷이 널브러져 있어야 하거늘.

대체 어디 있는 거야?

'그렇다고 이 상태로 나갈 수도 없고.'

물론 침실 밖에서는 아무 소리가 들려오지 않는다지만 방심은 금물이다.

"……."

우리의 시선이 굳게 닫혀 있던 옷장 쪽으로 꽂혔다. 타인의 물건에 함부로 손을 대는 것은 지양해야 하나 지금은 긴급 상황이니만큼 어쩔 수 없지.

결국 스스로를 납득시킨 그녀는 옷장을 향해 터벅터벅 걸어갔다.

'응?'

옷장 앞에 서서 주저 않고 문을 여니 익숙한 향기가 느껴졌다. 도통 잊기 힘든 특유의 향인지라 무의식적으로 미간을 좁히던 우리는 놀라울 정도로 가지런하게 걸려 있는 슈트와 셔츠들을 응시했다.

"그 성격은 여전하군."

결벽증을 의심할 만큼 각이 잡힌 의복들은 거의 새것이나 마찬가지였다.

아니, 한 번 입은 옷은 다시 입지 않는 성격상 현재 옷걸이에 걸려 있는 의복들은 모두 새것이겠지.

돈지랄도 정도껏이라며 쭛쭛 혀를 차던 우리는 옷장 주인의 슈트 상의와 셔츠 하나를 각각 꺼내려다 멈칫했다. 우리의 눈동자가 넓은 옷장의 가장 구석진 곳으로 향했다.

'설마.'

그럴 리 없겠지, 라고 생각하면서도 고개를 돌린 우리의 시선 끝에는 빨간 리본으로 묶여 있는 작은 상자가 보였다.

'치워.'

'뭐?'

'치우라고.'

'야야, 금주형. 너무한 거 아냐? 내 옷에 세균이 득실대는 것도 아니고 이 넓은 옷장에 내 공간 하나 정도는 마련해 줄 수도 있잖아.'

'⋯⋯싫어.'

'넌 진짜 그 성격 못 고치면 평생 결혼 못 해.'

'안 해도 돼.'

'안 했다간 너희 어머니께서 난리 나실걸? 고 여사님, 네 동생은 글렀다며 너만 바라보고 계시⋯⋯ 알았어! 네 옷이랑 같이 안 두면 되지? 그럼 되는 거잖아. 오, 저기! 저기 넣어 두면 되겠네, 어때? 이 정도면 괜찮지?'

해묵은 것들은 모조리 버리는 그의 성격상 이 상자가 이곳에 남아 있을 리 없는데.

과거 자신의 의복을 넣어 둔 상자가 그대로, 그것도 그의 옷장 안에 있다는 것이 의심스러웠으나 상자로 뻗어 나가는 손길을 막지 못했다.

"⋯⋯!"

우리가 상자 뚜껑을 열자 거의 새것처럼 세탁이 된 옷들이 보였다. 순간 놀란 표정을 지으며 상자 속 의복을 내려다보던 우리는 곧 그것들을 꺼내 주섬주섬 입기 시작했다.

'진짜 이상한 성격이라니까.'

한 번 더 그를 이해하지 못하겠다 생각하던 우리는 크게 숨을 들이마셨다.

'좋아.'

부딪쳐 봐야지, 어쩌겠어. 어차피 마주해야 할 얼굴이라면 단단히 마음을 먹는 것이 좋았다.

하의까지 갖추어 입은 우리는 있는 힘껏 침실 문고리를 돌렸다. 눈을 뜬 직후부터 지금까지, 누군가의 인기척은 듣지 못했으나 아마도 그의 집이니만큼 분명 사람은 있을 것이다. 우리는 조심스럽게 침실 밖을 나서며 집주인의 이름을 불렀다.

"금주형."

두근두근.

"금주형, 어디 있어?"

어젯밤의 일이 완벽하게 기억난다면 이렇게 노심초사할 필요도 없을 텐데. 하필이면 그의 집에 들이닥친 장면까지만 선명하게 생각이 나 심장이 콩닥거렸다.

우리는 다시금 그의, 주형의 이름을 불렀다.

"금주……!"

이 넓은 집에 마치 저밖에 없는 것처럼, 돌아오지 않는 대답을 기다리던 우리의 눈에 무언가가 들어왔다. 정확히 식탁 쪽이었다. 우리는 갓 구운 것이 분명한 식빵 몇 장과 곱게 접힌 메모지를 발견했다.

흥 콧방귀를 뀌던 그녀는 주저 없이 메모지를 펼쳤다. 정갈하기 그지없는 글자를 읽어 내려가던 우리의 눈동자가 큼지막해졌다.

[이왕이면 눈 뜨고 난 이후 당황한 모습은 보고 갔어야 했는데 내가

워낙 바빠서 그 광경을 놓쳤네. 놀라는 여우리의 모습을 보기는 쉽지 않을 텐데, 아쉬워.]

메모지 속의 글귀에는 아쉬움이 가득했다. 우리는 입술을 삐죽이며 그릇 위 식빵 하나를 덥석 물었다.

'아쉽기는.'

빈말은 잘한다니까.

[참. 네가 왜 속옷만 입고 있었던 건지 궁금하지?]

당연히 궁금하지. 그녀는 인상을 썼다.

[궁금하면 뒤를 봐.]

"성격 진짜 안 좋네."

어차피 말할 거 한 번에 말하면 되지, 꼭 귀찮게 한다니까. 우리는 작게 투덜거리면서도 그가 시키는 대로 행동했다. 뒤를 돌아보니 벽에 붙어 있던 또 하나의 메모지가 보였다. 그녀는 그것을 떼어 내기 위해 손을 뻗었다.

[쉽게 가르쳐 주면 재미없지. 다음 기회도 있어야지 않겠어? 그러니 문 꼭 닫고 가. 식사는 거르지 말고.]

"진짜 이 자식이!"

그 고약한 성격을 모르는 것도 아닌데 곧바로 해답을 알려 줄 거라 생각한 자신에게도 문제가 있었다.

발끈하며 메모지를 힘껏 구기던 우리는 이내 헛웃음을 삼키며 의자에 털썩 앉았다. 그러고는 눈앞에 놓여 있는 식빵으로 다시금 손을 뻗었다.

* * *

'응?'

유명 배우인 금주형의 전담 겸 로드매니저로 일하고 있는 재원은 뒷좌석에서 들려오는 "풉" 하는 웃음소리에 무의식적으로 룸미러를 응시했다.

'왜 저러시지?'

평소 무슨 생각을 하는 건지 도통 알 수 없는 그의 연예인이 무엇이 그리 즐거운지 계속해서 쿡쿡 웃고 있었다. 모르는 척할 수도 있었지만 재원은 결국 입 밖으로 질문을 꺼내고야 말았다.

"형님, 뭐 좋은 일이라도 있으십니까?"

재원이 알고 있기로 그의 연예인은 겉으로 보이는 모습과 실제 모습이 꽤 다른 편이었다. 그는 카메라 앞에서나 팬들 앞에서는 언제나 화사하고 상냥한 태도를 취하며 일명 '다정남'으로 정평이 나 있었지만, 실제 성격은 무척이나 차갑고 냉정하다 못해 날카로웠다.

가까운 지인에게도 속내를 드러내지 않아 재원이 알고 있는 이들 중에서도 그가 진심인지 아닌지 잘 모르겠다는 말을 들은 적도 있었다.

물론 재원은 사회생활을 시작했을 때부터 그의 연예인, 즉 주형의 뒤를 졸졸 따라다니며 보필을 했던 터라 주형이 마음을 열고 대하는 몇 안 되는 사람이었다. 그래서인지 재원이 운전하는 동안에만 본연의 모습을 드러내던 그가, 오늘은 웬일인지 생글생글 웃고 있다. 무척이나 수상했다.

룸미러 너머로 보이는 주형의 모습에 말을 건넨 재원을 보며 그가 빙긋 눈웃음을 흘렸다.

"그렇게 보여?"

"당연하죠."

재원은 기다렸다는 듯 말했다.

"형님 요즘 제대로 못 주무셨잖습니까. 그래서 건강도 걱정했었는데 오늘 보니 안색이 아주 좋으세요! 게다가……."

살짝 망설이기는 했지만 재원은 말을 이어 갔다.

"오늘은 지난 3년 동안 얼씬도 안 하시던 오피스텔로 픽업해 달라고 하셨잖아요. 형님. 설마 어제 거기서 주무신 거예요? 거기서 자니까 불면증도 치료된 거……. 헉!"

아차.

무심코 뱉어 낸 말에 굳어지는 주형의 얼굴을 보고 재원의 얼굴이 굳어졌다. 불면증이라는 단어는 그의 연예인 앞에 거론해서는 안 될 몇 가지 단어 중 하나였다.

순간적으로 심장이 덜컥 내려앉는 것을 느끼며 입을 다물던 재원은 자신의 발언에도 불구하고 아무 반응이 없는 주형 쪽을 흘긋거렸다.

"응."

1초, 2초.

몇 초가 흘렀을까. 입을 다문 뒷좌석의 남자를 룸미러를 통해 살피던 재원의 귓가에 낮은 음성이 들려왔다.

"예?"

잘못 들었나 싶어 반응했더니 "어제는 잘 잤어."라는 대답이 들려왔다. 재원의 눈이 동그래졌다.

"주무……셨다고요?"

"아주 푹 잤지."

무슨 소리를 들은 거야? 재원의 입은 분명 벌어져 있었지만 소리가 나오지 않았다.

"참, 재원아. 서 본한테 부탁해서 나 앞으로 오피스텔에서 지낼 거라고 해."

"……."

"노재원?"

"아⋯⋯. 아, 예! 아, 알겠습니다!"

제 귀를 의심하던 재원은 힘껏 고개를 끄덕였다. 이사는 걱정 말라며 횡설수설하는 재원에게 부드럽게 웃어 주던 주형은 손에 쥐고 있던 휴대폰이 지이잉, 울리자 고개를 아래로 내렸다.

주형에게는 세 개의 휴대폰이 있었는데 하나는 현재 운전 중인 재원과 그의 대리인이나 마찬가지인 XThree 엔터테인먼트의 서지연 본부장 전용이었고, 다른 하나는 공식 업무용, 그리고 마지막 하나는 개인용이었다. 지금 쥐고 있는 휴대폰은 개인용이니 현시점에서 그에게 전화를 걸어 올 사람은 단 한 사람뿐이었다.

슬슬 일어날 시간이 됐지.

"깼⋯⋯."

발신인 확인도 하지 않고 전화를 받던 주형의 말은 곧 들려오는 목소리에 끊어졌다.

* * *

"⋯⋯장님."

"⋯⋯."

"부원장님!"

어느새 코앞까지 다가와 똑똑, 데스크 위를 두드리는 소리에 겨우 상념에서 벗어났다. 우리는 맞은편 진찰실의 담당 간호사 연지가 서 있는 것을 뒤늦게 발견했다.

"왜 여기 계세요? 오늘 오프 아니세요?"

여우리가 부원장으로 일하고 있는 <우리모두 산부인과>는 토요일에는 보통 단축 근무를 한다. 마침 오늘은 우리의 오프 날이었고, 긴급 수술이 있지 않은 이상은 병원으로 출근할 이유는 없었다.

고개를 갸웃거리며 "긴급 수술이라도 있어요? 수경 쌤 부를까요?" 하고 묻는 연지에게 우리는 손을 휘휘 젓더니 어색하게 웃었다.

"아니에요. 잊은 게 있어서 가지러 왔어요."

"잊은 거요?"

"응."

"……."

"왜요?"

"잠깐 오셨다는 분이 가운을 입고 계셔서요."

예리하기 그지없는 연지의 일침에 숨이 컥 막혔다. 그러고 보니 현재의 자신은 마치 진료라도 볼 것처럼 흰 가운을 입은 채 의자에 앉아 있었다. 의아해하는 연지에게 "그, 그러게 말이에요."고 대꾸한 우리는 자리에서 벌떡 일어났다.

"나 신경 쓰지 말고 볼일 봐요. 최 과장님한테도 나 왔다는 건 말하지 말고요."

"예?"

"진짜 금방 나갈 거예요."

"……알겠습니다! 그럼 월요일에 뵈어요!"

연지는 불 켜진 부원장실이 의심스러웠던 것이 분명하다. 우리는 공손히 인사를 한 연지가 사라지기가 무섭게 한숨을 내쉬었다. 그러다 다시 의자에 털썩 앉으며 울릴 리 없는 데스크 위 휴대폰을 노려봤다.

'네가 날 도와줬으면 해.'

시간이 지날수록 어젯밤 있었던 일들이 하나둘씩 떠올랐다.

'그거 알아?'

'뭘.'

'금주형 너는, 너는 진짜 못 됐어.'

'내가?'

'인정 안 하는 거야? 절교하자는 그 말에 진짜로 3년 동안이나 연락 한 번 안 했잖아.'

'네가 꼴도 보기 싫다며.'

'그래도 연락은 했어야지!'

'너도 연락 안 했잖아.'

'했어! 네가 안 받았잖아!'

'……했다고?'

'했어! 너 진짜 내 친구 맞아?'

'여우리.'

'뭐!'

'말은 바로 해. 대뜸 절교하자고 한 게 누군데.'

'그건 그때 네가 잘못해서 홧김에 한 말이잖아!'

'…….'

'하, 이 자식 정말 안 되겠네. 여기 아직 그대로야? 너희 집에 맥주 창고 그대로 있지? 따라 와.'

'뭐 하게.'

'이 누님이 한 말, 못 들었어? 따라오라고, 인마!'

주형의 집에 도착할 당시 이미 취해 있었고, 흥분 상태였다. 그 상황에서 주형이 그녀를 집 안으로 들였으니 긴장이 풀린 것은 당연했다.

'……맙소사.'

덕분에 다음 날이 되고, 평정을 찾고 나서야 주형의 집에서 무슨 짓을 했는지 완벽하게 떠올릴 수 있었다. 우리는 머리를 쥐어뜯었다.

'너 진짜 무슨 짓을 한 거니.'

정오가 지난 지금까지 머리가 얼얼할 정도면 지난 밤 얼마나 마셔 댄 건지 모르겠다. 우리는 하아, 숨을 흘리며 관자놀이를 꾹꾹 눌렀다.

"불상사는 일어나지 않은 것 같은데."

속옷만 입은 채 주형의 침대 위에서 눈을 뜨기는 했으나 우려할 만한 일은 일어나지 않았다. 그녀의 몸은 놀라울 만큼 깨끗했고, 얼핏 눈앞을 스치는 광경들 역시 당황할 모습은 아니었다. 하지만 이상하게 찜찜한 건…….

'내가 원하는 건 너야. 여우리.'

아마도 그 말 때문이겠지.

지난 3년 동안 자신과 관련된 모든 것은 끊어 버리다 못해 차단했던 주형이 대체 무슨 뜻으로 그런 말을 꺼낸 건지 도통 이해가 되지 않는다.

물론 주형은 상냥한 얼굴 뒤에 예리한 비수를 숨기고 있는 백 년 묵은 구렁이와도 같은 남자였고, 웃음 뒤에 마음에도 없는 말들을 아무렇지 않게 늘어놓을 수 있는 능력까지 갖추고 있었다. 그 말 역시, 그냥 뱉어 낸 말일 수도 있었다.

"으으."

생각하면 할수록 그 뜻을 알 수가 없어 끙끙거리다 보니 저도 모르게 출근까지 해 버렸다. 아무래도 냉수마찰이라도 하는 것이 좋겠다는 생각에 가운을 벗고 진찰실을 나갈 준비를 하던 우리는 요란하게 울리는 벨소리에 행동을 멈추었다.

"네."

─ 언니!

"……미주?"

어젯밤 일로 사고 회로가 멈추어 있던 우리는 그제야 까맣게 잊고 지냈던 일을 떠올렸다.

'세상에.'

어떻게 그 일을 잊을 수가 있지? 심장이 벌렁거렸다.

─ 언니. 오늘 오프죠?

"어?"

– 오프인 거 알아요! 어제 수경 쌤한테 물어봤거든요. 오후에 시간 되시
죠? 어제 일도 그렇고, 앞으로의 일도 그렇고, 언니한테 신세질 일이 많을
것 같아서 미리 뇌물 좀 바치려고 해요.

"저기, 미주야. 내가 오늘은……."

– 언니. 오늘은 꼭 오셔야 해요. 저 이미 레스토랑도 다 잡아 뒀다고요!
그리고 언니한테 꼭 드리고 싶은 것도 있고요!

'그게 무슨 말이야?'

낭랑한 미주의 목소리와 당황한 진한의 목소리가 겹쳤다. 미주가 준다는
것이 어떤 것인지 대충 짐작이 가서, 참석 못 할 것 같다는 말이 차마 나오
지 않았다.

– 언니이.

미주가 한 번 더 저를 부르자 우리는 쓴물을 삼켰다.

"알겠어. 주소 보내."

* * *

"여 선생님?"

미주가 보내 온 주소는 우리도 몇 번 간 적이 있는 고급 레스토랑이었다.
특별한 미팅이나 행사가 있을 때 자주 찾곤 했던 곳인지라 우리를 보고 아
는 척하는 종업원에게 살짝 미소 짓던 그녀는 미주 일행이 기다리고 있다
는 문 앞에 서서 몇 번이고 망설였다.

후우, 후우.

크게 심호흡을 해도 이번에는 긴장을 떨치기 쉽지 않았다.

'아직 어제 일도 해결 못 했는데.'

도욱과의 술자리에 어떻게 진한이 나타난 건지 모르겠지만, 갑자기 걸
려 온 전화를 핑계 대며 그 자리를 떴던 터라 눈앞이 캄캄해졌다. 제대로

듣지는 않았겠지.

'이럴 때 그 녀석이라도 있었다면 괜찮았을 것을.'

저를 집 안으로 들이기는 했으나, 오늘 내내 얼굴을 보지 못했다. 도와준 다는 말을 들은 것 같기도 한데 어떤 식으로 도와줄 것인지에 대해 묻지도 않은 상황. 게다가 그의 성격상 이런 자리에 참석할 리 만무하니 머리가 지 끈거리는 것은 어쩔 수가 없다.

'됐어. 어떻게든 혼자 해결하지, 뭐.'

쿵쿵 뛰는 가슴을 겨우 진정시키며 닫힌 문을 응시하던 우리는 눈에 힘 을 줬다. 그러고는 미닫이문으로 보이는 문고리로 손을 뻗었다.

드르륵. 문이 열리는 소리와 함께 룸 안의 밝은 빛이 우리의 시야로 쏟아졌다.

"왔어?"

"네가 제일 늦게 왔어!"

"빨리 앉아, 여우리."

놀랍게도 룸 안에는 미주와 진한뿐 아니라 그들의 오래된 친구들이 모여 있었다. 어젯밤 저와 함께 술을 마셨던 도욱부터 시작하여 우리의 여동생이 자 진한의 친구이기도 한 나라, 그리고.

"……!"

우리는 두 눈을 크게 떴다. 그녀의 눈동자는 나라의 옆자리이자 비어 있 는 의자 옆에 앉아 있는 남자를 발견하고 멈칫했다.

"너도 놀랐지? 우리도 보고 얼마나 놀랐는지 몰라. 야, 인마. 올 거면 미 리 연락이라도 하든가!"

우리와 진한, 그리고 이곳에 모인 사람들과 같은 반이었던 태민이 고개 를 절레절레 저으며 그를 향해 투덜거렸다.

"너희 둘, 오랜만이겠다."

이번에는 도욱이 우리에게 어색하게 중얼거렸다.

"오랜만이라고요?"

"아, 미주는 그동안 지방에 있어서 잘 몰랐겠구나. 쟤네 둘……."

"태민아. 여기서 그, 그 이야기는 좀 아니지 않아?"

"뭘. 사람이 만났다 헤어질 수도 있는 거지. 어차피 우리가 한두 해 본 사이도 아니, 윽!"

"제발 좀, 닥쳐, 인마."

눈치 없이 말을 이어 가는 태민의 허리를 꼬집은 건지, 도욱이 태민을 위협하는 소리가 들렸다. 나름대로 우리를 배려한다는 행동이었겠지만 모두가 들릴 정도로 컸기에 괜히 얼굴이 화끈거렸다.

"우리야."

좌로는 진한이, 그리고 우로는 어젯밤 그 녀석이 자리 잡은 이 상황에서 어떻게 대처해야 제대로 탈출했다는 소리를 들을까 생각하고 있을 때. 미주의 옆에 앉아 있던 진한이 그녀에게 손짓했다.

"여기 비었어."

확실히 이 커다란 원형 테이블에서 진한의 옆자리는 비어 있었다.

"맞아요, 언니. 얼른 이리로 오세요!"

진한의 또 다른 옆자리를 차지하고 있던 미주가 반갑게 소리쳤다. 머뭇거리던 우리는 체념하며 비어 있는 자리로 걸어가려 했다.

"……!"

하지만 우리의 행동은 어느 순간 나타나 제 손목을 덥석 부여잡은 누군가로 인해 멈췄다. 놀란 우리가 고개를 돌리자 누군가의 목소리가 들려왔다.

"거기 말고 이리 와야지. 네 옷도 저기 있는데."

"내 옷?"

무슨 소리를 하느냐는 표정을 짓자 그가, 주형이 부드럽게 웃었다.

"뭘 모른 척해. 벌써 잊었어?"

응?

"어젯밤에 네가 내 집에 두고 간 옷 말이야. 내가 세탁까지 해서 가져왔어."

"콜록!"

"그러게, 적당히 하자니까. 말 안 듣더니. 몸은 좀 어때. 괜찮아?"

"콜록콜록! 콜록콜록!"

다정하고 상냥한 목소리가 귀를 울렸다. 갑자기 시작된 헛기침은 도통 멎을 줄 몰랐고, 얼굴은 새빨갛게 물든다.

아니라고 변명을 하고 싶었지만, 그는, 금주형은 마치 이 커다란 룸 안에 저와 여우리만 남은 것처럼 행동하고 있었다.

콜록콜록!

빌어먹을 기침은 계속되고 있었다.

"자, 잠깐! 그게 무슨 소리야! 어젯밤이라니? 옷이라니? 집이라니! 너, 너희……. 너희 설마!"

우리의 등장에 난데없이 자리에서 일어나 그녀에게 다가간 주형이 아주 당연하게 우리의 얼굴을 손가락 끝으로 쓸려 하자, 당황한 도욱이 벌떡 몸을 일으켜 소리쳤다.

그런 도욱을 비롯한 좌중을 향해 피식 웃던 주형은 여전히 콜록거리는 우리에게로 손을 뻗었다.

"헉!"

그러고는 너무도 태연하게, 그녀의 허리에 팔을 감고선 제 쪽으로 끌어당기며 말했다.

"보면 모르겠냐. 우리 다시 만나."

* * *

주형의 발언이 끝나기가 무섭게 서늘한 정적이 흘렀다. 룸 안의 커다란 원형 테이블 앞에는 많은 이들이 착석하고 있었으나 그 누구도 입을 열 생각을 하지 못했다.

"콜록!"

결국 주형의 옆에 있던 우리가 입 밖으로 기침을 흘리고 나서야 겨우 부스럭거리는 소리가 났다.

"괜찮아?"

"콜록콜록!"

"자."

"콜록, 콜록콜록!"

"마셔."

황당한 나머지 계속해서 기침을 하고 있는 우리에게 주형은 근처에서 물 컵을 가져와 내밀어 주기까지 했다.

누구 때문에 이렇게 됐는데.

여우리와 금주형은 확실히 지금으로부터 3년 전쯤 서로의 합의하에 계약 연애를 실행한 적 있었고 공공연하게 연애하는 척 티를 내더니 끝내는 절교라는 파국을 낳았다.

이후 3년 동안 상종도 하지 않던 두 사람이 대뜸 다시 만난다고 했으니, 친구들이 놀랄 만도 하지. 원망스러운 눈길로 주형을 노려보던 우리는 곧 생각을 바꾸었다.

'아니. 그래도 일단 이 상황을 벗어나는 게 우선이야.'

그러기 위해서는 기침을 멎어야 했다. 우리는 빙긋 웃는 주형에게서 물 컵을 건네받고선 꿀꺽꿀꺽 마셨다.

"다 마셨어?"

"······응."

"그럼 앉자."

"······."

얄미운 녀석. 한쪽 눈을 찡긋거리는 주형을 보고 미간을 살짝 좁히던 우리는 곧 그가 안내하는 자리로 걸어갔다.

"마, 말도 안 돼. 이, 이거 꿈이지? 꿈이지, 이거?"

두 남녀의 태연한 연극을 지켜보고 있던 태민은 나란히 착석하는 우리와 주형을 가리키며 소리쳤다.

"너희가 어떻게 다시 만나? '그 일'이 있었는데, 재결합을 한다고?"

"안태민."

"아니, 넌 믿어지냐고! 쟤네가 다시 만난다잖아!"

우리는 도무지 믿기 힘들다는 얼굴로 외치는 태민을 지켜보며 내심 인정했다.

현재 이 자리에 모인 이들은 대부분 우리와 함께 고등학교를 나왔다. 진한과 미주부터 시작하여 도욱, 우리의 의붓자매인 나라와 의문을 제기한 태민, 그리고 마지막으로 주형까지.

그중 진한과 우리, 그리고 주형은 교내에서 삼총사로 불리던 사이였고, 그 인연은 지난 3년 전까지 이어지는 듯했다. 하지만 지금으로부터 정확히 3년 전 일어난 사건은 우리와 주형 사이에 균열을 일으켰고 그날 이후 우리는 주형에게 절교를 선언했다.

이곳에 앉아 있는 이들은 그런 두 남녀와 모두 인연이 있었기에 3년 전 사건에 대해 모르지 않았다.

"솔직히 말해. 너희 지금 농담하는 거지?"

흥분을 가라앉히라는 도욱의 충고에도 불구하고 헛웃음을 삼키던 태민은 여전히 숨을 고르고 있던 우리가 아닌 주형으로 시선을 돌리며 물었다. 그러자 주형의 눈꼬리가 부드럽게 휘어졌다.

"왜. 농담 같아?"

"야! 당연히 농담 같지!"

"하하."

"금주형. 이 좋은 자리에 분위기 이상하게 만들지 말고 제대로 말해. 너희 진짜…… 재결합한 거냐?"

추궁하는 태민의 눈은 얼굴 밖으로 튀어나올 기세였다. 저를 향한 그의 뜨거운 시선에 괜히 얼굴이 화끈거려 눈길을 피해 버린 우리와는 달리, 주형은 더 짙은 미소를 그릴 뿐이었다.

'하긴. 그러니 배우겠지.'

우리는 금주형의 두꺼운 피부 두께에 솔직히 감탄했다.

"주형아!"

"여우리."

버럭 외치는 태민의 말을 무시하고, 주형이 돌연 우리를 불렀다. 그의 옆자리에서 긴장하고 있던 우리가 갑작스러운 부름에 두 눈을 동그랗게 뜨며 주형을 응시했다. 주형은 아래에 내려 두었던 쇼핑백 하나를 들어 올려 우리에게 건넸다.

"확인해 봐."

"뭐?"

"네 옷."

얼떨결에 쇼핑백을 건네받은 우리는 심장이 덜컥 내려앉았다.

'이 자식이 진짜.'

여전히 테이블 주변의 시선은 제게 꽂혀 있었기에 등 뒤로 식은땀이 주르륵 흘러내렸다.

"나중에……."

우리는 어색하게 웃으며 주형에게서 받은 쇼핑백을 의자 아래로 내려놓으려 했다.

"고나라!"

하지만 우리의 옆자리에 앉아 있던 나라의 행동이 조금 더 빨랐다.

"대체 뭔데 그…… 뭐야. 정말 옷이잖아? 세상에. 이거 여우리 옷 맞는데? 그것도 작년 크리스마스에 나랑 같이 쇼핑 가서 산 옷이야!"

동갑이기는 하지만 우리의 여동생이 되어 버린 나라가 자연스럽게 빼앗아 든 쇼핑백 안에서 옷을 꺼내 들며 중얼거렸다. 우리가 놀라 외쳤지만 그녀는 개의치 않았다. 우리는 황급히 나라에게서 옷을 낚아챈 후 쇼핑백 안으로 그것을 집어넣었다.

그때였다.

"저 옷……. 어제 우리가 입었던 옷 맞네."

우리와 나라를 유심히 바라보고 있던 도욱이 확인 사살이라도 하듯 중얼거렸다.

'빌어먹을.'

도욱의 그 발언에 다시금 룸 안에 정적이 감돌았다. 돌아 버리겠네. 우리는 따가운 시선들에 결국 입술을 잘근 깨물었다.

"너희 정말로 다시 만나는 구나."

"말도 안 돼."

"여우리, 어떻게 된 거야?"

헛웃음을 삼키는 태민부터 낮게 탄성을 터트리는 도욱, 그리고 우리의 허리를 쿡쿡 찌르며 인상을 쓰는 나라까지.

어떻게 이리 감쪽같이 속일 수 있냐고 쉬지 않고 말을 흘려 대는 친구들 때문에 머리가 깨질 지경이다. 우리는 식은땀이 주르륵 흘러내리는 것을 느끼며 제 옆자리에 앉은 주형을 바라봤다. 주형은 우리가 곤욕스러워하든 말든, 느긋하게 물로 입술을 적시고 있었다.

"자자, 언니 오빠들! 자세한 이야기는 일단 식사하면서 하세요. 겸사겸사 저랑 진한이 오빠 이야기도 들어 주시고요. 다들 주문부터 하시죠!"

이 미묘한 상황을 깨트리기 위해 미주가 나서지 않았다면, 우리의 심장은 남아나지 않았겠지.

제기랄.

* * *

'아무래도 체한 것 같아.'

조금 전 끝난 식사 자리는 여우리 서른넷 인생에서 가장 힘든 자리였다고 감히 단언할 수 있다. 파스타 면이 입으로 들어가는지, 아니면 코로 들어가는지 구분이 가질 않았다.

그 원인은 속도위반을 한 것이 부끄럽다던 미주가 자신과 진한의 결혼식 청첩장을 돌린 것도 아니었고, 그런 미주의 이야기를 들은 진한이 수줍게 웃었기 때문도 아니었다.

'하나 더 시켜 줄까?'

'어?'

'알리오 올리오, 네가 제일 좋아하는 거잖아. 너랑 너무 멀리 있는 것 같은데.'

'안 그래도…….'

'미주야, 더 나오는 건 내가 낼게. 하나 더 시켜도 되지?'

'네? 다, 당연하죠! 괜찮으니 얼마든지 시키세요!'

'고마워.'

이유는 단 하나. 우리의 옆자리에 앉은 낯짝이 두꺼운 남자가 식사 내내 그녀에게 말을 걸며 쓸데없이 우리를 배려했기 때문이었다.

부드럽게 미소 지으며 그녀를 위해 파스타 하나를 더 시키질 않나, 멍하니 앉아 있는 우리의 입가에 묻은 크림을 직접 닦아 주질 않나, 천천히 먹으라며 와인을 건네질 않나, 커다란 스테이크 조각을 잘게 썰어 입 안으로 넣어 주질 않나…….

'금주형 자식 진짜.'

화장실 거울 앞에 서서 한참이나 가슴을 두드려도 체증이 내려가질 않는다. 한동안 움직이지 않고 후 길게 한숨을 내쉬던 우리는 몸을 돌렸다.

"여우리!"

그런 우리가 막 화장실 밖을 나왔을 때, 누군가 성큼성큼 그녀에게 다가왔다. 우리의 얼굴이 굳어졌다.

'하필이면.'

우리에게 다가오고 있는 긴 머리카락의 여인은 조금 전까지 그녀의 옆에서 식사를 하던 사람이었다.

우리가 열여섯 살 때 어머니의 재혼 상대 딸로 처음 만나 지금껏 자매로 지내 온 그녀의 의부 여동생, 고나라. 이름도 우연찮게 각각 '우리', '나라'라서 매번 쌍둥이가 아니냐는 오해를 받은 적도 있었던 나라는 우리가 여섯 달 먼저 태어났다는 이유로 그녀의 동생이 되었다.

그로 인해 어머니의 재혼 초반에는 한동안 우리를 미워하며 사이가 좋지 않은 적도 있었다. 또 마침 자신이 다니던 고등학교에 막 전학을 와 친구가 없었던 우리를 은근히 괴롭히기도 했었으나, 진한의 중재로 화해를 한 이후 현재는 이 세상 그 어떤 사람보다 우리를 이해해 주는 친구이자 자매이기도 했다.

"어이, 여우리."

길쭉한 다리를 쭉쭉 뻗어 결국 우리의 앞에 도착한 나라는 멈칫하는 우리를 보며 눈을 가늘게 떴다.

"너 대체 어떻게 된 거야?"

"어?"

"모르는 척하지 말고. 당장 바른대로 안 불어? 네가 왜 금주형이랑 다시 만나? 제대로 설명 못 하면 진짜 가만히 안 있을 거야!"

나라는 미주와도 친했기 때문에, 차오르는 궁금증을 조금 전 식사 자리에서 표출하지 않았을 거다. 미주가 오늘만을 오랫동안 기다렸다는 걸 이미 알고 있었을 테니까.

우리는 나라를 물끄러미 응시했다. 어쩐지 나라의 몸에서 살기 어린 기운마저 피어오르는 것 같아 왠지 모르게 긴장이 됐다. 그녀는 "빨리 말 안 해?" 하고 바드득 이까지 갈고 있는 나라에게 그저 하하, 웃어 버렸다.

"여우리!"

"두 사람 여기 있었네?"

재촉하는 나라에게 아무 말이라도 뱉어 내기 위해 입술을 움직이려던 순간, 나라의 뒤에서 누군가가 나타났다.

우리와 나라의 시선이 뒤로 꽂혔다. 진한과 미주가 팔짱을 낀 채 우리 자매에게 다가오고 있었다. 우리는 벌어진 입을 말없이 다물었다.

"먼저 간 줄 알고 걱정했어."

"맞아요, 언니들. 그렇게 빨리 나가시면 어떡해요?"

"왜? 무슨 일 있어?"

어느새 우리의 옆에 선 나라가 고개를 갸웃거리자 "꼭 일이 있어야 하나요." 하고 생글거리는 미주의 이어질 말을 기다렸다.

미주의 손에는 작은 종이 가방 하나가 쥐어져 있었는데, 그것을 보니 심장이 철렁했다. 핑크색 봉투 안에 들어 있는 수많은 청첩장들이 보였던 까닭이다.

"아까 미처 말을 못 했는데 실은 나라 언니한테 할 말이 있어서요."

"나한테?"

"우리 언니, 잠깐 나라 언니 좀 빌려도 돼요?"

아.

"그럼, 얼마든지."

우리가 흔쾌히 고개를 끄덕이자 탐탁잖은 듯 우리를 흘긋거리던 나라가 미주에게 다가갔다. 미주는 진한에게 끼웠던 팔을 빼서 나라에게 끼운 후, 그녀를 데리고 복도 끝으로 움직였다.

우리는 멀어지는 두 여자의 뒷모습을 바라보고 있었다. 무슨 이야기를 하려고 저리 멀리 가는 거지?

"흠흠."

"……!"

순간 의문이 일어 두 사람에게서 눈을 떼지 않던 우리는 옆에서 들리는 숨소리에 화들짝 놀랐다. 스윽 시선을 돌리니 진한이 자신을 내려다보고 있었다.

'안 돼.'

우리는 이를 악물었다. 진한과 단둘이 남았다는 생각에 심장이 쿵쿵거리고, 왠지 얼굴이 붉어졌다. 저와 할 말이 있는 것처럼 행동하는 진한을 바라볼 용기가 나지 않았다.

'정신 차려, 여우리.'

진한은 우리가 입을 열기만을 기다리고 있었다. 아니, 정확히 자신을 쳐다봐 주기를 기다리는 듯했다. 우리는 몇 번이고 심호흡을 했다. 아주 짧은 시간이었지만 눈을 질끈 감고 마음을 정리하기도 했다.

그러다 확 고개를 돌렸다.

"한진한!"

진한은 제 이름을 크게 부르며 씩 웃는 우리를 말없이 바라보았다. 가까스로 제정신을 차린 우리는 그를 향해 손을 쭉 뻗었다. 그러고는 진한의 어깨 위로 손을 얹은 뒤 가볍게 톡톡 두드렸다.

"축하해."

우리의 말을 들은 진한의 눈동자가 검게 일렁였다. 그녀는 속으로 몇 번이고 시뮬레이션 했던 말을 꺼냈다.

"미주랑 예쁘게 살아."

"……."

"미주, 아주 착한 애인 거 알지? 잘해야 해. 직업병이라 하는 말이지만, 임산부한테 스트레스는 극히 해로워. 그러니 웬만하면 스트레스 받을 일을 주지 마. 작은 일에도 우울할 수도 있고 감정의 변화가 클 수도 있어. 그럴 때마다 산모를 진정시키는 게 중요한데 너라면 충분히 잘해 낼 수 있을 거야. 진한이 너는…… 아주 좋은 남편이자 아빠가 될 테니까."

한 자. 한 자.

속으로 수도 없이 뱉어 내고 또 뱉어 낸 말인지라 입 밖으로 나오는 것이 어렵지는 않았다.

'내 표정, 괜찮았겠지?'

문제는 말을 끝낸 후 짓는 웃음이 상대에게 진심으로 느껴졌을지 의문이 든다는 점이다. 우리는 진한의 반응을 살피기 위해 그를 쳐다봤다. 진한은 우리의 말을 들은 이후 속을 알 수 없는 표정을 짓고 있었다. 우리는 고개를 갸웃거렸다.

"왜 그래?"

내가 뭐 잘못 말했나.

진한은 반응하지 않았다. 그저 자신을 바라보기만 해서, 괜히 의문이 일었다.

'이상하네.'

분명 의심을 살 만한 말을 하지는 않았는데. 우리가 그의 닫힌 입술을 보며 미간을 좁히자 결국 진한이 후 숨을 흘렸다.

"어제."

"응?"

"어제…… 말이야. 네가 한 말들."

쿵.

이윽고 진한의 입술 밖으로 흘러나온 단어가 심장을 마비시켰다. 제대로 호흡을 하고 있는 건지 모르겠다. 우리는 무의식적으로 이를 꽉 악물었다.

'내가 진한이를 좋아한 건, 전부 과거야. 그러니까 이제 와 결혼 소식을 들어도 아무렇지 않아.'

대체 진한이 도욱에게 했던 말을 어디서부터, 어디까지 들은 건지 우리는 가늠할 수가 없었다.

당황하여 그 자리를 피해 버린 우리와는 달리, 이후로도 진한과 함께했던 도욱이 아무 말도 하지 않은 것으로 보아 큰 문제는 없었던 것 같은데 제게 몇 번이고 말을 하려다 마는 진한을 보자니 불안해지는 건 어쩔 수 없는 일이다.

'동요하지 마, 여우리. 과거가 맞잖아.'

우리는 주먹을 세게 움켜쥐었다. 현재 그녀의 핸드백 안에는 앞으로 축복해 주어야 할 커플의 청첩장이 들어 있었고, 우리는 이 관계를 깨트리고 싶지 않았다. 그녀는 질끈 감았던 눈을 스르륵 올렸다. 그러고는 언제 당황했냐는 듯, 빙긋 웃으며 입을 열려 했다.

"어제 네가 한 말⋯⋯."

"진한아. 어제는 그렇게 가 버려서 미안해."

"뭐?"

"네가 올 줄 알았다면 뒤에 약속을 잡지 않는 건데. 나 때문에 많이 당황했었지?"

진한은 태연하게 묻는 우리를 내려다봤다. 우리는 말을 이었다.

"실은 조금 더 앉아서 얘기 나누고 싶었는데 그 녀석이 자꾸 빨리 내려오라고 재촉하지 뭐야."

"그 녀석?"

"나 말하는 거야."

"⋯⋯!"

진한에게 해명하기 위해 말을 잇던 우리의 숨이 다시 컥 막혀 왔다. 뒤를 돌아보지 않아도, 누가 저 대신 대답했는지 알 수 있었다. 우리는 제 어깨 위를 부드럽게 감싸는 따뜻한 온기를 느꼈다.

진한의 흔들리던 눈동자는 우리의 어깨 위, 주형의 손등에 꽂혀 있었다. 여우리의 성격상 원하지 않는 스킨십이라면 분명히 그 손을 떼어 냈을 거다. 하지만 우리는 그러지 않고 있었고 오히려 주형의 허리로 제 팔을 두르 기까지 했다.

"내가 얼른 오라고 재촉했어. 나랑 갈 곳이 있었거든. 그렇지?"

제 옆에 철썩 붙어 있던 주형이 우리의 볼에 쪽 입을 맞추며 속삭였다. 순간 온몸에 전율이 흘렀지만 우리는 하하, 웃기만 했다.

"그런데 진한이 너, 우리한테 할 말 있어?"

괜히 배우가 아닌 건지, 기다란 손가락 끝으로 우리의 머리카락까지 쓸 어 넘겨 주는 주형의 행동은 연인에게나 할 법한 일이었다. 우리가 "하지 마." 하고 일부러 키득거리며 주형에게 말하자 짙게 웃어 주던 그가 말없 이 제 앞에 서 있는 진한을 응시했다. 그 물음에 진한은 좌우로 고개를 내저었다.

"아냐. 아무것도. 아무래도 내가 잘못 들은 걸 거야."

"잘못 들어?"

"어. 그것보다 너희 결혼식에 같이 올 거지?"

"결혼식은……."

"당연히 가야지. 걱정 마!"

뜸을 들이는 주형과는 달리 우리는 있는 힘껏 외쳤다. 진한이 주형을 응시하자 "여왕님께서 가신다는데 신하된 도리로 따라야지, 뭐."라 중얼거 렸다.

우리는 그 말을 뱉어 낸 주형의 발등을 힘껏 누르려다 겨우 참고선 먼저 가 보겠다며 진한에게 인사를 했다.

"봐."

놀라울 정도로 친밀하게 붙어 있던 두 남녀 중 주차장에 도착하기가 무 섭게 음산한 목소리를 뱉어 낸 쪽은 우리였다.

주형은 자신의 차에 타라고 우리에게 말했지만, 우리는 주형과 몇 초라 도 함께 있고 싶지 않았다. 제 차에 도착하기도 전에 차갑게 말하는 우리를 내려다보던 주형은 그녀의 귀에 대고 속삭였다.

"싫은데."

"금주형!"

"도와줘서 고맙다고 말할 거면 일단 타기나 해."

"……뭐?"

"누군가에게 발견되기를 원한다면 계속 있어도 좋고."

주형은 이 상황에서의 을은 자신이 아닌 우리라는 사실을 똑똑히 인지시켰다. 우리는 으으, 하고 신음을 흘리며 주형을 노려보더니 결국 그의 차 조수석에 올라탔다.

* * *

[여우리, 너 지금 어디야?]

나라의 문자는 꽤나 위협적으로 느껴졌다.

[지금 당장 전화 안 받아?]

[너 금주형이랑 갔다며?]

[너 이러고도 내 동생 맞아? 해명은 제대로 해야지!]

[여우리!]

거의 10초 간격으로 울리는 문자 메시지 소리에 머리가 지끈거렸다. 하필 톡도 아닌 문자라니.

'누가 동생이야.'

동생은 우리가 아닌 나라였다. 입술을 삐죽이던 우리는 지이잉 울려 대는 휴대폰을 꺼 두려다 말았다. 만약 휴대폰의 전원까지 꺼 둔다면 나라의 화는 감당하기 힘들어질 거다.

　[지금은 좀 그렇고, 내가 나중에 설명할게.]

　계속해서 쏟아지는 나라의 문자에 짧게 대답한 우리는 휴대폰을 무음으로 만든 후 테이블 위로 엎어 두었다. 그러고는 아까부터 자신을 지켜보고 있는 주형을 응시했다.
　"그래서. 왜 하필 여기야?"
　주위를 둘러보던 우리는 현재 자신이 서 있는 곳이 오늘 아침 눈을 뜬 주형의 오피스텔 대문 앞이라는 걸 인지했다.
　이 문을 열고 들어가면 아마 식탁 근처 쓰레기통엔 우리가 잔뜩 구겨 놓은 메모지가 가득 들어 있을 거다. 우리는 제 옆에서 비밀번호를 꾹꾹 누르고 있는 주형을 힐긋거렸다.
　"네가 정말 날 도와줄 생각이라면 카페로 갔어야지."
　막 현관문을 열려던 주형이 피식 웃으며 그녀를 바라봤다.
　"여우리."
　"왜."
　"너랑 내가 가짜로 애인인 척 연극하고 있다고 동네방네 떠들고 싶어?"
　"……!"
　"납득했다면 잔말 말고 들어와."
　살짝 문을 밀며 들어가 버린 주형의 커다란 등을 쳐다보던 우리는 인정할 수밖에 없었다.
　'좀 유명해야지.'
　태민에게 듣기로 주형은 한국에 있는 시간이 그리 많지도 않을 만큼 바쁘다고 했었다. 그런 그가 어째서 어제는 이 오피스텔에 있었던 건지 도통 모르겠지만.

우리는 망설이다 결국 주형의 뒤를 따랐다.

"뭐, 뭐 하는 거야!"

그녀와 거실까지 들어온 주형이 돌연 슈트 상의부터 시작하여 셔츠까지 벗어 던지자 소파에 앉으려던 우리는 기겁했다. 그제야 뒤를 돌아본 주형이 중얼거렸다.

"네가 있는 걸 잊었네."

잊을 게 따로 있지! 우리가 발끈하며 외치려 하자 주형이 그녀에게 다가왔다.

"윽."

"왜. 긴장돼?"

우리는 눈을 동그랗게 떴다. 그녀도 사람인지라, 훤히 드러난 주형의 근육으로 눈이 가는 것은 사실이었다.

눈의 움직임을 들켜 버린 이상 부정할 수도 없었다. 괜히 얼굴이 화끈 달아오르는 것을 겨우 참고 있던 우리는 미소 짓는 주형의 입꼬리를 따라 눈을 움직였다.

"한두 해 알고 지낸 사이도 아니고 이미 못 볼 것도 다 본 사이인데 그렇게 긴장하면 내가 민망하지."

"어?"

"벌써 잊었어?"

우리가 무슨 소리를 하느냐는 표정을 짓자 주형이 그녀에게로 다가왔다. 그러고는 잘생긴 얼굴을 들이밀며 작게 속삭였다.

"우리, 3년 전에 이미 욕실도 같이 썼던 사이잖아. 새삼 부끄러워하긴."

댕.

머릿속에서 종이 한 번 울렸다.

댕댕.

그리고 다시 두 번 더 울릴 때까지 멍한 표정을 지으며 주형을 바라보고 있던 우리의 미간이 좁아졌다.

"요, 욕실이라니?"

"여우리, 그렇게 안 봤는데 기억력이 꽤 안 좋아졌네. 잊은 게 한두 가지가 아니야."

"너 진짜!"

"일단 옷 좀 갈아입고 올게. 네 집처럼 편하게 있어."

의미심장한 미소를 짓던 주형이 뒤로 물러났다. 그러고는 우리가 막을 틈도 없이 드레스 룸으로 들어갔다.

'대체 무슨 헛소리야.'

우리가 언제 욕실을 같이 썼다는⋯⋯!

'여우리, 비켜. 나 급해.'

'너만 급해? 나도 급해.'

'양보 좀 해. 나 곧 비행기 타러 가야 해.'

'미안. 그거 어렵겠네. 나 조금 이따 수술 있거든.'

'그래?'

'그래. 넌 기껏해야 얼굴 좀 비추는 기자회견이지만 난 생명의 탄생을 맞이하는 거야. 그러니 양보는 네가⋯⋯ 그, 금주형! 너 뭐 하는 거야!'

'뭐 하기는. 양보를 안 해 주려고 하니 대충이라도 씻으려 그러지. 보기 싫으면 네가 나가든가.'

'여, 여기 내 집이거든!'

'그럼 방법은 하나뿐이군. 네가 욕조 써. 난 세면대 쓸게. 괜찮지?'

'괜찮긴 뭐가 괜⋯⋯. 헉!'

'실례 좀 하겠습니다, 집주인님.'

'⋯⋯썼네.'

무의식적으로 기억 속에 묻어 두었던 일화가 불현듯 떠올랐다. 우리는 헛웃음을 삼켰다. 그러니까 지금으로부터 3년 전, 우리와 주형의 관계가 깨어지지 않았을 때다.

'스토커 때문이었지.'

당시 주형과 모종의 협력 관계를 유지하고 있었던 우리는 그를 좇아다니는 극성팬들 때문에 이 집 저 집을 전전하는 주형을 딱 하루, 자신의 집으로 들인 적이 있었다.

그리고 그 다음 날, 하필 비슷한 시각에 집을 나서야 했던 우리와 주형은 샤워 문제로 욕실에서 다투었다. 두 사람 다 서로 양보라고는 죽어도 하지 않는 성격이었기에 긴 실랑이 끝에 결국 하나밖에 없는 욕실을 양분해서 사용했는데, 그 이후 우리는 주형만 보면 치를 떨었다.

욕실이 커서 다행이었지.

'안 그랬으면 정말 못 볼꼴 다 봤을 거야.'

아무리 긴 세월을 알고 지낸 사이라고는 하나 남녀가 유별하건만, 그녀가 있든 없든 웃옷을 훌러덩 벗어 던지던 금주형의 습관은 변하질 않는다.

'매너는 무슨.'

세간엔 젠틀한 이미지로 알려진 금주형의 실상을 제대로 아는 사람은 아마 여우리뿐일 거다. 우리는 예나 지금이나 제멋대로인 성격은 변하지 않는 그를 흘긋거리며 입술을 삐죽였다.

'응?'

그때였다. 주형의 거실 테이블 위에서 휴대폰이 진동하는 소리가 들렸다. 타인의 생활을 엿볼 생각은 없었기에 외면하려 했지만, 가만히 앉아 있자니 심심했다. 우리는 소리쳤다.

"금주형!"

"왜."

"문자 왔어."

"문자?"

"어. 그러니까 빨리 나와."

우리는 도통 나올 생각을 않는 주형의 반응을 기다렸다. 몇 초 후 주형이 대꾸했다.

　"네가 대신 읽고 말해 줘. 나 지금 바빠."

　"뭐? 내가 네 문자를 왜 읽어? 그리고 나 네 비밀번호도 몰……."

　"비밀번호는 그대로야."

　멀리서 들려오는 소리에 놀란 우리가 한 번 더 그를 부르려 했으나 주형은 묵묵부답이었다. 찜찜한 표정을 짓던 우리는 잠시 망설이다 주형의 휴대폰으로 손을 뻗었다.

　'그대로라고?'

　기다란 손가락이 자연스럽게 움직였다. 여섯 자리의 비밀번호를 꾹꾹 누르자 놀랍게도 잠금 화면이 열렸다.

　"정말이네."

　변화를 싫어하는 그의 성격 역시 여전하다. 반사적으로 드레스 룸 쪽을 흘긋거리던 그녀는 숫자 1이 떠 있는 메시지 함을 눌렀다. 가만히 문자 내용을 내려다보던 우리의 얼굴이 구겨졌다.

　"무슨 문자길래 그렇게 험악한 얼굴이야?"

　쯧 혀를 차던 우리가 다시 그의 휴대폰을 테이블 위로 내려놓으려 할 때였다. 티셔츠 하나를 입고 나타난 주형이 그녀의 뒤에서 속삭였다.

　"깜짝 놀랐잖아!"

　당황한 우리가 귀를 막으며 외치자 그녀 근처에 착석한 주형은 우리를 바라봤다.

　"무슨 문잔데."

　"어?"

　"여우리?"

　"……별거 아냐. 그냥 스팸 문자."

　"스팸?"

쳇.

"오늘 밤 대기 중이라는 내용의 문자였어. 이모티콘이 가득한. 못 믿겠으면 직접 봐."

"그럴 필요까지야."

주형은 퉁명스러운 우리의 말에 고개를 저었다. 우리는 물끄러미 그를 응시했다. 그러다 헛웃음을 삼켰다.

'고작 저 옷을 입고 나오려고 이렇게 오래 걸린 거야?'

어쩐지 밋밋하기만 한 블랙 티셔츠를 걸친 주형은 멀리서 보면 평범해 보일지라도, 그 빛나는 얼굴 때문인지 심플하다는 느낌도 들지 않는다.

'옷이 금주형을 걸쳤군.'

심드렁하게 속으로 중얼거리던 우리는 "그럼 본론으로 들어가 볼까." 하고 말하는 주형을 직시했다. 이제야 올 것이 왔다는 생각에 후 숨을 들이켠 우리는 입을 열었다.

"도와주는 거지?"

주형은 빙긋 웃었다.

"예전처럼?"

"그럼 좋지."

"기간은?"

"넉넉하게 잡는 게 좋겠어. 적어도……."

급하게 진행되는 미주와 진한의 결혼식은 앞으로 몇 달 뒤, 제주도에서 소수의 일원만 초대하여 열릴 예정이었다. 그러니 적어도 그 두 사람이 무사히 결혼식을 치르고 다녀와 집들이를 할 때까지 이 녀석과 연인 행세를 하면 되겠지.

"좋아."

우리가 특정 기간을 말하지 않았음에도 불구하고 주형은 고개를 끄덕였다.

"좋다고?"

나 아직 아무 말도 안 했는데?

"그 표정은 뭐야. 내가 거절하길 바랐어?"

"그런 건 아니지만……."

"못 미덥기라도 하다는 건가."

부정은 못 하겠네. 미소 짓는 그를 보자니 왠지 모르게 찝찝해졌다. 얼굴을 굳히는 그녀를 보며 "계약서라도 써줘?"라고 묻는 주형에게 손사래를 친 우리가 말했다.

"내가 원하는 건 모두 말했으니 이제 네가 원하는 걸 말해."

주형은 대답했다.

"내가 원하는 거?"

"그래. 계약이라는 건 서로 대가가 확실해야 하는 거잖아."

"……흐응."

"비웃지 말고 확실히 말해 봐. 원하는 게 뭐야."

"말 안 했나? 난 꽤 확실하게 말했던 것 같은데."

"금주형."

"역시 잘 못 알아듣네. 그럼 다시 한번 확실히 말해 줘야 하나."

주형은 인상을 쓰는 우리에게 짙은 숨을 흘리더니 말을 이었다.

"내가 원하는 건 너야."

성난 표정을 지으며 그를 바라봐도 자신의 말을 주워 담을 생각이 없는지, 주형은 뻔뻔하게 입꼬리를 올리고 있었다. 순간 발끈하려다 피식 웃어 버린 우리가 다시 말했다.

"정확히 내 뭘 원하는데?"

과거는 아니었지만, 현재의 여우리는 다행스럽게도 가진 것이 많았다. 그녀는 충분히 돈도 있었고 명성도 있었다.

'하지만 이 녀석이 내 돈을 원할 리 없잖아.'

우리의 수많은 친구들 중에서 가장 부자라고 불릴 만한 존재를 꼽자면 단연코 눈앞의 남자다. 스스로 버는 돈도 엄청날 뿐 아니라 그의 집안은 알아주는 부자였다.

그런 주형이 돈을 원할 리는 없을 테고.

'그럼 내 평판인가? 아니면 내 기술?'

주형의 주변에 아픈 사람이 있었나. 몇 년 전부터 주형의 할머니가 아프시다는 이야기를 들었던 것 같기도 하나 우리가 할 수 있는 일은 없었다. 그의 의도를 도통 알 수 없어 미간을 좁히던 우리에게 주형은 말을 덧붙였다.

"정확하게는, 네 몸."

"……뭐?"

우리는 귀를 의심했다. 주형은 놀라 눈을 큼지막하게 뜨는 우리에게 붉은 입술을 달싹였다.

"난 네 몸이 필요해, 여우리."

* * *

'너 정말 미쳤구나?'

'내가?'

'아니, 미친 건 나네. 어떻게 너를 찾아올 생각을 했을까. 됐어, 없었던 걸로 해. 네 도움 따위 필요 없어.'

'……그래도 되겠어?'

'뭐?'

'내가 도와주지 않아도 되냐고.'

말을 내뱉는 내내 안색 하나 변하지 않았다. 뻔뻔하다 못해 두껍기 그지없는 얼굴이 우리를 희롱했다.

'망할 자식.'

어젯밤의 일이 아직도 잊히질 않는다. 분을 삭이고 또 삭였음에도 불구하고 휴식 시간이 될 때면 자꾸만 떠올라 입술을 바드득 갈던 우리는 도무지 사라지지 않는 주형을 향해 속으로 욕을 쏟아 냈다.

'혹 떼러 갔다가 혹 붙인 꼴이잖아.'

상황이 난처하게 됐다. 주형과의 협상이 틀어진 이상 어떻게든 몇 달 앞으로 다가온 미주와 진한의 결혼식까지 설득력 있는 해명을 생각해야 했다.

"······님. 부원장님!"

아.

관자놀이 쪽을 꾹꾹 누르며 이 난관을 어떻게 헤쳐 나가야 하나 고민하던 우리는 똑똑 문 두드리는 소리에 고개를 들었다.

"수경 쌤."

"식사 안 하세요?"

"응?"

"점심시간인데."

"벌써 그렇게 됐어요?"

어쩐지 마지막 환자를 내보낸 후 꽤 시간이 흘렀음에도 불구하고 아무도 진찰실 안으로 들어오지 않는다 했다. 아직 준비를 하지 못했던 우리는 고개를 끄덕이는 수경에게 먼저 가 있으라고 말했다. 그러고는 책상을 정리한 뒤 진찰실을 나가려 했다.

《못 알아들었어?》

진찰실 밖 복도에는 차례를 기다리고 있는 몇몇 대기 환자들이 있었다. 그녀들과 눈이 마주치자 빙긋 웃으며 고개를 까딱이던 우리는 벽에 걸려 있는 TV에서 아주 익숙한 음성이 들려온다는 것을 자각했다. 무의식적으로 고개를 돌리자 윽, 소리가 났다.

《그럼 다시 말해 줄게.》

TV에는 낯익다 못해 조금 전까지 우리의 두통을 유발한 원인이 누군가를 향해 말하고 있었다.

그러고 보니 그 녀석은 생각보다 먼 존재였지. 저 번지르르한 얼굴에 홀리는 사람들이 한둘이 아니다. 슬며시 주위를 둘러보니 식사 시간이 끝나기를 기다리는 대기 환자들 모두가 TV에 집중하고 있었다.

'드라마에서처럼 멋진 인물이 아니에요.'

우리는 눈을 빛내는 그녀들에게 따끔하게 말해 주려다 말았다. 그리고 그녀가 막 구내식당 방향으로 발을 돌릴 무렵이었다.

《내가 필요한 건, 네 몸이야.》

……어?

우리는 다시금 TV로 시선을 꽂았다. 화면 속 주형은 그녀의 청력을 의심하게 만든 대사를 읊고선 여자 주인공으로 보이는 배우에게 다가가고 있었다. 그리고는 거침없이 여자 주인공의 얼굴을 부여잡았다. 주변에서 꺄악, 소리가 났지만 우리는 화면의 내용에 집중할 수가 없었다.

'난 네 몸이 필요해, 여우리.'

그의 입 밖으로 흘러나온 낮은 음성이 머리를 울렸다.

'생각 바뀌면 연락해.'

화를 내며 일어나던 우리를 향해 아무렇지 않게 말하던 주형을 떠올리자 꽉 움켜쥔 주먹에 힘이 들어갔다.

'그 자식!'

우리는 바드득 이를 갈았다.

또 장난친 거야?

드라마 속 대사를 읊으며 저를 희롱한 것이 틀림없다. 그녀는 얼른 가운 주머니를 뒤적였다. 그리고는 주형에게 전화를 걸기 위해 키패드를 마구 누르려는데…….

《지금부터 연예 뉴스입니다.》

우리는 TV 화면 속에서 익숙한 얼굴을 발견했다.

《얼마 전 성공적으로 종영한 드라마, '사랑이 필요해'의 주연 배우 금주형 씨가 정체가 밝혀지지 않은 미모의 여성과 한밤의 스캔들에 휩싸였습니다. 연예 전문 매거진 BTStar에 따르면 어젯밤 미모의 여성이 금 씨 소유의 오피스텔을 찾았고 한동안 달콤한 시간을 보냈다고 합니다. 이에 금 씨의 소속사인 XThree 엔터테인먼트는 아직 공식 성명을 발표하지 않고 있으며, 이 여성을 알고 있는 금 씨의 관계자는 그녀가 금 씨와 오랫동안 알고 지낸 사이이며……》

멍하니 TV를 쳐다보던 우리의 얼굴이 딱딱하게 굳었다.

'저거……'

나잖아?

* * *

"대체 이 여자, 누구야!"

서울시 강남구에 위치한 XThree 엔터테인먼트 사옥 본부장실에서 커다란 소리가 났다. 선글라스를 낀 채 여유롭게 소파에 앉아 있는 남자와는 달리 노란 봉투를 테이블 위로 세게 내려놓으며 소리치고 있는 레드 정장의 여성은 화를 누그러트리지 못하고 있었다.

호로록.

긴 머리를 잘끈 묶고 있는 여성을 물끄러미 올려다보던 남자는 쓰고 있던 선글라스를 천천히 벗으며 대답했다.

"누구기는. 아무도 아냐."

"아무도 아니라고? 그런데 어떻게 너랑 같은 엘리베이터를 타?"

"글쎄. 아, 생각났다. 앞집 사는 여자였네."

"뭐?"

"마침 로비에서 만나 같이 올라갔어."

"금 배우! 너 그거 말이라고 해? 앞집도 네 소유인 거, 내가 몰라?"

주형은 말을 한 뒤 "제대로 앉아!" 하고 외치는 XThree 엔터테인먼트 서지연 본부장을 쳐다봤다. 지연은 한때 그의 전담으로 일하다 승진과 승진을 거듭하여 회사의 본부장 자리까지 꿰찬 실세 중의 실세였다.

주형은 "너 죽을래?"라는 눈빛을 쏘아 대는 지연에게 빙긋 웃더니 테이블 위에 놓인 봉투를 집어 들었다. 그러고는 봉투 속 사진들을 하나하나 꺼내 찬찬히 들여다보았다.

"사진 잘 찍혔네."

뒷모습뿐이지만.

"금주형!"

"나로서는 잘된 일인가."

"그게 무슨 소리야?"

"그런데 서 본. 이 사진은 어디서 났어?"

"어?"

"게다가 이 여자랑 내가 같은 집에 들어갔다는 건 기자가 대체 어떻게 안 거지? 그 오피스텔, 방문객 제한하고 있는 거 아니었나?"

날카로운 주형의 질문에 화를 내려던 지연이 꿀 먹은 벙어리가 됐다. 주형은 쉽게 설명하지 못하는 지연을 흘겨보았다. 주형의 서늘한 시선을 감내하던 지연은 이내 대꾸했다.

"기자 손에 어떻게 들어갔는지 알아볼게."

"고마워. 이왕이면 기사 속 관계자가 누군지도 알아내 줘."

"알아……내면?"

주형은 빙긋 웃었다. 그 미소가 무엇을 뜻하는 건지 대충 눈치챈 지연이 온몸을 부르르 떨었다. 무서운 놈. 지연은 목구멍까지 차오른 말을 뱉어 내지는 않았다.

"참, 그 일은 어떻게 되어 가고 있어?"

"그 일?"

"문자."

"아……. 당장 공론화시킬 순 없어서 일단 내부 조사부터 진행할 예정이야. 일단 급한 건 스캔들 쪽이니까 이 일 해결하고 나면 바로 조사 들어갈게."

"빨리 해결해 줬으면 해. 이상한 일에 휘말리고 싶지 않아."

흥분했던 지연이 안정을 되찾으며 대답하자 주형은 만족스럽다는 듯 미소 지었다. 그러고는 벗어 두었던 선글라스를 다시 쓰며 본부장실을 나서려 했다.

"금 배우!"

그에게 경각심을 일깨워 주려다 오히려 당해 버린 지연은 어느새 문 앞에 가까워진 주형의 커다란 등을 보며 외쳤다. 주형이 천천히 뒤를 돌아보자 지연은 스캔들을 언급할 때와는 달리, 걱정이 가득한 표정으로 입을 열었다.

"너…… 잠은 좀 자고 있어?"

지연의 말에 그의 입가에 서려 있던 미소가 사라졌다. 지연이 다시 말했다.

"그동안 심했었잖아. 그런데 재원이 말로 너 며칠 전에 푹 잤다며. 갑자기 그 오피스텔로 옮긴 것도 그 때문이라던데 이제 괜찮아진 거야?"

확실해질 때까지는 말하지 말랬는데. 주형은 저와의 약속을 어긴 재원을 떠올리며 쳇, 잇소리를 내더니 곧 답을 기다리고 있는 지연에게 말했다.

"반반."

"반반?"

"그제는 푹 잤지만 어제는 아니었거든."

주형은 중얼거렸다.

"그래서 한 번 시험해 보려고."

"시험? 뭘 시험한다는……."

"잠깐. 서 본."

"왜!"

"나 전화 왔어. 중요한 전화라 받아야 해. 그럼."

주형은 자신의 말만 늘어놓은 뒤 "너, 너!"를 외치는 지연의 외침을 무시하고 본부장실을 나섰다. 그러고는 전화를 걸어 온 상대만큼이나 진동을 멈추지 않는 휴대폰을 내려다보며 피식 웃었다.

"응."

통화 버튼을 누르며 대꾸하자 고막이 터질 듯한 외침이 들려왔다.

* * *

[여우리, Q로부터 긴급 호출. 이왕이면 동행할 것.]

오후 진료를 끝마칠 때였을까. 우리는 누군가로부터 문자 한 통을 받았다. 몹시 간결하고 짧은 문자였지만 다가온 의미는 확실했다. 동행하라는 이가 누구인지 밝히지 않았지만 충분히 짐작 가능했다. 우리는 눈을 질끈 감았다.

"부원장님. 무슨 일 있으세요? 안색이 너무 안 좋으세요."

퇴근 시간이 다가오자 도살장에 끌려가는 소처럼 어두워지는 우리의 얼굴을 보며 수경이 걱정스레 물었다. 우리는 아무 것도 아니라고 대답한 이후 병원을 나섰다.

"후우."

침착하자, 여우리.

그리고 도착한 곳은 다름 아닌 그녀의 본가 앞이다. 그녀는 몇 번이고 길게 심호흡을 하며 대문을 응시했다. 초인종을 누를까 말까. 몇 번이고 망설이고 또 망설였지만, 이상하게 손가락이 나가지 않았다.

그때, 나라로부터 문자가 도착했다.

[언니. 어디쯤 왔어? Q께서 언니만 기다려.]

세상에.

'고나라가 나를 언니라 부르다니.'

보통 일이 아니다. 눈앞이 더욱 캄캄했다.

'다 그 녀석 때문이야!'

부글부글, 화가 치밀어 오른다. 하필이면 그런 장면이 찍혀 버리다니. 비록 뒷모습이라 할지라도 여우리를 아는 사람이라면 단번에 알아차릴 수 있는 사진이었다. 우리의 가족이 아는 것도 당연한 일이지.

게다가 나라가 언급한 Q는 고나라와 여우리 집안에 있어 가장 큰 권세를 누리고 있는 사람이었다.

Queen.

그러니까 고나라의 의붓어머니이자, 여우리의 친어머니이기도 한 집안의 실세.

우리는 재촉하는 나라의 문자를 내려다보더니 곧 덜덜 떨리는 손가락으로 키패드를 두드렸다.

[다…… 왔어.]

[빨리 들어와. 같이 왔지?]

같이?

우리는 이를 꽉 악물었다. 그러고는 슬며시 고개를 옆으로 돌렸다. 번지르르하다 못해 발광이 이는 얼굴이 시야로 들어온다.

"왜?"

저는 난처해 죽겠는데 자신은 아무 상관없다는 듯 여유로운 낯짝이 신경을 자극한다. 우리는 으으, 이를 갈더니 말했다.

"너 안에 들어가면……."

"걱정 마. 내 조건만 만족하면 네가 원하는 대로 할 테니까."

그녀 옆에 서선 싱긋 미소 짓던 남자는 기다렸다는 듯 대답했다.

'이 녀석이 유명하지만 않았어도.'

일이 이렇게 부풀려진 것은 순전히 그의 유명세 때문이다.

'아니. 근본적으로는 내가 이 녀석을 찾아갔기 때문이겠지만.'

우리는 생글거리는 주형을 올려다보다 체념했다. 그리고 물었다.

"내 몸을 원한다는 말이 무슨 뜻이야? 날 돕는 조건이 대체 뭔데?"

주형은 "이제야 말이 통하네."라 짧게 중얼거린 후 답했다.

"내 앞집이 비었어. 도욱이한테 듣기로 지금 네가 사는 집, 전세 기간 얼마 안 남았다고 들었는데 내 앞집으로 이사 와. 참, 집세는 안 받아."

우리는 눈을 크게 떴다.

"고작 그거면 돼?"

주형은 미소 지었다.

"그래."

"네 손해인데?"

"손해고 뭐고, 타인의 눈을 속이기 위해서는 준비도 완벽해야지. 너랑 나랑 이웃 관계면 우리 사이를 의심할 사람은 없을 거 아니야."

일리 있는 발언이었다. 우리는 저도 모르게 수긍했다.

"그리고 이건 첫 번째 조건일 뿐이야. 두 번째는……."

"자, 잠깐! 조건이 또 있어?"

우리는 황급히 주형을 막았다. 주형은 대수롭지 않게 고개를 끄덕였다. 우리는 마음을 가다듬었다.

'이 상황에서 목마른 자는 나니까.'

"두 번째는 뭔데?"

"생활은 앞집에서 하고 밤엔 내 집으로 와. 필요할 때 말고는 사생활 터치는 하지 않을게. 대신 잠은 꼭 내 침대 위에서 자야 해."

"콜록!"

"못 들었어? 한 번 더 말해 줘?"

"콜록콜록!"

귀를 쫑긋거리던 우리는 돌연 시작된 기침으로 인해 한동안 얼굴이 새빨개진 채로 본가 앞에 서 있었다. 주형이 쯧쯧 혀를 차며 그녀의 등을 두드리려 했으나 우리는 그의 손을 뿌리쳤다.

'망할 자식!'

귀까지 붉게 물들인 후에야 겨우 정신을 차린 우리가 가까스로 고개를 들었다. 그러고는 "어떻게 할래?"라는 표정을 짓는 주형을 올려다보며 말했다.

"이 계약을 진행하기 전에, 나도 조건 하나만 붙이자."

"얼마든지."

어깨를 으쓱이는 주형의 태도가 꽤 아니꼽게 느껴진다. 우리는 순간 울컥하는 마음을 겨우 가라앉히곤 그에게 경고했다.

"우리 두 사람이 같은 침대를 쓰더라도 금주형 넌 절대로 선을 넘어서는 안 돼."

우리의 말을 들은 주형이 말없이 그녀를 응시했다. 우리는 한참 동안 그의 시선을 받아 주다가 결국 인상을 썼다.

"뭘 그렇게 봐?"

"여우리."

"왜."

"내건 조건이 고작 그거야?"

무슨 소리를 들은 거지? 우리는 귀를 의심했다. 제 말을 듣고 황당해하는 우리를 바라보던 주형은 풉 작게 웃음을 터트리더니 곧 고개를 숙여 붉은 입술을 그녀의 귀 쪽으로 가져다 댔다.

"그 말인즉."

꿀꺽, 목구멍 사이로 침이 넘어갔다. 긴장하는 우리의 귓속으로 주형의 달콤한 목소리가 울려 퍼지기 시작했다.

"네가 그은 선, 나만 넘지 않으면 된다는 거잖아."

PART 2. 우리의 긴밀한 협력

"여우리. 너 한진한 좋아하냐?"

양치질용으로 들고 있던 플라스틱 컵을 떨어트리지 않은 것은 천만다행이었다. 그 질문 한 번에 파르르 손가락이 떨려 와 고개를 제대로 돌리지도 못했다.

"내 말 못 들었어?"

바로 대응하지 못하는 우리를 향해 나라가 한 번 더 말을 걸어 왔다. 그제야 스윽 고개를 돌린 우리의 시야로 눈을 가늘게 뜨고 있는 나라의 얼굴이 들어 왔다.

쿵쿵. 심장이 요동쳤다. 들켜 버린 건 아니겠지.

나라로부터 이런 질문을 들을 것이라고는 전혀 생각해 보지 않았기에 태연함을 유지하기가 쉽지 않다. 무의식적으로 동요해 버렸다는 사실을 나라가 알아차리면 안 되는데. 짧은 시간 동안 머릿속에는 수만 가지의 생각이 스쳐 지나갔지만 다행스럽게도 입 밖으로 나오는 대답은 평소와 다름없었다.

"무슨 소리야."

자연스러운 우리의 대답에도 불구하고 나라는 여전히 의심을 거두지 않고 있었다. 그녀의 커다란 눈동자가 신경 쓰여 우리의 심장은 더욱 더 크게 반응했다.

"정말 아니야?"

우리를 향한 의문을 표출하고 있는 나라는 우리의 어머니인 마 여사의 재혼 상대이자 우리의 계부가 된 고 사장님의 외동딸로, 몇 달 전 우리와 의붓자매가 되었다. 우리와 동갑임에도 불구하고 조금 더 늦게 태어났다는 이유로 우리의 동생이 되어 버린 그녀는 그 사실을 못마땅해 했는데, 얼마 전 우리가 자신이 진학한 고등학교에 전학을 오게 되면서 우리를 향한 적대감을 숨기지 않는 중이었다.

"아니야."

"아니란 말이지."

"……무슨 말이 하고 싶은 건데."

저도 모르게 신경질적인 목소리가 흘러나왔다.

아마도 제 마음을 숨기기 위한 반응이었을지도.

'이 애에게만큼은 절대로 들켜서는 안 돼.'

2학기 초 전학을 왔던 우리는 자신을 적대하는 나라로 인해 쉽지 않은 고등학교 적응기를 보냈다.

하지만 근래 들어 같은 반 반장인 진한으로 인해 조금씩 다른 친구들과 어울리기 시작했고 저를 챙겨 주는 진한을 향한 눈길을 점점 숨길 수 없게 되었다. 우리 본인이 진한을 조금씩 좋아하기 시작한다는 것을 자각한 것은 불과 며칠 전의 일.

스스로도 진한에 대한 마음을 깨달은 것이 얼마 되지 않는데, 그 모습을 나라가 알아차릴 줄은 상상도 못 했다.

"영 수상해서 그러지."

칫솔을 든 채 저를 응시하는 우리를 보며 나라가 어깨를 으쓱였다.

"한진한 그 녀석이 너랑 친하게 지내는 건 그 녀석의 과도한 책임감 때문이라 생각하면 돼. 하지만……."

나라의 눈매가 매서워졌다.

"네가 한진한을 대하는 태도가 여러모로 이상하단 말이야."

저도 모르게 움찔한 우리를 보던 나라는 말 잇기를 멈추지 않았다.

"그거 알아? 여우리 너, 그 애만 보면 얼굴이 빨개지더라?"

멈출 줄 모르던 심장이 바닥으로 수직 강하했다.

'빨개진다고?'

난생처음 누군가를 좋아한다고 자각했다. 감정 표현에 그리 익숙한 편도 아닌지라 제 마음을 확실히 숨겼다고 생각했는데 다른 사람도 아닌 나라에게 이 사실을 들켜 버렸을 줄이야.

쿵쿵쿵쿵.

가슴의 뜀박질 속도가 한층 더 빨라졌다. 입안이 바짝 마른다.

"그러니 말해 봐."

대꾸하지 않는 우리를 향해 나라가 싸늘한 표정을 지으며 몰아붙였다.

"너 한진한 좋아……."

"여우리. 아직 거기 있어? 거기 있으면 이제 좀 나오지. 네가 말했던 약 겨우 가져왔거든? 어이!"

……뭐?

그때였다. 여자 화장실 밖에서 들려온 목소리에 우리를 응시하던 나라의 고개가 문 쪽으로 돌아갔다. 우리의 시선도 마찬가지. 두 소녀의 눈이 자신을 향한다는 것을 아는지 모르는지, 문밖에서는 변성기를 막 지난 소년의 미성이 들려오고 있었다.

"너도 희한하다. 찬 걸 먹으면 얼굴이 빨개지다니. 그런 병이 있으면 진작 말을 했……. 고나라? 네가 왜 여기 있냐. 야, 왜 그래?"

잘생긴 소년의 얼굴이 갑자기 들이닥친 나라로 인해 당혹으로 물들었다. 우리가 막을 틈도 없이 소리가 들려온 문 쪽으로 향한 나라는 저를 보고 놀란 표정을 짓고 있는 주형을 향해 따지듯 말했다.

"병이라니? 그게 무슨 소리야? 여우리가 병이 있었어? 그리고…… 금주형 네가 왜 여우리 약을 들고 있는 건데?"

그 순간, 우리는 똑똑히 발견할 수 있었다. 나라의 어깨 너머로 마주친 주형의 얼굴에 엷은 미소가 스쳤다 사라지는 걸.

"왜 들고 있긴."

열일곱 소년의 눈꼬리가 부드럽게 휘어졌다.

"그걸 몰라서 물어? 나 여우리 '짝'이잖아. 짝꿍이 아프다는데 약 정도는 가져다 줄 수 있는 거 아니냐?"

* * *

'안면홍조증이 있었으면 그렇다 말을 하면 되지, 왜 제대로 말을 안 해?'

갑작스러운 주형의 등장으로 인해 상황은 우리에게 유리하게 돌아갔다. 천연덕스럽게 약 봉투를 내미는 주형으로부터 그것을 받아 든 우리가 아무 말도 못 하는 사이, 인상을 쓰던 나라는 홱 몸을 돌려 사라졌다. 우리는 제 손에 들린 약 봉투를 멍하니 내려다보다가 고개를 들었다.

'진짜 약 아니야.'

두 눈을 휘둥그레 뜨는 우리를 향해 주형이 말을 덧붙였다.

'고나라 저 계집애가 조금만 눈치가 있었어도 이게 학교 앞에서 파는 간식거리라는 건 충분히 알 수 있었겠지. 하지만 뭐 그 정도로 영악하지는 않은 것 같아서 다행이네.'

'……'

'뭘 그렇게 봐? 고맙다는 말이 쉽게 안 나와?'

예쁜 눈꼬리가 반으로 접히는 모습을 똑똑히 지켜보던 우리의 입술 밖으로 흘러나온 말은 생각과는 전혀 달랐다.

'*어째서야?*'

어째서.

'*어째서 날 도와준 건데?*'

당시 학교생활에 쉽게 적응하지 못하던 우리를 도와준 사람은 다름 아닌 진한이었다. 우리에게 있어 진한의 가장 친한 친구라던 주형은 그러한 진한 옆에 언제나 존재하던 사람일 뿐, 그날까지만 하더라도 그 이상 그 이하도 아니었다.

게다가 교내에서도 사교성이 좋아 다가가기 쉽다는 평가를 받는 진한과는 달리 주형은 대하기 어렵다는 평이 많았는데, 그 때문에 우리 역시 전학 온 첫날부터 자신의 짝이 되어 버린 주형이 이상할 정도로 불편했다.

'*그걸 꼭 물어야 해?*'

검은 뿔테 안경 너머로 저를 빤히 바라보며 묻는 우리를 향해 주형이 빙긋 웃었다. 과연 이웃 여자 고등학교 학생들로부터 몇 번씩이나 고백을 받아 봤다는 소년답게 맑은 미소였다.

하지만 여전히 그의 의도를 이해하지 못했던 우리는 휘어지는 주형의 모습이 오히려 불편했다. 그런 우리를 향해 주형이 붉은 입술을 달싹였다.

'*너는 내⋯⋯.*'

"짝이니까 그렇지."

"뭐?"

까맣게 잊고 지내던 과거의 일화가 불현듯 떠오른 이유는 대체 무엇 때문이었을까. 우리의 나지막한 중얼거림에 제 앞에 있던 주형이 되물었다.

'*능구렁이.*'

사람을 대하는 데 있어서는 도가 텄다고 생각하는 여우리지만 이 세상에서 딱 한 사람만큼은 도통 무슨 생각을 하는지 읽을 수가 없다. 우리는 "무슨 소리야?" 하고 의아해하는 주형을 빤히 바라봤다.

우리가 나라에게 제 마음을 들키지 않고 고등학교 졸업 이후까지 숨길 수 있었던 것은 그녀에게 위기가 닥칠 때면 갑자기 나타나 저를 감싸 주었던 한 소년이 존재했기 때문이다. 물론 후일 결국 들켜 버리기는 했으나 주형이 없었다면 진작 드러났겠지.

'예나 지금이나……. 변한 건 없네.'

어쩐지 헛웃음이 흘러나왔다. 그런 주형이 고마우면서도 가끔은 그 속내를 들여다볼 수 있으면 좋겠다는 생각을 할 만큼 그의 알 수 없는 마음에 당황해한 적도 있었다.

'네가 그은 선, 나만 넘지 않으면 된다는 거잖아.'

그러니, 이번에도 마찬가지겠지.

제게서 시선을 떼지 않는 우리를 향해 주형이 미소 짓자 흥 콧방귀를 뀌던 우리는 결국 입술을 달싹였다.

"선? 무슨 선."

"여우리."

"왜."

"생각해 봐."

무슨 생각. 깊은 상념에서 벗어나 드디어 현실로 돌아온 우리를 보며 주형이 말했다.

"너, 이 세상 어디에서 나 같은 남자 본 적 있어?"

내가 제대로 들은 건가.

우리는 커다란 두 눈을 끔뻑였다. 주형은 그러한 우리의 반응에 충분히 이해한다는 듯 아래위로 얼굴을 주억이더니 곧 자신만만한 표정을 지으며 손가락 세 개를 들어 보였다. 우리의 시선이 그의 손가락에 꽂혔다.

"이 넓은 대한민국에서 나 같은 남자는 세 손가락 안에 들어."

주형의 음성엔 거짓이란 없었다. 진실만 말하고 있다는 듯, 그의 검은 눈동자가 작게 일렁였다. 이 자식이 제정신인가. 우리의 입 안에 맴돌던 말은 차마 밖으로 나오지는 못했다.

'젠장.'

말이 되는 소리를 하라며 반박을 하고 싶은데 천연덕스러운 그를 바라보고 있자니 아무 말도 할 수가 없었다. 애석하게도 그의 말은 진짜로, 사실이었으니까.

'여우리! 이거 봤어? 그, 금주형. 금주형 말이야, 이거! 이 순위 좀 봐!'

과연 신뢰성이 있는지 없는지는 모르겠지만, 언젠가 주형이 세계 미남 순위 1위에 뽑혔다며 나라가 호들갑을 떨던 모습이 떠오른다. 아마도 우리와 주형이 가짜 연애를 끝낸 이후, 주형이 주연이었던 드라마가 막 종영했던 바로 그때였을 것이다.

두 사람의 이별이 처음부터 거짓되었다는 사실을 그제야 알게 된 나라는 가급적이면 우리의 앞에서 주형에 대해 이야기하지 않는 편이었는데, 하필이면 주형의 드라마가 대한민국을 넘어 전 세계에서 대히트를 쳐 버렸던 터라 참을 수 없었던 것이 분명했다.

친구 하나는 잘 됐다며 사인이라도 받아야 하는 것이 아니냐고 깍깍거리는 나라에게 말없이 핀잔을 주던 우리는 태연하게 대답했다.

'세계에 미남이 다 죽었나. 인기 빨이겠지.'

'인기 빨?'

'어.'

'……'

'또 왜.'

'우리. 아니, 언니야.'

'뭐.'

'언니, 너는 진짜 한 번도 흔들린 적 없어?'

진찰을 받으러 병원까지 왔으면서 진찰은커녕 수다만 떨고 있는 나라에게 퉁명스러운 대꾸를 이어 가던 우리의 미간이 좁아졌다. 나라는 턱밑에 꽃받침을 만들더니 눈을 빛내며 말했다.

'금주형, 성격이야 싸가지든 개차반이든 어떻든. 얼굴 하나만큼은 정말 죽여주잖아.'

다시금 머릿속을 스치는 나라의 목소리에 파르르 몸을 떨던 우리는 자신을 향해 입꼬리를 씰룩거리는 주형을 직시했다. 주형의 미소가 더욱 짙어지자 저도 모르게 흠칫하게 된다. 우리는 눈을 가늘게 뜨며 주형의 다음 말을 기다렸다. 답하지 않는 우리가 제 말을 인정한 거라고 여겼는지 주형의 눈가가 예쁘게 접혔다.

"그런 내가 좁은 침대 위에 같이 누워 있다고 생각해 봐. 여우리 네 마음도 동하지 않겠어?"

"야!"

"하하."

"이 자식이 진짜. 그럴 리 없잖아!"

"글쎄. 못 믿겠는데. 내가 워낙 잘나서 말이지."

주형이 넓은 어깨를 아래위로 으쓱이자 우리가 경고했다.

"너나 그러지 마."

크게 웃던 주형이 우리의 말에 그녀를 아래위로 흘겨봤다.

뭐야.

그 시선에 우리가 움찔하자 주형이 풋 실소를 터트렸다.

"내가? 너를? 읔!"

비웃는 주형의 정강이를 일말의 망설임도 없이 걷어 차 버리자, 그가 "여우리!"라 외치며 아래로 털썩 주저앉았다. 아파하는 주형을 보고 고소하다고 속으로 중얼거리던 우리는 "농담도 못 하냐." 하고 투덜대는 주형을 따라 무릎을 굽혔다.

"놀아 주는 건 여기까지 하고, 이제 솔직히 말해 봐."

주형이 찌푸렸던 눈썹을 펴며 우리를 응시했다. 우리는 물었다.

"그래서. 대체 그 황당한 조건을 내건 이유가 뭔데."

"……"

"아무리 너라도 이런 헛소리 자주 하지 않는다는 거 알아. 그러니 불어. 협조하느냐 마느냐는 네가 얼마나 나한테 진실되는지에 달렸어."

주형은 냉정하게 말하는 우리를 보고 흐린 미소를 흘렸다. 잠시 머뭇거리던 그가 못 말리겠다는 듯 고개를 두어 번 정도 흔들더니 한숨과 함께 말했다.

"나 병 있어."

"장난치지 말고."

"진짜야. 불면증."

"언제부터!"

생각지도 못했던 주형의 병명에 놀란 우리가 소리치자 주형이 대답했다.

"조금 됐어."

"병원은 가 봤어? 거기선 뭐래? 심각하대?"

"……"

"금주형!"

"병원은 안 갔어."

"뭐? 왜!"

여우리의 지인 중 의사를 제외하고 병원과 가장 관련이 많은 사람은 아마 눈앞의 주형일 것이다. 마음만 먹는다면 밥 먹듯이 병원을 드나들 수 있을 만큼, 그의 아버지 쪽에서 병원을 운영하고 있다고 들었는데.

우리가 이해되지 않는다는 표정을 지었다. 주형이 어색하게 웃으며 중얼거렸다.

"병원은 가기 좀 그래."

"너 진짜 바보야?"

울컥한 마음이 치솟은 것은 순전히 반사적인 반응이었다. 우리는 쭈그리고 앉은 주형에게 화를 내기 위해 벌떡 일어났다. 그러고는 소리쳤다.

"그런 병이 생기면 병원을 진작 갔어야지!"

하하, 웃던 주형이 덩달아 몸을 일으키며 대꾸했다.

"……보는 눈이 많잖아."

"많은 게 뭐 어때서! 네 건강이 우선이지."

"……."

"내가 몇 번을 말했지. 아파서 병원을 가는 건 결코 나쁜 게 아니야. 더 건강한 몸을 만들기 위해 전문적으로 배운 사람들한테 치료를 받는 거라고. 그런데 그걸 왜……. 어휴. 기다려. 내가 아는 정신과 의사 중에 꽤 괜찮은 선배가 있어. 그 선배한테 소개해 줄 테니까 걱정 말고 상담이나 받으러 가. 그러면,"

"요 몇 년, 나 거의 못 잤어. 제대로 자 본 적이 드물어."

"그래그래. 그 선배가 불면증 이런 것도 잘 고쳐 줘. 내 후배 중에도 불면증 환자가 있었는데, 그 선배한테 치료받고 난 이후에 귀신같이 나았다고……."

"그런데 며칠 전 네가 내 침대에서 잔 날, 그날은 푹 잤어."

휴대폰을 꺼내 들어 정신과 의사 선배의 전화번호를 찾던 우리의 손길이 뚝 멈췄다. 우리가 깜짝 놀라 주형을 올려다보자 주형이 얼굴에서 미소를 지우며 말했다.

"내가 널 돕기를 원한다면……. 여우리, 너도 날 도와."

* * *

'*나 병 있어.*'

여우리가 알고 지낸 금주형이라는 남자는 제게 짓궂기는 하나 결코 없는 말을 지어 낼 사람은 아니었다. 물론 딱 한 번, 결정적인 거짓말을 한 적이 있기는 했지만 그 결과는 실로 참혹했으니 또다시 그녀에게 거짓을 늘어놓을 생각은 못 할 거다.

'불면증이란 말이 거짓은 아닐 거야.'

겉으로 보기에 주형은 더할 나위 없이 건강해 보이나, 미세하게 살펴보면 눈 밑에 검은 그늘이 져 있는 것 같기도 했다. 물론 불면증이 우리의 전문 분야가 아니었기에 보이는 모습만으로 판단하기에는 무리가 있었다.

'일단 정훈 선배한테 말은 해 놔야겠어.'

주형처럼 활동이 불규칙적인 사람이나 혹은 과도한 스트레스를 받는 사람들이 자주 걸리는 증상인 불면증의 원인은 개개인마다 다르겠지만 그대로 내버려 두었다가는 큰 문제가 된다.

'그러니 건강 좀 챙기라니까.'

자신이 남자인 데다 튼튼하다는 이유로 건강관리에 소홀하다 보니 그런 병을 얻게 된 거다. 우리는 몇 번이고 그에게 충고했던 것을 떠올리며 무의식적으로 인상을 썼다.

'*내가 널 돕기를 원한다면⋯⋯. 여우리, 너도 날 도와.*'

'돕는 거야 어렵지 않지.'

건너 건너 아는 의사였어도 주형의 문제를 들었다면 두 팔을 걷고 나섰을 텐데, 오랜 친구이자 그의 도움이 필요한 상황이니만큼 우리가 주형을 돕는 것은 당연한 일이었다. 우리는 말을 마친 뒤 생긋 웃고 있는 주형을 올려다보며 입을 열었다.

"오케이. 도와줄게. 너도 날 돕고, 나도 널 돕는 거야."

그 말에 주형의 눈꼬리가 반으로 접혔다.

"그럼 계약서를 써야겠군."

"됐어. 계약서는 무슨. 우리가 한두 해 본 사이도 아니고, 믿는 거지."

친구 사이에 계약서라니. 우리는 온몸으로 거절을 표현했다. 그러자 주형의 눈빛이 의미심장해졌다. 우리는 미간을 좁혔다.

"뭘 또 그렇게 봐?"

주형이 어깨를 으쓱였다.

"말에 어폐가 있는 듯하네."

"어?"

"서로 믿는다고 하기에는 연락이 두절된 지 3년이 넘었던 것 같아서 말이야."

"윽, 금주형. 너 진짜 할 말 없게 할래?"

잘 나가다 꼭 한 번씩 태클을 건다니까. 순간적으로 할 말이 없어진 우리가 그의 정강이를 한 번 더 차는 시늉을 하자, 뒤로 후다닥 물러난 주형이 하하 웃었다.

"여우리."

"응?"

"파투 내기 없기다."

스윽 올라가는 그의 입꼬리가 왠지 모르게 거슬리기는 했지만 우리는 흥 콧방귀를 뀌었다.

"난 누구랑은 달리 한 입으로 두 말 안 해."

자신만만하게 대답하는 우리를 보며 주형이 더욱 짙게 웃었다. 그의 미소가 너무 서글거려 우리는 순간 움찔했지만 곧 태연함을 유지했다. 저렇게 잘생긴 사람도 긴 시간 동안 얼굴을 마주 보다 보면 익숙해지는 거지. 우리는 그의 뒤에 비치는 후광을 애써 모른 체했다.

"받아."

그리고 몇 분 뒤.

우리는 차 트렁크 뒤에서 제게 뭔가 건네는 주형을 황당한 시선으로 응시할 수밖에 없었다. 주형은 물건을 받아 주지 않고 그저 자신을 바라만 보고 있는 우리를 힐끔거리더니 기어이 억지로 그것을 건네주었다.

"윽."

"약한 척은. 몇 개 더 있으니 다른 한 손 내밀어."

"뭐?"

"여기."

우리가 대응할 틈이라고는 없었다. 그녀에게 핀잔을 준 주형이 트렁크 쪽으로 몸을 돌린 뒤 무언가 꺼내 들어 제게 건네자 우리는 서둘러 다른 한 손을 내밀었다.

'이게 뭐야!'

분명 몇 분 전까지 두 사람은 서로를 필요로 하는 계약을 맺고 그에 대한 합의를 하고 있었는데, 왜 지금은 여우리의 본가 앞에서 어디서 났는지 의심이 되는 선물 세트들을 트렁크에서 꺼내고 있느냐 말이다.

우리는 아주 자연스럽게 그녀에게 선물 세트 몇 개를 건네준 이후 남은 것들을 꺼내고 있는 주형의 뒷모습을 바라봤다. 주형의 차 트렁크에서 나타난 이 정체불명의 선물 세트들은 전부 그가 준비한 것이 틀림없다. 고등학교 시절부터 지금까지 줄곧 그를 지켜봐 온 여우리는 확신했다.

고급 한우 세트부터 시작하여 홍삼, 비타민, 화장품 세트, 싱그러운 과일 세트, 그리고 속옷 세트 등등. 백화점에 들러 아무 선물 세트나 산 듯하지만 세세히 뜯어보면 하나같이 마 여사가 침이 마르도록 칭찬하는 식품 브랜드의 제품부터 마 여사가 자주 입는 속옷이라든가, 그녀가 자주 사용하는 화장품 브랜드의 선물 세트가 주를 이루고 있었다.

'이 세상 어디에서 나 같은 남자 본 적 있어?'

당당하던 그 표정이 눈앞을 스쳤다.

"왜."

초인종을 누르기 직전 풉 웃음을 터트리는 우리가 의아했던 모양이다. 우리는 두 손 한가득 선물을 바리바리 싸들고선 그녀를 내려다보는 주형에게 경고했다.

"고작 이런 선물에 우리 마 여사님이 녹아내릴 거라고 생각하면 오산이야."

"그래?"

"당연하지. 우리 마 여사, 이 정도로 호락호락하지 않다고."

우리의 단호한 말에 주형의 두 눈이 부드럽게 휘어졌다. 왠지 제 말을 전면 부정하는 것 같아 우리는 한 번 더 그에게 경고하려다 말았다. 대신 본가의 초인종을 길게 눌렀다.

딩동—

* * *

"수술이요? 대체 언제요."

주형이 안 그래도 큰 눈을 더욱 큼지막하게 뜨며 물었다. 그러자 그와 대화를 주고받고 있던 마옥희 여사가 호호 웃으며 대수롭지 않게 답했다.

"꽤 됐어. 2년 전쯤인가?"

"2년 전이라니."

"나 이제 멀쩡해. 완전 괜찮아."

"……어머니."

"어?"

"죄송합니다."

갑자기 고개를 푹 숙여 버리는 주형의 행동에 마 여사를 비롯해 그의 행동을 예의주시하던 두 여자의 눈이 동그래졌다.

"뭐가? 주형이 네가 뭐가 미안해!"

마옥희 여사는 후우, 길게 한숨을 내쉬는 주형을 향해 소리쳤다. 그러자 심각한 표정을 지으며 고개를 들지 못 하던 주형이 슬그머니 시선을 올리더니 마 여사의 손을 덥석 잡는 것이 아닌가.

"당연히 제 불찰이죠. 다른 분도 아닌 어머니께서 차디찬 수술대 위에 오르셨는데 진작 찾아뵙지 못했다니. 후우, 정말 면목이 없습니다."

헛웃음이 흘러나올 뻔했다.

"누가 보면 우리 집 여왕님께서 보호자 없이 혼자 들어갔다 나오신 줄 알겠다."

나라 역시 마찬가지인지 사과를 깎고 있던 손을 멈추며 우리에게 작게 속삭였다. 우리는 그 말에 동의하면서도 "주형아!" 하고 주형의 말에 감동을 받은 마 여사를 바라볼 수밖에 없었다.

"어쩜 이리 말도 예쁘게 하니. 괜찮아, 괜찮아. 큰 수술도 아니었어. 고작 몸에 붙어 있던 혹 몇 개를 떼어 냈을 뿐이야. 눈 감고도 하는 수술이라고 주치의 선생님이 그러시더라!"

어머니. 아무리 혹 제거 수술이 흔하다고 한들 그 정도는 아니에요.

우리는 목구멍까지 차오른 말을 겨우 삼켰다.

"그래도……."

"괜찮아! 게다가."

응?

"이 상황에서 굳이 잘잘못을 따지자면 내 일을 네게 말하지 않은 '누군가'의 잘못이 크겠지. 안 그래, 여우리?"

정확히 자신을 지칭하는 마 여사의 질문에 우리의 몸이 움찔거렸다. 우리는 그런 마 여사의 시선에서 자신을 구해 주지 않고 "맞습니다, 맞아요." 하고 맞장구를 치고 있는 주형을 한 번 노려보곤 속으로 혀를 찼다.

'예나 지금이나.'

죽이 잘 맞는 건 여전하네.

'어머니, 저 왔습니다!'

'네가 누군데!'

'누구긴요! 마 여사님이 대한민국에서 가장 좋아하는 바로 그 남자죠.'

'세상에. 우리 잘생긴 주형이 왔니!'

대체 어찌 된 영문인지, 가파른 절벽 위에 피어난 한 송이 꽃처럼 그 누구에게도 쉽게 마음을 열지 않던 우리의 어머니, 마 여사는 주형에게만큼은 반사적으로 화사한 눈웃음을 보내 주곤 했다.

'가끔 보면 우리 여왕님은 네 친엄마가 아니라 금주형네 친엄마 같아.'

오죽하면 부모님이 재혼한 이후 한 지붕 밑에서 지내던 나라까지 주형과 마 여사가 오순도순 대화를 나누는 모습을 지켜보며 그런 소리를 했을까.

'이상하긴 해.'

우리의 오랜 친구들 중에는 남자 사람 친구가 적지 않게 존재했는데, 마 여사는 그 수많은 친구들 중 유독 주형을 아끼고 좋아했다. 보통 어머니들 사이에서 주형과 진한을 두고 본다면 화려한 주형보다는 부드러운 진한 쪽이 더 인기가 많을 거라 생각했는데, 그것은 우리의 편견이었던 것이 분명하다.

그래서 우리가 모두를 속이기 위해 주형과 가짜 연애를 시작했을 때 마 여사는 그녀가 당황할 정도로 두 사람의 열애 소식에 대해 반겼고, 두 남녀가 사정상 이별을 했다는 이야기를 접했을 때는 우리의 손을 꼭 붙잡고 말하기도 했다.

'아마 네가 뭔가 잘못했겠지. 우리야. 엄마가 봤을 때 이 세상에서 주형이 같은 애는 없어. 그러니 특별한 문제가 있지 않은 한 그 애를 꼭 잡아야 해.'

너무도 간절해 보이던 마 여사에게 "엄마. 사실 진짜가 아닌 가짜 연애였어요."라고 고백할 수도 없는 노릇인지라, 우리는 한동안 마 여사와의 면담을 피해야 했다.

지금으로부터 2년 전, 몸 안에 자라난 작은 종양을 제거하고 회복기에 접어든 마 여사는 그 이후 요양을 하고 있었다. 그 와중에도 주형이 주연인 드라마를 보며 크게 감명을 받은 모양인지 주형과 예의 작품의 결말에 대해 열띤 토론을 벌였다.

"그나저나 정말 어떻게 된 거야."

열변을 토하는 마 여사를 힐긋거리던 나라가 토끼 모양으로 깎은 사과 한 조각을 건네며 우리의 옆구리를 쿡 찔렀다. 무슨 소리냐는 표정을 지으며 나라를 응시하자 나라가 빙긋 웃으며 마 여사의 말을 아무렇지 않게 받아 주고 있는 주형을 턱짓했다.

"너희 이번에도 장난치면 정말 국물도 없는 거 알지?"

"고나라."

"여왕님 아무리 멀쩡해 보여도 수술한 지 얼마 안 됐어. 저번은 그냥 넘어가 줬지만, 이번에도 거짓말하는 거라면 내가 가만히 안 있어."

무시무시한 살기를 띠며 우리에게 경고하는 나라의 눈이 번뜩였다. 변명할 말이 제대로 떠오르지 않아 우리는 아무 말도 하지 못했다. 치기 어린 시절에는 마 여사만 보면 툴툴 대던 나라가 이제는 친딸인 우리보다 훨씬 마 여사를 챙기고 있었다. 그 사실이 못내 흐뭇하면서도 두 사람 모두를 속이는 입장이 되어 버린 우리의 마음은 무겁기만 했다.

"하하, 어머니. 정말 오랜만에 뵈니 너무 좋네요."

"그렇지? 그러니 자주 자주 연락 하라니까."

"정말 그래도 될까요?"

"그럼! 바쁜 건 너지, 내가 아니잖니? 호호호!"

가슴 위에 돌덩이를 얹은 듯한 우리와는 달리 눈에서 화사한 꽃가루를 뿌리고 있는 주형은 확실히…… 타고난 연기자가 분명했다.

"금주형. 이제 본론으로 들어가지?"

주형이 우리의 본가에 입성한 지 어언 한 시간. 지난 3년간의 공백이 무색할 만큼 아무렇지 않게 집안에 융화되어 버린 주형을 물끄러미 주시하고 있던 나라가 툭 말을 던졌다. 마 여사가 "고나라!" 하고 손님에게 무슨 말버릇이냐며 핀잔을 주었지만 흥 콧방귀를 뀌는 나라의 태도는 변하지 않았다.

"너 진짜 우리 집 여우리랑 다시 만나는 거야?"

정말이지 직설적인 성격이라고 우리는 속으로 혀를 찼다. 하긴. 그래서 몇 번이나 부딪히기도 했었지.

괜히 과거의 일화가 눈앞을 스치고 지나가 풋 웃음을 삼킨 우리는 곧 나라의 말을 한 귀로 흘린 채 마 여사에게 눈을 꽂고 있는 주형을 주시했다.

주형은 괜히 나라에게 눈을 흘기고는 이내 제 눈치를 살피고 있는 마 여사에게 빙긋 웃어 보였다.

"어머니도 많이 궁금하시죠?"

"어? 음……. 호호, 아니라고 하면 거짓말이겠지?"

마 여사는 머뭇거리며 웃더니 곧 주형을 똑바로 바라봤다.

"주형아."

"네."

"그 사진 속 여자 말이야. 혹시……."

"맞습니다, 우리."

"콜록!"

우리는 일말의 망설임도 없이 긍정하는 주형의 반응에 헛기침을 내뱉었다. 나라의 입술 밖으로 어머, 하고 낮은 감탄사가 터져 나왔다.

'저 녀석 진짜.'

제정신이야?

얼굴이 화끈거렸다. 우리는 주저 않는 주형의 대답에 곧장 그의 뒤통수를 노려보았지만 주형의 눈은 마 여사를 향해 있을 뿐이었다. "역시 그런 거였군." 하고 저를 의미심장한 눈으로 바라보는 나라의 시선을 외면하다 마 여사를 바라보는 것마저 포기해 버렸다.

보통의 어머니 같으면 과년한 딸자식이 결혼도 하지 않은 외간 남자의 집을 밤 늦게 방문했다는 사실을 들켜 버리면 난리가 날 텐데…….

'아.'

하지만 마 여사는 보통의 어머니가 아니었다. 우리는 여전히 주형과 손을 맞잡고 있는 마 여사의 눈꼬리가 반달처럼 휘어지는 모습을 똑똑히 목격했다.

"호호! 잘됐어. 우리 집 여우리가 드디어 사람 구실을 하는구나!"

그녀는 홀로 중얼거린 말일 테지만 그 소리는 거실에 앉아 있던 세 남녀의 귀에 닿을 만큼 충분히 컸다. 우리는 픕 웃음을 터트리는 나라를 흘겨보고는 다시금 마 여사와 주형의 말에 귀를 기울였다.

"이왕 말이 나와서 그러는데, 주형아. 아줌마가 한마디 해도 되겠니?"

"물론이죠. 말씀하십시오."

마 여사는 흠흠, 숨을 고르더니 말을 이어 갔다.

"너희 두 사람, 나이가 적지 않은 거 알지?"

대체 무슨 말을 하려 길래 저리 무게를 잡는가 싶었는데 마 여사의 다음 말이 예상 가능해서 우리의 눈앞이 캄캄해졌다.

"엄마."

"넌 가만히 있어 봐. 나 아직 주형이랑 대화 안 끝났어."

"……."

우리가 마 여사를 막으려 들었지만 그녀의 바리케이드는 생각 이상으로 단단했다. 우리는 하아, 길게 한숨을 내쉬었다. 그러자 두 모녀를 지켜보던 주형이 미소 지었다.

"하하, 어머니. 아직 전 팔팔한걸요."

"뭐?"

"치고 올라오는 애들이 없는 건 아닌데 그래도 제 자리를 쉽게 내주지는 않습니다."

"어? 무, 물론 그렇지. 하지만 주형이 너 내가 무슨 말 하는 건지 정말 모르……!"

우리는 갑자기 말을 하다 마는 마 여사의 이상 행동에 고개를 갸웃거렸다. 어찌된 영문인가 했더니 주형이 마 여사의 손을 힘주어 붙들고 있었다. 마 여사는 갑작스러운 주형의 행동에 당황한 것이 분명했다. 주형은 붉은 입술을 달싹였다.

"걱정 마세요, 어머니. 일이 이렇게 되어 버린 이상……. 저도 더는 가만히 두고 보지만은 않을 겁니다."

두근.

우리의 심장이 가쁘게 뛰기 시작했다.

'무슨 소리를 하려고!'

왠지 모르게 불길한 예감이 들어 우리가 주형을 막기 위해 일어나려고
했으나 주형이 조금 더 빨랐다.

"혼기가 찬 이상 당연히 결혼해야죠. 제가 얼마나 우리를 사랑하는데요."

두근두근.

"그러니 어머니. 저 믿고 한 번 더 우리를 제게 맡겨 주세요. 겨우 찾아
온 이 기회, 절대로 놓치지 않겠습니다."

눈앞이 하얗게 물들었다. 연극에 참여해 달라고 부탁한 것은 분명 자신
이었지만…….

'핵폭탄을 던지라고는 하지 않았어!'

"쟨 정말 타고 났어."

주형의 폭탄선언에 사고 회로가 정지되어 버린 우리의 귓가로 감탄에 감
탄을 거듭하는 나라의 중얼거림이 들려왔다.

잊었다.

저 녀석의 특기가 연기라는 사실을.

* * *

'이러다가 너희 진한이 미주네랑 비슷한 시기에 식 올리는 거 아니냐?'

새로운 태양이 떠올랐다.

상상하지 못했던 주형의 폭탄선언으로 인해 우리의 얼이 빠진 것도, 우
리의 허리를 쿡쿡 찌르던 나라가 깔깔거리며 중얼거린 것도, 주형의 선언을
듣자마자 기뻐한 마 여사가 잠깐 마실을 나갔던 우리의 새아버지, 고 선생
을 급히 불러들인 것도, 소식을 듣고 나타난 고 선생이 주형과 밤새도록 약

주를 한 것도 모두 지난밤이라는 짧은 시간 동안 벌어진 일이다.

'머리 아파.'

분명 동이 트는 것을 보고 출근을 했건만 오전 진료가 없는 진찰실에 앉은 내내 두통이 일어 견딜 수가 없을 지경이다. 우리는 쌓여 있는 차트를 빤히 올려 보기만 할 뿐 이렇다 할 행동을 취하지 않고 있었다.

'금주형이 이렇게까지 나온 걸 보면 설마 연극은 아니겠지. 여우리. 너, 나 또 속인 거면 정말 국물도 없을 줄 알아.'

주형과 고 선생이 하하 호호 웃으며 대작을 하는 모습을 지켜보던 나라가 작게 속삭였다. 당시 옅은 미소를 짓기는 했었지만 차마 나라에게 "네 예상대로 연극이 맞아."라고 답변할 수도 없었다.

'금주형 이 망할 자식.'

물론 3년 만에 그의 앞에 나타나 제발 좀 도와달라고 부탁한 사람은 틀림없이 자신이었다.

'하지만 이건 좀 심하잖아!'

다시 새롭게 시작하게 된 두 사람의 계약 연애에서 우리는 진한과 미주, 그리고 다른 친구들의 앞에서 연인인 척 연기해 달라고 부탁한 전적은 있다. 그러나 여우리의 가족들 앞에서까지 재회한 연인인 척 굴 필요는 없지 않은가.

'적을 속이려면 아군도 속이는 건 필수야.'

'……뭐?'

'여우리. 넌 알 만큼 아는 애가 그런 기본적인 전략도 몰라?'

본가를 나서던 주형에게 핀잔을 주었으나 오히려 돌아온 답변은 뻔뻔하다 못해 황당했다.

'네가 뭘 염려하는지 대충 짐작은 가는데, 걱정할 필요는 없어. 그만큼 철저한 '연극'을 펼치면 되는 거잖아. 안 그래?'

유려하게 휘어지는 주형의 눈꼬리를 보며 헛웃음을 삼키기만 했던 것은 여우리의 엄청난 인내력 덕분이라 해도 과언은 아니다.

"돌아 버리겠네."

작은 불씨를 끄기 위해 어쩌면 불구덩이로 뛰어든 것은 아닐까.

다시 시작하게 된 주형과의 두 번째 계약 연애가 걷잡을 수 없을 만큼 커져 가 두통이 끊이질 않는다.

"아니, 보호자분! 몇 번을 말씀드려요. 안 된다니까요?"

"안 되긴 뭐가 안 돼! 내가 못 올 곳을 온 것도 아니고 그 귀찮은 예약까지 직접하고 왔는데, 왜 안 돼! 대체 왜 안 되냐고!"

그때였다. 우리는 진찰실 밖에서 들려오는 요란한 소리에 저도 모르게 자리에서 일어났다. 달칵 문을 열고 나가니 마침 문 앞에서 안절부절못하고 있는 수경이 보였다.

"수경 쌤."

"헉! 부원장님."

"무슨 일이에요? 왜 이렇게 시끄러워?"

수년 전, 모 대학 병원에서 일하던 우리에게 까마득한 대학 선배이자 존경하던 의사인 현우가 스카우트 제안을 건넸다. 그러다 재작년쯤 현우가 규모를 확장한 중형 산부인과를 개원한다 하여 그녀와 현우 이름을 각각 한 글자씩 딴 <우리모두> 산부인과를 개원했다.

함께 일하는 병원 내 다른 동료들보다 훨씬 어린 나이임에도 불구하고 우리가 <우리모두> 산부인과의 부원장이 된 것은 현우의 전적인 신뢰 덕분이었다. 우리는 대외적으로 병원을 알리기 위해 노력하는 현우를 대신하여 병원 내의 일을 도맡았고, 다른 의사들은 순수하게 의술에 집중할 수 있었다.

그로 인해서인지, 아니면 모두의 노력 때문인지, <우리모두> 산부인과에서는 단 한 번의 의료 사고는 물론 사건 자체가 일어나지 않았다. 동네에서도 평판도 좋아 다른 지역에서도 시간을 내어 방문할 정도로 인기를 끌었으며 병원 대기실에서 지금처럼 고성이 오가는 일은 일절 존재하지 않았다.

"그게 말이죠."

갑자기 펼쳐진 상황에 의아함을 감추지 못하던 우리가 수경을 응시하자 그녀의 등장에 안심한 표정을 짓고 있던 수경의 입술이 열렸다. 수경은 원장실 앞에서 원장실 담당 간호사 연희와 말다툼을 이어 가고 있는 남자를 흘긋거리며 낮게 말했다.

"부원장님. 혹시 얼마 전 원장님께서 점심 식사 도중 언급하신 일화 기억나세요?"

"점심 식사?"

"네. 왜……. 원장님 표정이 유독 안 좋던 날 있잖아요. 지난 수요일 점심쯤에요."

순간적으로 고개를 갸웃거리던 우리가 낮게 탄성을 터트렸다.

'여 선생. 너는 말이야. 생각지도 못하게 무리한 부탁을 하는 환자가 있다면 보통 어떻게 처리하려고 해?'

<우리모두> 산부인과의 간판 의사인 김현우 원장은 병원을 찾는 환자 개개인을 대하는 데 있어 신중하고 세심하여 환자들로부터 신망이 높았다.

자신의 오랜 경험을 전수하는 능력도 상당하여 대학 강연이나 유명 TV 프로그램에 나갈 정도로 인기가 많았는데, 언제나 부드러운 미소만 지어 보이던 현우가 그토록 어두운 얼굴로 말을 꺼낸 것을 난생 처음 봤던지라 우리도 내심 당황했었다.

'무슨 일 있으세요?'

'응? 어……. 그게.'

'선배님?'

'……하하, 아니야. 아무것도. 신경 안 써도 돼. 식사부터 하자. 밥은 든든히 먹어야지!'

그때 그 일인가. 황급히 말을 돌리던 현우가 이상하다고 생각하기는 했었지만 왠지 모르게 말하고 싶어 하는 것 같지는 않아 굳이 묻지는 않았는데. 수경은 주위를 휘휘 둘러보더니 말을 이어 갔다.

"그날 원장님 반응이 좀 많이 이상했잖아요. 그래서 연희 쌤한테 물어봤었거든요."

"연희 쌤이 뭐래요?"

"휴우. 처음엔 연희 쌤도 주저하더라고요."

수경은 한 번 더 원장실 쪽을 힐끔거리다 속삭였다.

"그러다 살짝 언질을 주기를, 원장님한테 골칫거리 환자가 생긴 모양이에요."

"골칫거리?"

"한 환자의 보호자가 중절을 원하는데, 환자 본인은 원하지 않는 케이스인 것 같더라고요."

우리의 눈이 큼지막해졌다. 수경은 말을 이었다.

"왜, 안 그래도 우리 원장님은 중절 건에 대해서는 꺼리는 편이잖아요. 연희 쌤 말로는 다른 곳을 추천해 주려 했는데 보호자랑 환자가 끈질기게 요구를 했었나 봐요. 그래서 원장님도 알겠다며 수술 날짜까지 잡았는데 수술 바로 전날, 그러니까 어제 환자가 보호자 몰래 찾아와서 사정한 모양이에요. 수술, 안 하면 안 되냐고."

수경의 말을 듣던 우리의 심장이 덜컥 내려앉았다. 우리는 입술을 움직였다.

"원장님껜 연락 드렸어요?"

"당연하죠. 연희 쌤이 바로 전화 드렸는데, 아시잖아요. 원장님 지금 부산 세미나에 참석 중이셔서 도착하셔도 저녁 늦게나 도착하실 거예요."

"아."

"보호자 입장에서는 황당하죠. 오늘이 예정 수술일인데 집도의는 안 보이고 환자는 입을 꾹 닫고 있고. 그렇다고 우리 입으로 환자가 수술을 원하지 않았다고 말할 수도 없는 노릇이고. 그런데 저 보호자, 오가다 몇 번 부딪혔었는데 성격이 정말 너무 안 좋더라고요. 연희 쌤한테 으름장 놓는 거 보셨죠?"

우리의 시선이 원장실 쪽으로 향했다. 험상궂게 생긴 남자 한 명이 원장실 담당 간호사 연희를 노려보며 언성을 높이고 있었다. "연희 쌤이 막는 것도 한계가 있을 것 같은데." 하고 중얼거리는 음성을 듣던 우리가 수경을 직시했다.

"수경 쌤."

"네?"

"일단 저분은 내가 상대할 테니 수경 쌤은 연희 쌤 데리고 원장실 안으로 들어가서 진정시키세요."

수경의 눈이 동그래졌다.

"괜찮으시겠어요?"

걱정스러운 눈으로 바라보는 수경에게 우리는 빙긋 웃어 보였다.

괜찮아야지.

'그러려고 맡은 부원장직이니.'

수경을 향해 살짝 고개를 까딱인 우리의 몸이 원장실 쪽으로 돌아갔다. 그녀는 여전히 "원장 데리고 와!" 하고 연희를 향해 소리치고 있는 남자와 연희 사이를 비집고 들어가서는 그를 똑바로 올려다보았다.

"실례합니다. 제가 이 병원 부원장입니다만 무슨 일이십니까?"

* * *

새벽녘부터 시작된 주형의 커피 광고는 정오를 훨씬 넘겨서야 끝이 났다. 이른 시간부터 불려 왔음에도 불구하고 촬영 내내 피곤한 기색 하나 없이 카메라 앞에 서 있던 주형을 먼저 밴으로 돌려보낸 재원은 남은 물품을 정리하고 있었다.

"노 실장님, 잠깐만."

잡다한 물건들은 다른 스태프에게 맡긴 후 밴으로 향하려던 재원의 귓가로 목소리가 들려왔다. 고개를 돌린 재원의 시야로 이번 광고 촬영의 메인 프로듀서가 들어왔다.

"윤 감독님."

주형이 맡고 있는 커피 광고는 총 세 가지 콘셉트로 진행될 예정이었던지라 다가오는 주말에 다음 촬영 일정이 계획되어 있었다. 혹시 그것과 관련된 말을 하려고 그러나? 재원은 빙긋 웃으며 저를 향해 다가오는 윤 감독에게 고개를 까딱였다.

"아, 별건 아니고. 물어볼 게 있어서."

"말씀하세요."

"그게……. 금 배우 말이야, 오늘 컨디션이 안 좋았나?"

"네?"

"아니. 카메라 앞에서 필요 이상으로 어두워 보이는 것 같아서. 물론 이번 콘셉트가 가을이잖아. 사색에 잠긴 젠틀남의 이미지랑 너무 잘 어울려서 오케이 하긴 했는데, 이상하게 낯빛이 안 좋아서. 개인적으로 묻는 거야. 금 배우한테 무슨 일 있는 건 아니지?"

10년 넘게 한 회사의 커피 광고를 맡고 있다 보니, 매 분기별로 촬영 스태프들과 만나는 일이 일상이 되어 버렸다. 몇 개월 되지 않는 드라마 촬영에도 정이 드는데, 분기별로 만나는 광고 현장에서는 오죽할까. 주형을 비롯하여 저와도 간혹 회식을 가장한 술자리를 갖던 윤 감독의 발언에 재원은 어색하게 웃었다.

"티 많이 났어요?"

윤 감독이 고개를 끄덕였다.

"다른 사람들은 몰랐을 테지만 내 눈엔 보이지. 눈 밑이 퀭하던걸? 설마 오늘 촬영 있는 거 몰랐대? 늦게 잔 거야?"

재원은 어깨를 으쓱였다.

"그러게 말이에요. 밤늦게까지 한 잔 걸치신 모양이에요."

"내 그럴 줄 알았어. 다음 촬영에는 그러지 말라고 꼭 전해 줘. 안 그러면 다음 회식은 내가 아니라 금 배우 본인이 쏘게 될 거라고도 말해 주고."

"하하, 한 자도 안 빼 먹고 전하겠습니다!"

힘차게 외치는 재원의 말에 엄지손가락 하나를 우뚝 들어 보이던 윤 감독이 사라졌다. 재원은 그런 윤 감독이 사라질 때까지 스튜디오 한가운데서 있다 주형이 기다리고 있을 주차장으로 내려갔다.

확실히 오늘 촬영은 주형의 결벽증에 가까운 프로 정신이 살짝 결여되어 있었다. 새벽 촬영이 있으면 그 전날 초저녁부터 잠을 청하며 컨디션 관리를 하던 주형이었거늘, 오늘 새벽 그의 집으로 데리러 갔을 때 재원은 평소와는 달리 멍한 얼굴을 하고 거실 소파에 앉아있는 주형을 발견했었다.

'요즘 형님이 살짝 이상하기는 했지.'

그러고 보니 근래의 주형이 이상 증세를 보이는 횟수가 적지 않다. 3년 동안 얼씬도 하지 않던 오피스텔에서 잠을 자질 않나, 불면증이 나았다고 하질 않나, 또 때아닌 스캔들로 사무실을 발칵 뒤집어 놓지를 않나.

세상 모두가 알고 있는 배우 금주형의 이미지와는 사뭇 거리가 있는 요 몇 주의 모습에 윤 감독을 비롯한 몇몇 이들이 의문을 품을 만했다.

후우.

긴 한숨을 내쉬며 걸음을 옮기다 보니 어느새 주형이 타고 있는 밴 앞에 도착해 있었다. 재원은 호흡을 고른 후 차문을 힘껏 열었다.

"형님, 많이 기다리셨죠? 잠깐 감독님이랑 대화한다고 조금 늦……."

고된 촬영이었던 만큼 눈을 붙이고 있을 거라 예상했던 주형은 어찌된 셈인지 똑바로 앉은 채 칠흑처럼 어두운 창문 밖만 응시했다.

"형님?"

재원이 조심스레 주형을 불렀으나 주형은 꿈쩍도 하지 않았다. 재원은 목에 한 번 더 힘을 줬다.

"형님!"

"아."

"무슨 생각을 하셨길래 제가 온 소리도 못 들으셨어요?"

"……."

"형님?"

"재원아."

오류 하나 없이 완벽하던 최고의 남자, 금주형의 머릿속 무언가가 빠져 버린 것이 틀림없다.

재원은 멍한 표정을 지으며 창밖을 바라보던 주형이 느리게 고개를 돌리자 눈에 힘을 줬다. 그가 무슨 말을 뱉어내든 귀 기울여 듣겠다는 신호였다. 그러자 한참 동안 말을 잇지 않던 주형이 겨우 다음 말을 내뱉었다.

"'곧 오겠다'라는 말은 대략 얼마 뒤에 오겠다는 말일까?"

재원은 순간적으로 귀를 의심했다. 주형은 항상 자신의 촬영 이후 제 촬영 태도나 연기 등에 대한 자아 성찰의 시간을 가지곤 했는데, 이번에도 같은 경우일 줄 알았다. 그러나 조금 전 꺼낸 그의 말은 자아 성찰과는 거리가 있었다.

쉽사리 대답하지 못하는 재원에게서 해답을 찾지 못할 거라고 생각했던 건지, 주형은 더욱 깊게 숨을 내쉬더니 낮게 중얼거렸다.

"'곧'이라는 말이 의미심장해."

"형님?"

"당장 오늘일 수도 있지만 길어지면 내일, 아니면 이번 주를 지날 수도 있잖아. 그런데 왜 하필 '곧'이라는 거지. 차라리 특정한 날을 말하면 기다리지도 않을 텐데."

"형님, 대체 무슨 말씀을 하시는 건지……."

"그 성격에 앞뒤 안 가리고 직진만 하면 돌아서는 것도 순식간일 거고."

"……."

저만의 세계에 단단히 빠져 계시는군.

수년 동안 주형과 함께했지만 이토록 심각해 보이는 주형의 모습은 처음이었다. 그의 입에서 불면증 이야기가 나왔을 때보다 더한 모습이다.

'분명 무슨 일이 생기신 게 틀림없어.'

하지만 그렇다고 고민하고 있는 문제를 단번에 알려 주는 사람도 아니니, 재원의 입장에서는 답답하더라도 상황을 유추하거나 주형이 말해 주기를 기다릴 수밖에 없었다.

'그분과 관련된 문제인가?'

재원은 '흐음.' 하고 예쁜 미간을 좁히는 주형을 말없이 바라보았다. 그때, 지이잉, 휴대폰이 울리는 소리가 들렸다. 재원은 얼른 고개를 돌렸다.

"형님, 문자가 온 것 같습니다."

"하여간 쉬운 게 없어. 빌어먹을."

"형……."

주형의 상념이 더욱 깊어지는 모습을 지켜보던 재원은 자신이 직접 주형의 휴대폰을 확인하기로 결심했다.

'업무용이 아니군.'

주형이 습관적으로 꽂아 두던 차 안의 컵 거치대 안에는 두 개의 휴대폰이 놓여 있었는데, 요란하게 울려 대고 있는 것은 개인용 휴대폰 쪽이었다. 자연스럽게 진동하는 휴대폰을 들어 올리며 문자의 내용을 확인한 재원의 미간이 점점 좁아졌다.

"형님."

"……."

"주형 형님!"

재원이 한 번 더 소리를 높이고 나서야 상념에서 벗어난 주형은 재원을 응시했다. 재원은 들고 있던 휴대폰 액정을 주형에게 들어 보이더니 물었다.

"이런 문자, 자주 받으시는 겁니까?"

휴대폰 화면의 눈부신 빛이 주형에게 쏟아졌다. 눈썹을 꿈틀거리던 주형은 이내 피식 웃으며 대답했다.

"놀랐지?"

재원은 대답하지 않았다. 주형은 재원의 눈빛이 가라앉아 있다는 것을 확인하고 얼른 말을 덧붙였다.

"조금 섬뜩하기는 한데, 그 정도 문자는 다른 애들도 받는 거잖아. 아무래도 어디서 번호가 유출된 모양이야."

"……."

"왜. 신경 쓰여?"

재원은 주저 없이 대꾸했다.

"내일 번호 바꾸겠습니다."

"뭐? 아냐. 난 괜……."

"바꿀게요."

단호한 재원의 발언에 잠시 놀란 표정을 짓던 주형이 이내 고개를 끄덕였다. 마음에 걸린다면 그렇게 해. 주형의 입가에 잔잔히 미소가 퍼져 나가는 모습을 지켜보던 재원은 "곧 출발하겠습니다."라고 말하며 운전석 쪽으로 향하려 했다.

"아."

그러다 자신이 아직도 주형의 휴대폰을 쥐고 있다는 사실을 깨닫고 몸을 돌리려던 참이었다.

지이잉.

"또 똑같은 문자야?"

주형이 자신의 휴대폰을 들고 있는 재원에게 물어보았으나 재원은 알쏭달쏭한 표정을 지었다.

"재원아?"

"여우리라는 이름, 어디서 들어 본 것 같은데."

"줘."

"네? 헉!"

휴대폰 액정을 뚫어져라 응시하고 있는 재원에게서 황급히 자신의 휴대폰을 낚아챈 주형이 후우 숨을 골랐다. 그러고는 순식간에 굳어 있던 얼굴을 편 채 입꼬리를 올렸다.

"형님?"

순식간에 일변하는 주형의 모습에 재원이 황당한 표정을 지었지만 애석하게도 재원은 주형의 관심 밖이었다. 주형은 재원이 어떠한 반응을 보이든 개의치 않고 다음 말을 뱉어 내기 위해 입술을 움직였다.

"이번엔 또 무슨⋯⋯."

곧 옅은 미소를 그리던 주형의 입꼬리가 멈췄다.

* * *

"대체 몇 번을 말해!"

쾅.

테이블 위를 내리치는 남자의 손길에 주변의 눈길이 겁으로 물들었다. 어찌할 바를 모르고 수군거리고 있는 간호사들의 동요가 지척에서 느껴질 정도였다. 그러나 남자와 마주 보고 있는 우리의 얼굴은 변함이 없었다. 그런 우리가 답답하다는 듯, 남자는 언성을 높여 가며 말을 이었다.

"내가 필요한 건 수술이야! 수술이라고. 안 된다는 말만 하지 말고 된다는 말을 하라니까? 당신, 정말로 이 병원 부원장 맞아? 부원장이라기엔 너무 어려 보이는데? 아니. 설사 부원장이라고 해도 이딴 식으로 날 대하면 안 되지! 아니면 귀머거리인 거야? 왜 자꾸 같은 말을 반복하게 만들어!"

"한윤주 환자 보호자님, 진정하시고⋯⋯."

"진정? 내가 진정하게 생겼냐고! 게다가 그놈의 보호자는 무슨! 보호자라는 걸 알면 똑바로 알아들어야지! 보호자가 수술을 원하는데, 왜 의사인 당신이 된다, 안 된다를 주장하는 거요? 당신이 내 아내 보호자야, 뭐야!
내가 원한다고! 수술, 내가 원한단 말이야!"

흥분을 참지 못하고 거칠어진 남자의 숨소리가 <우리모두> 산부인과
부원장실을 가득 울렸다. 우리는 조금도 물러설 기미가 보이지 않는 남자의
험상궂은 얼굴을 바라봤다.

'다른 환자분들이 놀랄 수 있으니 일단 저를 따라오시죠.'

많은 환자들이 대기하고 있던 복도에서 고성을 뱉어 내며 간호사들을 위
협하던 남자를 부원장실 안으로 데리고 오는 것까지는 무리가 없었지만 이
후의 일은 뫼비우스의 띠처럼 반복되고 있었다. 환자의 임신 중절 관련 문
제로 수술을 요구하고 있는 보호자와, 환자의 간절한 요구에 따라 수술을
유보하고 있는 병원 측의 간극은 조금도 좁아지지 않았다.

"여보."

"당신은 가만히 있어!"

"……."

"그래서. 당신들 입장은 대체 뭔데? 수술을 해 주겠다는 거야, 안 하겠다
는 거야? 원장은 대체 어디 있어? 어디 있는데 코빼기도 안 비치냐고!"

이 상황이 곤란한 것은 아마도 보호자에게 말을 숨긴 환자의 입장일 것
이다. 우리는 강압적인 남자의 외침에 저를 한 번 힐긋거리더니 고개를 푹
숙이는 환자를 응시하며 깊은 한숨을 내쉬었다.

"보호자님."

"그래, 어디 한 번 들어 보죠. 수술이 미뤄진 이유가 대체 뭐요? 원장은
왜 숨어 버리고 당신이 우리를 대하고 있는지 한 번 들어나 보자고."

바드득 이를 가는 소리가 부원장실을 울렸다. 머리가 지끈거린다.

'원장님이 1시간 내로 도착하실 것 같대요. 그때까지만 대신 붙잡아 달
라고 부탁하셨어요.'

현우와 연락이 닿은 원장실 간호사 연희의 말이 머리를 스쳤다. 연희가

그렇게 말한 지 30분 정도가 됐으니 아마 현우는 근처까지 와 있을 거다. 우리는 씩씩거리고 있는 남자와 그의 옆에 앉아 안절부절못하고 있는 임산부를 차례로 응시했다.

"곧 원장님이 오실 겁니다. 하지만 병원의 입장은 똑같아요. 이미 알고 계시겠지만 현행법상 임신 중절 수술은……."

쾅!

쨍그랑.

무언가 깨지는 소리가 들렸다.

"당신 진짜 귀먹었어? 벽이야? 왜 이리 말이 안 통해!"

그와 동시에 성난 남자의 언성도 높아졌다. 우리는 눈앞에 보이는 물건을 집어 던져 버린 남자의 얼굴과 그가 던진 상패가 산산조각이 나 깨진 모습을 응시했다.

"괜찮으세요?"

"보호자님, 이번엔 좀 지나치셨어요!"

"다들 뭐 해! 얼른 경비 요원 불러!"

남자의 과격한 행동에 상황을 지켜보고만 있던 간호사들이 난리가 났다. 그는 갑자기 경비 요원을 운운하는 간호사들의 말에 움찔거리다가도 여전히 반응 없는 우리의 모습에, 그녀를 노려보며 가만두지 않겠다는 협박과 폭언을 일삼았다. 그런 소란이 인 지 대략 5분 정도가 흘렀을 때, 그는 다른 간호사들이 데려온 경비 요원들에 의해 부원장실 밖으로 끌려 나갔다.

"부원장님, 어디 다친 곳은 없으세요?"

"……"

"어휴, 진짜 온종일 저 사람 때문에 이 무슨 봉변인지 모르겠어요. 정신이 하나도 없…… 부원장님?"

남자를 상대하는 내내 태연한 척, 냉정한 척 굴었지만 높아지는 목소리에 심장이 뛰는 것은 어쩔 수 없었던 모양이다. 우리는 저를 부르는 수경의 외침을 몇 번이나 듣고 나서야 겨우 정신을 차릴 수 있었다.

"부원장님, 오늘 정말 고생 많으셨어요."

고요하던 병원을 발칵 뒤집어 놓았던 소란은 현우가 도착하고 나서야 뒤늦게 마무리가 되었다. 수경으로부터 현우와 예의 환자, 그리고 보호자의 삼자 면담이 진행되었다는 이야기를 듣기는 했었는데 대화를 나누던 도중 긴급 출산 환자가 도착하여 그 다음 말은 마저 듣지 못했다.

오랫동안 출산 문제로 고생을 한 환자에게 새로운 생명을 안겨 준 이후 하루 일과를 마무리하던 우리는 자신에게 말을 거는 수경을 응시했다.

"수경 쌤도요."

"바로 퇴근하실 거죠?"

"네."

"음……."

"왜 그래요?"

수경이 무언가 말하기를 머뭇거렸다. 괜찮으니 말하라는 우리의 신호에 주저하던 수경이 조심스레 말을 꺼내기 시작했다.

"아까 정신없는 와중에 부원장님 휴대폰을 건드린 것 같아서요."

"내 휴대폰?"

"네. 착각인 것 같기도 하고, 아닌 것 같기도 한데……."

"수술실 들어간 이후로 딱히 연락 받은 곳은 없어요. 걱정 안 해도 될 것 같아요."

"그렇다면 다행이에요!"

밝게 웃는 수경을 향해 우리는 빙긋 웃어 주었다.

"아, 부원장님!"

그대로 가방을 들고 밖으로 나가려던 우리를 또 한 번 수경이 막았다. 우리가 의아한 표정을 짓자 조금 전보다 더욱 난처한 표정을 한 수경이 결국 입술을 뗐다.

"아까 그 보호자 말이에요. 왠지 모르게 자꾸 신경 쓰여요."

"그게 무슨 소리예요?"

"아까 그 남자, 원장님이랑 면담 이후 환자랑 같이 병원 밖으로 나갔거든요?"

우리는 고개를 끄덕였다. 수경은 미간을 좁히며 말했다.

"그런데 소윤 쌤이 조금 전 교대하면서 봤다는데 아까 그 보호자가 병원 근처에 어슬렁거리고 있더래요."

"근처에?"

"네. 벌써 3시간도 지났잖아요. 자세히 물어보니 환자는 안 보였다고 하고, 뭔가 씩씩거리면서 주차장에 들어갔다고 하던데. 물론 소윤 쌤이 잘못 본 걸 수도 있기는 해요. 그래도……."

"수경 쌤."

"예?"

"나 걱정해 주는 거죠?"

우리의 질문에 수경의 눈이 동그래졌다. 수경이 곧 얼굴을 아래위로 주억이자 우리는 말을 이었다.

"직접 대응한 사람이 나라서 더 염려되는 건 알아요. 하지만 나도 성인인걸. 그분이 말이 안 통하기는 했지만 설마 나쁜 짓이라도 하겠어요?"

"하지만."

"걱정 말고 내일 봐요. 오늘 일은 훌훌 털어 버리고 새 마음 새 뜻으로. 알죠?"

톡톡, 수경의 어깨를 부드럽게 다독인 우리는 문을 열고 밖을 벗어났다.

'후우.'

어쩐지 삶의 무게가 오롯이 느껴지는 저녁이다. 길게 호흡을 고른 우리는 차가 주차되어 있는 지하 3층으로 향했다. 집으로 돌아가자마자 뜨거운 물에 몸을 담근 다음 피로를 풀어야겠다. 그리고 찜질이라도 하면서 잠을 자야…….

터벅터벅 차가 주차된 장소까지 걸어온 우리의 얼굴이 굳었다.

'…….'

얼마 전, 자차의 전체 수리를 받아 고장 난 부품을 교체하고 도색 작업까지 했던 우리의 차바퀴가 놀라울 만큼 힘없이 내려앉아 있었다. 딱딱해진 안면을 펴지도 못한 채 누군가 펑크를 낸 것이 분명해 보이는 바퀴 근처를 만지던 우리는 갑자기 들리는 부스럭거리는 소리에 놀라 고개를 돌렸다.

두근─

잠잠하던 심장이 반응했다.

'자세히 물어보니 환자는 안 보였다고 하고, 뭔가 씩씩거리면서 주차장에 들어갔다고 하던데.'

불현듯 수경이 뱉어 낸 말이 귀를 맴돈다.

'설마.'

'당신, 그 기고만장한 태도가 얼마나 갈 수 있을지 두고 보자고!'

우리는 날카로운 무언가에 의해 찢겨진 바퀴를 한참 동안 응시하다 뒤로 한 걸음 물러났다.

아무래도 안 되겠어.

문제가 생긴 차로 운전을 할 수는 없는 노릇이니 다른 방안을 마련해야 할 것이다. 주차장을 벗어나기로 결심한 우리는 엘리베이터 쪽으로 향하기 위해 몸을 돌렸다.

스슥.

그 순간, 우리의 대각선 편에 존재하던 기둥 뒤에서 누군가가 나타났다.

"너!"

"……!"

"내가 말했었지?"

가만두지 않겠다고.

남자가 더 이상 말을 잇지는 않았지만 어디선가 그의 목소리가 들려왔다. 쿵. 쿵쿵. 우리의 심장은 조금 전보다 빠르게 뜀박질했다.

"이리 와!"

갑작스러운 상황에 놀란 우리가 아무 대응도 하지 못한 채 남자의 손길이 다가오는 모습을 지켜보고 있을 때였다.

누군가, 우리의 손목을 붙잡았다.

* * *

"글쎄 몇 번을 말씀드려요! 그건 제가 안 훔쳤다니까요?"

"이봐요, 매장 근처 CCTV에 떡하니 본인 모습이 찍혔어요. 그런데 발뺌을 해? 솔직히 말해요. 아님 직접 보여 주길 원해?"

"아이고, 형사님. 제 말 좀 들어 봐요. 우리 아리가 갈 곳이라고는 집이랑 집 근처 공원밖에 없는데 아무리 찾아도 안 보인다고요. 우리 아리, 대체 어디 있을까? 응? 우리 아리 좀 찾아 줘요, 형사 양반!"

"어머니, 일단 진정하시고 이거 한 잔 드십시오."

"여보쇼! 형사 양반. 날 언제까지 묶어 둘 생각이야? 내 변호사는? 불러준다는 내 변호사는 대체 언제 오냐고! 내가 여기 있을 사람 같아? 어?"

"후우, 선생님. 웬만하면 지금은 그냥 가만히 계시는 편이 좋을 겁니다. 당신 지금 피해자가 아니라 피의자라고요. 한 번만 더 서의 물건을 함부로 다루시면 저희도 그냥 두고 보고 있지만은 않겠습니다. 그리고 말씀하신 변호사, 곧 온답니다. 조금만 기다리시죠."

중천에 떠 있던 해가 졌다. 어둑해진 하늘 아래는 밤을 밝히는 불빛들이 가득했고 여우리가 일하는 <우리모두 산부인과> 근처의 한 경찰서 안도 마찬가지였다.

기나긴 하루 동안 민중을 지키기 위해 갖은 고생을 했던 경찰들은 어느새 대부분 퇴근한 지 오래. 오늘따라 부쩍 북적한 경찰서 내부는 당직인 이들이 남아 야간 업무를 이어 나가고 있었으며 각자의 사연을 담고 있는 사람들이 고성과 항변을 토로하며 자신들의 이야기를 들어 줄 것을 요구하고 있었다.

두근.

그리고 시장통을 방불케 하는 서 내의 한 의자에 앉아 있던 우리의 심장은 잠시도 남아나지 않았다.

두근두근.

그녀의 심장이 이상할 정도로 뛰는 까닭은 경찰서 방문이 난생처음이었기 때문도 아니었고, 폭행 미수 혐의 피해자로 이곳을 방문했기 때문도 아니었다.

"이봐, 장 형사. 저기 저 사람은 대체 뭐야? 무슨 사건 용의자야?"

"용의자, 아니라던데?"

"아니라고?"

"어. 아니래. 그러니까 뭐라더라? 피해자의…… 보호자?"

두근!

등 뒤에서 쑥덕거리는 소리가 들려온다. 덕분에 두근거리던 우리의 심장은 몸 밖으로 튀어나올 것처럼 들썩였다. 우리는 저도 모르게 입술을 꽉 악문 채 옆을 응시했다. 우리의 갈색 눈동자 안으로 소란스러운 이곳 경찰서와 너무도 이질적인 사람이 들어왔다.

칠흑같이 어두운 검정 벙거지 모자에, 눈을 가리는 새카만 선글라스. 어디 그것뿐인가. 마스크도 검은색인 데다 심지어 입고 있는 코트까지 블랙 롱코트니.

'사신(使神)이 따로 없네.'

피해자의 보호자라기보다는, 피의자에 더 어울릴 법한 큰 키의 남자는 우리의 옆에서 범상찮은 포스를 풍기는 중이었다. 덕분에 형사고 범인이고 가리지 않고 의심스러운 눈길로 우리가 있는 쪽을 보고 있는 것은 당연했다.

어쩌다 이렇게 된 거지. 이곳에 있어서는 안 될 사람이 제 옆에 앉아 있다는 사실에 머리가 지끈거린다. 우리는 길게 한숨을 내쉬며 정면의 빈자리를 응시했다.

"아이고, 숨 차라."

그때였다. 우리 일행을 안내한 이후 잠깐 사라졌던 담당 형사가 다시 나타났다. 우리는 헉헉거리며 책상으로 다가오는 형사를 발견하자마자 자리에서 벌떡 일어났다.

"그러니까, 여 선생님 되시죠? 여우리 선생님?"

"아, 네."

"하하, 기다려 주셔서 감사합니다. 꼭 받아야 하는 전화라 어쩔 수 없이자리를 비우게 되었네요. 저는 강영웅입니다. 강영웅 형사. 그냥 강 형사라고 불러 주십쇼!"

"⋯⋯예, 안녕하세요."

"에이, 같이 일어나실 거 뭐 있습니까. 일단 편하게 앉으시죠. 저기 명현아! 우리 선생님 드시게 물 한 잔만 가져와라!"

자신을 강영웅이라고 소개한 형사의 외침에 그들을 지켜보고 있던 순경한 명의 움직임이 분주해졌다. 우리는 젊은 순경에게 엄지손가락 하나를 들어 보이고선 "어디 한 번 사건을 정리해 볼까요?"라 말하며 키보드를 두드릴 준비를 하는 강 형사를 응시했다.

종이컵에 물을 가져다 준 젊은 순경에게 고맙다고 인사를 한 우리는 차근차근 사건을 정리하는 강 형사에게 성실히 답했고, 그럴수록 형사의 손가락은 빠르게 움직였다.

"선생님께서는 선처하실 생각은 없으신 거지요?"

"저는⋯⋯."

"없습니다."

우리가 형사의 마지막 질문까지 답한 이후 잠시 숨을 고르고 있을 때였다. 갑작스러운 강 형사의 물음에 순간적으로 대답을 망설이는 사이 지금까지 줄곧 입을 다물고 있던 남자의 입에서 굵직한 음성이 들려왔다.

"예?"

놀란 것은 맞은편의 강 형사 역시 마찬가지였는지, 그는 소리가 들려온 쪽으로 눈을 동그랗게 떴다. 그러자 짧게 호흡을 뱉어 낸 남자가 의자에 기대고 있던 등을 바로 세우더니 쓰고 있던 선글라스를 벗으며 형사와 눈을 마주했다.

"선처 따위는 없다고요."

칼날만큼이나 예리한 목소리. 단호하기 짝이 없는 그 말에 우리는 저도 모르게 손을 뻗어 그의 옷깃을 잡으려 했으나 남자의 말이 더 빨랐다. 강 형사는 그런 남자와 우리의 행동을 가만히 지켜보더니 이내 빙긋 웃으며 입술을 달싹였다.

"아, 물론 그래야죠. 듣자하니 여 선생님을 위협했던 그분, 아니, 그 남자는 충동적으로 벌인 일이라고 주장하고 있기는 하지……."

"충동은 무슨. 전부 계획된 범죄죠."

"네?"

"그러지 않고서야 어떻게 이 사람의 퇴근 시간에 맞춰서 그렇게 나타날 수가 있습니까? 처음부터 이 사람을 노린 계획범죄 아니겠어요? 그때 제가 나타나지 않았다면 이 사람에게 무슨 일이 생겼을지 어떻게 압니까. 절대 선처는 없습니다. 꿈도 꾸지 말라 해요."

"아……. 하, 하하."

발언권을 가지고 있는 우리도, 그의 이야기를 듣던 강 형사도 남자의 말을 막지 못했다. 강 형사는 남자의 말을 가만히 듣고 있더니 안절부절못하고 있는 우리를 바라봤다. 그러고는 내내 품고 있던 의문을 표출하기로 결심했던 모양이다.

"저기, 그런데 말입니다, 선생님."

응?

"실례지만 이분은 대체…… 누구십니까?"

우리는 눈을 크게 떴다. 자신이 잘못 들었나 싶었지만 강 형사는 정확히 우리의 옆자리에 앉아 있던 남자를 빤히 주시하고 있었다.

'설마 누군지 모르는 거야?'

우리는 자신의 옆자리에 앉은 남자를 가리키며 묻는 강 형사를 보고 조금 놀랐다. 물론 얼굴을 꽁꽁 가리고 있기는 했으나 대충 짐작할 거라 생각하기는 했었는데 말이다. 꽤 놀라는 우리를 향해 강 형사는 말을 이어 갔다.

"사실 처음 뵀을 때부터 여쭤보고 싶었거든요. 그런데 선생님께서 워낙 경황이 없어 보이셔서 묻지 못했습니다. 당시 사건 현장에 함께 계셨던 분이라고 듣기는 했는데, 정확히 두 분이 어떤 관계이신지 여쭤 봐도 될까요?"

우리는 진지한 강 형사의 질문에 살짝 고민했다. 금주형이라고 밝히면 곤란해지겠지? 그녀는 요지부동인 주형을 힐긋거린 후 입을 열었다.

"이 사람은……."

"남자 친구요."

대답을 하기 위해 입을 열려던 우리의 얼굴이 딱딱하게 굳었다. 지나칠 정도로 담백하고 건조한 목소리가 옆에서 들려왔기 때문이다. 당황한 우리가 놀란 표정을 지으며 옆을 응시하자 그녀의 시선을 받은 주형이 오히려 되물었다.

"왜? 틀린 말 아니잖아."

그건……. 우리는 목구멍까지 차오른 아니라는 말을 삼킬 수밖에 없었다.

"하하, 어쩐지. 그래서 함께 계신 거였군요. 하긴 그러지 않고서야 보호자를 자청할 리 없죠. 그럼 선생님, 다음 질문으로 넘어가서……."

내내 품고 있던 의문이 이제야 풀렸다는 듯 호쾌하게 웃던 강 형사는 남은 조사를 이어 갔다.

"후우. 조서는 뭐 이 정도로 될 것 같네요."

피해자 조사가 끝난 것은 적잖은 시간이 지난 뒤였다. 조사를 진행하는 내내 키보드를 두드리고 있던 강 형사는 손가락을 자유롭게 내려놓은 채 우리와 옆자리를 차례로 응시했다. 그 말에 기다렸다는 듯 주형이 물었다.

"그럼 저희는 이만 가 봐도 되겠습니까?"

"예? 아, 당연하죠! 조서를 다 쓰셨으니 일단 귀가하셔도 됩니다."

"……."

"하하, 피의자 때문이시죠? 걱정 마십시오. 지금 이 상황에서 여 선생님께 또 다시 위협을 가하는 건 본인에게 좋을 것이 없다는 걸 확실히 알고 있는 상태니까요."

"그럼 다행이군요. 여우리."

조사를 받는 내내 멍한 표정으로 대답을 이어 가던 우리는 제 앞으로 다가온 커다란 손에 고개를 들었다.

'아…….'

어느새 주형의 손이 제 앞에 다가와 있었다. 우리는 무의식적으로 그 손 위로 제 손을 얹은 뒤 자리에서 일어났다.

"또 다른 일이 생기면 다시 연락드리겠습니다."

"그럴 일은 없었으면 좋겠네요."

"하하, 재미있는 분이시군요."

"……."

"그런데……."

형사과를 나오는 우리와 주형의 뒤를 따라 나온 강 형사는 우리를 부축하고 사라지려는 주형을 가만히 응시했다. 저를 향한 강 형사의 눈길에 주형의 미간이 꿈틀거리는 게 보였다.

"하실 말씀이라도 있으십니까?"

강 형사는 질문한 우리가 아닌 주형을 뚫어져라 응시하더니 뒷머리를 벅벅 긁으며 중얼거렸다.

"제 착각일 수도 있는데 말입니다. 아무리 봐도 어디서 뵌 분 같아서 말이죠. 흐음, 제가 안면이 있는 사람이라면 둘 중 하나인데 말입니다. 저도 알고 있는 분입니까?"

형사가 알고 있는 '둘 중 하나'라면 아마도 범죄자이거나 혹은 유명인이겠지.

우리는 정곡을 찌르는 강 형사의 질문에 움찔했다. 그 모습을 지켜보며 피식 웃던 주형은 의심의 눈초리를 거두지 못하는 강 형사를 향해 빙긋 눈꼬리를 휘었다.

* * *

"알아차린 게 분명해."

낮게 중얼거리는 우리의 말에 운전석에 앉아 있던 주형의 시선이 조수석으로 옮겨 갔다. 우리는 짙고 검은 눈동자가 제게 꽂히는 것을 확인하며 인상을 썼다. 누가 봐도 불만이 가득하다는 것이 느껴지는 그녀의 눈빛에 주형이 피식 웃음을 터트렸다. 그는 중얼거렸다.

"몰라본다면 오히려 내가 반성해야겠지."

"뭐?"

"금주형이 아직 그 정도밖에 안 되는 거니까."

태연한 주형의 대답을 들은 우리의 입 밖으로 어이없는 숨소리가 흘러나왔다. 눈을 가늘게 뜨고 주형을 쳐다보던 우리가 이내 의자에 등을 기대며 물었다.

"어떻게 알았어?"

"뭘."

"오늘 있었던 일."

그리고 어떻게 온 거야, 대체. 자칫하면 큰일이 날 수도 있겠다는 두려움이 머리를 삼키다 못해 전신을 지배해 버린 시점. 한 발자국도 움직일 수 없었던 우리의 눈앞에 들어온 커다란 등은 떨리는 그녀의 가슴을 진정시켰다.

그뿐인가.

'괜찮아, 내가 있어.'

귀가 멀 정도로 두근두근 뛰던 심장 소리는 그녀를 진정시키기 위해 뱉어 낸 그 부드러운 음성으로 뒤덮었다. 놀라울 만큼 빠르게 우리는 안정을 되찾았고 저를 막아선 주형을 본 순간 더 이상 아무것도 두렵지 않았다.

'하지만 그건 그거고 이건 이거야.'

우리는 자신에게 무슨 일이 있을 때면 귀신같이 나타나는 주형을 의심스러운 눈길로 바라봤다. 주형은 그녀의 따가운 시선을 가만히 받더니 픽 웃으며 말했다.

"그게 중요해?"

"뭐?"

"이 시점에서 중요한 건, 네가 다치지 않았다는 거잖아."

"……!"

"하여간 여우리. 잠시도 방심 못 하게 하지. 네가 이러니 내버려 둘 수가 있나."

주형은 놀라 대꾸하지 못 하는 우리에게서 눈을 뗐다. 그러고는 액셀러레이터를 밟아 아직 환한 불이 켜져 있는 경찰서 주차장을 벗어나 어디론가 달리기 시작했다.

"……우리. 여우리."

감고 있던 눈꺼풀을 스르륵 들어 올리자 주형의 얼굴이 들어왔다.

잠깐 졸아 버린 건가. 사건이 있었던 그 시점, 아니 예의 보호자와 마찰이 있었던 그 순간부터 지금까지 내심 저도 모르게 긴장하고 있었나 보다. 모든 일이 해결됐다 생각하니 그만 힘이 풀려 버렸다.

달콤한 단잠에서 깨어난 우리가 멍하니 저를 응시하자 주형이 속삭였다.

"내려."

"어……디야?"

"어딘 것 같은데."

꼭 이런 식으로 되묻더라. 그가 쉽게 답할 거라고 생각하지는 않았지만 대답을 듣지 못하니 미간이 좁아졌다. 우리는 흥 콧방귀를 뀌며 주위를 두리번거렸다. 반쯤 감겨 있던 우리의 눈동자가 동그래졌다.

"금주형!"

"응?"

"왜 우리 집이 아니라 너희 집인데!"

도통 이해가 가지 않는다며 버럭 소리치자 주형이 쯧, 혀를 찼다.

"아까 그 형사 말, 기억 안 나?"

"무슨……."

'하긴, 맞는 말씀이십니다. 상대는 우발적이었다고 주장하지만, 확실히 퇴근 시간까지 기다려 선생님을 위협하려 한 행위는 상당히 위험하죠. 듣자 하니 선생님의 거주지가 어디쯤인지 다른 관계자들한테 묻고 다녔다는데 말입니다. 사건이 해결될 때까지 선생님께서 달리 지낼 거처가 있으십니까?'

우리의 조사를 담당했던 강영웅 형사는 생각 이상으로 말이 많았다. 차분하게 대답하는 우리와는 달리 필요 이상의 말을 뱉어 내곤 했었다. 덕분에 저를 위협했던 보호자가 자신의 뒷조사를 하고 다녔다는 소식까지 접하게 된 우리의 마음은 편치 않았다. 제 옆에서 그 말을 한 자, 한 자 듣고 있던 주형 역시 마찬가지였던 것이 분명하다.

주형은 조수석에 앉아 자신을 응시하는 우리에게 말을 이었다.

"지금은 유치장에 있다고 하지만 그 사람이 언제 풀려날지 어떻게 알지? 열심히 일하는 경찰도 있지만 곧이곧대로 믿는 건 곤란해."

"……."

"게다가 그런 위험한 사람이 붙었는데 어떻게 널 혼자 둬? 절대 안 돼.

차라리 계약 이행을 빨리하는 편이 나아. 잔말 말고 오늘부터 당장 들어와. 필요한 물품은 이미 고나라한테 말해 뒀어. 나라가 준비했을 거야."

"……."

"안 된다는 말 할 거라면 하지 않는 편이 좋아. 나도 지금 많이 참고 있거든. 마음 같아서는 그 자식 힘껏 패 줬어야 하는데, 그러지 못해서 화가 난 상태란 말이야. 그러니 웬만하면 내 뜻에 따라 줘."

서 내부에서는 검은 마스크와 선글라스, 그리고 모자를 꾹 눌러쓰고 있었기에 그의 표정이 어땠는지 기억나지 않는다. 강 형사로부터 피해자의 항변을 들을 때도 끓어오르는 감정을 꾹 누르기 위해 앞만 보고 있었던지라 옆자리의 주형을 살피지 못했다. 그런데 현재 제 시야로 들어온 주형은 한껏 화가 나 있었다.

'이 일이, 그렇게 흥분할 일인가?'

우리는 그를 응시했다.

"여우리, 듣고 있어?"

짜증이 가득 묻어나 있는 그의 말을 곱씹느라 대답할 타이밍을 놓쳐 버렸다.

'……!'

그때 차가운 무언가가 눈썹과 눈썹 사이에 닿았다.

두근.

놀라 눈동자를 치켜들자 주형의 기다란 검지가 자신의 미간 한가운데를 꾹 누르고 있는 것이 보였다.

"안 그래도 못난 얼굴 더 못생겨지기 전에, 인상 펴."

주형이 얼굴을 찌푸린 우리를 향해 낮게 속삭였다. 우리는 입술을 씰룩였다.

"안 떼?"

"하하."

"야."

"이제야 여우리답네."

뭐?

"내려. 여기서 더 이렇게 있다가는 다른 입주민 눈에 띌 거야. 그걸 원한다면 뭐……."

"내려, 내릴 거야!"

주형의 도발에 백기를 들어 버린 우리는 안전벨트를 풀기가 무섭게 조수석에서 내렸다. 성큼성큼, 자연스럽게 엘리베이터가 있는 곳으로 움직이는 우리의 귀로, 제 뒤를 주형이 따르는 소리가 들렸다.

'망할 자식.'

금주형 저 인간이랑 얽히면 정말 필요 이상의 에너지를 쏟게 된단 말이지.

툴툴거리던 우리는 자신의 입꼬리가 씰룩이는 것을 아직 인지하지 못했다.

'잠깐.'

주형과 함께 엘리베이터에 오르고, 그의 집이 있는 21층 버튼을 꾹 누른 후 도착하기만을 기다리고 있을 때였다. 우리는 순간적으로 스치는 누군가의 목소리에 얼굴을 굳혔다.

'*생활은 앞집에서 하고 밤은 내 집으로 와. 필요할 때 말고는 사생활 터치는 하지 않을게. 대신 잠은 꼭 내 침대 위에서 자야 해.*'

쫘악 소름이 돋아났다.

'그럼 오늘부터 이 녀석이랑 같이…… 자야 한다는 거야?'

홱 고개를 돌린 우리의 시야로 어느새 다시 검은 벙거지 모자와 선글라스를 쓴 주형이 들어왔다.

불과 며칠 전, 우리는 주형과 생각지도 못한 연애 계약을 맺었다. 그가 제 연극에 어울려 주는 대신 그녀는 주형의 불면증 증세가 완화되도록 도와주기로. 겉으로 보기에는 서로에게 아주 득이 되는 계약이었다.

하지만…….

우리는 서둘러 손목에 찬 시계를 응시했다.

째깍째깍.

바쁘게 돌아가는 시계의 초침과 분침은 밤 11시를 가리키고 있었다.

그 말인즉, 곧 잠자리에 들어야 하는 시간이라는 소리.

'오케이. 도와줄게. 너도 날 돕고, 나도 널 돕는 거야.'

이제 와 없던 일로 치부하기에는 도와주겠다고 자신한 사람은 바로 자신이었다.

'여우리, 너 혹시 호랑이 굴에 제 발로 들어온 거니?'

두근거리던 심장이 조금 더 빠르게 박동했다. 다급해진 우리의 시선이 엘리베이터 내부의 전광판으로 꽂혔다. 쉬지 않고 올라가고 있는 엘리베이터는 어느새 14층을 지나고 있었다.

물론 여우리와 금주형, 금주형과 여우리가 알고 지낸 시간은 10년을 넘어 20년을 향해 달려가고 있었다. 적지 않게 알고 지낸 사이인 만큼 볼꼴과 못 볼꼴을 다 보았지만 아직 여우리는 외간 남자와 한 침대에서 눈을 붙이고 뜰 준비가 되어 있지 않았다.

'단순한 계약일 뿐이야.'

그저 계약이 끝날 때까지만 같은 침대를 쓰면 될 일이다. 이 녀석이 제게 무슨 일을 저지를 사람도 아니고, 저도 그에게 손을 뻗을 생각 따윈 추호도 없지 않은가?

'아무 일도 안 일어날 거야. 괜찮아.'

하지만 수도 없이 되뇌고, 또 진정시켜 보아도 이상하게 쿵쿵거리는 심장은 가라앉을 기미 따위 보이지 않는다. 우리의 얼굴은 점점 파리해졌다. 그리하여 그녀의 시선이 막 21층에 도착한 엘리베이터 전광판을 발견했을 때, 손에 쥐고 있던 핸드백의 끈이 팽팽해진 상태였다.

"걱정 마."

드르륵 열리는 엘리베이터 밖으로 나가야 할까, 말아야 할까를 망설이고 있을 때였다. 우리는 옆에서 들려오는 소리에 깊은 상념에서 벗어났다. 주형은 말했다.

"오늘부터 계약 이행하라는 소리 안 해. 나 그렇게 인정머리 없는 녀석 아니다."

뭐?

"받아."

주형이 주머니에서 아마도 문의 자동키로 보이는 작은 카드 하나를 꺼내어 건넸다. 우리가 이게 뭐냐는 표정을 지으며 그를 응시하자 주형은 자신의 집과 정확히 맞은편에 위치한 2102호를 가리키며 말했다.

"저 집이야."

"어?"

"참고로 현관 비밀번호는 고등학교 1학년, 2학기 첫 모의고사 날짜."

"……!"

"스케줄 펑크 내고 바로 달려와서 너무 피곤하네. 잘 수 있을진 모르겠지만 그래도 눈은 좀 붙여 봐야겠어."

"뭐?"

"잘 자, 여우리."

주형은 우리가 대꾸할 틈도 없이 2101호로 성큼성큼 걸어 들어가더니 자연스럽게 문을 열었다. 우리는 그가 문 사이로 사라지기 전에 문득 든 생각에 얼른 소리쳤다.

"기다려, 금주형! 내가 모의고사 날을 어떻게 기억……!"

한다.

외치려던 우리의 말이 뚝 끊어졌다.

'기억……해.'

우리는 쾅 닫히는 문을 막지 못했다.

쿵쿵.

긴장과는 다른 의미로 심장이 들썩였다. 우리는 손에 들린 자동키와 주형의 말을 떠올렸다.

'……'

여우리가 고등학교 1학년, 2학기 첫 모의고사 날짜를 기억하는 이유는 간단하다.

왜냐하면 그날은—

'저기요.'

'……'

'네, 그쪽이요. 잠깐 물어볼 게 있어요.'

'……뭐죠?'

'교무실이 어디예요?'

여우리가, 금환 고등학교로 전학을 온 날이니까.

* * *

"여우리, 잘할 수 있지?"

흐트러진 옷깃을 단정하게 바로 잡아 주던 마 여사의 질문에 가라앉아 있던 우리의 눈동자가 그녀를 향했다. 몇 글자 되지 않는 말이었지만 그 속에 숨은 또 다른 뜻을 파악하기는 어렵지 않았다.

'우리야. 일전에 말했던 대로, 다음 학기부터는 나라 네 학교로 전학을 갈 거야. 아직 많이 어색하고 적응하기도 쉽지 않겠지만 나라랑 다투지 말고 잘 지내야 해. 너를 위해서라도……. 그리고 엄마를 위해서라도.'

오랜 세월 동안 홀로 고군분투하던 어머니, 마 여사에게 좋은 짝이 생겼다. 놀라웠던 만남에서 운명적인 재혼으로 이어지기까지는 결코 쉽지 않았지만 우리의 응원을 받으며 마 여사는 두 번째 결혼식을 행복하게 치렀다.

그로 인해 우리의 삶에도 변화가 생겼다. 자상한 새아버지와 의붓동생이 생긴 것이다.

"걱정 마세요, 엄마. 잘 다녀올게요."

같은 나이임에도 불구하고 몇 달 더 빨리 태어났다는 이유로 집안의 '언니'가 되어 버린 우리는 저를 보며 염려스러운 표정을 짓고 있는 마 여사를 다독였다. 자신이 현관을 나설 때까지 걱정의 눈빛을 거두지 않는 마 여사를 향해 우리는 생긋 웃어 준 후 주차장으로 향했다.

"야, 왜 이렇게 늦게 내려와? 이러다 지각하면 네가 책임질 거야?"

"어허, 고나라."

"내가 뭐 못 할 말 했나? 빨리 가기나 하세요! 진짜 지각할 것 같다니까?"

"너 진짜 말 그렇게 할래? 아빠도 참는 데 한계가 있다."

"흥!"

"우리야, 신경 쓰지 말고 타렴. 여기 비었단다."

"누가 누구 딸인지 모르겠네."

우리가 마 여사의 배웅을 받는 사이 이미 차에서 대기하고 있던 동갑내기 동생 나라는 우리를 보자마자 날을 세웠다. 그런 나라의 행동을 따끔하게 지적하던 우리의 새아버지 고 선생은 우리가 조수석에 올라타는 모습을 지켜보며 부드러운 미소를 그렸다. 우리는 묵묵히 고 선생에게 고개를 끄덕인 후 움직이기 시작하는 차의 정면을 응시했다.

"맞다. 너희 오늘 모의고사 친다고 하지 않았니? 우리, 준비는 열심히 했어?"

매끄럽게 나아가는 차 안의 공기가 이상하게 무겁다고 생각했다. 조금이라도 빨리 이 좁은 공간을 벗어났으면 하고 바라던 우리의 귓가로 자상한 음성이 들려왔다. 슬쩍 고개를 옆으로 돌리니 운전석에 앉아 있던 고 선생이 우리를 바라보고 있었다. 우리가 막 대답하려 할 때였다.

"쟤한테 물어봐서 뭐 해. 당연히 열심히 준비했겠지. 아빠도 봤잖아, 밤에 잠도 안 자고 공부만 하는 거. 누굴 닮아 저렇게 독한지 몰라."

"……그래, 보아하니 우리 고나라 양은 공부를 안 한 모양이구나."

"나야 뭐, 울 엄마 닮아서 공부 안 해도 잘 먹고 잘 살 거라 공부 따위 안 해도 돼."

"어휴."

"아빠! 나 여기 세워 줘."

"여기?"

"어."

"하지만 정문은……."

"아빠! 나 늦었다니까?"

나라의 재촉에 후, 한숨을 내쉬던 고 선생이 결국 브레이크를 밟았다.

쾅.

뒷좌석에 앉아 있던 나라가 차에서 내리며 문을 닫는 소리가 났다. 우리는 당황하는 고 선생을 힐끔거리다 천천히 안전벨트를 풀었다.

"왜? 우리 너도 여기서 내리려고?"

"네."

"어……."

"담임 선생님께는 미리 전화 드렸어요. 교무실로 오면 직접 안내해 주신다고도 하셨고요. 그러니 걱정 마세요. 아저……. 아버지."

무의식적으로 흘러나오던 '아저씨'라는 단어를 서둘러 고치자 고 선생의 입가에 잔잔한 미소가 폈다. 고 선생은 차에서 내리려는 우리에게 간식이라도 사 먹으라며 몇 만원을 쥐여 준 뒤 사라졌다.

우리가 전학을 오게 된 금환 고등학교와 30분 거리에 위치한 은화 고등학교에서 화학 선생으로 일하고 있는 고 선생 역시 출근을 더는 지체할 수 없었던 모양이다. 우리는 멀어지는 고 선생의 남색 SUV를 응시하다 몸을 뒤로 돌렸다.

"……."

바쁘다며 서둘러 차에서 내리던 나라가 벽에 등을 기댄 채 저를 기다리고 있었다.

'나라랑 다투지 말고 잘 지내야 해.'

나라가 저를, 그리고 어머니를 고깝게 여긴다는 사실은 첫 만남 때부터 쉬이 짐작할 수 있었지만 요즘 따라 그녀의 짜증 빈도가 갈수록 늘어나고 있었다. 일일이 대응하다가는 끝이 없을 것 같아 반응하지도 않았건만.

우리가 다가오기만을 기다리던 나라는 우리가 우뚝 멈춰 선 채 저를 주시하자 곧장 으르렁거렸다.

"여우리. 미리 경고하는데 나랑 너랑 같은 집에 산다는 거, 애들한테 말하기만 해. 가만 안 둬."

"……."

"내 말 안 들려? 너 내 말이 우습냐?"

마 여사가 했던 말을 떠올리며 그녀의 말을 한 귀로 듣고, 다른 한 귀로 흘리려던 우리가 정문 쪽을 향하려고 하자 거친 손길이 다가왔다. 나라의 손에 잡혀 버린 우리의 몸이 힘없이 담벼락에 부딪혔다.

툭.

덕분에 들고 있던 가방까지 바닥으로 떨어졌다.

'윽.'

입 밖으로 흘러나오는 신음을 삼키며 고개를 숙이자 나라가 인상을 썼다.

"야, 여우리, 너 왜 약한 척해?"

등이 따끔거리는 것을 느끼며 천천히 고개를 들려던 때였다.

"이야, 고나라. 이젠 교실 깡패에서 학교 깡패로 거듭나기로 한 거냐?"

"뭐? 무슨 헛소리야."

"무슨 헛소리기는. 우리 반의 폭군으로 군림하고 있는 우리 고나라 님께서 학교 밖에서까지 그 힘을 위시하려드나 걱정하는 거지. 저기요, 괜찮아요? 고나라가 많이 괴롭혔죠? 이해하세요. 워낙 힘만 센 바보에다 성격도 더러워서 대응하는 게 쉽지 않을 거예요. 그러니 그냥 무시해요!"

"너 말 다 했어?"

"아니? 안 했는데? 아직 할 말 많은데? 하하!"

"이 자식이 진짜! 한진한, 너 거기 안 서냐!"

"내가 바보냐? 서게!"

"야! 너 진짜 죽는다!"

조금 전까지 저를 향했던 나라의 시선이 갑자기 등장한 소년에게 꽂혔다. 그와 투닥거리다 결국 제 앞에서 사라지는 나라의 뒷모습을 바라보고 있던 우리의 눈앞으로 무언가 커다란 것이 다가왔다.

'아.'

놀란 우리가 살짝 시선을 올리니 바닥에 떨어졌던 제 가방이 보였다. 떨어진 가방 옆에 조금 전 나라와 함께 사라진 소년이 아닌 또 다른 소년이 서 있었다.

검은 머리 소년이 내밀고 있는 제 가방을 서둘러 받아 든 우리는 고맙다고 인사를 하려 했다. 그러나 제게 가방을 건네준 검은 머리 소년은 이미 등을 돌려 걸어가고 있었다.

째깍째깍.

어제 잠깐 통화를 했었던 담임 선생님과의 약속 시간은 이미 훌쩍 넘겨 버린 상황.

이곳이 정문은 아닌 것 같은데, 어느 방면으로 가야 학교 안으로 들어갈 수 있고 선생님이 계시는 교무실은 몇 층에 위치하고 있는지 알 수 없었다.

게다가 등교 시간임에도 불구하고 인적이 드문 이 거리에서 도움을 청할 수 있는 이는 앞서 가고 있는 눈앞의 소년뿐이었다.

'하는 수 없지.'

우리는 헛된 시간을 낭비하지 않기 위해 살짝 용기를 내기로 했다.

"저기요."

그러자 소년의 걸음이 뚝 멈췄다.

여우리에게 있어서 17년 전, 2학기 첫 모의고사는 꽤 의미 있는 날이었다.

그날은 우리가 금환 고등학교로 전학을 간 첫날이었고, 첫사랑 한진한을 처음으로 만나게 된 날이었으니까. 그날 치른 모의고사에서 몇 점을 받았는지는 하나도 기억나지 않지만 그날이 몇 월 며칠이었는지 확실히 기억하고 있었다.

0

9

1

0

띠리릭—

"……하, 하하."

17년이 지났지만 잊혀지지 않는 날을 꾹꾹 누르자 신기하게도 2102호의 대문이 열렸다. 우리는 거짓말처럼 열리는 철문과 굳게 닫힌 2101호를 힐긋거리며 중얼거렸다.

"이상한 녀석."

예전이나 지금이나, 제대로 말하지 않고 사람을 놀라게 하는 건 그대로네. 우리의 기억이 틀리지 않는다면 첫 만남에서 주형은 교무실을 제대로 안내해 주지 않았었다.

아니.

'교무실이 어디예요?'

'……'

'교무실이요. 지금 가야 하거든요.'

'……'

'오늘 전학 왔어요.'

'전학?'

'알아요, 오늘이 하필 모의고사 날인 거. 교무실이 어디 있는지 알려 주시면 제가 알아서……'

'선생 이름.'

'네?'

'들었을 거 아냐.'

'저기요. 왜 말이 짧아져요?'

'그럼 안 돼?'

'당연히 안 되지. 너 몇 학년인데?'

'선생 이름.'

'이봐요.'

'다른 사람 찾든가.'

'이영찬!'

'……'

'어디 가는…….'

'괜히 에너지 낭비하지 말고 따라 와.'

'뭐?'

'이영찬 쌤 찾는다며. 우리 담임이야.'

"……제대로 도와주기는 했었네."

불현듯 떠오른 기억에 헛웃음이 흘러나온다. 우리는 현관 앞에 가지런히 놓여 있는 슬리퍼를 신고선 집 안으로 들어섰다.

"……!"

눈부신 빛이 시야로 들어옴과 동시에 밝고 환한 거실의 풍경이 보였다. 우리는 한동안 움직이지 못했다. 예기치 못한 상황을 마주하여 이곳에 오게 된 것이 불과 몇 분 전인데, 그녀의 눈으로 들어온 장면은 이상할 정도로 익숙했다.

여우리가 좋아하는 블랙 앤 그레이 계열의 모던한 인테리어부터 시작하여 깔끔하고 세련된 소품들은 하나같이 시선을 잡아끌었다. 쓸데없는 물건의 배치를 싫어하는 우리의 성격에 맞추어 가구는 필요한 것들만 존재했으며, 유리로 된 테이블 위엔 우리가 가장 좋아하는 식물인 작은 스투키 화분이 놓여 있기도 했다.

우리는 나라가 가져왔을 것이 분명한 블랙 캐리어가 TV가 놓인 선반 옆에 있는 것을 발견하고선 천천히 걸음을 옮겼다.

'*필요한 물품은 이미 고나라한테 말해 뒀어. 나라가 준비했을 거야.*'

캐리어를 여니 적어도 2주는 지낼 수 있을 법한 옷가지와 물품이 들어 있었다. 우리는 카펫 위에 털썩 앉으며 중얼거렸다.

"하여간 진짜 이상한 녀석이야."

* * *

우리는 결코 2101호에 사는 모 배우처럼 불면증에 시달리는 것은 아니었지만, 근래 들어 어제만큼 제대로 된 숙면을 취한 적은 없었다.

어디 그뿐인가. 몇 년 동안이나 지냈던 제 집보다 편하게 느껴지는 2102호의 침대에서 늘어지게 자느라 사회인이 된 이후 난생처음으로 지각이라는 것을 경험했다.

'*부원장님! 왜 이렇게 늦으셨어요? 무슨 일 있으셨어요?*'

헉헉거리며 진찰실로 달려오는 우리를 보고 놀란 수경의 얼굴이 잊히지 않을 정도였다.

똑똑.

"여 선생, 들어가도 돼?"

무슨 일이 있었냐고 묻는 수경을 간신히 떼어 낸 이후 겨우 숨을 돌리고 있을 때였다. 가운을 입고 있던 우리는 문 밖에서 들리는 <우리모두 산부인과>의 원장, 현우의 음성에 얼른 응답했다. 달칵거리는 소리와 함께 어두운 얼굴을 한 현우가 들어왔다.

"잠깐 얘기 좀 할 수 있지?"

어젯밤 일어났던 사건 이후 현우의 얼굴이 많이 수척해 보이는 것은 결코 착각은 아니리라.

우리는 쭈뼛거리며 들어오더니 곧 그녀의 앞에 앉아 긴 한숨을 내쉬는 현우의 말을 기다렸다.

1분, 2분, 그리고 3분.

오전 예약까지 30분이 남은 상태에서 현우의 입이 움직이기를 기다리고 있던 우리는 긴 숨을 내쉰 끝에 어제 사건에 대해 이야기하는 현우를 지켜봤다.

지난 사건의 당사자이자, 현우가 주치의를 맡고 있는 한윤주 환자는 보호자라는 남편에게 알게 모르게 학대를 받고 있던 사람이었다고 한다. 강압적인 남편, 가부장적인 시부모와 함께 살고 있는 그녀는 자신이 당하고 있던 행위가 학대의 일종이라고 생각하지 못했고, 그런 와중 임신을 하여 집 근처 산부인과를 가게 되었다고.

첫 임신이었고, 제 몸에 들어선 새로운 생명에 대한 축복을 받을 거라 여겼던 한윤주 환자는 기쁜 마음으로 자신의 임신 소식을 남편에게 알렸는데, 놀랍게도 그녀의 남편은 광기 어린 반응을 보였다고 했다.

"당장 아이를 없애라는 말을 들은 모양이야. 동네 유지 집안이어서 그런지 소문이 날까 봐 처음 갔던 병원에는 감히 말하지 못하고, 그 동네를 벗어나 알음알음하다 우리 병원까지 오게 된 거지."

생명의 탄생을 보조하는 일을 업으로 삼고 있는 현우는 다른 산부인과 의사들과 마찬가지로 임신 중절에 대해 부정적인 반응을 보였지만, 꼭 필요하다면 환자와 보호자의 의견을 따르는 편이었다.

그러나 강력히 중절 수술을 요구하는 보호자와는 달리, 망설이는 눈빛을 보이는 환자와 따로 상담을 하게 되었고 그녀가 아이를 원한다는 의지를 확인했다고.

"한윤주 환자가 용기를 내기는 했지만, 실행에 옮기기는 쉽지 않았던 모양이야. 분명 이야기가 됐다고 생각해서 수술 일정을 취소했는데 보호자가 뒤늦게 소식을 알고 찾아온 거지. 그래서…… 어제와 같은 일이 일어났던 거고."

어제 일을 제 눈으로 목격한 한윤주 환자는 자신의 남편이 제게 저지른 행동과 우리에게 저지른 행동을 돌이켜 보며 자신의 결혼에 대해 다시 한 번 생각해 보게 됐다고 전해 왔단다. 자초지종을 설명하던 현우의 얼굴이 한층 더 어두워졌다.

그는 고개를 푹 숙이며 말했다.

"여 선생, 정말…… 정말 너무 미안해."

"원장님."

"이런 일이 생길 줄 알았다면 내가 미리 조치를 했어야 했는데, 그러지 못했어. 책임자로서 내가 당해야 했을 일인데 여 선생한테 폐를 끼쳤고. 뭐라 할 말이 없어. 너무 미안해."

우리는 무릎을 꿇을 기세로 제게 사과하고 또 사과하는 현우에게 손을 뻗었다.

"뭐……. 조금 무섭기는 했지만 결과적으로 아무도 안 다쳤잖아요. 괜찮아요, 선배. 대신 이번 일을 교훈 삼아 대응책을 마련해 두는 게 좋겠어요."

현우는 몇 번이고 고개를 끄덕였다. 우리는 한윤주 환자가 이번 일로 직접 사과하고 싶어 한다는 말을 전하는 현우에게 그럴 필요까지는 없다고 대답하면서 빙긋 웃었다. 오전 진료가 얼마 남지 않았다고 말하자 자리에서 알겠다며 고개를 끄덕이던 현우가 마침 생각난 것이 있는지 뚝 걸음을 멈췄다.

"그런데 여 선생."

"네?"

"자기, 남자 친구 있었어?"

지금까지 고요하던 우리의 심장이 덜컥 내려앉았다. 익숙할 리 없는 '남자 친구'라는 단어에 가슴이 쾅쾅 뜀박질했다. 그런 우리의 마음을 아는지 모르는지, 의아한 표정을 짓던 현우가 말을 이었다.

"어제 여 선생이 그 남자한테서 위협 받았다는 이야기를 듣자마자 주차

장으로 내려갔거든. 그런데 이미 상황이 끝나 버렸다더라고. 게다가 경비
실장님이 서까지 애인이 동행했다고 그러던데?"

"아……."

꿀 먹은 벙어리처럼 다음 말이 나오지 않았다. 우리는 "정말 남자 친구
있어?" 하고 깜짝 놀란 표정을 짓는 현우에게 어색하게 웃었다.

그러고 보니 현우는 주형의 존재 자체에 대해 알지 못했다. 그에게 스카
우트 제의를 받았을 때도 우리는 자신의 사생활에 대해 언급하는 것을 자
제했고 이후 <우리모두 산부인과>의 개원을 도울 때도 마찬가지였으니까.

"나도 모르는 여 선생의 남자가 있었다고?"

우리의 반응에 당황하는 현우를 보고 뭐라고 대답해야 할지 망설이고 있
을 때, 문 밖에서 "말도 안 돼!"라는 외침이 들려왔다. 절규에 가까운 그 음
성에 현우가 움찔거렸다.

"방금 그 소리, 김 간 목소리지?"

우리가 고개를 끄덕이자 현우는 홱 몸을 돌려 진찰실을 벗어났다. 머뭇
거리던 우리 역시 자리에서 일어나 문 밖으로 향했다. 그러자 옹기종기 모
여 무언가를 보고 꺅꺅거리는 간호사 무리들이 보였다.

"무슨 일이야?"

"다들 왜 그래요?"

심각해진 현우와 의아한 우리가 각각 질문을 하자 일제히 고개를 돌린
간호사들이 태블릿 PC 하나를 그들에게 내밀며 말했다.

"원장님! 부원장님! 이것 좀 보세요!"

"이게 뭔데?"

"목격담이요!"

"목격담?"

되묻는 현우에게 힘껏 고개를 끄덕인 연희가 소리쳤다.

"배우 금주형 아세요? 어제 금주형이 웬 여자랑 경찰서에 간 것 같다며,

목격담이 올라왔지 뭐예요!"

……뭐?

* * *

[잡담] 일하다 연예인 본 썰 푼다

크키긱 ‖ 댓글: 315개 ‖ 조회: 20193 ‖ 20XX-12-03

형들 ㅎㅇ.

자게에서 주로 활동하는 눈팅러인데 오늘 좀 신기한 일 겪은 것 같아서 썰 풀어 봄.

갑작스러운 셀털은 미안하지만 내 직업이 민중의 지팡이(ㅋㅋㅋㅋ)거든.

쨌든 오늘 지옥의 당직이라 선배랑 같이 담탐 가지고 서 안으로 들어왔는데 동네에 있는 병원 근처에서 흉기 난동 사건이 일어났다는 이야기가 있더라고.

다른 곳도 아니고 병원에서 흉기 난동이라니, 놀랍잖아.

그래서 당직 같이 서기로 한 선배랑 같이 구경 갔는데, 피해자 조사하고 있는 다른 부서 선배 앞에 웬 이상한 차림의 사람이 하나 있는 거야.

검은 마스크에 검은 선글라스, 심지어 검은 모자까지 푹 눌러쓰고 있더라고.

야, 당연히 그렇게 입고 있으면 '피해자'가 아니라 '피의자'나 '용의자'로 의심할 만하지 않냐? 나랑 선배는 피해자랑 피의자랑 같이 앉혀 놓은 다른 선배보고 진짜 신기하다고 하고 있었는데, 알고 보니 그 사람이 피해자의 '동행'이었다는 거야.

그래서 나랑 선배는 생각했지.

지독한 감기에 걸린 사람일 거다, 아니면 공개 수배범이라 얼굴이 알려지면 안 되니 저러나 보다 막 그렇게 구시렁거리고 있는데, 계속 보고 있으니 그 사람 체격도 엄청 좋고 다리도 진짜 길쭉한 거야.

어디 그뿐이야? 마스크 아래로 살짝 보이는 코도 샤프하고 어깨도 개넓어. 얼굴도 완전 작은 것 같아서 나도 모르게 눈이 가더라고. 솔직히 너무 궁금하잖아. 언론에 공개된 사건도 아닌데 저렇게까지 얼굴 가리는 이유가 분명히 있을 거다, 하고. 나랑 선배랑 호기심이 좀 많아서 그 남자랑 같이 온 피해자 조사하던 선배 뒤쪽 서성이면서 자꾸 주시했거든? 그러다가 우연히 조사하던 선배랑 그 남자가 대화하던 말을 엿듣게 됐는데…… 와씨. 그 목소리 듣는 순간 단번에 감이 오는 거야.

불과 얼마 전까지 <사랑이 필요해>에 미친 듯이 빠져 있었거든. 또 셀털ㅈㅅ이지만 내가 소혜진 광팬이라서 대사까지 외울 정도인데, 거기 남주 차현성 배역 맡은 금주형인 거야!

미친ㅋㅋㅋ 금주형이라니.

다른 곳도 아니고 경찰서에서 금주형을 보게 되다니ㅋㅋㅋㅋ지금까지 주변 여자들이 금주형한테 꺅꺅거릴 때 진짜 하나도 이해가 안 갔거든. 그냥 얼굴만 번지르르 하다가 근래 들어 꽤 연기도 인정받는 줄 알았더니 확실히 얼굴이고 뭐고 다 가려도 존엄은 엄청나더라. 그 남자 주변에만 후광이 비치는 그 느낌ㅋㅋㅋㅋ

ㄹㅇ 다른 사람이고 뭐고 모자랑 마스크 눌러 쓴 금주형밖에 안 보였음.

근데 금주형이 왜 이런 곳에 피해자랑 동행했나 싶어서 좀 더 귀 기울여 보니까 금주형이랑 피해자 조사 받으러 온 여자랑 뭔가 심상찮은 사이인 것 같더라고. 조사하던 선배가 당신은 대체 왜 여기 있냐고 하니까 금주형이 이 여자 남자친구라고 하는 걸 얼핏 들은 것 같은데…… 더 들어 보려고 가까이 가려 했더니 갑자기 퇴근한 서장님이 행차하셔서 내 자리로 돌아가느라 다음 말은 제대로 못 들음.

나중에 다시 가 봤더니 그 여자랑 금주형처럼 보이는 남자는 이미 가고 없더라고. 조사한 선배한테 뭔가 이상하지 않더냐고 물어보니 그 선배는 워낙 집이랑 서밖에 모르는 사람이라 TV는 거의 안 보거든. 금주형이 눈앞에 있어도 눈치 못 챌 사람이라 전혀 감도 못 잡는 것 같더라고.

하여간 나만 금주형 알아본 것 같기도 한데, 그 여자랑 금주형 대체 무슨 사이일까? 지금 생각해 보면 피해자로 온 그 여자도 되게 예뻤거든. 화려한 건 아니지만 수수하게. 얼굴 안 가린 걸 보면 연예인은 아닌 것 같았고 그러고 보니 금주형 얼마 전에 스캔들 나지 않았나?

혹시······?

추천　　반대

2291　　167

————————————————————

쾅—

"너 진짜 제정신이야?"

자신이 건네준 태블릿 PC를 지켜보던 지연의 입 밖으로 음산한 목소리가 흘러나오자 재원의 몸이 움찔거렸다. 안 그래도 심기가 불편해 보이던 지연의 눈빛이 한층 더 날카로워졌다. 재원은 그런 지연의 노기를 고스란히 받고도 가만히 앉아 있는 남자를 힐긋거렸다.

정식 기사화되지는 않았지만 어젯밤, 한 게임 커뮤니티에서부터 시작된 <금주형 경찰서 목격 썰>에 대한 이야기는 갈수록 퍼지고 있었다. 테이블 위에 올려 두었던 지연의 휴대폰이 쉬지 않고 진동하고 있는 건 이번 일에 대한 진위를 확인하고자 하는 기자들일 것이 분명했다.

분노를 참지 못하는 지연과는 달리 주형은 이른 아침부터 불려 왔음에도 불구하고 이상할 정도로 평온한 얼굴이다.

'후우.'

재원은 이 딱딱하다 못해 조금만 방심하다간 와장창 깨어질 것 같은 분위기를 타개하기 위해 나서기로 했다.

"본부장님. 형님……. 너무 몰아붙이지 마세요."

"뭐?"

어렵게 꺼낸 말에 지연의 서늘한 칼날이 제게로 향했다. 그러한 반응쯤은 충분히 예상했던 터라 재원은 다음 말을 멈추지 않았다.

"형님도 분명 사정이 있으셨겠죠. 보통 큰일이 아니었으니 경찰서까지 가신 거고요. 그렇죠, 형님?"

'재원아, 나 좀 어디 내려 줘야겠다.'

어젯밤, 아니 정확히는 어제 오후쯤 전화 한 통을 받은 주형의 얼굴이 딱딱하게 굳어지는 모습을 재원은 똑똑히 목격했다. 그 이후 놀라울 만큼 가라앉은 목소리를 내뱉는 주형의 눈빛이 심상찮았기에 누구 때문에, 어디로 가는 건지 제대로 묻지 못했다.

'여우리…….'

그 이름을 보는 순간 달라지던 주형의 얼굴을 똑똑히 기억한다. 재원은 제 말에도 불구하고 반응하지 않는 주형을 흘긋거리다 지연에게 말을 이어 갔다.

"제가 이런 말씀을 드려도 될지 모르겠지만……. 열애설이 나도 이상한 건 아니죠. 형님이 적은 나이도 아니고 연예 활동하면서 형님이 스캔들로 문제를 일으킨 적은 없지 않았습니까."

"야, 노 팀장. 너 지금 그걸 말이라고!"

"본부장님. 기억 안 나십니까? 고 여사님께서도 매번 형님께 결혼 재촉하고 있는 거요. 얼마 전에 여사님 만나서 형님 결혼 문제로 상의했던 건 본부장님 아니셨어요?"

"노 팀장, 너!"

예기치 못했던 발언에 주형이 놀라 눈을 크게 떴다. 지연은 비밀로 하자고 했던 말을 함부로 발설해 버린 재원에게 원망 어린 눈빛을 쏘아 댔다. 그러나 재원은 개의치 않았다.

"이번 일을 가장 반길 분은 아마 여사님이 아닐까 싶습니다. 사실 딱히 큰 문제도 아니죠. 결혼 적령기의 배우가 만나는 사람이 있다고 한들 무슨 큰 문제겠습니까. 아이돌도 아니고. 안 그렇습니까, 형님?"

평소에는 지연의 말에 무조건적으로 복종하는 재원이 웬일로 반기를 들었다. 주형은 재원의 반응에 놀라면서도 피식 웃기만 할 뿐이었다. 지연은 자신이 할 말을 끝낸 후 다음 말을 기다리고 있는 재원에게 한숨을 푹 내쉬다 입술을 움직였다.

"노 팀장, 넌 내가 무슨 피도 눈물도 없는 악덕 소속사 사장인 줄 아니? 나도 금 배우가 아이돌이 아닌 건 알고 있거든?"

지연의 미간이 좁아졌다. 그녀는 재원을 노려보다 곧 주형에게로 시선을 돌렸다.

"금 배우, 너 똑똑히 말해 봐. 내가 자기보고 구식처럼 연애 금지령을 내렸어, 아님 여자들한테 돈 봉투 쥐여 주면서 꺼지라고 했어? 다만 지금 자기 상황이 그리 좋은 편은 아니니까 조금만 주의해 달라고 부탁했잖아. 자기도 알고 있으면서 그래. 요즘 자기한테……."

"알았어. 조심할게."

재원과 지연 사이에서 논쟁이 오갈 동안 일언반구도 하지 않던 주형의 입술이 그제야 열렸다. 지연은 반기 한 번 들지 않고 꼬리를 내린 주형의 행동이 놀라웠는지 멈칫했다. 주형은 아래로 내리깔았던 검은 눈동자를 지연에게로 올리더니 말을 이어 갔다.

"어제는 친구한테 급한 일이 있었어. 서 본한테 얘기할 틈도 없을 만큼 긴급해서 미처 말을 못 했네. 이런 식으로 알게 해서 미안해."

"어……."

정중히 사과하는 주형의 모습에 지연이 꿀 먹은 벙어리가 됐다. 주형은 말했다.

"만일 이번 일에 대해 기사가 나오더라도 크게 건질 건 없을 거야. 서에서도 내 이름을 밝히지는 않았고 사진도 찍히진 않은 것 같으니 의심에 가까워. 누가 물어봐도 내가 아니라고 말하면 돼. 그럼 커뮤니티에서 일어나는 흔한 과장 글 정도로 생각하겠지."

"그건 그렇지만."

"앞으로 조심할게. 그러니 너무 걱정하지 마."

순식간에 제게 불리한 상황을 역전시키는 것은 확실히 주형이 타고난 특기였다. 재원은 주형의 말 한마디 한마디에 끙끙거리면서도 납득하는 지연을 보고 헛웃음을 삼켰다.

주형은 흥분을 가라앉히며 숨을 고르고 있는 지연을 응시하다 재원을 쳐다봤다.

"재원아, 오늘 일정은 더 없지?"

"아, 예. 기사 일은 걱정 마십시오. 본부장님께서 막아 주실 겁니다."

"응, 알아. 고마워."

옅은 미소를 지으며 지연을 바라보던 주형이 자리에서 일어났다. 지연과 재원은 "그럼 들어가서 좀 쉴게."라며 본부장실을 벗어나는 주형을 막지 못했다. 지연은 주형이 사라질 때까지 그의 뒷모습을 바라보고 있다가 근처 소파에 털썩 주저앉았다.

"노 팀장."

"네."

"저 녀석 감시 잘해. 아직 용의자를 특정하지도 못했는데 괜한 일에 휘말리면 안 되잖아. 아니다. 내가 나서야지. 괜히 자극하면 곤란해."

한숨을 푹 내쉬는 지연의 말에는 충분히 동의하는 바였다. 재원이 고개를 끄덕이자 첫 입술을 삐죽이던 지연이 돌연 눈을 빛내며 그를 응시했다.

재원은 어색하게 웃으며 "왜 그러십니까?" 하고 되물었다.

"노 팀장, 넌 어제 저 녀석이랑 같이 있던 여자, 누군지 알아?"

"예?"

"저 녀석 입이 워낙 무거워서 제 입으로 말하지는 않을 거 아냐. 그렇다고 가만히 지켜보고만 있기에는 신경 쓰여서. 너는 뭐 아는 거 있어?"

누군가의 이름이 머리를 스쳤지만 재원은 의심 어린 시선을 보내는 지연의 질문에 고개를 절레절레 젓는 것으로 답을 대신했다.

* * *

─ 이야, 여우리. 정말 대단한걸? 매일같이 기록 경신이잖아. 열애설에 이어 이번엔 목격 썰이니? 물론 덤이지만 말이야!

위로는커녕 놀리는 것이 분명했다. 우리는 웃는 나라의 음성에 한숨을 길게 내쉬었다.

"웃을 일 아냐."

─ 호호, 그렇지. 그런데 재미있는 걸 어떡해? 우리 여우리 님 조만간 엄청 유명해지는 거 아니니?

"고나라."

─ ……그나저나 몸은 좀 어때? 괜찮아? 무섭지는 않았어?

깔깔거리던 나라의 목소리가 급격하게 가라앉았다. 속이 뜨끔거린다. 안 그런 척하면서 걱정하고 있었네. 우리는 쓴웃음을 삼켰다.

"난 괜찮아."

─ 정말?

"응. 금주형이 있어서……."

괜찮았어.

입 안을 맴돌던 다음 말이 차마 밖으로 흘러나오지는 않았다. 그럼에도 불구하고 나라에게는 충분한 답변이었던 모양이다. 나라의 긴장된 목소리가 살짝 풀렸다.

— 다행이야. 어제 주형이 연락 받고 꽤 놀랐었어. 그 녀석 앞집에서 지내게 됐다며? 내가 보내 준 물건은 잘 받았니?

"챙겨 줘서 고마워."

— 별말씀을. 그런데…….

응?

— 언니 너, 금주형한테 제대로 빚졌네. 아니. 두 사람은 **공식** 연인 사이니 빚은 아니군. 암. 연인이라면 당연히 그 정도는 해 줘야지. 안 그래?

나라가 일부러 '공식'이라는 단어에 힘을 줘 말하는 것을 보면 여전히 의심하고 있는 게 틀림없다. 우리는 "그렇지? 너희는 연인 사이잖아." 하고 한 번 더 말하는 나라를 향해 "시끄러워."라 대답하며 통화를 마무리했다.

'금주형 그 녀석도 진짜 대단해. 아무리 층간 소음이 심하다 해도 앞집까지 사들이는 녀석이 어디 있어? 게다가 애인이 위험하다고 덜컥 집까지 내어 주다니. 왕자님이 따로 없어. 여우리 넌 진짜 애인 하나는 잘 뒀어. 복이다, 복!'

부러운 건지, 아니면 놀리는 건지 알 수 없는 나라의 말이 귀를 맴돈다.

'빚은 아니라고는 하지만 그래도 약간의 성의는 표현해야 하지 않겠어?'

곰곰이 생각해 보면 나라의 말이 틀린 것은 아니다. 주형이 흔쾌히 집을 내어 준 것도 사실이고 실제 연인 사이도 아니니 약소하게라도 성의는 표현해야 했다.

택시에서 내린 우리는 주형의 오피스텔 쪽으로 터덜터덜 걸어가다 뚝 걸음을 멈추었다. 찬찬히 주위를 둘러보던 우리의 시야로 낯익은 간판이 들어왔다.

'떡볶이? 진짜 이걸 먹겠다고?'

'왜. 난 떡볶이 먹으면 안 돼?'

'그건 아니지만 조금 더 비싼 걸 사 줄게. 처음으로 사 주는 건데…….'

'아니, 이거면 돼. 사 줘. 나 저 집 정말 좋아해. 주인아주머니가 엄청 요리를 잘하시거든.'

여우리와 금주형의 첫 계약 연애 시절, 주형의 집에 들를 때면 항상 방문했던 분식점이 발길을 잡아끌었다.

'하여간 초딩 입맛.'

콧방귀를 뀌던 우리는 분식점으로 다가갔다.

"이모, 떡튀순 3인분 주세요."

"네! 잠깐만 기다……. 어머!"

"안녕하세요."

"어서 와요! 오랜만이야, 아가씨. 그동안 통 안 보여서 어떻게 지내는지 궁금했어. 떡튀순 3인분이라고 했지?"

저를 반갑게 맞이하는 주인아주머니의 반응에 입꼬리가 스윽 올라갔다. 슬쩍 고개를 끄덕이자 "5인분 같은 3인분 담아 줄게." 하고 힘껏 주걱을 퍼 올리는 주인아주머니가 보였다.

"혼자 먹기에는 많을 것 같고. 남친이랑 같이 먹는 거지?"

남친이라.

순간적으로 멈칫한 것은 사실이었지만 우리는 고개를 끄덕였다. 이곳은 주형의 단골집이었고, 메뉴는 그가 가장 좋아하는 것이었으니 당연한 추론이었을 것이다. 떡볶이를 용기에 다 담은 주인아주머니는 이번엔 튀김을 담기 시작하며 말을 이어 갔다.

"아가씨가 안 보이니 모자 총각의 발길도 점점 끊어지지 뭐야. 혹시 무슨일이 있는 건 아닌지 걱정 많이 했었어. 그래도 얼굴 보니 좋네. 여기. 모자총각이랑 맛있게 먹어. 자주 자주 오고!"

주문한 양 이상을 건네주는 주인아주머니에게 고맙다며 인사를 한 우리는 한 손으로 들기에는 벅찬 봉투를 양 옆으로 움켜쥐며 오피스텔 안으로 향했다.

'집에 있겠지?'

그러고 보니 어젯밤 이후 연락 한 통을 하지 못했다. 오전에는 현우와 대담을 하느라 바빴고, 목격담에 대한 게시글을 본 뒤에 갑작스러운 수술 일정이 생겨 전화 타이밍을 놓쳤다. 불이 켜진 것도 확인하지 못했는데.

나라의 말을 듣고 괜한 일을 벌인 것은 아닌가 싶었지만 주형의 일정은 언제나 들쑥날쑥이었으므로 쉽게 가늠하기는 힘들었다.

'있겠지, 뭐.'

우리가 드르륵 닫히는 엘리베이터 문을 바라보며 21층을 누르려던 때였다.

"잠깐만요!"

누군가 닫히는 엘리베이터 문 사이로 손을 내밀었다. 얇고 가는 손가락이었기에 얼른 열림 버튼을 누르자 검은 선글라스에 남색 모자를 눌러 쓴 여자가 시야로 들어왔다.

"고맙습……. 윽."

부드럽게 웃으며 엘리베이터 안으로 들어오던 여자가 서둘러 코를 막았다.

'아.'

자신이 들고 있던 포장 음식 때문이라는 것을 깨달은 우리는 얼른 음식이 담겨 있는 봉투를 등 뒤로 숨겼다. 남색 모자의 여자는 그런 우리를 힐긋거리더니 버튼을 누르기 위해 손을 뻗었다.

"어?"

"……?"

"그쪽도 21층에 가시나 봐요?"

뭐?

음식을 숨기기에 급급하던 우리의 눈이 여자를 향했다. 선글라스에 가려 잘 보이지 않았지만 검은 렌즈 너머로 자신을 아래위로 훑는 눈동자가 보이는 듯했다. 우리는 한동안 저를 살피던 여자가 홱 몸을 돌리자 그녀를 지켜봤다.

'21층에는 금주형 집이랑 그 녀석 소유의 집밖에 없지 않나?'

현재 우리와 같은 엘리베이터를 타고 있는 정체 모를 여자의 목적지가

21층이라면 2101호이거나 2102호가 분명했다.

[항상 지켜보고 있어요. 사랑해요, 오빠.]

불현듯 얼마 전, 주형의 집에서 보았던 문자가 떠오른다. 간담이 서늘해졌다. 우리는 얼른 휴대폰을 꺼내 들어 주형에게 전화를 걸려 했다.

─ 21층입니다. 문이 열립니다.

안 돼, 아직 전화가……!

"저기 잠,"

엘리베이터의 문이 열리기가 무섭게 여자는 밖으로 걸어갔다. 주형이 전화를 받지 않아 다급해진 우리가 서둘러 그녀를 붙잡으려 했으나 이미 여자는 2101호 앞에 선 후였다. 우리는 너무도 자연스럽게 초인종을 누르는 그녀를 지켜봤다.

"선배님! 저예요, 세아. 지연 언니한테 얘기 듣고 왔어요. 문 좀 열어 주세요!"

아무리 연예계에 무지한 우리라지만, 스치듯 들었던 이름이 귓속으로 들려왔다. 우리가 행동을 멈춘 사이 미소 짓던 여자의 눈앞에 달칵 대문이 열렸다.

"선배님!"

"……네가 어쩐 일이야?"

"어쩐 일이긴요. 특명을 받고 왔죠."

"특명?"

"일단 들어가서 얘기해요."

"……."

"어서요!"

남색 모자의 그녀는 행여나 주형이 우리를 발견할까 싶어 그의 시야를 가로막더니, 머뭇거리는 주형의 몸을 집 안으로 밀었다. 가라앉은 음성을 흘리던 주형이 "들어와." 하고 말한 뒤 문을 닫는 소리가 들렸다.

두 남녀가 들어간 2101호의 문은 다시 열릴 생각을 하지 않았다.

"……뭐야."

한동안 닫혀 있는 2101호의 문을 지켜보던 우리는 들고 있던 검은 봉투 두 개를 내려다보며 중얼거렸다.

'여자, 있었잖아.'

PART 3. 우리의 기나긴 밤

'들어와.'

불평도 불만도 느껴지지 않았던 무미건조한 목소리. 높낮이도 없었던 그 말투가 잊혀지지 않는 까닭은 대체 무엇 때문일까.

'괜한 생각이야.'

제멋대로 뻗어 가는 생각의 나래가 헛된 일임을 알고 있음에도 불구하고 이상하게 머릿속에 맴돈다. 밤잠을 설쳐 버릴 만큼 신경이 쓰였고, 괜히 짜증이 치밀어 올라 눈 밑이 퀭하다.

'뭐 하냐, 여우리.'

평상시보다 훨씬 이른 시각부터 출근 준비를 하던 우리는 거울 속에 비친 여자를 응시하며 미간을 좁혔다.

정말 뭐 하는 거야.

한참이나 거울을 응시하던 우리는 쏟아지는 물줄기로 손을 뻗었다. 차디찬 겨울, 냉수마찰이라도 해야 정신을 차릴 것만 같았으니까.

'들어와.'

그러나 다른 것으로 화제를 전환시키려고 몇 번이나 노력해 봐도 집을 나설 때까지 그 목소리는 귓가에 맴돌았다. 빌어먹을. 달칵, 대문을 닫고 나서던 우리의 시선은 자연스럽게 2101호로 향했다.

굳게 닫혀 있는 2101호의 문은 여전히 열릴 생각을 않았다. 보통 이 시각쯤 밖을 나서곤 했던 금주형이었거늘. 기분 나쁜 심장 소리가 귀를 맴돌았다.

'설마 같이 밤을 샌 건 아니겠지?'

뜬 눈으로 밤을 지새웠던 우리는 앞집의 문이 들리는 소리를 듣지 못했다. 물론 자신이 놓쳤을지도 모르겠지만 왠지 모를 불쾌감이 치밀어 올랐다. 우리는 윗니로 아랫입술을 잘근 짓눌렀다.

'불면증이 있다며.'

날 여기까지 부른 건 그 이유 때문 아니었어?

주형이 우리의 연극 제안을 받아들인 것은 틀림없이 '불면증'이라는 이유가 존재했다. 그러나 의아하게도 주형은 우리에게 제 소유의 집을 내어 준 이후 단 한 번도 그녀를 2101호로 부르지 않았다.

"단순한 협박이었어?"

부글부글, 알 수 없는 노기가 치솟아 얼굴이 더욱 일그러졌다.

— 1층입니다. 문이 열립니다.

"……!"

계약 조건 따위는 하나도 지키지 않는 주형의 태도가 왜 이리 불만스러운지. 흥, 콧방귀를 뀌며 열리는 엘리베이터 문 밖으로 나서려던 우리는 순간적으로 멈칫했다. 맞은편에서 익숙한 모습의 남자가 들어왔기 때문이다.

"출근하는 길이야?"

얼마 전 강원도에서는 첫눈이 내렸다는 소식이 전해졌다. 양말 없이 슬리퍼 하나만 신고 밖으로 나오기에는 발이 얼어 버릴지도 모르는 날씨에,

잿빛의 롱 카디건 하나를 걸치고 로비 안으로 들어오는 주형이 보였다. 아마도 집 근처 카페를 다녀오는 길인지 들고 있던 커피 하나를 내밀며 묻는 주형을 향해 우리는 대답했다.

"어."

"태워 줄게. 네 차, 아직 정비소에 있지?"

"······."

"여우리?"

카디건 속에 있던 차 키를 꺼내어 뱅그르르 돌리는 주형의 행동에선 여유가 흘러 넘쳤다. 우리는 그가 건네는 일회용 커피 잔을 빤히 응시하다 고개를 가로저었다.

"됐어. 바쁜 사람 피곤하게 할 거 없지."

"어?"

"앞에서 택시 타면 돼. 그리고 커피는 안 마셔."

제 할 말만 하고 지나치는 우리의 모습에 주형의 미간이 꿈틀거렸지만 우리는 못 본 체했다. 우리는 성큼성큼 앞으로 걸어가 오피스텔을 나섰다. 신경 쓰지 않으려 했으나 주형이 따라오는 소리 역시 들려왔다.

"여우리."

"······."

"여우리!"

뒤에서 뻗어 오는 주형의 손길에 우리의 걸음이 뚝 멈췄다. 제 어깨를 살짝 누르는 주형을 뒤돌아보며 우리가 미간을 좁히자 주형의 눈동자가 살짝 흔들렸다. 주형은 "미안." 하고 짧게 말한 후 얼른 우리의 어깨에서 손을 뗐다. 그제야 우리의 미간이 펴졌다. 주형은 무슨 용건이냐는 눈빛을 쏘아 대는 우리에게 물었다.

"왜 그래? 오늘 기분, 안 좋아?"

우리는 말없이 주형을 응시했다.

"혹시 나한테 화난 거라도 있……."

"그래."

우리는 주형의 말을 차갑게 끊어냈다. 울컥하는 감정이 치솟아 순간적으로 더욱 격한 반응이 흘러나올 뻔했으나 가까스로 참아 냈다. 우리는 "화가 났다고?" 하고 되묻는 주형을 노려보며 서늘하고 냉랭한 말을 쏟아 냈다.

"금주형, 네가 곤란해하는 날 위해 집을 내어 준 거, 정말 고맙게 생각해. 말도 안 되는 내 연극에 또 어울려 준 것도 너무너무 고맙게 생각하고 있어. 그 점은 변하지 않아. 하지만 말이야."

우리는 숨을 크게 들이마셨다 내쉬며 말을 이었다.

"지금 너와 나 사이가 아무리 계약에 의한 관계라지만, 적어도 계약 기간 동안에는 서로 충실해야 하지 않겠어?"

주형의 눈이 동그래졌다. 우리는 멈추지 않았다.

"우리의 연극이 지속되는 동안은 다른 말 나오지 않게 주의해 줘. 그게 다야. 택시!"

* * *

딸깍.

[검색] 버튼을 누르자 모니터 화면이 바뀌었다. 우리의 갈색 눈동자는 화면 속 사진에 꽂혔다.

검은 목 폴라 티셔츠에 어깨를 훌쩍 넘기는 탐스럽고 기다란 머리카락. 하얀 얼굴에 복숭아 빛처럼 물든 발그레한 볼. 그리고 자신감 넘치는 눈빛.

우리는 사진 옆에 보이는 여자의 이름을 뚫어져라 응시했다.

————————————————————————

오세아 탤런트, 영화배우

신체   171cm, 52kg

소속사 XThree 엔터테인먼트

가족   1남 2녀 중 막내

학력   대한대학교 관광경영학 학사

수상   20XX년 제31회 백룡영화제 여우 주연상

사이트 공식 홈페이지

————————————————————————

'오세아.'

마주쳤던 당시에는 알아차리지 못했지만 가만히 생각해 보면 그 이름을 곧바로 생각해 내지 못한 자신이 오히려 이상할 정도였다.

'언니, 너는 걱정도 안 돼?'

'걱정? 뜬금없이 무슨 걱정?'

'어휴, 이 곰탱아. 그러니까 네가 둔하다는 소리를 듣는 거야.'

'뭐?'

'이거 봐! 이거!'

'이게 뭔……!'

'놀랐지? 그래, 안 놀라는 게 이상하다. 네 남친이랑 웬 여배우랑 스캔들이 났는데, 기가 안 막히면 여자 친구가 아니지! 오세아, 이 계집애 진짜 거슬려. 금주형 그 녀석이랑 같은 소속사면 소속사지, 이렇게 딱 붙어서 인터뷰까지 할 건 뭐람? 안 그래? 참나.'

'……'

"어릴 적부터 고양미 선배님의 연기를 보고 자랐어요. 덕분에 연기자의 꿈을 꾸게 됐고 운 좋게 연예계로 입성하기도 했죠. 그러다 주형 선배님을 만났어요. 고양미 선배님의 피를 물려받아서인지 확실히 뭔가 다르더라고요. 그때부터 주형 선배님을 제 스승님으로 삼고, 열심히 배움을 받고 있죠! 성별은 다르지만, 선배님의 길을 따라 걸으려고 노력하고 있어요. 호호, 그렇다고 해서 썸이라든가, 감정의 불꽃이 튀는 사이는 아니고요. 물론, 선배님께서 저를 예쁘게 봐 주시는 건 인정하긴 해요!"라니. 이거 완전 여우 아니야?'

우리와 주형이 첫 번째 계약 연애를 할 당시, 나라가 우리의 병원까지 찾아온 적이 있었다. 오세아라는 여자 배우와 주형이 열애설에 휩싸였다는 소식을 듣고 나서였다. 잡지에 실린 인터뷰 내용을 따라 읽으면서 이를 부드득 가는 나라에게 "친한 후배인가 보지, 뭐."라고 대답했던 것은 분명 당시의 여우리였거늘.

'넌 진짜……. 보살 여자 친구가 아니라면, 남친한테 너무 무관심한 게 분명해.'

'뭐?'

'됐어! 곰이랑 말해서 뭐 해. 여우 놈한테 처신 잘하라고 닦달하는 수밖에 없지.'

'……'

'내가 금주형 이 자식한테 경고할 테니 너는 네 할 일이나 매진해. 이 바보 같은 언니야!'

버럭 소리친 이후 당장 주형에게 전화를 걸어 온갖 욕설을 흘리던 나라가 지나치다고 생각했다. 그래, 틀림없이 그러한 나라의 반응을 이해하지 못했어.

'하지만 왜 지금은…….'

이렇게 불쾌한 거지.

'그쪽도 21층에 가시나 봐요?'

저를 아래위로 훑어보던 여자의 목소리가 머릿속을 휘저었다. 가지런하게 정렬되어 있던 여우리의 머릿속 책장을 마구 뒤집어 놓은 것처럼 묘한 기시감이 그녀를 뒤덮었다. 우리는 XThree 엔터테인먼트 식구들이 함께 찍은 단체 사진을 클릭했다. 아니나 다를까 주형과 오세아는 단체 사진 속에서도 붙어 있었다.

"……님."

"……."

"부원장님!"

우리는 깜짝 놀랐다. 뒤를 돌아보자 수경이 보였다. 수경은 심장이 덜컥 내려앉아 당황하는 우리에게 다가왔다.

"뭐 하세요? 뭘 그리 보세요?"

우리는 얼른 마우스를 움직여 창을 내렸다. 그녀의 뒤로 슬쩍 서선 모니터를 응시하던 수경의 고개가 갸웃거렸다. 우리는 하하 웃었다.

"아무 것도 아니야."

수경은 황급히 모니터의 전원 버튼까지 누르려는 우리를 지그시 응시했다. 두근두근, 심장의 박동이 더욱 빨라졌다.

"왜?"

우리가 묻자 수경은 묘한 콧소리를 흘렸다.

"무슨 일 있으신 건 아니죠?"

"어?"

"식은땀을 흘리셔서요."

이런.

이마에서 또르르 흘러내리던 땀방울이 턱 끝에서 아래로 툭 떨어졌다. 우리는 황급히 고개를 저었다.

"나쁜 짓 한 거 아니니 그렇게 묻지 말아요."

"네? 호호, 그런 의심을 할 리가요! 우리 부원장님이 어떤 분이신데."

"……무슨 일이죠?"

"아아, 원장님께서 회진 전에 잠깐 모였으면 한다고 하셔서요."

"회진 전? 곧이네."

"네."

"알았어요, 준비할 테니 먼저 나가 보세요."

언제 추궁을 당했냐는 듯, 태연하게 대답하자 수경이 빙긋 웃었다. 그녀가 밖으로 나가는 모습을 지켜보던 우리는 후 한숨을 내쉬며 아직 꺼지지 않은 모니터 화면을 응시했다. 검색창은 순식간에 사라지고 파란 배경 화면만이 우리의 시야로 들어왔다.

두근두근.

우리는 미간을 좁혔다.

'대체 뭐 하는 거야, 여우리.'

왜 이리 바보같이 행동해.

"어차피 계약 관계잖아."

계약 기간이 끝나면 언제나 그랬던 것처럼 친구로 돌아갈 사이라고.

'우리의 연극이 지속되는 동안은 다른 말 나오지 않게 주의해 줘.'

틀린 것 하나 없는 말이었지만 제 입에서 흘러나오는 그 말 한마디 한마디에 주형의 눈동자가 흔들리던 모습이 잊히질 않았다.

'그 녀석이 여자를 만나든 말든 나랑 무슨 상관이라고.'

너무 지나쳤던 걸까. 데스크 위에 올려 두었던 휴대폰으로 시선이 갔다.

'사과, 해야 하는 거겠지?'

미동 없는 휴대폰을 주시하던 우리는 평소의 모습과는 거리가 있었던 제 행동을 떠올리며 길게 숨을 내쉬었다. 잠시 고민하던 그녀는 결심하며 휴대폰으로 손을 뻗었다.

그때였다.

"……!"

고요하던 휴대폰이 지이잉 울렸다. 호랑이도 제 말 하면 오는 건가 싶어 액정을 응시하던 우리의 눈동자가 큼지막해졌다.

"응, 미주야."

─ 언니! 아침부터 죄송해요, 많이 바쁘세요?

주형이 아니라는 사실에 멈칫하던 우리는 곧 부드러운 미소를 지었다.

"아니. 아직 괜찮아. 무슨 일이니?"

ㅡ 언니 바쁘신 거 아니까 용건만 간단히 할게요! 저, 부탁 있어서 전화 드렸어요.

"부탁?"

우리는 고개를 갸웃거렸다. 결혼 준비 덕분에 눈 코 뜰 새 없는 미주가 무슨 부탁이 있을까. 하지만 곧 그녀는 대꾸했다.

"무슨 부탁이든 우리 미주 말이면 들어줘야지."

ㅡ 정말요? 혹시 이번 주 금요일에 시간 되세요? 저번에 이번 주 금요일 오전은 오프라고 하셨잖아요!

"응. 되지."

ㅡ 그럼 저랑……. 어디 좀 같이 가 주실 수 있어요?

"어디에?"

우리가 묻자 미주가 웃으며 답했다.

* * *

"하여간 장미주 요 꼬맹이는 하늘 같은 선배들을 너무 부려 먹는다니까. 안 그래?"

'꼬맹이'라고 불리기엔 미주의 나이는 생각 이상으로 많았다. 하지만 여우리와 고나라에게 장미주는 여전히 '꼬맹이'였고, 그녀의 말은 틀리지 않았다.

눈부신 조명이 가득한 샵 안에서 책자를 넘겨 보고 있던 우리는 제 옆에서 들려오는 소리에 고개를 돌렸다. 이곳에 앉아 있는 시간이 귀찮다고 투덜대면서도 은근한 기대감을 감추지 못하는 나라의 표정은 확실히 아이러니했다. 우리는 전시되어 있는 드레스를 눈을 반짝이며 바라보는 나라를 향해 피식 실소를 터트렸다.

"불려 와서 내심 좋으면서 무슨."

"좋기는! 귀찮다고, 아주 귀찮다니까? 모처럼의 휴일을 여자끼리 보내다
니. 이게 대체 무슨 일이야!"

"미주한테 그대로 얘기해 줘?"

"호호, 얘도 참. 말하기만 해. 죽는다?"

눈은 웃고 있지만 결코 상냥하지 않은 말을 쏟아 내는 나라의 눈빛은 살
벌하기 그지없다. 고개를 절레절레 저으며 나라에게서 시선을 돌린 우리는
주위를 둘러봤다.

'샵이요. 드레스 샵!'

'드레스 샵?'

'네! 결혼식에서 입을 드레스를 골라야 하는데, 제 안목으로는 영 자신이
없어서요. 사실 이미 한 번 실패하기도 했고.'

'미주야, 그건 네 탓이 아니잖아. 플래너가 실수했다고 하지 않…….'

'호호, 그것도 맞긴 하죠. 하지만 꼬여 버린 건 사실이니 이번에는 언니
랑 나라 언니가 저를 좀 도와주셨으면 해서요. 오빠도 없어서 의견이 필요
한데, 제가 도움을 청할 사람은 언니들밖에 없어요. 두 분은 제 가족이나
마찬가지잖아요!'

갑자기 시간을 비워 달라던 미주가 부탁한 일은 놀랍게도 본식에 입을
웨딩드레스를 고를 샵에 같이 가 달라는 것이었다.

웨딩 플래너의 예약 실수로 눈여겨 보았던 드레스를 입지 못하는 상황
에 처해 버린 미주가 새롭게 드레스를 고르는 날에 하필 진한이 해외 출장
을 나가게 되었다고 한다.

국내에는 친지라고는 없는 미주가 도움을 요청할 곳은 긴 시간 동안 희
로애락을 함께 했던 우리와 나라밖에 없었고, 우리도 미주의 부탁을 들어주
지 않을 이유는 없었다.

"왜 이렇게 안 나와?"

여섯 벌이나 되는 드레스를 갈아입으면서 차근차근 드레스를 고르고 있던 미주가 탈의실로 들어간 지 몇 분이 지났다. 나라는 따분한 듯 하품을 크게 내쉬며 낮게 중얼거렸다.

인생의 선배로서, 결혼을 앞둔 신부의 마음은 저보다 더 잘 알 만한 나라가 지루한 표정을 짓자 우리가 눈썹을 꿈틀거리며 눈치를 줬다. 나라는 흥 콧방귀를 뀌면서도 갑자기 무언가 생각난 듯 우리를 빤히 응시했다.

"뭐."

우리가 퉁명스레 묻자 나라가 눈을 가늘게 떴다.

"기분이 어때?"

"무슨 기분?"

"미주 드레스 골라 주는 거 말이야. 괜찮아?"

순간적으로 나라가 무슨 말을 하나 싶었다. 뒤늦게 그 의미를 알아차린 우리의 눈동자가 크게 일렁이자 나라는 쯧 혀를 차며 소파에 등을 기댔다.

"난 사실 네가 거절할 줄 알았어. 다른 사람도 아니고 진한이 그 녀석 예비 신부의 드레스를 고르는 거잖아. 물론 너도 미주랑 친하기는 하지만 그래도 따지자면……."

말끝을 흐리던 나라가 우리의 표정을 살폈다. 우리는 그러한 나라의 말에 아무 말도 하지 못했다.

'생각도…… 못 했어.'

전화를 걸어 와 부탁하는 미주가 간절하게 요청을 했고 마침 금요일 오전은 오후 출근이 예정되어 있었기에 승낙을 했다. 미주가 몇 벌의 드레스를 갈아입을 동안 여우리의 머릿속에는 행복해하는 미주의 모습이 예뻐 보인다는 생각 외에는 아무 것도 없었다.

"네가 완벽하게 떨쳐 낸 것 같아서 정말 다행이야."

이제야 깨달은 사실에 충격을 받은 우리가 아무 말도 하지 못하는 사이,

나라가 중얼거렸다.

"이게 다 금주형 덕분인 건가?"

뭐?

"그렇잖아. 네가 한진한 예비 신부의 드레스도 아무렇지 않게 골라 주는 걸 보면 더 이상 그 녀석은 마음에 없다는 소리 아니야?"

"……!"

"왜. 내 말 틀렸어?"

두근.

되묻는 나라의 말에 심장이 덜컹거렸다. 생글거리는 나라를 보며 뭐라고 대꾸하고 싶었으나 이상하게 입술이 움직이질 않았다. 겨우 정신을 차린 우리가 막 대답하려고 할 때 탈의실의 커튼이 열리는 소리와 함께 미주가 나타났고, 나라는 꺅꺅거리며 미주에게 달려갔다.

'정말 안 태워 줘도 돼?'

터벅터벅 앞으로 걸어가는 발걸음이 이상할 정도로 무거웠다. 걸어가겠다는 우리의 발언에 놀란 표정을 짓던 나라, 그리고 미주와 헤어진 지 오래. 드레스 샵을 나와 병원으로 돌아간 이후로도 한동안 얼떨떨한 마음을 떨쳐 내지 못했다.

우리는 어느덧 해가 진 검은 하늘 아래를 걷다 문득 발길을 멈추었다.

"……."

오피스텔의 로비 입구에 낯익은 사람이 보였다. 검은 모자와 마스크를 눌러 쓰고 있음에도 불구하고 체형만으로도 누구인지 충분히 짐작 가능한 사람. 두근. 내내 고요하던 가슴이 살짝 일렁여 미간이 찌푸려졌다. 우리는 후, 한숨을 내쉬더니 마침 저를 발견하고 난간에 기대어 있던 몸을 바로 펴는 그를 스쳐 지나가려 했다.

'제길.'

또각거리는 구두 소리가 바닥을 길게 울리다 뚝 멈추었다. 우리는 아무 말도 하지 않고 자신을 바라보고 있는 남자에게로 결국 시선을 올렸다. 그러자 마스크 위로 보이는 그의 눈꼬리가 부드럽게 휘었다.

"늦었네?"

잔잔한 그의 목소리가 귀를 울린다. 오전의 일은 마치 일어나지 않은 것처럼 차분하기 짝이 없는 음성이었다. 울컥하던 우리는 이내 흥분을 가라앉히고 차분히 대답했다.

"응."

그는 대꾸하는 우리를 보고 말없이 미소 지었다. 우리는 괜히 뾰로통한 음성을 뱉어 냈다.

"어디 다녀왔는지 안 물어?"

그의, 주형의 눈동자가 작게 요동친 것은 바로 그 시점이었다. 짧았지만 똑똑히 확인했다. 주형의 짙은 동공이 세차게 흔들리다 멈추는 모습을. 왠지 모르게 날이 선 우리의 말에 주형의 붉은 입술이 움직였다.

"들었어. 샵에 대신…… 다녀왔다고."

그걸 어떻게…….

'그렇지.'

우리는 헛웃음을 삼켰다.

'금주형과 한진한은 너무도 절친한 소꿉친구였지.'

주형과 진한은 초등학교 때부터 대학까지 단 한시도 떨어진 적이 없었다. 진한의 유학과 주형의 연예계 진출이 시작되면서 그제야 각자의 길을 걷게 되었지만 그럼에도 불구하고 그들의 우정은 서른넷인 지금까지 이어지고 있었으니까.

주어를 밝히지 않았지만 그가 진한에게서 그 말을 들었을 것이라고 충분히 짐작할 수 있었다. 우리는 후우, 길게 숨을 뱉어 내고는 조금 전까지 주형이 앉아 있던 난간에 걸터앉으며 말했다.

"한잔할래?"

* * *

"예쁘더라."

편의점에서 보이는 대로 산 캔 맥주의 뚜껑을 따며 우리가 중얼거렸다. 치익, 하는 소리와 함께 맥주 거품이 솟구쳤지만 그것은 모두 우리의 입 안으로 들어갔다. 주형은 벌컥벌컥 맥주를 들이켜는 우리를 가만히 바라보기만 할 뿐이었다.

"아주 예뻤어."

따끔한 탄산이 목구멍을 타고 넘어가자 우리는 낮게 탄성을 흘렸다. 그러고는 스르륵 눈꺼풀을 내리 감았다 다시 뜨며 말을 이어 갔다.

"몇 시간 동안 다섯 벌이 넘는 드레스를 갈아입는데, 하나같이 다 예뻤어. 드레스에 박혀 있는 진주도, 크리스털도 그 애랑 너무 잘 어울리더라. 눈부실 정도로 반짝이는 게 꼭 그 애의 눈이랑 비슷하더라고."

우리는 낮게 웃었다. 아무리 생각하고 또 생각해 보아도 드레스를 입은 미주는 흠 잡을 곳이라곤 없었다. 누군가의 사랑을 받는 아내가 되는 사람들은 전부 저런 것일까, 라는 생각이 머리를 스쳐 지나갔지만 곧 흐려졌다. 환호성을 내뱉으며 박수를 치는 나라의 마음이 이해가 됐다. 우리는 차가운 캔을 만지작거리며 중얼거렸다.

"이상했어."

아주 이상했다.

"나는 말이야, 주형아. 당연히 질투를 할 거라고 생각했거든."

"……."

"그렇잖아. 다른 사람도 아니고 그 녀석의 신부인데. 그 신부가 드레스를 입은 모습을 보면 질투가 나서 견딜 수 없을 거라고 확신했어. 그래서 가급적이면 그 모습을 안 보고 싶었는데……."

우리가 씁쓸한 웃음을 터트렸다.

"실제로 보니까 아무 생각이 안 들더라고."

어깨가 훤히 드러나는 웨딩드레스를 입은 미주를 바라보며 스스로가 무슨 생각을 하고 있는 건지 알아내려 했지만 놀랍게도 아무런 생각도 들지 않았다. 그저 정면에 보이는 미주에게 축하 인사를 건네고 있는 제 모습만 존재할 뿐.

우리는 후우, 길게 숨을 내쉬었다. 다시 벌컥벌컥 맥주를 들이마시던 그녀는 순식간에 캔 맥주를 반이나 비운 후 고개를 들어 주형을 응시했다. 주형의 검은 눈동자는 미동이라고는 없었다.

'지독하게 고요하네.'

우리는 생긋 미소 지었다.

"예전에는 그런 생각도 해 봤어."

"……."

"왜 내가 아닐까."

어째서 항상 다른 사람일까.

"왜 이렇게 나는 용기가 없을까."

먼저 다가가지도 못해. 그렇다고 포기하지도 못해.

"언제나 멀리서 지켜만 보다가 결국 아무 것도 하지 못하잖아. 안 그래?"

우리의 질문에 주형의 입술이 살짝 떨렸지만 그의 듣기 좋은 목소리는 결국 흘러나오지 않았다. 우리는 고개를 아래로 푹 떨구며 중얼거렸다.

"나도 알아. 바보 같은 거. 하지만 예뻤어, 진짜. 감히 질투도 하지 못할 만큼, 아주."

"……."

"하하. 재미없네."

오전에 있었던 일들을 떠올리며 다시 한번 눈을 내리감던 우리는 어느새 비워 버린 빈 캔을 봉투에 집어넣으며 새로운 맥주 캔을 꺼내 들려 했다. 그렇게 차가운 캔을 하나 집는 순간 주형이 그녀의 손목을 붙잡았다.

무슨 짓이냐는 표정을 지으며 그를 응시하자 굳게 닫혀 있던 주형의 입술이 움직였다.

"어떡할 건데."

우리가 눈썹을 꿈틀거렸지만 주형은 두 번은 말하지 않았다. 우리는 살짝 힘을 주는 주형의 손길에 제 손목을 응시하다, 쥐고 있던 맥주 캔을 놓았다. 그제야 주형의 손이 떨어져 나갔다. 우리는 툴툴거렸다.

"어떡하기는. 완전히 끝나 버린 거지. 이미 예전에 끝났지만 스스로 받아들이지 못했을 뿐인데, 드디어 인정한 거야. 애초에 게임도 안 됐다는 걸."

우리는 유난히 검은 하늘을 올려다보았다.

"오히려 홀가분해. 사실…… 정말 지긋지긋했거든, 지금까지의 나. 고백한 번 못 하고 짝사랑만 몇 년째였니. 하하. 이제 더 이상 그렇게 바보처럼 안 굴어도 되겠다, 그치?"

슬쩍 주형을 응시했지만 그는 대꾸하지 않았다. 우리는 말을 이었다.

"금주형. 부탁 하나만 하자."

"……말해."

"두 사람 결혼식까지만 힘내 줘."

우리는 씁쓸한 미소를 띤 채 말했다.

"그때까지만 제대로 된 연극을 하는 거야. 그리고 장담컨대, 그 이후로 나도 변할게. 새 사람, 새 마음으로 태어날게. 더 이상 지나간 일에 연연하지 않고 후회하지 않을게. 정신 차려야지. 우리 여왕님 속도 풀어 드릴 겸, 남자도 여럿 만나 보고 그래야지 뭐. 언제까지 이러고 있을 수도 없잖아?"

말을 마친 우리가 어깨를 으쓱이자 잠잠하던 주형의 눈동자가 일렁였다. 우리는 대수롭게 생각하지 않았다.

"어떤 남자를 만날 건데."

"응?"

잘못 들었나?

'아니.'

제대로 들은 것 같네. 귀를 의심했지만 주형의 진지한 눈빛을 보자니 그가 뱉어 낸 말임이 확실했다. 재미있는 질문을 한다며 실소를 터트리던 우리가 이내 중얼거렸다.

"글쎄. 딱히 원하는 스타일은 없지만……. 바라는 건 있어."

그녀는 말했다.

"이번에는, 내가 좋아하는 사람보다는 날 좋아해 주는 사람을 만나고 싶어."

나밖에 몰라서 다른 사람들의 시선은 개의치 않는 사람.

낯이 뜨거울 만큼 나만 생각해 주는 사람.

이 세상에서 오직 나만 위해 주는 사람.

나를, 좋아하는 사람.

"나도 그런 사람을 만날 권리는 있는 거잖아."

생긋 웃으며 주형을 쳐다봤다. 하지만 주형은 그저 저를 응시하고 있을 뿐이었다.

'뭐야.'

대답 없는 그의 모습이 어색했다. 우리는 괜히 입술을 삐죽였다.

"왜 아무 말도 안 해?"

주형은 여전히 대답이 없었다.

"나한테 그런 사람이 올 리 없다는 거니?"

반응 없는 그를 보며 심술을 부렸으나 그래도 그는 묵묵부답이었다.

'내가 뭐 잘못했나?'

오히려 짙어지는 그의 시선에 저도 모르게 멈칫하게 됐다. 우리는 흠흠, 헛기침을 흘리며 자리에서 일어났다.

"으으, 춥다. 편하게 안에서 마실 걸 괜히 밖에서 궁상떨었네. 이제 들어가자."

슬슬 분위기가 누그러지는 것이 느껴지자 돌연 한기가 일었다. 이대로 머물다가는 정말 감기에 걸릴 것이 분명하여 파르르 몸을 떨던 우리는 로비를 턱짓했다.

"금주형?"

하지만 주형은 여전히 우리가 앉아 있던 옆자리에 엉덩이를 붙이고 있었다. 꿈쩍도 않는 그의 모습에 의아한 표정을 짓던 그녀가 주형을 부르자 그의 검고 짙은 눈동자가 위로 올라왔다.

"……는."

주형은 대사 전달력이 그 어떤 배우들보다 좋았다. 오죽하면 아나운서인 미주가 입이 마르도록 칭찬을 했을까. 나지막하게 말해도 놀라울 만큼 정확하게 들려오던 그의 목소리가 지금 이 순간만큼은 어찌된 영문인지 흐릿하게 들려왔다.

"뭐라고?"

우리는 의아한 표정을 지으며 그를 바라봤다.

그러자 그녀의 시선을 받은 주형의 입술이 움직였다.

"**'그런 사람'**에, 나는 포함 안 돼?"

* * *

"여우리."

앞이 보이지 않는 컴컴한 동굴 속에서 들려오는 구원의 목소리. 눈을 감고 있던 우리는 제 이름을 부르는 그의 음성이 마치 그것과 흡사하다고 생각했다.

"여우리."

한 번 더.

낮지만 힘이 느껴지는 그의 음성에 우리는 반응했다.

'으응…….'

속으로 대답했으나 충분히 들리지는 않은 모양이었다. 그가 또 다시 그녀의 이름을 불렀다.

"여우리."

응.

"여우리. 눈, 떠."

명령과 가까운 그 말투에 우리는 결국 감고 있던 눈꺼풀을 들어 올렸다. 곧이어 검고 짙은 눈동자가 시야로 들어온다.

입 밖으로 흘리지 못할 탄성이 안에서 맴돌았다. 두근두근, 고르게 울리던 심장의 박동은 점점 고조되고 있다. 동시에 풀어 헤친 그의 셔츠 사이로 보이는 구릿빛 살갗이 시신경을 마비시켰다.

'뜨거워.'

괜스레 숨이 막혔다. 호흡이 어지러워 우리는 저도 모르게 미간을 좁혔다. 목이 말라 자꾸만 입을 벌렸다 닫기를 반복하게 된다. 눈가에 힘을 주며 주위를 살피려 했음에도 실천에 옮기기가 쉽지 않았다.

'어떻게 한 거야.'

움직일 수가 없었다. 넓기만 했던 여우리의 세계는 어느새 그 남자의 시야만 담을 수 있을 만큼 좁아졌다. 우리는 하아, 거칠게 호흡을 내쉬며 자신을 내려다보고 있는 남자의 검은 눈동자를 응시했다.

그러자 부드러운 무언가가 벌어진 그녀의 입술 위를 뒤덮었다. 그것이 굶주린 그의 입술임을 깨닫기까지는 얼마의 시간이 걸리지 않았다.

처음 입술을 맞추었을 때 우리의 입맞춤 상대는 맹수처럼 그녀에게 달려들었다. 호흡을 제대로 이어 갈 수 없을 만큼 거칠게 그녀의 안을 휘저었다. 덕분에 아무 생각을 할 수가 없었는데 놀랍게도 그러한 행동이 이상하다고 여기지는 않았다.

두 번째 입맞춤은 놀라울 만큼 느릿했다. 웅크리고 있던 제 혀를 톡톡 건드리며 자극하는 타인의 혀를 똑똑히 인지할 수 있을 만큼, 충분히. 사실

밀어내려면 어렵지 않게 밀어낼 수도 있었으나 우리는 그러지 않았다. 아니, 오히려 열렬히 응해 버렸다는 표현이 옳겠지.

'으음.'

그리고 이어진 세 번째 키스를 받았을 때, 여우리는 더 이상 생각 자체를 하지 않기로 결심했다. 그녀는 딱딱한 벽으로 자신을 밀어붙인 후 고개를 숙여 입을 맞추는 그의 목 뒤로 팔을 감았다. 거칠어지는 그의 호흡만큼이나 그녀의 호흡 역시 가빠 왔지만 멈추지는 않았다. 짜릿한 전율이 온몸을 휘감아 몸이 점점 달아오르는 것이 느껴졌다.

진한 타액이 혀끝을 오갔다. 정신없이 서로를 탐하고 또 탐하던 남녀 중 먼저 뒤로 물러난 사람은 남자 쪽이었다. 보드랍게 휘감던 그의 혀가 제 안을 빠져 나가자 우리는 멍하니 그를 올려다봤다. 정신없이 이어지던 세 번의 키스 때문인지 우리가 파르르 입술을 떨자 그가 나지막하게 속삭였다.

"갈까."

모든 정신을 눈앞의 상대에게 집중하고 있었기에 그가 뱉어 낸 말이 무엇을 뜻하는지 어렵지 않게 알아차렸다.

으응.

우리가 작게 고개를 끄덕이자 그가 손을 뻗었다. 그러고는 우리의 허리를 끌어안더니 그녀를 번쩍 들어 올렸다. 우리는 무의식적으로 기다란 다리를 뻗어 그의 몸통에 걸었다. 그러한 그녀의 행동에 그의 입꼬리가 올라갔다.

'아.'

성큼성큼 걸어가 침실의 문을 열어젖힌 그는 우리를 폭신한 침대 위로 내려 놓았다. 그녀가 매트리스 위로 천천히 눕는 사이 그가 반쯤 헤쳐진 셔츠의 단추를 풀었다. 사르륵, 바닥으로 떨어지는 셔츠의 소리가 귀를 자극했다. 우리는 바지 버클도 제대로 풀지 않은 채 침대 위로 올라오는 그를 응시했다.

이상한 일이지. 공백기를 제외하면 10년이 넘게 얼굴을 보아 왔던 사이 이거늘 지금 제 눈으로 들어온 그의 모습은 너무도 낯설었다.

'내가 알던 금주형이 아닌 것 같네.'

짓궂고 심술 맞았던 소년은 더 이상 보이지 않았다. 그에게서 짙은 남성의 향기가 느껴져 쿵쿵 심장이 뛰었다. 우리는 제 얼굴로 다가오는 주형의 기다란 손가락을 쳐다봤다.

스르륵, 그는 손끝으로 우리의 이마와 뺨, 그리고 턱을 쓸었다. 아주 작은 움직임이었음에도 불구하고 그 손길에 저릿한 감각이 일었다. 몸을 움찔거리며 반응하자 그의 눈빛이 달라졌다.

"웃!"

누워 있던 그녀의 허리 뒤로 차가운 손이 들어오자 우리가 탄성을 흘렸다. 그는 우리의 반응에 잠시 머뭇거리다가 곧 해야 할 일을 이어 갔다. 툭. 등 뒤를 감싸고 있던 브래지어가 풀어졌고, 모여 있던 두 언덕이 해방됐다.

쿵쿵.

우리는 숨을 크게 들이켰다. 건강검진을 제외한다면 단 한 번도 보여 준 적 없던 제 가슴을 타인에게 보여 주다니. 그것도 금주형에게. 괜히 민망해졌다. 왠지 모르게 부끄럽기도 해서 우리는 얼른 양손을 들어 올리려 했다.

"……!"

그러나 우리가 한쪽 팔로 가슴을 가리기도 전에 누군가 그녀의 다른 팔을 부여잡았다. 당황하는 그녀를 보며 주형이 말했다.

"그대로 둬."

"뭐, 읍!"

노골적인 그 발언에 그녀가 반응하려 했으나, 이어지지 못했다. 우리는 자신을 매트 위로 눕혀 버리는 그로 인해 아래로 움직였다. 다시금 밀려오는 뜨거운 숨결을 받아들일 수밖에 없었다.

그는 거침없었다. 이어지는 행동 하나 하나에 간절함이 느껴지기도 했다면 착각일까. 우리는 제 입술 위를 뒤덮고, 안을 헤집다 빠져나가는 주형을 응시했다. 짙은 입김이 제 입에서 그의 입으로 전해졌다. 주형은 멈추지 않았다.

벌거벗은 그녀의 상체를 찬찬히 탐하는 그의 시선은 턱 끝부터 시작됐다. 하얀 목덜미에서 솟아난 쇄골로 내려가는 검은 눈동자의 움직임이 느껴졌다. 우리는 저도 모르게 아래로 내렸던 손으로 매트리스 위의 이불을 꽉 붙들었다. 주형의 동공이 내려가면 내려갈수록 가슴의 뜀박질 속도는 빨라졌다. 그의 눈동자가 그녀의 두 언덕에 머물렀을 때는 심장이 터져 버릴 것만 같았다.

"하아!"

그러한 우리의 흥분이 절정에 이른 것은 그의 붉은 입술이 뾰족 솟아난 돌기에 닿았을 무렵이었다. 자신이 뱉어 낸 것이 맞는지 의심스러울 만큼 야한 숨소리가 밖으로 터져 나오자 우리는 꽤 당황했다.

하지만 더 이상 생각을 이어 나가지는 못했다. 이번에는 주형이 그녀의 가슴을 보드랍게 움켜쥐었기 때문이다. 아아. 우리는 미간을 찌푸렸다가, 눈을 감기도 하고, 다시 떴다가 숨을 터트리기도 하며 반응을 이어 갔다. 주형이 행하는 행위 하나 하나가 자극적이어서 제 주변을 감싸고 있던 열기가 쉽게 가시지 않는 것만 같았다.

미치겠어.

그가 뱉어 내는 숨결과 이어 가는 움직임에 끌려갔다. 여우리는 더 이상 수줍음만 가득한 소녀가 아니었다. 때문에 현재 일어나고 있는 이 일이 무엇을 뜻하는지 정확히 알고 있었다. 자신의 양쪽 다리를 벌려 유려하게 어루만지고, 자신을 더욱더 흥분시키는 그의 손길에 따라 신음을 토해내던 우리는 흠뻑 젖은 제 여성을 내려다보더니 슬쩍 물러나는 주형을 발견하자마자 심장이 쿵 내려앉는 것을 느꼈다.

"……잠깐!"

대체 어디서 난 건지, 침대 위에 있던 콘돔 케이스를 집어 드는 주형의 모습에 눈앞이 아찔했다. 우리는 의아해 하는 그를 보며 소리쳤다.

"잠깐만."

잠깐만 기다려.

가슴의 박동은 멈추지 않고 있었다. 아래위로 쉼 없이 흔들리는 가슴의 움직임을 주체하지 못하던 우리가 손을 뻗자 주형의 눈이 차분하게 가라앉았다. 그 역시 지독한 열기에 휩싸여 뒷일을 예상하지 않는 행동을 하고 있었기에 그러한 변화는 이질적이었다.

우리는 "왜." 하고 낮게 묻는 그의 목소리에 조금 화가 서려 있다는 것을 인지했다. 마치 이제 와 그만두지 않겠다는 의지를 피력하는 듯했다. 우리는 어색하게 웃어 볼까 하다가 말았다. 그러고는 주저하듯 입술을 살짝 깨물다가 목구멍을 간질이던 말을 뱉어 냈다.

"나…… 처음이야."

"뭐?"

젠장.

처음이라는 그 말이 결코 부끄러운 것은 아니었지만 왠지 모르게 얼굴이 벌겋게 달아올랐다.

'뭘 그리 놀라는 거야.'

당연한 일이잖아.

우리는 순간적으로 얼굴을 구겼다. 그녀에게 경험이 있으리라고 생각한 것은 아닐 테지만 그렇다고 해서 깜짝 놀라는 주형을 보자니 괜스레 얼굴이 화끈거렸다. 우리는 짧게 숨을 내뱉으며 그의 손목을 잡고선 말했다.

"처음이야. 그러니까, 그러니까……!"

지익—

애석하게도 우리의 다음 말은 이어지지 못했다. 차마 나오지 않는 다음 말을 어떤 식으로 건네야 할까 고민하고 있던 우리의 귀에 비닐을 뜯는 소리가 들려왔기 때문이다.

당황한 우리가 할 말을 잃고 그를 바라보는 사이, 순식간에 우리의 곁으로 다가온 그가 그녀의 귀에 입술을 가져다 대며 속삭였다.

"걱정 마."

나도 그래.

* * *

'자, 잠깐, 잠깐!'

'······왜. 아파?'

'아파. 너무 아파.'

'천천히 할까?'

'응. 천천히 해 줘. 천천히······. 하. 웃.'

'이 정도면 되겠어?'

'으응. 응. 이 정도면······.'

이 정도면 돼.

'맙소사.'

눈을 뜨자마자 떠오르는 잔상에 우리의 입이 벌어졌다. 탄성이 흘러나오지 않은 것은 제 옆에 누군가 누워 있을까 의심했기 때문이다. 슬쩍 고개를 돌려 보니 다행스럽게도 옆자리는 비어 있었다. 하아. 우리는 길게 숨을 내뱉으며 눈을 내리감았다.

'미쳤니, 너?'

1년, 2년, 5년, 10년도 아닌 17년이다.

17년.

고등학교 1학년 때 만나 지금까지 관계를 유지하고 있는 여우리와 금주 형이 서로를 알고 지낸 기간은 강산이 두 번 정도 바뀌는 시간보다 조금 모자라다. 물론 그 사이 한동안 교류가 단절된 적도 있었고 필요에 의한 계약 관계를 유지한 적도 있었지만 두 사람은 그 긴 시간 동안 서로가 그어 놓은 선을 넘지는 않았다.

단 한 번도.

두 사람은 처음부터 지금까지 친구였고, 서로를 위해 연인이라는 연극을 하고 있기는 하나 모두 거짓이었다. 지금껏 변하지 않은 관계가 고작 하룻밤 사이에 깨어진 것은 너무도 충격적인 일이었기에 우리는 쉽게 침대에서 몸을 일으키지 못했다.

두근두근.

지난밤보다는 훨씬 고르게 뛰는 심장의 박동 소리가 귀를 잠식하려 들 때쯤 이성적인 판단이 가능해졌다. 술에 취해 실수를 저지른 것은 아닐까, 사리 분별이 되지 않아 이성을 잃어버린 것이 분명하다, 의도가 아니었다, 완벽한 통제 불능이었다 등등의 생각들이 머리를 뒤덮었지만 결론은 하나였다.

'받아들인 건 나였어.'

감정이 요동치는 일을 겪고 돌아왔다고 한들 여우리의 판단이 흐려진 것은 아니었다. 아무리 술에 취했다고 한들 고주망태가 된 것도 아니었다. 어젯밤의 우리는 충분히 본인의 의사로 그와 살을 맞댔고 선을 넘어 버렸다.

"……하아."

그런데 도대체 어떻게 그러한 상황까지 치닫게 된 걸까.

깊은 숨을 터트리며 자신의 행동을 되짚어 보던 우리의 눈동자가 큼지막해졌다.

'*그런 사람'에, 나는 포함 안 돼?*'

그래.

아마도 시작은 그 말 때문이었던 것이 분명했다. 오랜 시간 동안 질질 끌어왔던 첫사랑을 드디어 끊어 낸 우리를 향해 주형이 건넨 말은 놀라웠다. 그가 뱉어 내리라고는 전혀 생각해 보지 않은 말이었기에 우리는 진지한 그의 표정을 보며 깔깔 웃었다.

'*넌 안 되냐고?*'

'……'

'주형아. 금주형. 그 대답을 하기 전에 한 가지만 묻자.'

'……말해.'

'넌 나랑 키스할 수 있어?'

장난을 치는 거라고 생각했다.

아니.

당연히 그렇게 생각할 수밖에 없잖아.

'그 상황에서 그렇게 묻는데, 누가 진심으로 생각하냐고.'

주형이 뱉어 내는 말들은 항상 모호하고 수상했다. 저와 긴 시간을 함께해 온 친구 사이였지만 간혹 그의 생각을 읽지 못하겠다는 생각을 한 적도 있었다.

거기다 두 사람은 종종 야한 농담을 주고받은 적도 많았기에 이번에도 그와 같다고 여겼다. 주형이 돌 하나를 던지면 배로 만들어 돌려주곤 하던 우리였기에 쿡쿡 실소를 터트리며 오히려 그를 도발했던 것이다.

우리는 제 질문에 답을 하지 않는 주형을 바라보며 생긋 미소 지었다.

'거 봐, 못 하……!'

괜히 시간 끌지 말고 얼른 들어가자는 말을 건네려고 할 때 주형이 벌떡 일어났다. 갑작스러운 그의 행동에 놀라 뒷걸음질 치려는 순간 주형이 팔을 뻗었고 우리가 막을 틈도 없이 부드러운 무언가가 제 입술 위를 뒤덮었다. 그것이 주형의 입술이라고 눈치채기까지는 오랜 시간이 걸렸다.

차디찬 겨울밤이었다. 서로를 향해 내뿜는 입김만이 가득한 오피스텔의 로비 앞에서 우리는 그와 키스를 했다. 그 키스가 유난히 달콤하고 따스했기에 다른 생각은 이어 나가지 못했다.

"하하."

눈을 떠 보니 보이는 것은 익숙한 천장이었다. 그것이 주형의 집, 그의 침실 천장이라는 건 금세 인지했다. 우리는 실오라기 하나 걸치지 않고 있었다.

아니, 팬티 정도는 입고 있었으니 아예 벌거벗은 것은 아니네.

'여우리, 여우리.'

이 모습 너무 익숙한 거 아니니? 어쩌면 지금 일어나고 있는 이 모든 일들이 혹 데자뷔가 아닐까라는 생각을 하기는 했으나 허리 아래가 얼얼해서 현실을 부정할 수도 없었다. 모든 뒤처리가 끝나 버린 이 상황이 어이가 없기도 하고 한편으로는 허무해서 헛웃음이 흘러나왔다.

차분하게 뛰는 심장의 박동 소리를 들으며 현실 감각을 되찾으려 노력하던 우리는 몇 번이고 감았다 뜨던 눈꺼풀을 들어 올린 후 정면을 응시했다.

어젯밤, 제 몸을 부드럽게 매만지던 남자의 대형 사진이 보였다. 우리는 살아 있지 않지만 살아 있는 것처럼 생생한 주형의 검은 눈동자를 빤히 직시하며 중얼거렸다.

"괜찮아."

괜찮다고.

"어젯밤의 너는, 본능적이었을 뿐이야."

감정적으로 많이 취약한 상태였잖아? 그런 분위기에서 갑자기 도발을 받았으니 백기를 들어 버릴 만도 하지.

"분위기 때문이야. 분위기."

그래서 살을 맞댄 거고.

"우리 사이가 뭐, 섹스 한 번에 틀어질 사인가?"

아니.

'솔직히…… 달라질 수 있는 사이기는 하지.'

태연한 척, 냉정한 척, 이성적인 척 굴어 보려 노력했지만 스스로를 다독이면 다독일수록 현실의 벽에 부딪히게 된다.

빌어먹을.

'여우리' 하고 제 이름을 부르는 주형의 나른한 목소리가 자꾸만 귀를 맴돌았다. 그의 것이 가득 들어차 가쁜 신음을 흘리던 간밤의 제 목소리도 떠오른다. 얼굴이 화끈거리고 뜨거워져 저도 모르게 속으로 욕설을 흘리던 우리는 결국 도리도리 고개를 저었다.

일단 그 잘난 얼굴을 마주해야겠어.

대체 어디 갔는지 보이지 않는 주형과 마주 봐야 이 복잡한 마음이 정리될 것 같다. 그가 뱉어 내는 말과 행동에 따라 제 행동도 따라가면 되지 않을까. 앞으로 일어날 일은 모두 주형에게 맡겨 버리자는 결론을 내린 우리는 바닥에 널브러진 브래지어를 주워 입기 위해 침대를 벗어났다.

"흠흠."

그런데 전날 입었던 옷은 대체 어디 간 건지 옷이 보이지 않았다. 급한 대로 우리는 주형의 옷장을 열어 대충 커다란 와이셔츠와 반바지를 걸쳐 입고 밖으로 나갔다. 그러고는 그에게 자신이 일어났다는 티를 내기 위해 헛기침을 몇 번 흘렸다.

"흠흠!"

거실에 없는 건지 주형은 보이지 않았다. 한 번 더 기침을 하던 우리는 저 멀리 부엌 쪽에서 탁탁거리는 소리가 들려온다는 것을 깨달았다. 요리라도 하는 건가. 코를 킁킁거리자 고소한 냄새가 나는 것 같기도 했다. 우리는 잠시 주저하다 곧 앞으로 발을 내디뎠다.

'무슨 말을 해야 하지?'

한 걸음, 한 걸음. 부엌을 향해 걸어가던 우리의 머릿속에 문득 의문이 일었다.

'좋은 아침?'

미쳤니. 그런 식상한 멘트를 날리게?

우리는 휘휘 얼굴을 저었다.

'그러면.'

멋진 밤이었어?

'돌았구나, 여우리!'

발을 내딛는 과정이 결코 쉽지는 않다. 어찌나 얼얼한지 다리가 떨려 와 벽을 짚고 움직이던 우리는 스스로가 생각해 낸 멘트에 눈앞이 아찔해지는 것을 느꼈다. 손가락이 오그라들 만큼 부끄러운 말이라며, 몸서리를 치던 그녀는 곧 부엌의 입구까지 당도했다.

탁탁탁탁.

칼을 두드리는 소리는 멈추지 않았다. 후우. 바닥만 보고 부엌으로 걸어 가던 우리는 고개를 들어 그에게 아침 인사를 건네기 전 길게 숨을 들이 마셨다. 주형의 귀에 닿을 만큼 인기척을 내기 위해서는 마음의 준비가 필 요했다.

좋아.

아무 일도 없었던 것처럼, 자연스럽게 말을 건네면 되겠지— 하고 올라가 지 않는 입꼬리까지 억지로 움직이며 우리가 막 얼굴을 들려고 할 때였다.

"저기 금⋯⋯!"

주형의 이름을 뱉어 내리던 우리의 눈동자가 거세게 요동쳤다. 우리는 제 소리에 뒤를 돌아보는 남자를 발견하고 돌처럼 굳어 버렸다.

"아! 일어나셨어요?"

당연히 그일 것이라고 생각했건만 놀랍게도 시야로 들어온 사람은 생전 처음 보는 사람이었다. 우리는 황당한 표정을 감추지 못했다.

'이 남자는 누구야?'

놀라 어쩔 줄 모르던 우리는 얼른 고개를 아래로 내렸다. 주형의 옷장에 서 아무렇게나 꺼내 입은 와이셔츠가 시야로 들어왔다. 단추도 제대로 잠그 지 않고 나올 뻔했는데, 다행히 모든 단추는 잠근 상태였다. 반바지를 입지 않았다면 큰일이 났을 거다.

우리는 크게 당황하다가 뒤로 주춤거리며 물러나려 했다. 그러자 당근을 썰고 있었는지, 식칼을 들고 있던 남자가 서둘러 외쳤다.

"노, 놀라지 마십시오, 형수님! 전 주형이 형님 매니저입니다!"

"매니……저요?"

우리가 얼떨떨한 표정을 지으며 묻자 식칼을 들고 있던 안경 낀 남자가 하하 웃으며 말을 덧붙였다.

"네! 어, 명함이, 아, 거기! 거기 거실 쪽 테이블 위에 제 가방이 있거든요? 거기 검정 사피아노 지갑이 하나 있는데 거기 확실히 있을 겁니다! 제 이름은 노재원이에요! 확인해 보십시오!"

혹여나 우리가 도망이라도 칠까 봐 남자는 다급히 소리쳤다. 우리는 그런 남자를 의심하면서도 뒤로 슬금슬금 물러났다. 과연 그의 말대로, 거실 쪽 테이블 위에는 작은 손가방 하나가 있었다.

"하하."

어느새 식칼을 내려놓은 남자가 최대한 미소를 지으려 애쓰며 우리를 바라보고 있었다. 우리는 가늘게 뜬 눈으로 그와 가방을 번갈아 바라보다가 손을 뻗어 가방 속을 뒤적였다.

"……."

"있죠? 제 명함? 여전히 의심되시면 민증도 확인하시면 됩니다!"

"……."

"형수님?"

"있네요."

노재원.

XThree 엔터테인먼트 기획 1팀 팀장.

가방 속 지갑을 열어 남자의 명함과 그의 인적 사항이 적힌 주민등록증을 차례로 훑어본 우리가 낮게 고개를 끄덕였다. 하하. 겨우 난관을 넘었다고 생각했는지 안경을 낀 남자, 아니 재원이 어색한 웃음을 터트렸다.

"방금 일어나신 거죠? 조금만 기다리십시오. 곧 식사 완성됩니다!"

"식……사요?"

"예! 아침 안 드셨잖습니까."

그건 그렇지만.

"주형이 형님께서 신신당부하셨습니다. 형수님께서 깨어나시면 아침부터 꼭 차려 달라고요. 형수님은 생명을 살리고 탄생시키는 분이시라면서요? 그러니 아침은 든든하게 드셔야 한다고 그러시더라고요. 아, 형수님이라고 불러도 되겠습니까?"

몹시도 어색한 단어였지만 이미 그렇게 부르고 있는 사람에게 안 된다고 대답할 수도 없었다. 우리는 여전히 재원과의 거리를 유지한 채 말없이 고개를 끄덕였다. 재원은 계속해서 웃음을 터트리며 말을 이어 갔다.

"저 말입니다, 형수님. 데스크 업무를 주로 보다가 주형 형님 전담이 된 지 올해가 6년 차거든요. 내년이면 7년 차가 되죠."

"7년이요?"

"예! 오래 됐죠?"

우리는 서글서글하게 미소 짓는 재원을 보며 얼굴을 주억였다. 재원은 다시 부엌으로 다가와 식탁 앞에 앉는 우리를 바라보며 미소 지었다. 그는 그녀의 앞에 스크램블과 토스트 몇 조각이 담긴 그릇을 건네며 말했다.

"하지만 그 기간 동안 단 한 번도 형수님을 뵌 적은 없었습니다. 그래서 지금 일어나고 있는 일이 너무 신기해요!"

그건 나도 그렇긴 한데.

우리는 목구멍까지 차오른 말을 내뱉지는 않았다. 재원은 경직된 입꼬리만 올려 웃는 우리를 내려다보며 생글거렸다.

"게다가 형님이 저에게 부탁도 하셨어요! 그거 아십니까, 형수님? 저, 형님께 공적인 일 외 부탁받은 건 처음이에요!"

"처음……이요?"

저도 모르는 사이 재원의 말에 귀를 기울이고 있던 우리가 그를 쳐다봤다. 재원은 외쳤다.

"예! 주형이 형님은 제가 담당하는 분이긴 하지만, 공과 사는 결벽증이라고 생각할 만큼 구분하시는 분이거든요."

"그래요?"

"보통 연예인 분들은 담당 매니저들에게 공적인 일은 물론이고 사적인 볼일도 스스럼없이 맡기는 편인데……. 지금까지 형님을 모시면서 단 한 번도 사적인 일은 부탁받은 적이 없었어요. 그런데 오늘, 형님께서 특별히 부탁을 하시더라고요! 형수님의 아침 식사 말입니다. 하하!"

우리는 포크와 나이프, 그리고 잼을 건네는 재원에게서 그것을 받아 들었다. 재원은 머뭇거리는 우리를 바라보며 말을 멈추지 않았다.

"형수님은 우리 형님께 정말 특별한 분이신가 봅니다."

그런가.

스스로 납득하듯 아래위로 얼굴을 주억이는 재원을 힐긋거리던 우리는 무심코 토스트 하나를 반으로 가르려다 멈칫했다.

"그런데 말이에요."

"예, 형수님! 무엇이든 말씀하십시오!"

우리는 재원을 빤히 응시했다. 그러고는 물었다.

"그 녀, 주형이는 어디 있어요?"

"네?"

"어디 있는데 아침부터 안 보여요?"

그리고 왜 당신한테 내 아침 식사를 부탁한 거지?

예기치 못한 재원의 등장으로 어지러웠던 머리가 정리됐다. 동시에 의문이 차올라 우리는 말을 건넸다. 그러자 재원의 얼굴이 급격하게 어두워졌다.

"그게……."

* * *

"주형아."

작지만 강하게 울리는 우리의 목소리가 닿자 그녀를 바라보고 있던 눈동자가 일렁였다.

금주형.

그녀의 붉은 입술 밖으로 다른 이름이 나오지 않았다는 사실은 주형을 안도시켰다. 주형은 응, 하고 나지막하게 대답하며 젖어 있던 우리의 앞머리를 쓸어 넘겼다. 우리가 쿡쿡 웃더니 몽롱한 표정을 지으며 말했다.

"지금 기분, 되게 이상한 거 알아?"

"왜."

"아니, 그렇잖아. 다른 사람도 아니고 나랑 너라니."

이상해.

우리는 웃음을 멈추지 않았다. 그러다 그녀를 안고 있던 제 품을 파고들며 중얼거렸다.

"남들이 들으면 깜짝 놀랄 거라고. 여우리와 금주형이라니. 특히 도욱이가 기겁하겠지."

하라면 하라지.

주형은 그녀의 말을 한 귀로 듣고 다른 한 귀로 흘리며 속으로 투덜댔다. 저와 우리가 이렇게 길고 긴 시간을 돌아온 것은 분명 허도욱 그 망할 자식의 영향이 없지는 않을 것이다. 주형은 제 품에서 다른 남자를 떠올리는지 여전히 쿡쿡 대는 우리의 이마를 기다란 손가락으로 통 두드리며 속삭였다.

"다른 남자 생각 하지 마."

"어?"

"……."

"하하, 야. 너 설마 질투하는 거야?"

주형은 대답하지 않았다. 그를 빤히 바라보던 우리의 눈꼬리가 반달로 휘어졌다.

"뭐야! 진짜 그런 거야? 세상에, 금주형! 너 보기보다 질투 엄청."

아마도 그녀는 "엄청 많네."라는 말을 하고 싶었을지도 모르지. 하지만 우리의 말은 제 입술을 뒤덮어 버린 주형의 행동으로 인해 이어지지 못했다.

하아. 대신 그녀가 뱉어 내려던 말들은 깊고 진한 신음 소리로 바뀌었다. 주형은 순식간에 다가온 제 얼굴을 보고 놀라던 우리가 다른 생각을 하지 못하게 계속해서 그녀의 혀를 옭아맸다. 처음에는 그러한 반응에 당황하던 우리도 곧 그의 키스에 응하기 시작했고, 두 남녀를 휘감은 열기는 점점 뜨거워졌다.

'*진짜 이상하다니까?*'

대체 무엇이 그리도 이상하게 느껴졌던 걸까.

내가 너에게 키스를 한 것이?

아니면 네가 내 키스에 응한 것이?

그것도 아니라면.

'너와 내가 밤을 보낸 것이?'

나에게 있어서는 그 무엇도 이상하지 않은데.

이상할 것이, 정말 조금도 없는데.

오히려 나는—

"자, 앞으로의 일정."

간밤의 모든 일이 꿈처럼 느껴져 눈을 내리감고 있던 주형의 앞으로 무언가가 놓였다. 그것이 옆자리의 누군가가 건넨 파일이라는 것을 깨닫기까지는 오래 걸리지 않았다. 일정표가 적혀 있는 파일을 건네받은 그는 입술을 다문 채 파일 속 내용을 들여다보다, 제 말을 기다리고 있을 사람을 향해 고개를 들었다.

"하루 정도면 된다며. 그런데 왜 갑자기 해외 출장이야."

그것도 하필이면, 오늘부터.

불만에 찬 목소리가 흘러나온 것은 당연했다. 새벽녘부터 걸려 온 전화는 그의 일정에는 전혀 존재하지 않았던 의외의 스케줄이었으니까.

제 아래서 낮게 신음을 흘리던 우리가 겨우 눈을 붙이는 데 성공한 바로 그 시점 울린 전화벨 소리에 어찌나 놀랐는지.

행여나 잠든 우리가 깰까 싶어 조심스레 전화를 받은 주형의 귓가로 지연의 목소리가 흘러들어 왔다. 저를 사옥으로 긴급 호출하는 그녀에게 거부의 의사를 표현하려 했건만, 이어지는 말에 급히 외출할 채비를 갖춰 야만 했다.

'첫 비행기로 바로 출국할 거니 준비해.'

새벽 5시 50분을 갓 넘겼을 무렵, 이미 환하게 불이 켜져 있던 XThree 엔터테인먼트 사옥 문을 열고 들어간 주형은 제게 웬 비행기 티켓 하나를 건네는 지연을 황당하게 응시했다.

아직 눈을 뜬 여우리의 얼굴을 보지도 못했거늘, 난데없는 출국이라니. 말도 안 되는 소리라 생각하며 몸을 돌리려던 순간 지연이 꺼낸 말은 그의 심장을 덜컥 내려앉게 만들었다.

'그 문자 때문이야.'

문자.

이제 와 가만히 생각해 보면 시작은 단순한 안부 인사였다.

[오빠, 안녕하세요. 좋은 아침이에요!]

그가 소유한 세 개의 휴대폰 중 사적인 용도로만 사용하던 휴대폰에 웬 문자 하나가 도착했다. 저장되어 있지 않은 연락처였기에 당연히 상대를 착 각하고 보낸 문자라고 생각했으나, 평소에는 무시했을 그 문자에 주형은 웬 일로 답장을 보냈다. 아무래도 문자를 잘못 보내신 것 같다고.

[어? ㅎㅎ 아니에요! 저 제대로 보냈어요. 이 번호, 주형 오빠 휴대폰

번호잖아요! 오빠, 앞으로 잘 부탁해요♡ 자주 연락할게요♡♡]

그러나 당시 드라마 촬영으로 정신없는 하루하루를 보내고 있었던 주형은 자신이 그러한 답장을 했었다는 사실 자체를 이내 잊어버렸다. 후일 하트 가득한 이모티콘 답장을 받았을 땐 간담이 서늘해졌다.

동종 업계에서 이와 같은 일을 겪는 이들이 놀라울 만큼 흔하다고 들어왔지만 주형은 데뷔 이후 단 한 번도 겪어 보지 못했다. 솔직히 놀랐다. 어린 친구들만 당하는 일이 아니었군. 사랑을 가득 담은 문자를 물끄러미 내려다보던 주형은 곧 그 문자를 뇌리에서 지워 버렸다.

[좋은 아침이에요, 오빠.]
[오늘 비 올 것 같은데, 우산 잘 챙겨요!]
[요즘 날이 찬데 늦게 다니지 말아요.]

문자에 대한 그의 첫 번째 대응책은 '무시'였다. 상대하지 않으면 문자를 보내 온 정체불명의 인물이 제 풀에 지칠 거라 여겼다. 만약을 대비하여 휴대폰 번호까지 바꾸었다. 더 이상 그 이상한 문자에 휘둘리고 싶지 않아서였다.

재원으로부터 휴대폰 번호가 바뀌었다는 이야기를 들었을 땐, 모든 일이 해결됐다고 생각했다. 하지만 그것은 주형의 착각이었고 의문의 문자는 계속해서 도착했다.

이번에는 새로 바뀐 번호로.

[오빠, 번호 바꿨네요? 왜 바꿨어요?]
[오빠 오늘 서초에 갔죠? 그 식당, 맛있기는 해요 ㅎㅎ]
[의상 담당이 새로 온 것 같은데 이름이 뭐예요?]

[오빠. 그 여배우 매니저랑도 친해요? 아니면 그 여배우랑 친한 거예요?]

제일 처음을 제외하곤 답장하지 않았건만 일주일에 한두 번 오던 문자는 어느 순간부터 하루에 한 번 꼴로 늘어났다. 게다가 어떻게 알았는지 주형의 위치까지 정확히 집어내며 문자를 보냈다. 외면만으로는 상황이 해결될 것 같지 않다고 여긴 것은 얼마 뒤였다.

[주형 오빠. 대체 왜 그렇게 늦게 다니는 거예요?]
[어제 XX 레스토랑에서 같이 있던 여자는 누구예요?]
[대체 왜 내 말을 안 듣는 거예요. 그년은 걸레라니까? 만나지도 말라니까!]

문자의 수위는 점점 강해졌다.

[오빠, 어제 내가 보낸 사진 받았어요?]
[나 괜찮죠? 내 목에 있던 점도 확실히 봤죠? 그 점, 매력점이래요♡]
[오빠한테 얼른 안기고 싶어요. 매일 밤 오빠한테 안기는 꿈을 꿔요. 나, 오빠라면 언제든 환영이에요♡]

글귀만 가득했던 문자는 어느 순간부터 사진도 첨부되기 시작했다. 그것도 하나같이 불쾌하기 짝이 없는 내용들이었다.

물론 주형 스스로가 정체불명의 발신인을 찾기 위해 노력하지 않은 것은 아니었지만 어떤 수를 쓰는지 도통 쉽게 찾아낼 수 없었다.

하는 수 없이 주형은 홀로 견디지 않기로 결심했고 재원과 지연을 비롯한 회사 관계자들에게 이 일을 털어놓은 것이 불과 얼마 전의 일이다.

후, 길게 숨을 흘리며 인상을 쓰는 주형의 말에 지연이 대꾸했다.

"하루면 어떻고 일주일이면, 한 달이면 또 어때? 자기 몇 년이나 시달렸다며. 그런데 잠깐의 출국이 그렇게 아쉬워? 설마 네 집에 있는 그 **손님** 때문이니?"

지연은 '손님'이라는 단어에 유난히 힘을 줬다. 주형이 미간을 좁히자 지연은 흥 콧방귀를 뀌었다.

"걱정도 팔자네, 팔자야. 껌 딱지처럼 붙어 다니던 노 팀장도 추후 합류하라며 집에 두고 왔으면서 대체 무슨 걱정이야? 노 팀장이 그 손님을 잡아먹기라도 할까 봐?"

"서 본."

"금 배우, 솔직해지자. 왜 그렇게 걱정하는 건데?"

"……."

"그 표정은 뭐야?"

대답 없는 주형의 얼굴을 주시하던 지연의 눈이 휘둥그레졌다.

"자기 설마 이번엔 진심인……."

"진심? 무슨 진심이요?"

놀라 기다란 속눈썹까지 파르르 떨던 지연의 말은 어느새 다가온 한 여자에 의해 멈췄다. 그 여자를 발견한 지연의 얼굴이 순식간에 환해졌다.

"어머, 세아 씨. 아무 것도 아니야. 얼른 앉아. 고도가 더 올라가면 기체가 많이 흔들릴 거야."

"호호, 감사해요, 언니."

"감사는. 내가 더 고맙지. 시상자로서 참석하는 건 스케줄에도 없던 일이었는데 흔쾌히 들어줬잖아. 나 사실 세아 씨가 거절했으면 대타를 어떻게 구했을지 감도 안 잡혀."

"에이, 무슨 그런 섭섭한 말씀을 하세요? 언니 일, 아니 회사의 특명인데 당연히 받들어야죠. 안 그래요, 선배님?"

주형의 '사건'을 알고 있는 사람은 XThree 엔터테인먼트에서도 재원과 지연 정도만 알고 있는 극비 사항이었다.

비행기 내 화장실을 다녀와 제 옆자리에 자연스럽게 자리 잡는 세아는 이번 해외 출장을 단순히 싱가포르에서 열리는 아시아 최대 드라마 및 음악 시상식, 즉 ADAMF(ASIA DRAMA & MUSIC FESTIVAL)의 참석 정도로 알고 있었다.

주형은 제게 동의를 구하는 세아의 검은 눈동자를 가만히 바라봤다.

'오세아? 오세아도 함께 가는 거야?'

'응. 가야 해.'

'서 본.'

'세아가 반드시 가야 해.'

'……저번처럼 스캔들을 만들어 낼 생각이라면 난,'

'아니. 그것보다 관련이 있어서 그래.'

'뭐?'

'자기가 받았다던 그 문자. 아무래도 세아네 팀원들 중 한 사람이 보낸 것 같거든.'

'……!'

'시상자 제안을 받아들인 건 그것 때문이야. 이번 기회에 한 번 색출해 보려고. 아, 자세한 일은 자기가 신경 안 써도 돼. 내가 어떻게든 해결해 볼 테니. 금 배우 자기는 그냥 시상식에만 집중해 주면 돼. 나간 김에 저번 달에 못 한 해외 일정도 함께 해치워 버리자고.'

"……님."

"……."

"선배님?"

이른 새벽, 잠결로 치부하기에는 너무도 생생했던 지연과의 대화를 떠올리던 주형은 빙긋 웃는 세아의 목소리에 정신을 차렸다. 제 대답을 기다리고 있는 그녀에게 말없이 웃어 주고는 곧 창밖으로 시선을 옮겼다. 구름 위로 보이는 밝은 태양으로 인해 눈이 부셨다.

주형은 슬며시 눈꺼풀을 내리며 전원을 꺼 두었던 휴대폰을 괜스레 만지작거렸다.

'도망치지, 않겠지.'

* * *

[진한아, 안녕.]

어떤 말로 시작할까 한참을 고민하다 겨우 적은 말은 단순한 인사였다.

'이게 최선이니, 여우리?'

하늘색 편지지 위에 써 내려간 말을 뚫어져라 응시하던 우리가 한숨을 푹 내쉬었다. 그러다 곧 멈추었던 펜을 다시 움직이며 다음 문구를 써 내려갔다.

[나…… 우리야.
여우리.
갑자기 편지 받고 많이 놀랐지?
매번 얼굴 보고 얘기하다가 너한테 편지를 쓰려니 나도 뭔가 이상하네 ㅎㅎ
그래도 이렇게 펜을 들게 된 건, 너한테 하고 싶은 말이 몇 가지 있어서야.
일단 너, 나한테 오천 원 빚진 거 알아?
아무리 친한 사이라도 돈은 제대로 갚아야……]

"미쳤구나, 정말."

워낙 긴장하여 아무 말이나 적은 것이 틀림없다. 입술을 꽉 악물던 우리는 마지막 두 줄을 직직, 그어 버리고는 펜을 움직였다.

[그러니까 내가 너한테 하고 싶은 말이 몇 가지가 있어.

몇 가지가 있는데, 그게 뭐냐면…….

아니다. 한 가지 있다.

사실 한 가지 말을 하려고 이렇게 편지를 쓰게 됐어.

이 말을 하려고 마음먹은 게 정말 오래됐거든.

그런데 이상하게 잘 나오지 않더라 ㅎㅎ

하지만…… 하지만 우리 조금만 더 있으면 졸업하잖아.

그래서…… 그래서 졸업 전엔 어떻게든 꼭 말을 해야 할 것 같아서.

혹시 너랑 나랑 다른 대학에 갈 수도 있으니까. 그러니까…….

진한아.

내가 너한테 하고 싶은 말은, 그게,]

'제길!'

말줄임표로 가득한 편지지를 더는 지켜볼 수 없었다. 결국 책상 위에 놓여 있던 편지지를 들어 올려 지이익 찢어 버린 우리는 조각난 편지지를 책상 옆 휴지통으로 밀어 넣었다. 이미 몇 번의 실패를 거듭해 휴지통에는 찢겨진 종잇조각이 가득했지만 우리의 시선은 더 이상 휴지통에 꽂혀 있지 않았다.

다시 써야 해.

다급하게 책상 오른편의 서랍을 열어젖히며 팔을 뻗던 우리의 눈동자는 동그래졌다.

'이런.'

분명 가득 차 있어야 할 서랍 속에는 편지지가 단 한 장도 존재하지 않 았다. 다섯 번의 편지를 작성할 수 있을 만큼 가득했었는데, 대체 언제 이 렇게 되어 버린 거지.

그제야 휴지통 속으로 시선을 옮긴 우리는 쓴웃음을 흘릴 수밖에 없었다.

벌써 다섯 시간째. 눈을 뜨자마자 각오를 다지고 편지를 썼다가 지우기 를 반복하다 보니 어느새 시간은 정오를 넘어가고 있었다. 째깍거리는 탁상

시계가 12시 10분을 가리키고 있는 것을 확인한 우리는 천천히 자리에서 일어났다.

"뭐? 정말로 정우가 그렇게 말했어?"

"응! 그렇다니까요, 엄마? 어떡하죠? 그 말만 믿고 나갔다가 이번에도 그 자식이 펑크 내면 어떡해요? 나 그럼 엄청 열 받을 것 같은데!"

"호호, 나라야. 그 자식이라니. 두 살 오빠한테 그 자식이라는 표현은……. 그것보다 네 마음은 어때?"

"내 마음?"

"네 마음이 제일 중요하지. 네가 나가고 싶으면 나가는 거고, 안 나가고 싶으면 안 나가는 거야."

"내 마음은……. 헉. 야, 언제 왔냐?"

굳게 닫혀있던 방문을 열고 밖으로 나가니 피 하나 섞이지 않은 모녀가 머리를 맞대며 무언가 상의하고 있었다. 마 여사의 질문에 답지 않게 심각한 표정을 지으며 대꾸하려던 나라는 갑작스러운 우리의 인기척에 화들짝 놀라더니 벌떡 일어났다. 우리는 마치 귀신 보듯 저를 응시하는 나라를 흘긋거린 후 "공부는 다 끝났어?" 하고 묻는 마 여사를 응시했다.

"공부는 무슨. 수능 친 지가 언젠데 무슨 공부를 또 해? 너도 진짜 이상하다. 안 그래요, 엄마?"

"우리는 공부가 취미잖니. 점심 차릴까, 우리야?"

툴툴거리는 나라의 발언을 한 귀로 흘리던 우리가 고개를 저었다.

"잠깐 나갔다 오려고요."

"나가? 어딜 나가? 아! 혹시 케이크 사 오려고?"

케이크?

"뭘 그렇게 황당하게 봐? 오늘 크리스마스이브잖아! 엄마. 애 오늘 무슨 날인지도 모르나 봐요."

가만히 서 있는 우리를 향해 나라는 쯧쯧 혀를 찼다. 고루하기 그지없어.

낮게 중얼거린 그녀의 말을 듣고도 타격 하나 없다는 것이 우스웠다. 이젠 저런 말을 듣지 않으면 아쉬워질 정도니, 아마도 나라를 가족으로 받아들인 건지도.

"그런데 진짜 왜 나가려는 거야?"

"뭐 좀 사러."

"케이크 사는 거 맞지? 언니, 케이크 사려는 거지? 그럼 난 딸기 케이크! 아니다. 딸기랑 초코랑 섞인 딸기초코 생크림 케이크!"

벌떡 일어나 제게 팔짱을 끼며 눈을 빛내는 나라의 손을 억지로 떼어 낸 우리는 "노트 사러 가는 거야."라고 짧게 대꾸해 주었다.

"쳇, 여우리가 그럼 그렇지."

그러자 입이 주먹만큼 튀어나온 나라가 흥 콧방귀를 뀌며 제자리로 돌아갔다.

"따뜻하게 입고 가. 오늘 춥대."

"네. 다녀올게요."

고개를 끄덕이는 마 여사에게 대답한 이후 거실 옷걸이에 걸린 목도리를 두른 우리는 "케이크 사 와!" 하고 소리치는 나라에게 손을 휘휘 젓고 집 밖으로 나섰다.

'우리야. 결정했니?'

지금으로부터 한 달 하고도 몇 주 전, 그날만을 위해 준비했다 해도 과언이 아닐 대학수학능력 시험이 끝났다. 가채점 결과부터 정식 발표까지 모두 원하던 결과가 나왔지만 우리는 쉽사리 원서 접수를 하지 못하고 있었다.

교내에서 공부를 제일 잘한다고 알려진 그녀가 지망 대학 소식이나 원서 접수 소식을 들려주지 않자 애가 타는 것은 1학년 때에 이어 3학년 때도 우리의 담임선생이 된 이영찬 선생 쪽이었다.

'……아직이요.'

'아직? 왜 아직이야? 갈 곳은 당연히 한 곳뿐이지 않아?'

'…….'

'아니면, 대한대 말고 다른 곳을 생각하고 있는 거니?'

두 눈을 동그랗게 뜨고 묻는 이영찬 선생에게 "그 애가 갈 대학이 어딘지 아직 듣지 못했어요."라는 말은 차마 할 수가 없었다.

우리는 대한 대학교에 대한 장점을 술술 늘어놓고 있는 이영찬 선생에게 조만간 결정을 하고 말씀드리겠다는 말로 면담을 종료했지만, 원서 접수 기간이 끝나기 사흘 전인 오늘까지도 아무런 소식을 전하지 않고 있었다.

"사실 고민할 필요도 없잖아."

집을 나와 근처의 문구점으로 향하는 길. 끝나지 않는 상념에서 벗어나지 못한 우리는 낮게 중얼거렸다.

맞는 말이다. 우리는 이미 오래 전부터 수많은 대학 중 딱 한 곳만을 염두에 두고 있었고, 그곳에 진학하기 위해 노력해 왔다. 이영찬 선생의 말대로 단점보다는 장점이 더 많은 대한 대학교에 원서를 넣는 것이 우리를 위해서도, 가족을 위해서도, 그리고 학교를 위해서도 좋은 일이라는 걸 스스로도 잘 알고 있었다.

그래서, 중요한 거다.

'반드시 편지를 써야 해.'

우리보다는 못하지만 그래도 그녀와 비슷한 성적을 얻은 '그 애'가 과연 어느 대학을 갈지 알아내기 위해서라도. 아니면 혹시 모를 이별을 대비하기 위해서라도, 반드시.

수능 성적 발표 이후 제대로 학교에 나오지 않는 '그 애'와 연락이 닿지 않았기에 더더욱 마음이 조급해졌다.

편지, 편지, 편지.

아직 끝맺지 못한 편지 쓰기에 대한 열망이 머리를 잠식할 때쯤이었다.

"냐!"

아파트 단지를 지나 금환 고등학교로 가는 길목에 위치한 문구점까지 불과 500미터도 남겨 두지 않은 곳에서 짜증 섞인 목소리가 들렸다. 괜한 시비에 얽히고 싶지 않았던지라 우리는 고개를 푹 숙이며 앞으로 걸어갔다.

한 걸음, 또 한 걸음.

그러자 이번엔 신경질을 부린 소년과 그를 상대하고 있는 또 다른 소년 사이의 대화 내용이 좀 더 뚜렷하게 들렸다.

"놓긴 뭘 놔. 잔말 말고 따라 와."

"싫어!"

"금은형!"

"이거 놓으라고!"

금은형?

'금주형이랑 비슷한 이름……. 어?'

이거 금주형 목소리 아니야?

뚝 걸음을 멈춘 것은 모른 척하려던 사람이 자신이 알고 있는, 그것도 너무 잘 아는 사람임을 인지했기 때문이다. 바닥에 꽂혀 있던 우리의 갈색 눈동자가 정면으로 향했다. 우리의 시야로 그녀가 지난 3년 동안 귀찮을 정도로 보아 왔던 '절친'이 누군가의 손을 붙들고 다투고 있는 것이 보였다.

심각한 건가? 다른 사람도 아닌 주형의 일을 외면할 수는 없는 노릇이다. 그러나 무작정 달려가 주형의 편을 들기에는 벌어지고 있는 상황이 그에게 불리해 보이지도 않았다.

금은형, 금주형.

금은형…….

'금주형.'

주형을 알지 못하는 사람이 듣기에도 형제처럼 느껴지는 이름. 주형의 앞에 서 있는 소년은 먼 발치에서 봐도 생김새와 체격이 주형과 흡사했다. 우리는 망설였다.

"그만 좀 해!"

성난 소년의 외침이 다시 한 번 들려왔다.

"정말 왜 이래? 놔. 안 놔? 놓으라고! 몇 번을 말해? 나 형이랑 할 말 없어. 형이 보기엔 내가 잘못한 것 같아? 아니잖아! 형도 내가 잘못했다고 생각 안 하잖아. 내가 무슨 말을 해도 안 믿어 줄 거면서, 그러면서 왜 나한테만 뭐라고 하는 건데? 사과 안 해. 잘못했다고 안 빌어. 난 절대 안 돌아갈 거니까 갈 거면 형 혼자……!"

알은 척 해야 하나, 말아야 하나. 하필 문구점이 두 소년이 다툼을 벌이고 있는 길목을 지나쳐야 도착할 수 있었기에 계속해서 주저하고 있던 찰나였다. 순간 우리의 눈이 휘둥그레졌다. 다행히 우리 외에는 오가는 이가 아무도 없었기에, 주형이 은형이라는 이름의 소년에게로 손을 뻗는 모습은 그녀밖에는 목격하지 않았다.

쿵쿵.

심장이 벌렁거렸다. 우리는 좌악, 소리가 나는 거리에서 한 발자국도 움직이지 못했다. 그때, 주형이 낮고 굵은 목소리로 은형을 향해 말했다.

"집으로 돌아가."

"……."

"어머니께서 기다리고 계셔. 너 찾으려다 또 혼절하시면 안 되니 돌아가."

"……."

"금은형."

"알았어."

갈게.

옆으로 돌아간 소년의 얼굴은 쉽게 들리지 않았다. 멀리 있어서 제대로 들을 수는 없었지만 온 힘을 다해 외치던 소년, 은형의 기운은 조금 전보다 가라앉아 보였다. 우리는 제 말을 들은 은형이 시야에서 사라질 때까지 꿈쩍도 하지 않고 있는 주형의 뒷모습을 응시했다.

주형과의 첫 만남은 유쾌하지 않았지만 3년이 지난 지금 우리는 주형과 그 누구보다도 가깝게 지내고 있었다. 함께 중식, 석식을 먹고 공부를 했으며, 1, 2, 3학년 내도록 같은 반이었다.

짝은 또 얼마나 많이 했던가. 금환 고등학교 내에서 여우리와 친한 이들을 꼽자면 진한과 함께 동시에 떠오르는 이름의 소유자일 정도인데. 그런 그가 지금은 이상할 정도로 낯설게 느껴졌다.

'돌아갈까.'

문구점으로 향하는 길은 이 길 외에도 또 다른 길이 존재했지만, 적지 않은 시간이 소요됐다. 그렇다고 이제 와 알은 척은 못 하겠는걸. 지난 3년 동안 주형에게 남동생이 있다는 이야기도 듣지 못했었기에 우리는 그 자리에서 그에게 다가가야 할지 고민했다.

모르겠다.

결국 그녀가 가고자 했던 방향과 반대 방향으로 몸을 돌리려는 순간이었다.

"어디 가."

"헉!"

"다 봤으니 이리 와, 여우리."

간담이 서늘해졌다.

그새 그걸 봤네.

막 한 걸음 왔던 길을 되돌아가려고 했을 뿐인데, 그 발을 완벽하게 내딛기도 전에 들켜 버렸다. 우리는 제 이름을 정확히 부르는 주형을 향해 고개를 돌렸다.

"금주형이네. 네가 여긴 웬일이야? 너희 집 방향, 여기 아니지 않아?"

"그러는 너는."

"나? 나는…….""

한진한한테 쓸 연애 편지지를 사러 가는 길이었어, 라고 대답할 수는 없는 노릇이다. 우리는 말없이 하하 웃었다. 그러자 검은 눈으로 우리의 아래위를 흘깃거리던 주형이 그녀를 향해 터벅터벅 걸어왔다.

'잘못한 것도 아닌데 왜 이렇게 긴장을 해?'

주형이 다가오면 올수록 심장이 두근거렸다. 우리는 꿀꺽 침까지 삼키며 그의 발이 제 앞에 멈추기를 기다렸다.

여우리가 금주형을 알고 지낸 3년 동안, 놀랍게도 주형은 단 한 번도 동생 이야기를 꺼내지 않았다. 지금까지 침묵을 유지했던 것을 보면 어쩌면 동생 은 그의 '치부'였을지도 모르는데 하필이면 그녀가 그 모습을 목격했으니.

'인기척을 안 내서 화가 났으려나.'

목석처럼 꿈쩍 않던 우리가 슬그머니 고개를 들었다.

"헉, 야!"

"응."

"다 왔으면 인기척을 냈어야지!"

소리 없이 다가온 주형이 코앞에 도착해 있었다. 주형은 "하마터면 넘어 질 뻔 했잖아." 하고 중얼거리는 우리를 내려다보며 피식 웃었다.

"왜 쫄아 있냐."

"뭐? 내, 내가 언제!"

"내 동생이야."

"어?"

"조금 전 그 애."

"어? 어어, 그, 그런 것 같더라."

우리는 어색하게 웃었다. 순식간에 화제를 돌리는 건 주형의 특기 중의 특기였지만, 오늘처럼 당황스러운 적은 없었다. 주형은 어쩔 줄 몰라 하는 우리를 응시하며 말을 이어 갔다.

"손댄 건 처음이야."

"뭐?"

"착한 동생이거든, 평소에는. 그래서 다툰 적도 없었어."

"……그, 그래?"

"응. 너무 착한 애라서 혼낸 적이 없었는데 오늘은…… 오늘은 저 녀석이 심했어. 그래서,"

낮게 중얼대던 주형의 낯빛이 어두워졌다. 덩달아 우리의 얼굴에도 그늘이 졌다. 우리는 후우, 길게 숨을 내쉬는 주형을 한동안 바라봤다.

"풉."

그러다 저도 모르게 웃음을 터트렸다. 심각한 표정이던 주형이 의아한 눈으로 우리를 쳐다보는 게 느껴졌다.

"왜 웃어."

한 번 터진 웃음은 이상하게 참기 어려웠다. 우리는 눈을 가늘게 뜨는 주형을 향해 푸풉, 하고 다시 실소를 터트리다 손을 휘휘 저으며 말했다.

"아니. 너도 애긴 애인가 보다 싶어서."

"뭐?"

우리의 말에 주형이 미간을 좁혔다. 우리는 입술을 달싹였다.

"너 항상 그러잖아. 무슨 일이 터지든 언제나 뒷짐 지고 서선 애어른처럼 굴고. 간혹 네 나이가 맞는지 의심한 적이 한두 번이 아니란 말이지. 동생이랑 싸우는 걸 보니 영락없는 내 또래긴 하네. 인생 2회차가 아니라 역시 열아홉 소년이 맞았어."

"여우리."

"조금 전 행동을 후회하는 거라면, 얼른 따라가서 사과하면 돼. 간단한 일이야. 잘못을 인정하는 게 어려울 뿐, 인정한 후로는 행동하기 쉬우니까."

"……."

"무슨 일로 싸운 건지는 모르겠지만 잘 풀렸으면 좋겠네. 네 동생도 네가 일부러 그런 게 아니라는 것 정도는 알 거야."

우리는 손을 뻗어 주형의 어깨를 톡톡 두드렸다. 경직되어 있던 주형의 어깨 근육이 느슨히 풀어지는 게 느껴졌다. 우리는 망설이다 작게 고개를 끄덕이는 주형을 향해 말했다.

"좋아, 금주형. 동생을 따라 가기 전에 제안할 게 하나 있어."

"제안?"

"우연히 크리스마스이브에 만났으니, 작은 내기 하나 정도는 해도 괜찮겠지. 네 기분도 전환할 겸."

우리는 도통 무슨 말인지 이해하지 못하겠다는 표정을 짓는 주형에게 하얀 이를 드러냈다.

"내일 말이야. 만약 크리스마스에 눈이 내린다면 네 소원 하나 정도는 뭐든 들어줄게."

주형의 검은 눈이 크게 일렁였다. 우리는 선심 쓰듯 헛기침을 한 번 하더니 말을 이어 갔다.

"대신, 눈이 내리면 너도 내 소원을 들어줘야 해."

"네 소원도?"

"야. 네 소원만 들어주면 공평하지 않잖아. 서로의 소원을 각각 나누는 거지."

"……."

"왜. 싫어?"

"반대의 경우는?"

반대의 경우?

"그럼 뭐, 아무 일도 안 생기는 거지. 눈이 내리지 않았으니까."

우리는 생각도 하기 싫다는 듯 툴툴거렸다. 주형은 황당한 얼굴로 그녀를 내려 보더니 곧 피식 웃었다.

"그 표정은 뭐야? 내가 약속 안 지킬 것 같니?"

"내가 무슨 소원을 빌 줄 알고 그리 자신만만해 하는 거지?"

"네 소원이 별거겠어?"

난 더 큰 소원이 있는데.

우리는 어깨를 으쓱였다.

"뭐든 괜찮아. 내가 들어줄 수 있는 선에서는. 걱정 마. 나도 네가 들어줄 수 있는 소원을 부탁할 거니까."

"……."

"할 거야, 말 거야?"

"……."

"금주형!"

"할게."

우리가 히죽 웃었다.

"좋아, 약속한 거다?"

"그래."

"내일 눈 내리면 전화할게."

"마음대로."

"그럼 얼른 가."

"뭐?"

"네 동생한테 사과하러 가야지!"

우리는 되묻는 주형의 등을 툭 밀며 소리쳤다. 그녀에 밀려 한 걸음 앞으로 나아가게 된 주형이 얼른 가라며 손을 젓는 우리를 힐끔거리다 그의 동생이 가는 방향으로 달려가는 게 보이자, 우리는 씩 웃었다.

'어쩌면 일이 쉽게 해결될 수도 있겠네.'

내내 고심하던 일이 어렵지 않게 해결될 수도 있을 것 같아 안도하던 우리는 그 뒤로도 한참 멀어지는 주형의 뒷모습을 응시하다 이내 멈추었던 발걸음을 뻗어 나갔다.

"여우리! 우리야! 우리 언니!"

그리고 다음 날, 크리스마스 아침.

"일어나, 언니야!"

우리는 호들갑을 떠는 나라의 외침에 스르륵 눈꺼풀을 들어 올렸다. 무엇이 그리 즐거운지 깊은 잠에 빠져 있던 우리를 깨운 나라는 환하게 웃으며 소리쳤다.

"눈 내려!"

* * *

"봤어?"

소복소복 내리는 눈송이가 바닥에 내려앉는 모습을 지켜보며 우리가 말했다. 그러자 "응." 하고 휴대폰 너머에서 낮은 톤의 대답이 들려왔다. 우리는 스윽 입꼬리를 올렸다.

"들어줄 거지?"

ㅡ 뭘?

"내 소원! 아, 물론 네 소원도 들어줄게. 약속은 약속이니까."

ㅡ …….

"금주형, 왜 말이 없어?"

ㅡ 이상한 거면 안 돼.

"걱정 마. 충분히 평범한 거니까! 15분 뒤 금환 사거리에서 햄버거 가게 앞에서 보자."

ㅡ 후우.

"금주형!"

ㅡ ……알겠어.

드디어 만족스러운 대답이 들려왔다. 우리는 얼른 전화를 끊고선 밖으로 나갈 채비를 했다. 오늘은 눈이 오니까 장갑은 필수고 목도리도 챙겨야겠네. 그리고 또…….

"어디 가?"

우리가 전화를 하는 사이 잠깐 거실 쪽으로 나갔던 나라가 코트를 주섬 주섬 챙겨 입는 그녀를 의아하게 바라보며 물었다. 우리는 행여나 나라가 함께 가자고 조를까 멈칫하면서도 이내 소리쳤다.

"놀러!"

'나도 가면 안 돼?'

'안 돼.'

'왜!'

'진짜 놀러 가는 거 아니고, 사실 원서 넣을 계획 세우러 가는 거야.'

'원서? 아직도 안 넣었어? 이제 이틀 정도 안 남았나?'

'그 정도 남았지.'

'언니. 나도 데리고 가라.'

'넌 정우 오빠 연락 기다리고 있잖아. 그런 애를 어떻게 데리고 가겠어.'

'윽.'

'간다!'

밖으로 나가려는 우리의 옷깃을 잡으며 늘어지던 나라는 필살기를 써 버리는 우리의 반격에 뒤로 물러났다. 겨우 그녀를 떼어 낸 우리는 방긋 웃으며 집을 나섰고 자신이 다니고 있는 금환 고등학교의 이름을 따 붙여진 금환 사거리 쪽으로 달려갔다.

두근두근.

집을 나서면서부터 시작된, 아니 눈이 내린다는 것을 발견했을 때부터 시작된 심장의 박동 소리가 멈추질 않는다. 호, 호, 입김을 불어 대면서도 뜀박질을 이어 가던 우리는 저 멀리 익숙한 누군가의 모습이 보이자 달리는 속도에 박차를 가했다.

'아.'

붉은색 떡볶이 코트에 베이지색 목도리를 돌돌 두르고 있는 우리와는 달리,

햄버거 가게 앞에 서 우리를 기다리던 소년의 모습은 지나칠 정도로 칙칙했다. 검은색 점퍼에 검은 목폴라 티, 그리고 짙은 청바지를 입은 금주형이라니.

'교복이나 사복이나 다를 게 없네.'

환한 건 타고난 피부뿐이라 생각하며 혀를 끌끌 차던 우리는 그의 근처에 다다랐을 때 우뚝 걸음을 멈췄다.

"금주형!"

우리의 낭랑한 외침에 바닥을 향했던 주형의 눈동자가 그녀에게 꽂혔다. 우리는 성큼성큼 그에게 다가가더니 물었다.

"많이 기다렸어?"

"어."

"야. 5분밖에 안 늦었어!"

"5분을 늦은 거도 늦은 거지."

"윽."

하여간 할 말 없게 만드는 데는 도가 텄다. 우리는 "내 말, 틀렸어?"라는 눈빛으로 저를 내려다보는 주형에게 반박하기를 포기했다.

여우리의 언어 성적은 무척이나 뛰어난 편이지만 이상하게 금주형과 논쟁을 벌이면 단 한 번도 이긴 적이 없었다. 우리는 태연하기 그지없는 표정을 짓고 있는 주형을 잠시 올려다보다가 휘휘 고개를 저으며 햄버거 가게 입구를 가리켰다.

"어서 들어가자. 여기 추워!"

추위를 타는 척 몸을 파르르 떨던 우리가 햄버거 가게 안으로 들어가자 그녀의 뒷모습을 바라보던 주형 역시 그녀의 뒤를 따라 들어왔다.

'일단 불러내기는 했는데……'

어떻게 말을 꺼내지?

가슴이 쿵쿵 뛴다. 눈이 내리는 크리스마스 아침, 우리는 절친한 친구에게서 원하는 정보를 얻어 내기 위해 그를 햄버거 가게까지 불러냈다. 눈과 관련된 내기는 어제, 불현듯 생각난 일이었다. 설마 정말로 내기에 이길 수 있을 거라고는 생각하지 않았기에 그런 무리수를 던졌건만. 괜히 했나. 지금 이 상황이 몹시 어색하게 느껴져 괜히 눈동자가 옆으로 돌아갔다.

3층짜리 건물의 2층 창가에 앉아 눈 내리는 창밖을 내려다보는 주형은 아무 말이 없었다. 우리는 한참 동안 타이밍을 잡다 겨우 흠흠, 헛기침을 흘렸다. 그제야 주형의 시선이 제 쪽을 향했다.

"눈 많이 오네."

"그러게."

"넌 몇 시에 일어났어? 10시?"

"7시."

"웬일로 일찍 일어났대. 평소에는 매번 지각을 겨우 면하는 녀석이."

"여우리."

"어?"

"뱅뱅 돌리지 말고 그냥 물어."

"뭐?"

"묻고 싶은 말 있잖아. 해도 돼."

두근.

나른하지만 결코 흘려들을 수가 없는 주형의 목소리가 귀를 울렸다. 쿵쾅거리는 심장의 박동 소리와 그의 음성이 뒤섞여 우리는 순간적으로 대꾸하지 못했다. 후, 겨우 숨을 내쉬고서야 어색하게 웃으며 말할 수 있었다.

"티 났어?"

주형은 말없이 고개를 끄덕였다.

'좋아.'

본인이 물으라고 한 거니까!

'게다가 소원도 들어주기로 했잖아.'

여우리의 소원은 생각 이상으로 작았다. 그녀는 단지 알고 싶었다. 진한이 어떤 대학에 원서를 접수했는지. 어느 과를 가고자 하는지.

'*나? 음, 일단 한국대나 대한대를 생각하고 있기는 한데……. 하하, 성적이 나와 줘야지.*'

물론 진한과 대학과 관련하여 대화를 나누지 않은 것은 아니었지만, 우리에게는 확신이 필요했다. 금환 고등학교의 삼총사라 불리며 웬만하면 떨어져 지내지 않았던 우리와 진한이었지만, 요 근래 진한과는 이상할 정도로 연락이 되지 않았다. 성적 발표 이후 학교도 잘 나오지 않는 진한의 소식을 기다리기만 할 수는 없었던 터라 우리는 삼총사 중의 한 명이자, 진한의 가장 친한 친구인 주형의 정보력을 믿어 보기로 했던 것이다.

우리는 저를 말없이 바라보는 주형의 검은 눈을 직시하다 꾹 닫고 있던 입술을 움직였다.

"요즘 잘 지내?"

"누구. 한진한?"

귀신같네. 우리가 흠칫 놀라자 주형은 대꾸했다.

"잘 지낸대. 미국에 사는 고모할머니가 돌아가셔서 갑자기 그쪽에 가게 됐대. 연락할 틈도 없었다던데. 조만간 너한테도 전화 올 거야."

"아, 그, 그래?"

그래서 연락이 안 됐던 거구나. 우리는 살짝 안도했다. 후우, 숨을 내쉬는 우리를 보며 주형은 중얼거렸다.

"2주 일정으로 간 거니까 곧 돌아올 때도 됐네."

"그럼 원서 접수는? 지금 원서 접수 기간이잖아! 진한이도 접수했겠지? 걔 성적도 좋았잖아. 안 그래?"

심드렁한 말투로 말을 이어 가는 주형과는 달리 우리는 다급해졌다. 다행히도 원하는 쪽으로 화제가 옮겨 왔지만 이대로라면 원하는 대답을 듣기가 어려울 것 같았다. 어느 대학을 가는지 알아내야 하는데. 입 안이 마르는 것을 느끼며 우리가 미간을 좁히자 주형은 다시 대답했다.

"좋았지. 어디든 갈 수 있을 만큼."

"그, 그렇지?"

"……."

"어디를 가려나, 한진한."

"소원이 그거야?"

뭐?

"대한대 넣었대."

"……!"

"너랑 같은 곳. 됐어?"

간혹 주형은 무엇으로 만들어진 인간인지 궁금해질 때가 있다.

'송곳으로 만들었을 거야. 사람을 잘 후벼 파잖아.'

'어쩌면 투시력을 가졌을지도 모르지.'

'하긴. 가끔 보면 나도 주형이 좀 무서울 때가 있더라. 그 녀석한테는 뭘 못 숨기겠어.'

놀라울 만큼 속을 잘 꿰뚫어 보는 주형은 이번에도 어김없이 여우리의 마음을 제대로 들여다보았다. 순간 당황한 것은 사실이었지만 우리는 내심 안도했다.

'대한대라.'

다행이야.

둘 중 하나라고 생각했던 주형의 선택은 아무래도 자신과 같았던 모양이다. 길게 숨을 내쉬면서 씩 입꼬리를 올린 우리는 말없이 저를 응시하고 있는 주형의 시선을 알아차렸다.

"너한테는 다 들켜 버리네."

그녀의 소원이 무엇인지 말하지도 않았건만 이미 답을 들려준 주형으로 인해 마음의 짐이 조금은 가벼워졌다. 이제 편하게 원서를 접수할 수 있겠다 생각하며 벌떡 일어나려던 우리는 여전히 저를 보고 앉아 있는 주형을 향해 손뼉을 쳤다.

"맞다. 금주형. 네 소원은 뭐야?"

뒤늦게 이번 내기는 등가교환이었다는 것이 떠올랐다. 저만 만족하고 가버릴 뻔했다며 머쓱하게 웃던 우리는 곧 미동 없는 주형의 모습에 고개를 갸웃거렸다.

"금주형?"

"내 소원이 궁금해?"

당연한 소리를.

"넌 내가 그 정도의 의리도 없는 녀석으로 보여? 당연히 궁금하지. 내가 들어줄 수 있는 거라면 뭐든 괜찮으니 말해 봐. 이 누님이 선심 쓴다!"

원하던 정보를 얻어 낸 우리는 기분이 아주 좋았다. 당연히 주형의 소원을 들어주는 것 정도야 식은 죽 먹기지. 우리는 가슴을 탁탁 두드리며 말했다. 주형은 그러한 우리의 태도가 신기한지, 아니면 이상했던 건지 입도 뻥끗하지 않고 있었다.

"어? 야, 어디 가?"

주형의 입에서 무슨 말이 흘러나오려나, 내심 긴장하던 우리는 갑자기 자리에서 일어나 1층으로 내려가는 그를 황당하게 응시했다. 계단을 내려가기 직전 "기다려."라고 말하며 우리를 멈추게 만든 그는 10여 분 정도 후 2층으로 다시 올라왔다.

'어?'

두 소년 소녀가 금환 사거리 앞에 있는 프랜차이즈 햄버거 가게에 들어온 지 대략 20분 정도 흘렀건만, 아직 주문조차 시도하지 않았다는 것이 햄버거와 콜라가 담긴 쟁반을 들고 올라오는 주형을 보자 생각났다. 우리가 당황하는 사이, 주형은 우리의 코앞에 쟁반을 내려놓고선 말했다.

"먹자."

"응?"

"먹자고."

다짜고짜 날리는 그의 명령은 간혹 따라가기 힘들었지만 지금만큼은 충분히 수용할 수 있었다.

"소원 들어 달라 하기 전에 일단 사료부터 주는 거냐? 어떤 소원인지 너무 무섭잖아, 인마."

"……."

"그래도 뭐, 기왕 사 온 거 맛있게 먹는 게 도리지. 안 그래?"

아침도 먹지 않고 외출을 했던 터라 허기가 졌다. 주형의 소원이 궁금하지 않은 것은 아니었지만 눈앞에 놓인 햄버거에 시선을 빼앗겨 버린 우리는 더는 눈치를 보지 않고 햄버거를 집어 들었다. 그러고는 주형이 자신을 응시하고 있다는 사실도 망각할 만큼 햄버거의 달콤한 맛에 빠져 갔다.

"내 소원은……."

그런 그녀를 향해 주형이 뭔가 중얼거리는 것 같았지만, 당시의 우리는 신경 쓰지 않았다.

* * *

남녀노소를 가리지 않고 모두가 기다리는 시즌이 돌아왔다.

"수경 쌤, 조금 더 높이 달아."

"조금 더요? 이렇게?"

"응응! 좋다, 잘 보여. 과장님! 어떤 것 같아요?"

"괜찮네. 아이들이 좋아하겠어."

"어디 애들뿐이겠어요? 어른들도 좋아하지. 안 그래요, 부원……."

커다란 초록색 트리에 형형색색의 장식을 달고 반짝반짝 빛나는 전구로 마무리 지으며 크리스마스트리를 꾸미는 것은 <우리모두 산부인과>의 직원들 역시 마찬가지다.

언제나 산타클로스가 한밤에 찾아오기를 기대하며 함박웃음을 짓던 원장실 담당 간호사 연희는 제 질문에 부드럽게 웃는 오문정 과장의 말에 동의하다, 마침 부원장실을 나오던 우리를 발견했다. 자연스럽게 말을 걸려던 그녀는 제 손목을 덥석 붙잡는 수경의 행동에 입을 다물었다.

"수경 쌤?"

"부원장님은 내버려 두는 게 좋겠어요."

"응? 무슨 소리야?"

휘휘 고개를 저으며 난처한 표정을 짓는 수경을 향해 연희는 고개를 갸웃거렸다. 수경이 저들과 눈이 마주치더니 고개를 한 번 까딱이며 휴게실 쪽으로 향하는 우리의 뒷모습을 바라보다 말을 이었다.

"왜, 요 근래 부원장님 표정이 영 안 좋잖아요."

정확히 2주 전쯤부터 우리의 안색이 급격하게 나빠졌다. 되도록 업무에는 영향을 주지 않으려는 프로 의식 덕분에 그녀에게 심경의 변화가 있다는 사실을 알아차린 사람은 담당 간호사인 수경과 원장, 현우 정도였다. 곰곰이 생각해 보던 연희가 나지막하게 중얼거렸다.

"혹시 저번의 그 일 때문인가?"

"그럴지도 모르죠. 그런 무서운 일을 겪었으니 놀라실 만해요."

"부원장님 차는 여전히 수리 중이야?"

"그건 아닌 것 같은데, 자차는 안 타시더라고요. 거처도 옮기신 것 같고."

"집도 옮기셨대?"

"네. 지금은 아는 친구네 집에서 지내시나 봐요. 일이 해결될 때까지 거기서 지내시는 모양이에요."

"어휴, 고생이 많으시네."

"그러게요."

다가오는 특수 시즌 덕분에 왁자지껄한 병원 분위기와 달리, <우리모두산부인과>의 살림을 도맡던 여우리 부원장의 얼굴은 유난히 어두웠다. 수경 쌤의 말이 일리가 있어. 되도록 우리는 건드리지 말자는 표정을 짓는 수경을 보고 동의한 연희는 다른 간호사들과 함께 남은 데코레이션 작업을 이어 갔다.

"흐음."

간호사들의 암묵적 동의를 얻은 <우리모두 산부인과>의 부원장 여우리는 향긋한 냄새가 나는 커피를 내린 이후, 도통 미동하지 않고 있는 자신의 휴대폰을 뚫어져라 응시하고 있었다.

'해외 출장······이요? 그러니까 지금 한국에 없다는 소리예요?'

주형의 매니저라는 재원으로부터 그가 갑작스러운 해외 일정으로 출국을 하게 되었다는 이야기를 들었을 때, 우리는 몇 번이고 묻고 되물었다. 왠지 머리가 멍해져 미간을 좁혔다 펴기를 반복하는 우리를 향해 재원은 어색하게 말을 이었다.

'······예. 하지만 형님께서 형수님께 꼭 전하라고 하신 말씀이 있는데,'

'얼마나요?'

'네?'

'며칠 일정으로 간 건데요?'

따지듯 묻는 우리에게 재원은 두어 번 정도 눈을 끔뻑이다 대답했다.

'2주······요.'

'2주?'

'예. 하, 하지만 형수님. 원래는 한 달 일정이었습니다! 형님이 항의하셔서 겨우겨우 줄인 거예요. 싱가포르에서 프랑스, 스위스, 영국, 그리고 일본을 거쳐 돌아오는 일정이거든요. 원래 연말에는 가급적 일을 잡지 않는 편인데 이번에는 꽤 특수해서······.'

'······.'

'형수님?'

'알겠어요. 고마워요, 재원 씨.'

우리는 어떻게든 주형을 위해 해명하려 드는 재원을 보며 빙긋 웃어 주었다. 재원이 그런 우리의 반응에 "화 안 내십니까?"라는 표정을 지어 보였으나 그녀는 태연하게 미소로 화답했다. 우리는 아무렇지 않게 아침 식사를 끝내고 2102호로 돌아와 출근 준비를 마쳤다.

그렇게 2주가 흘렀다.

'망할 놈.'

우리는 부드득 이를 갈며 테이블 위에 놓여 있는 휴대폰을 집어 들려다 말았다. 하루에도 몇 번씩, 눈앞을 아른거리는 그 잘난 면상을 향해 온갖 욕설을 퍼붓고 싶었지만 그 마음을 드러내지는 않았다.

'이해 못 하는 건 아니야.'

여우리의 직업이 특별한 만큼 금주형의 직업 역시 특별하다는 사실을 존중해 주어야 했다. 비교적 일정한 루틴이 있는 그녀와는 달리, 주형의 일은 딱히 정해진 규칙이 없었다. 드라마 촬영 시즌 때는 열심히 촬영에 매진하고 비시즌 때는 체력 관리라든가 혹은 그간 하지 못했던 광고 촬영 등을 이어 가고 있었기에 그의 시간은 쪼개도, 쪼개도 모자랐다.

그래, 이해 못 하는 건 아니야.

하지만—

지난 2주 동안, 기나긴 밤을 함께 보낸 금주형에게서 연락 하나 없지는 않았다. 재원으로부터 어째서 주형이 바쁘게 출국해야 했었는지에 대한 이야기를 듣고 난 이후, 그날 밤 저녁쯤 되었을 때 주형에게서 연락이 왔다.

그의 주변에 누군가 존재했기에 길게 통화를 하지는 못했지만 주형의 말을 간단히 줄이자면 "말없이 나와서 미안해."라는 것이었다.

이후로도 주형으로부터 연락이 왔으나 그날처럼 통화로 이어지지는 못했다. 그에게서 전화가 올 때마다 우리는 긴급 수술 일정이 잡혔거나 혹은 진료가 있었고, 뒤늦게 그의 부재중 통화 내역을 확인한 우리가 전화를 걸면 주형이 받지를 않았다.

　[서울 가서 얘기하자.]
　[그러는 게 좋겠어.]

　드문드문 이어지던 통화는 하루에 한두 번 정도의 문자로 바뀌었고, 그것도 지난 사흘 전부터는 아예 끊어졌다.
　흐음.
　재원의 말을 빌리자면 아마도 지금쯤 영국 런던에 있을지도 모르는 주형의 얼굴이 눈앞을 스치고 지나가 흥 콧방귀를 뀌던 우리는 나지막하게 중얼거렸다.
　"참 안 맞네, 우리."
　돌이켜 보면 주형의 성격과 우리의 성격은 상극이었다. 우리와 주형이 금환 고등학교의 삼총사로 불릴 수 있었던 것은 아마도 그런 둘 사이를 중재하던 진한 덕분인지도 모른다. 우리는 하아, 한숨을 쉬다 불현듯 몸을 움찔거렸다.
　"잠깐."
　내가 그 녀석 전화는 대체 왜 기다리는 거야?
　"하룻밤이 무슨 큰 대수라고."
　여우리로서는 처음 가진 관계이긴 했으나 유난 떨 것도 없다. 그래. 별거 아니야.
　"게다가 만나서 무슨 말을 하려고?"
　딱히 할 말도 없었다. 이미 2주 전이 되어 버린 그날 밤의 일은 이미 희미해졌다. 그래, 기억 속에 남아 있지도 않아. 그러니 크게 신경 쓸 필요도 없어. 기린처럼 목 빼고 그 녀석의 전화를 기다릴 필요도 없다는 소一!
　발끈하는 스스로를 납득시키며 눈을 내리감으려던 우리는 갑자기 테이블 위에서 진동이 느껴지자 번쩍 눈꺼풀을 들어 올렸다.

"여보세요?"

그러고는 일말의 망설임도 없이 전화를 받았다. 워낙 다급했던 터라 전화를 건 상대가 누구인지 확인할 틈도 없었다.

― 메리 크리스마스!

하지만 휴대폰 너머로 들려온 음성은 생각했던 사람의 것이 아니었다. 우리의 반짝이던 눈동자는 급속도로 식어 갔다.

― 어엿한 커플임에도 불구하고 솔로처럼 쓸쓸하게 크리스마스이브를 보낼 것이 분명한 우리 불쌍한 언니가 생각나서, 이 몸이 안부 차 연락해 봤어!

고나라.

우리는 쓴웃음을 흘렸다.

― 언니? 듣고 있어?

"응."

― 뭐야, 정말 힘이 없네?

"없기는. 힘이 흘러 넘쳐. 완전히 쌩쌩하니 걱정 마."

― 호호, 그래야지. 크리스마스는 즐겨야지!

"……."

― 그런데 언니야. 기분은 좀 괜찮아?

"기분?"

― 아니. 얼마 전에…….

나라가 말을 흐렸다. 또 무슨 꿍꿍인가 싶어 인상을 쓰던 우리는 뒤늦게 스치는 뉴스 헤드라인에 아, 탄성을 흘렸다.

[[단독] 금주형·오세아, "3개월째 열애?"]

주형이 출국한 지 일주일 정도 흘렀을 때였다. 가십을 좋아하는 간호사들이 쑥덕거리는 소리에 귀를 기울여 보니 주형이 소속사 후배인 오세아와 스캔들이 났다는 대화를 주고받고 있었다. 말없이 몸을 돌려 검색을 해 보니 싱가포르에서 열린 시상식에서 함께 시상을 하고 있는 두 사람 사진을 올려 둔 열애설 기사가 가득 쏟아졌다.

대중들은 얼마 전 주형의 목격 썰부터 시작하여 몇몇 스캔들을 언급하며 진위를 의심했지만 기사를 낸 신문사에서 두 사람의 커플 반지라며 각자 반지를 끼고 있는 사진을 공개하는 바람에 난리가 났다.

'아니지? 이 기사, 아니지?'

파급력이 어찌나 컸는지, 주형의 방문 이후 잠잠하던 마 여사가 급히 전화를 걸어 우리에게 묻기도 했다.

물론 열애설이 난 지 5시간 정도 흘렀을 때 두 사람의 소속사인 XThree 엔터테인먼트에서 열애가 아닌 유럽 화보 촬영 컨셉 중 하나일 뿐이라고 반박을 하고 나서야 열기는 가라앉았다.

우리는 제게 물은 뒤 눈치를 보는 나라에게 심드렁하게 대꾸했다.

"진짜도 아닌데 왜 신경을 써."

― 우와, 우리 여우리, 어른인 걸?

"시끄러워. 고나라가 안부 때문에 전화를 했을 리 없고, 무슨 일이야?"

― ……언니야. 우울하면 내가 오늘 언니네 집에 가서 영화도 보고 같이 놀까?

"뭐?"

― 그래, 그러자. 오랜만에 자매의 시간을 가지는 거지! 옛날처럼 똑같은 잠옷 입고 게임도 하고 그러자. 이브 기념으로!

우리 그런 적 없거든?

우리는 "그러는 게 좋겠어!" 하고 외치는 나라를 향해 헛웃음을 흘리다 물었다.

"그럼 제부는?"

― 윽, 윤정우 그 자식 이름은 듣기도 싫어!

"싸웠구나."

― 싸워? 그 망할 놈이 일방적으로 혼났지! 싸우기는. 여우리, 너 같으면 이해할 수 있겠니? 그 자식이 이브인데도 야근을 한다잖아! 그게 말이야, 방구야? 우리 아직 신혼 아니었어? 새색시를 이브에 홀로 두는 새신랑이 어디 있냐고!

연휴가 되면 귀신같이 사라졌다 연휴가 한참 지나고 나서야 등장하던 고나라가 웬일로 연락을 하나 싶었다. 그녀는 입술을 움직였다.

"네 제안이 고맙기는 하다만, 의도가 불순해서 같이 어울리진 못하겠네. 제부랑 화해해서 즐거운 이브 보내."

― 뭐? 야! 여우―

우리는 용서할 수 없다며 바드득 이를 가는 나라의 푸념을 몇 분이나 들어 주다 통화를 종료했다.

하여간 고나라.

'못 말려.'

우리는 피식 웃으며 휴대폰을 들고 자리에서 일어나려 했다. 그때 지이잉, 문자 한 통이 도착했다. 우리는 깜짝 놀라 손에 쥐고 있던 휴대폰을 내려다보았다. 곧 그녀의 입꼬리가 미세하게 흔들렸다.

[드디어 귀국입니다, 형수님!]

재원이었다.

* * *

"스토커요?"

믿을 수 없는 재원의 발언에 우리의 눈동자가 큼지막해졌다. 재원은 놀라는 우리를 보며 고개를 끄덕였다.

"네. 꽤 오래됐던 모양입니다. 형님이 그간 말씀이 없으셔서, 저희가 안 건 얼마 안 됐어요."

"그럴······수가."

"이번에 출국하는 건 물론 공적인 업무를 처리하기 위해서이기도 하지만 가장 큰 목적은 형님 주변의 스토커를 색출해서 없애는 겁니다. 그래서 형님이 형수님께 미리 말씀드리지 못하고 출국하신 거고요."

재원의 말은 하나같이 이해하기 어려워 우리는 쉽게 대꾸하지 못했다. 그러다 문득 떠오른 스팸 문자가 의심을 확신으로 만들어 주었다. 재원은 저 역시 주형처럼 출국을 할 거라는 말과 함께 주형이 그녀에게 몹시 미안해하고 있다고 한 번 더 말했다. 우리는 그 말을 듣고 한동안 충격에서 벗어나지 못했다.

[이제 걱정하지 않으셔도 됩니다. 모두 끝났어요!]

그리고 2주 뒤, 크리스마스 선물처럼 도착한 재원의 문자는 우리의 마음을 안정시켰다.

'다행이야.'

연락이 되지 않는 주형이 이상할 정도로 신경 쓰였던 것은, 재원의 출국 직전 그에게서 들었던 말 때문이었다. 주형의 스토커를 색출하는 과정에서 그와 연락이 쉽지 않을 거라는 말을 들어서 더더욱 그랬다. 왠지 들뜬 듯한 재원에게 "고생하셨어요."라는 문자를 보낸 이후 휴대폰을 내려놓은 우리는 긴 한숨을 내쉬었다.

연휴를 앞둔 시간은 이상할 정도로 느리게 흘러간다. 지지 않던 해가 겨우 넘어가자, 우리는 퇴근할 준비를 했다.

"퇴근하시게요?"

"응."

"조심히 들어가세요. 내일 푹 쉬시고요!"

"고마워요, 수경 쌤."

"어?"

정리를 하러 들어오던 수경이 코트를 챙겨 입는 우리를 보며 인사를 하다 불현듯 창가를 향해 탄성을 흘렸다. 왜 그래요? 우리가 의아한 듯 문자 창문을 응시하던 수경이 획 고개를 돌렸다.

"부원장님, 눈 내려요!"

······눈?

'눈 내려!'

수경의 외침을 들으니 아주 오래 전, 누군가가 외쳤던 말이 떠올랐다. 우리는 생글생글 웃던 그날의 나라를 회상하며 픽 웃었다.

"첫눈은 아니지만 크리스마스 시즌에 펑펑 내리는 건 오랜만 아니에요?"

"그런가?"

우리는 수경의 질문에 어깨를 으쓱였다.

"부원장님은 소원 없으세요?"

"소원?"

"간만의 화이트 크리스마스잖아요! 이때다 싶은 거죠."

호호 웃는 수경의 얼굴이 환했다. 우리는 그러한 수경을 빤히 응시하다 미간을 좁혔다.

'만약 크리스마스에 눈이 내린다면 네 소원 하나 정도는 뭐든 들어줄게.'

수경의 말과 행동이 왜 이렇게 익숙한가 싶었더니 비단 나라만 연상되는 것은 아니었다. 우리는 자신이 꺼냈던 것이 분명한 말을 생각하며 입을 다물었다.

"부원장님?"

"난 그런 거 없어요. 이만 퇴근할게요. 수경 쌤도 메리 크리스마스."

우리는 손을 흔들며 병원을 벗어났다.

* * *

"금주형."

"……."

"금주형!"

"왜."

"너 진짜 소원 없어?"

앞서가던 소년을 향해 우리가 외치자 그의 발걸음이 뚝 멈췄다. 우리는 아무리 생각해도 이해가 되지 않는다는 얼굴로 그에게 물었다.

"소원 말이야, 소원. 내가 들어주기로 했잖아. 기억 안 나?"

"나."

"그런데 왜 소원은 말 안 해? 내 소원은 들어줬잖아. 야, 주형아?"

"난 소원 같은 거 없어."

빚지고는 못 사는 성격인지라 끝까지 캐물었더니 소년은 멈추었던 발을 앞으로 다시 뻗으며 대꾸했다. 우리가 "그럴 리가!" 하고 소리쳤지만 그는 멈추지 않았다. 주형은 낮게 중얼거렸다.

"이미 다 가졌거든. 그런데 굳이 소원이 있을 리가."

"……하?"

"그렇게 입 벌리니 되게 못생겼네."

그러니까 입 다물지 그래?

'…….'

어째서 잊고 있었을까. 소복소복 내려 귀갓길을 가득 뒤덮은 눈길을 걸으며 우리는 쓴웃음을 흘렸다. 햄버거를 먹은 후 포만감에 완벽히 잊었던 걸까, 아니면 제 이마를 통 튕기며 뱉어 낸 주형의 자극에 그만 소원을 들어주는 걸 없던 일로 하자고 결심했던 걸까.

'내 소원은…….'

정신없이 햄버거를 먹는 자신을 보며 주형이 작게 뱉어낸 그 말이 십수 년이 지난 지금에서야 귀를 울렸다.

그날.

차마 뱉어 내지 못한 금주형의 소원은 과연 무엇이었을까.

"후우."

펑펑 내리는 눈 사이로 뜨거운 입김이 흘러나왔다. 우리는 이제는 익숙해져 버린 주형의 오피스텔로 가는 길목에서 우뚝 멈추어 섰다. 오후쯤부터 시작된 눈은 아직 그치질 않고 있었다.

이대로라면 화이트 크리스마스는 확정이네.

우리는 한참이나 눈 내리는 하늘을 올려다보다가 다시금 앞으로 걸어갔다.

'아직 안 왔겠지.'

재원에게서 드디어 귀국한다는 메시지를 받은 것이 불과 몇 시간 전이니, 주형이 집으로 오기까지는 적지 않은 시간이 걸릴 거다. 후, 후. 눈을 피해 엘리베이터 안까지 들어온 우리는 21층 버튼을 꾹 눌렀다.

'그러고 보니 올해는 진한이 생각을 안 했네.'

이상한 일이다. 아주 오랜 시간 동안 한 사람을 좋아했고, 길가에 커플들이 많이 보이는 크리스마스 시즌에는 항상 진한을 떠올렸다. 너는 어떻게 지낼까. 오늘 같은 날 어떤 하루를 보낼까— 등등의 생각을 하며.

하지만 이번 크리스마스는 단 한 번도 진한을 그리워하지 않았다. 희한하지. 우리는 쓸쓸하게 웃었다.

그게 무엇 때문인지는 자각하지 않아도 충분히 알 수 있었다. 그 녀석 때문이겠지. 제 머릿속에 완벽하게 들어차서 도통 나가지 않는 그 녀석.

이건 과연 불행일까, 아니면 다행일까.

— 21층입니다. 문이 열립니다.

닫혀 있던 엘리베이터의 문이 열렸다. 아래로 내리꽂던 시선을 위로 들어 올린 우리의 눈동자가 크게 흔들렸다.

'열려 있어?'

우리가 지내고 있는 2102호가 아닌 2101호의 문이 살짝 열려 있었다. 희미한 불빛이 새어 나오는 것 같기도 해서 심장이 쿵쾅거렸다. 우리는 저도 모르게 발을 움직였다. 2101호 앞에 멈춰 선 우리가 팔을 뻗자 문이 열렸다.

끼이익.

가슴이 뜀박질했다.

들어갈까, 말까. 갈까, 말까.

빈 집에 문이 열려 있는 것은 두 가지 경우다.

도둑이 들었을 경우, 그리고 또 다른 경우는…….

"……!"

겁 없이 집 안으로 들어간 우리는 환하기 그지없는 내부를 발견했다. 마력에 이끌리듯 성큼성큼 움직여 거실까지 가자 낯익은 얼굴이 보였다. 우리는 아무 말도 하지 않았다.

"안녕."

그가 말했다. 잠시 머리가 새하얗게 물들었다. 우리는 다물었던 입을 열기 위해 노력했다.

"어, 아, 안녕."

언제 왔어?

왜 연락도 안 했어?

어떻게 온 거야?

네가 왜 여기 있어?

수많은 말들이 밖으로 나오지 못했다. 우리는 얼떨떨한 얼굴의 자신을 보며 빙긋 웃고 있는 그에게서 시선을 돌렸다. 그러고는 현관 쪽을 가리켰다.

"무, 문이 열려 있길래."

"알아."

"뭐?"

"일부러 열어 뒀으니까."

쿵.

심장이 바닥을 찧었다.

'왜?'

이번에도 말이 새어 나오지 않았다. 우리는 빙긋 웃는 주형의 눈꼬리에서 눈을 뗄 수가 없었다.

"앉을래?"

주형은 자연스럽게 그녀를 안내했다. 우리는 고개를 끄덕이진 않았지만 그가 가리키는 곳으로 발을 움직였다. 두 사람은 곧 식탁 앞에 마주 보고 앉았다.

'2주…… 만이네.'

2주 만에 보는 주형의 얼굴은 무언가 야윈 것 같기도 했고, 아닌 것 같기도 했다. 한 가지 확실한 것은 그를 대면한다는 사실이 이상할 정도로 긴장된다는 거다. 후우. 우리는 길게 숨을 들이마셨다. 그러고는 지난 2주 동안 결심한 말을 뱉어 내기 위해 수어 번 침을 삼킨 후 입을 열었다.

"주형아. 금주형."

"응."

"나, 너한테 해야 할 말이 있어."

드디어 꺼냈다. 몇 번이고 예행연습을 해 보았지만 매번 실패를 했던 말을 직접 마주 보고 나서야 성공을 했다. 우리는 후련한 표정을 지었다. 주형은 그러한 우리의 모습에 얼굴을 굳혔다.

'왜 저러지?'

분명 조금 전까지는 웃고 있었던 주형의 낯빛이 어두워지자 우리 역시 심각해졌다. 우리가 말을 덧붙이기 위해 입술을 움직이려 하던 때였다.

"난 후회 안 해."

우리보다 조금 더 빨리, 주형이 말했다. 우리가 순간 당황하여 말을 잇지 못했지만 주형은 멈추지 않았다.

"내가 원한 일이었으니까. 그날 널 안은 건."

뭐?

"넌 실수였을지 몰라도 난 아니었어. 그러니 사과 안 해. 없던 일로 하고 싶지도 않고."

무슨 소리를 들은 거야?

우리는 담담하게 말을 늘어놓은 뒤 저를 빤히 바라보는 주형을 직시했다. 겉으로는 뻔뻔하게 구는 주형의 눈동자가 지나칠 정도로 흔들리고 있었다. 우리는 어쩌면 그가 긴장감을 숨기기 위해 태연함을 위장하고 있는 게 아닐까 생각했다. 꽈악, 움켜쥔 주먹을 보자니 확신이 섰다. 우리는 피식 웃었다.

"아니, 그거 말고."

주형은 쿡쿡 웃는 우리를 보며 곧은 눈썹을 꿈틀거렸다. 우리는 옆얼굴을 긁적이며 말했다.

"내가 해야 할 말은, 어, 그러니까 정확히는 묻고 싶은 건데……. 너, 우리 고3 때 크리스마스 기억나?"

주형은 갑작스러운 우리의 질문이 이해가 되지 않는다는 눈빛을 보냈다. 그러다 곧 고개를 끄덕였다. 우리는 옅은 미소와 함께 말을 이어 갔다.

"갑자기 생각났거든. 그날, 너 나한테 소원 말하지 않았잖아."

"……."

"나 아직도 궁금해. 그날 네가 말하지 않았던 소원."

주형은 대꾸하지 않았다. 우리는 그의 검은 두 눈을 향해 내내 담고 있던 말을 쏟아 냈다.

"그 소원, 대체 뭐였어?"

주형의 눈동자가 파도처럼 일렁였다. 이내 잠잠해지기는 했으나 당황을 숨기지는 못했다. 우리는 말없이 기다렸다. 주형은 한참의 주저 끝에 대답했다.

"별거 아니었어."

"별거 아니었으면 말해 줄 수 있겠네?"

"……."

"뭐였어?"

우리는 집요했다. 답을 피하려는 그를 붙잡고 요구했다. 주형은 우리의 태도에 놀란 얼굴로 그녀를 바라보더니 길게 호흡을 골랐다. 그의 붉은 입술이 열렸다.

"너랑."

두근.

심장이 뛰었다.

"너랑…… 같이 있게 해 달라는 거였어."

그랬구나.

그거였어.

이제야 납득했다. 우리는 하하, 웃으려다 꾹 참았다. 대신 옅게 미소 지을 뿐. 주형은 특별한 반응을 보이지 않는 우리가 이해되지 않는다는 눈치였다. 말을 꺼낸 사람은 주형이었다.

"왜인지 안 물어?"

"물으면. 대답해 줄 거야?"

그가 고개를 끄덕였다. 좋아.

'네가 물었으니까.'

우리는 짧게 심호흡을 하더니 곧 소리를 냈다.

"왜 나랑 같이 있고 싶었는데?"

또박또박 뱉어 낸 우리의 질문에 주형의 속눈썹이 파르르 떨리는 게 보였다. 그가 얼마나 긴장하는지, 흔들리고 있는지, 숨은 어떻게 가쁘게 뛰고 있는지. 그럼에도 불구하고 대답하고자 하는 주형의 의지가 고스란히 느껴져 우리는 가만히 기다렸다.

그리고 한참의 기다림 끝에 주형이 대답했다.

"좋아했거든."

이번만큼은 또렷하게.

확실하게.

"너를."

*　*　*

'좋아했거든. 너를.'

그 말을 듣는 순간 이상하게 가슴이 두근거렸다. 콩콩거리는 심장의 뜀박질이 결코 불편하거나 찝찝하지도 않았다. 무의식적으로 위쪽으로 씰룩이려는 입꼬리를 억지로 내리며 태연한 척 상대를 바라보던 우리는 순간 멈칫했다.

잠깐.

'했거든?'

어째서 과거형이야?

저도 모르게 방긋 웃으려던 우리의 안면이 딱딱하게 굳었다. 그녀는 말을 뱉어 낸 후 후련한 듯 숨을 고르고 있는 주형을 응시했다. 가라앉은 그의 눈동자는 예나 지금이나 속을 읽을 수 없었다.

나쁜 녀석. 마음이 훤히 들여다보이면 이렇게 답답하지도 않지.

입을 꾹 다문 채 자신을 주시하고 있는 주형의 모습은 수년 간 이어 온 마음을 고백한 사람답지 않게 느긋해 보이기도 하고 태연해 보이기도 해서 괜히 발끈한 마음이 일었다. 우리는 미간을 좁혔다.

"금주형."

"응."

"방금 그 말, 무슨 뜻이야?"

주형은 우리의 말이 의아한 듯 고개를 살짝 까딱였다. 우리의 눈은 더욱 가늘어졌다.

"왜 하필 '좋아했거든'인데?"

그럼 지금은 아니라는 거야?

어째서 이런 질문을 하는 건지 자각하지 못했다. 여우리는 왠지 화가 났다. 이유는 정확히 알 수 없었지만 화가 났다.

'놀리는 거야, 뭐야.'

누구는 2주 동안 안절부절못했는데 전부 과거였다고? 내가 어떤 마음으로 너를 기다렸…….

'뭐?'

기다려?

씩씩거리려던 우리의 눈동자가 큼지막해졌다. 여우리의 작은 심장 안에서 벌어지고 있는 격변을 전혀 눈치채지 못한 눈앞의 주형은 굳어 버린 우리를 향해 다시 물었다.

"왜일 것 같아?"

우리는 대답하지 않았다. 아니, 대답할 수 없었다. 그녀는 주형을 응시했다.

'항상 이런 식이었어.'

가만히 생각해 보면 주형의 태도는 언제나 지금과 같았다. 우리가 무언가 질문하면 모호한 답을 꺼내며 그녀를 혼란스럽게 만들었다. 그래서 그가 뱉어 낸 말을 이해하지 못하겠다. 우리는 그에게서 시선을 거두지 않았다.

"처음에는 단순한 관심이었지."

그때 주형이 말했다. 우리는 상념에서 벗어났다.

"너는 내게 있어 그저 묘한 흥밋거리였고, 재미있는 볼거리 정도였어."

"야, 금,"

"하지만 그게 시작이었던 모양이야."

퉁명스레 그의 이름을 부르려던 우리의 입이 다물어졌다. 주형의 말이 이어졌다.

"그냥 좋아했던 것 같아. 당시의 너를."

낮게 읊조리는 그의 말에 이상하게 귀를 기울이게 됐다.

"……어느새 내 눈은 너를 찾고, 좇고, 향하고 있었지."

긴 시간을 되새기는 주형의 눈꺼풀이 아래로 내려간다. 우리는 그의 움직임을 지켜보았다. 쿵쿵. 두 사람 사이에 감도는 고요가 가슴의 뜀박질을 재촉했다. 우리는 조금 전과 달리 미세한 변화가 보이는 주형의 모습에 조금 놀랐다.

그의, 주형의 몸이, 어깨가, 입술이, 파르르 떨리고 있었다.

'이상해.'

아주 오랫동안 주형은 우리의 친구였다. 간과 쓸개를 내줄 정도는 아니지만, 그래도 어느샌가 가장 의지하고 있는 친구.

단 한 번도 그를 친구 이상으로 생각한 적은 없었다. 남자로도 생각해 보지 않았고 사귄다거나 혹은 그와 함께할 미래를 그려 보지도 않았다. 주형과 자신의 사이에 높은 벽이 세워져 있는 것처럼 그 간격은 견고하고 단단해 보였는데, 어째서 지금 이 순간은 그의 말 한 자 한 자에 귀를 기울이고 있는 걸까. 어째서, 이렇게 그의 말을 들으며 숨죽이고 있는 걸까.

어째서.

"지금은……."

감정의 변화는 감당하지 못할 만큼 이질적이었다. 제 마음을 제대로 헤아리지 못하고 있던 우리를 향해 주형이 말을 덧붙였다. 그녀가 놀라 그를 쳐다보자 주형이 똑바로 우리를 응시했다.

"지금은, 예전보다 더 너를 좋아해."

여우리가 알고 있던 금주형은 달콤한 말 한마디를 하지 못하는 사람이었다. 물론 '연기'로는 그 누구보다 떨리는 말을 아무렇지 않게 뱉어 내겠지만 현실로 돌아온다면 그것은 모두 물거품처럼 사라지는 거짓일 뿐이었다. 적어도 여우리가 알고 있기로 주형은 지금껏 누군가에게 단 한 번도 진심을 고백한 적이 없었다.

그래서.

'숨 막혀.'

호흡하기가 쉽지 않다. 방금 전까지만 하더라도 태연한 태도를 유지하던 여우리의 숨이 거칠어졌다. 무언가. 아무 말이라도 좋으니 무언가 대답을 하고 싶었으나 입술이 움직여지질 않는다.

주형은, 멈추질 않았다.

"좋아해."

그가 뱉어 낸 세 글자가 머리에서 메아리쳤다. 주형은 우리의 흔들리는 눈동자를 똑바로 바라보고 있었다. 얼굴이 화끈거렸다. 뜨거운 그 시선에 심장이 미친 듯이 들썩였다.

'이 눈빛.'

어디선가 본 적이 있어.

왠지 모를 기시감이 들었던 것은 주형의 눈빛이 익숙했기 때문이다. 과거에도 이런 눈빛을 보내는 주형을 봤던 것 같은데.

'아.'

당시에는 크게 의식하지 않았던 그 눈길의 의미를 이제야 깨달을 수 있었다. 우리는 터져 나오는 신음을 꾹 삼켰다. 주형의 낮고 쓸쓸한 말이 이어졌다.

"여우리."

"……."

"난, 네가 한진한을 좋아했던 시간만큼. 아니, 어쩌면 그보다 더 전부터……. 널 좋아했어."

주형은 정면으로 우리를 마주 보며 붉은 입술을 움직였다.

"네가 그랬었지. 이제는 너를 좋아해 주는 사람을 만나고 싶다고. 너만 바라보고 너만 위하는 사람을 만나고 싶다고."

'이번에는, 내가 좋아하는 사람보다는 날 좋아해 주는 사람을 만나고 싶어.'

그래. 분명히 그의 앞에서 그런 말을 한 적이 있었다. 해서 부정을 할 수도 없었다.

주형이 뱉어 낸 말은 잔잔한 바람을 타고 우리의 귓가로 스며들었다. 낮지만 우리의 머리를 가득 채울 만큼 충분한 그 목소리가 가슴을 먹먹하게 만들었다. 우리는 주형에게서 시선을 떼지 못했다.

"우리야."

주형은 말했다.

"너를 좋아했어. 좋아하고 있고, 아마 앞으로도 좋아하겠지."

그는 확신했다. 너무도 강한 확신이었기에 우리는 말을 잃었다.

"이 정도면……. 너를 만날 수 있는 자격이 안 될까."

흐릿하게 번져 가는 그의 미소가 가슴을 콕콕 찔렀다.

어렵게.

그리고 아주 조심스럽게 묻는 그의 말이 이상할 정도로 아려 와 우리는 울컥 치미는 마음을 겨우 가라앉혀야 했다.

문득 지난 2주 동안의 일이 눈앞을 스친다.

'선생님. 누구 전화를 그렇게 기다리시는 거예요?'

티를 내지 않으려고 했지만 적어도 여우리의 주변 인물들은 그녀가 누군가의 연락을 기다리고 있다는 사실을 쉽게 알아차렸다. 특히 그녀와 하루의 절반을 함께 하고 있는 담당 간호사 수경의 눈치는 몹시 좋은 편이었다. 온종일 데스크에 놓인 휴대폰을 흘긋거리던 우리에게 수경이 질문을 한 것은 당연했다. 우리는 그런 수경의 말에 모르는 척 딴청을 부리려 했다.

'기다려? 내가?'

'아니에요? 아까부터 계속 휴대폰만 보고 계시는데요?'

'아, 아니야. 아니에요.'

'후후, 선생님.'

'으응?'

'티 나요.'

아닌 척.

안 그런 척.

태연한 척.

아무 일도 없었던 것처럼 행동해 보려 해도, 숨길 수가 없었다. 부정하는 제게 웃으며 말한 뒤 사라지는 수경을 당시의 우리는 붙잡지 못했다. 멀어지는 수경의 뒷모습을 바라보고 있다 우리는 여전히 미동 없는 휴대폰을 응시했다.

어째서.

어째서 나는 이렇게 휴대폰을 바라보고 있는 걸까.

대체, 어째서.

'이제야…… 알겠네.'

그 순간에는 이해하지 못했던 의문의 감정이 지금은 이해가 됐다. 우리는 눈을 살짝 감았다 다시 뜨며 수년을, 아니 저만큼이나 긴 시간 동안 숨기고 있던 마음을 드러낸 주형을 직시했다.

매분 매초, 차분하고 흔들림 없었던 주형의 눈동자는 거친 파도처럼 일렁이고 있었다. 그는 우리의 입술이 열리기만을 기다리고 있으면서도 불안함을 감추지 못했다. 우리는 숨을 골랐다.

"여우리."

기다림에 지친 주형은 그녀가 말을 하기도 전 먼저 입을 열었다. 그의 목소리가 조금 전보다 자신감이 없어졌다. 주형은 응, 하고 작게 대답하는 우리에게 말했다.

"안 된다는 말은 하지 마."

우리의 눈이 휘둥그레졌다. 주형의 검은 눈동자는 우리의 의아한 시선을 마주하지 않기 위해 애쓰는 것 같았다. 그는 힘없이 중얼거렸다.

"어렵게…… 꺼낸 말이야. 그러니 신중하게 생각해 줘. 바로…… 답하지 않아도 돼. 그러니까 많이 생각하고, 또 생각……!"

붉은 입술을 살짝 깨물다 뱉어 낸 주형의 다음 말은 이어지지 못했다. 그의 맞은편에 있던 우리가 갑자기 의자에서 벌떡 일어나더니 그에게 손을 뻗었기 때문이다.

쿵쿵―

귀를 울리는 강한 심장의 박동 소리는 제 것인지, 아니면 주형의 것인지 구분할 수 없었지만 한 가지 확실한 건 이 뜀박질 소리가 결코 불쾌하지 않다는 점이다.

우리는 눈을 내리감으며 제 입술 위에 닿은 그의 입술의 감촉을 느꼈다. 보드랍다. 달콤하기도 했으며 짜릿하기도 했다.

거칠어지는 상대의 호흡이 코끝을 간질였다. 우리는 천천히, 아주 느릿하게 감았던 눈을 뜨며 깜짝 놀란 듯 눈을 크게 뜨고 있는 주형을 향해 싱긋 웃어 주었다. 그러고는 서서히 입술을 떼며 주형을 바라봤다.

"여우, 리……."

혼란에 가득 찬 주형의 눈동자가 이 돌발 키스의 의미가 무엇인지 묻고 있었다. 우리는 파르르 떨리는 주형의 눈썹을 잠깐 동안 바라보다 말했다.

"주형아. 나도 지난 2주 동안, 너와의 관계에 대해 생각이란 걸 해 봤거든?"

잊지 못할, 아니 잊기 힘든 그날 밤을 떠올리며 우리가 말을 이었다.

"그래서 결론을 내렸는데."

생각하고 또 생각해도, 이것보다 좋은 답은 없어.

"연애하자, 우리."

이번엔 가짜가 아닌, 진짜로.

PART 4. 우리의 티 나는 연애

"연애하자, 우리."

담담하게 뱉어 낸 그 말이 던진 파장은 생각 이상으로 컸다. 고요하던 제 심장이 미친 듯이 들썩인 것은 말할 것도 없었고 정면에 있던 그의 얼굴을 제대로 마주 보기가 부끄러워지기도 했다. 그러나 저만큼이나, 아니 여우리 이상으로 동요한 사람은 단연코 주형이었다. 주형은 우리의 말이 끝난 후 몇 초 동안 얼빠진 사람처럼 그녀를 응시했다.

'세상에.'

우리는 살짝 놀랐다. 금주형을 안 지 10년이 넘었지만 이토록 멍청한 표정을 지는 그의 모습을 본 적은 없었으니까.

사진을 찍어 두고 싶네. 손에 카메라가 없다는 사실이 이리도 서글플 줄이야. 우리는 안타까워 어쩔 줄 몰랐다.

대체 언제쯤 정신을 차려 대답을 건넬까. 완전히 넋을 잃은 것 같은데 은근히 운을 띄워 봐? 말없이 눈을 끔뻑이는 주형을 보며 우리는 속으로 생각했다.

그때였다.

"장난……치지 마."

주형의 입술 사이로 쇳소리가 들려왔다. 우리는 주형을 빤히 바라봤다. 그는 미간을 좁히고 있었는데 마치 우리를 원망하는 것 같기도 했다.

'장난?'

너무도 태연하게 연애를 하자는 이야기를 꺼내 버렸기에 이런 반응이 흘러나온 걸까. 우리는 제 말을 쉽게 믿지 않는 주형을 보고 작게 실소를 터트렸다. 입꼬리를 올리는 우리를 보며 주형의 눈썹이 꿈틀거리는 게 보였다. 우리는 돌처럼 굳어 있는 그를 향해 물었다.

"주형아."

우리의 부름에도 그의 경직된 안면은 풀리지 않았다. 우리는 조금 더 부드럽게 말을 건넸다.

"너는 지금 내가 농담하는 걸로 보이니?"

상냥한 미소와는 달리 입 밖으로 흘러나온 말투는 날카로웠다. 주형이 움찔거리며 저를 직시하자 우리는 후, 길게 숨을 내뱉었다. 그러고는 사뭇 진지하게 말을 이어 갔다.

"솔직히 말할게. 나, 네가 신경 쓰여."

차분한 우리의 발언에 주형의 동공이 흔들렸다.

"아주 신경 쓰여. 나 스스로도 어떻게 하지 못할 만큼, 네가."

"여우리."

저를 부르는 주형의 목소리가 떨리고 있었다. 우리는 말했다.

"그러고 보면 지난 17년 동안 우리의 관계는 너무 명확했었지."

친구.

여우리와 금주형은 친구 그 이상 그 이하도 아니었다. 물론 서로를 위한 협력 관계를 유지한 적도 있었으나 아주 잠깐 동안일 뿐. 그 관계에도 문제가 생겨 한동안 교류를 하지 않기도 했었다.

"그렇게 오랫동안 친구라는 선을 넘어 본 적이 없었는데 말이야."

옅게 웃으며 뱉어 낸 우리의 말에 주형은 대꾸하지 않았다. 우리는 숨을 고른 후 다시 주형을 쳐다봤다.

"지난 2주 전을 기점으로 모든 게 바뀌더라."

곰곰이 생각해 보면 시작은 지금으로부터 2주 전이었다. 아니, 어쩌면 그 이전부터일 수도 있지만 발단은 확실히 2주 전의 그날 밤이었다. 두 사람이 함께 보냈던 기나긴 밤은 여우리와 금주형 사이를 명확히 구분해 놓은 친구라는 선을 지워 버렸다. 두 사람 사이에 걸쳐 있던 두꺼운 벽을 와르르 무너트렸고 상대를 의식하게 만들었다.

우리는 붉은 입술을 달싹였다.

"지난 2주 동안, 나, 네 전화 기다린다고 매일 휴대폰만 들여다봤던 거 알고 있니?"

주형은 대꾸하지 않았지만 놀란 듯한 반응을 보였다. 우리는 피식 실소를 터트렸다.

"기다리는 게 아니라며 스스로한테 말했지만, 나도 모르게 네 전화를 기다리고 있더라고. 네게 문자가 오기를 기다리고, 톡이 오기를 기다렸어. 금주형. 넌 내 인생에서 뭐가 제일 중요한지 알고 있지?"

우리의 질문에 주형이 눈을 살짝 내렸다 뜨는 게 보였다.

고등학교 3학년, 화이트 크리스마스 이후 지원서를 냈던 대한 대학교 의과 대학에 성공적으로 진학한 여우리의 앞에는 수많은 선택지가 있었다. 예비 의사로서 실습을 마친 이후 전공을 선택할 때도 여전히 기회는 많았다.

그러나 외과나 비뇨기과와 더불어 많은 예비 의사들이 기피하는 산부인과 전공을 선택한 것은 생명의 탄생을 도울 수 있기 때문이었다. 이 길이 결코 힘들지 않았던 것은 아니었지만 많은 환자와 아이들을 만나면서 그들과 소통하고 교감해 왔다.

우리는 단 한 번도 자신이 선택한 길을 후회하지는 않았다. 해서 여우리의 인생에 있어 가장 중요한 것은 돈도, 명예도 사랑도 아닌 그녀의 직업이었다. 사람의 생명보다 귀중한 것은 이 세상에 존재하지 않는다 생각했으니까.

"프로답지 못했어. 지난 2주는."

그런 여우리는 지난 2주 동안 숱하게 흔들렸다. 우리는 자조하듯 중얼거렸다.

"업무 외의 시간엔 그래도 문제가 없지만, 업무 시간까지 영향을 받을 정도면 곤란해. 나 같은 사람은 조금이라도 실수를 하면 큰 문제가 생기는데, 그게 얼마나 위험한지는 굳이 말하지 않아도 알겠지?"

"……."

"주형아."

우리는 여전히 말없는 그를 불렀다. 깊은 늪처럼 고요하던 그의 눈동자는 세차게 요동치고 있었다. 우리는 생긋 미소 지었다.

"그래서 제안하는 거야. 나. 이렇게 엉망진창으로 지내다가는, 내 일에도 분명 문제가 생길 것 같으니까."

행여나 그런 일이 일어나면 안 되겠지만, 정말 일어나게 된다면 나 혼자만의 일이 아니게 될 테니.

우리는 크게 숨을 들이마셨다 다시 내시며 주형에게 말했다.

"우리, 연애하자. 아니,"

한 번 해 보자.

시작 정도는, 어렵지 않잖아?

* * *

눈을 뜨자마자 샤워를 한 뒤 출근 준비를 하던 우리는 문득 깨달았다. 당연하게 여겼던 오전 진료가 오늘은 존재하지 않는다는 사실을. 가볍게 아침 식사를 마친 이후로도 적지 않게 시간이 남았다. 약간 고민하던 그녀는 테이블 위에 고이 놓여 있는 휴대폰으로 손을 뻗었다. 자연스럽게 전화번호를 누르고 잠깐 기다리자 "응." 하고 누군가의 목소리가 들려왔다. 우리는 물었다.

"어디야?"

— 집.

"출근은?"

— 곧.

"언제 할 예정인데?"

— ······왜?

글쎄.

"왜 물어보는 것 같아?"

우리의 질문에 살짝 망설이던 그가 곧 대답했다.

— ······오후에 재원이가 데리러 오기로 했어.

오후면 시간 괜찮네.

우리의 입꼬리가 부드럽게 올라갔다.

"내가 갈까, 아니면 네가 올래?"

그는 대답하지 않았다.

'너무 돌려 말했나?'

아니. 이 정도면 충분히 직설적이었던 것 같은데.

'하지만 못 알아들을 수도 있잖아.'

우리는 고민했다. 한 번 더 제대로 이야기를 할까, 아니면 은근히 다시 운을 띄울까.

"금주형. 듣고 있······!"

그의 대답을 기다리다 결국 정확한 의사 표현을 하기 위해 말을 건넨 찰나였다. 그녀의 말이 끝나기도 전 집 안을 울리는 초인종 소리가 들렸다. 깜짝 놀라 인터폰을 바라보자 낯익은 얼굴이 보였다. 우리는 피식 웃으며 문 열림 버튼을 누르고 현관 쪽으로 걸어갔다.

'어?'

달칵 문이 열리기가 무섭게 그가 모습을 드러냈다. 짙고 보드라운 머리카락 끝에서 뚝, 뚝, 물방울이 떨어지고 있었다. 우리는 눈을 동그랗게 뜨며 주형을 응시했다.

"샤워하던 중이었어?"

주형은 놀라는 우리에게 말없이 미소 짓더니 한 걸음 앞으로 다가왔다.

"들어간다."

"어? 어어."

그 말을 끝으로 반쯤 열려 있던 현관문이 쾅 닫혔다. 현재 여우리가 세 들어 살고 있는 2102호 안으로 집주인이 완벽하게 들어왔다. 우리는 말을 마친 이후 저를 스치고 지나가는 주형의 몸에서 왠지 모를 상큼한 레몬 향기가 난다고 생각했다.

"저기, 그러니까 주형아. 내가 널 부른 건,"

모두가 출근하는 시각, 일부러 그에게 전화를 걸게 된 목적에 대해 말을 하려고 할 때였다. 우리보다 두 걸음 정도 앞서 있던 주형이 홱 몸을 돌렸다. 갑작스러운 그의 행동에 놀란 우리가 피할 틈도 없이 주형은 우리에게 다가왔다.

'아.'

부드럽고 촉촉한 무언가가 입술에 닿는다. 코끝에서 느껴지는 달콤한 레몬 향기에 놀라면서도 이상하게 그 감촉이 싫지 않았다. 아니.

'좋아.'

그로부터 시작된 기분 좋은 향기가 솔솔 피어 우리의 몸을 감쌌다. 그녀는 저도 모르게 팔을 뻗어 자연스럽게 그의 목에 걸었다. 한층 더 가까워진 두 사람 사이에서 진한 열기가 피어올랐다.

살짝 입을 맞추었던 주형이 벌어진 우리의 입술을 톡톡 두드리자 그녀의 닫혀 있던 입이 완벽하게 열렸다. 으음. 물컹하고 뜨거운 혀끝이 치열을 건드리며 안쪽을 침범하려 들자 미간이 살짝 좁아졌다. 우리는 더욱 더 강하게 그의 목을 끌어안으며 제 것을 모두 빨아들이려는 주형의 키스에 허물어졌다.

"하아."

혀를 옭아매며 곳곳을 휘젓던 주형의 돌발 키스는 우리의 다리가 후들거릴 때까지 이어졌다. 비틀대는 우리의 허리를 커다란 손으로 지탱한 주형으로 인해 그녀는 다행히 주저앉지 않을 수 있었다.

키스 경험이 그리 많은 것도 아니었지만, 주형과의 키스는 유독 정신을 차릴 수가 없었다. 그의 입술과 제 입술이 닿으면 현기증이 일었고, 그의 혀가 안으로 들어와 제 것을 건드리면 찌릿한 전율이 일었다. 진한 타액을 교환하고 매달리듯 그에게 안겨 있다가 겨우 정신을 차리는 건, 항상 그의 것이 제 안을 엉망진창으로 만들어 버린 후였다.

"여우리. 갈까?"

"으응."

하아, 하아.

짙은 숨을 내쉬며 호흡을 고른 후 그의 팔에 기대어 있던 우리의 귓가로 다정한 남자의 목소리가 들려왔다. 멍하니 그의 얼굴을 들여다보고 있던 우리는 낮은 속삭임에 고개를 끄덕였다. 주형은 빙긋 웃으며 우리를 안아 들었다.

"몇 시에 출근해?"

능숙하게 우리를 현관 입구에서 침실 쪽으로 데려온 주형은 우리의 취향에 맞게 사 둔 침대 위로 그녀를 눕히며 물었다. 그의 차갑고 기다란 손끝에 의해 입고 있던 샤워 가운을 순식간에 벗게 된 우리는 짙은 주형의 눈동자를 바라보며 대답했다.

"나? ……곧."

"그럼 얼른 끝내야겠군."

"……으응."

백색 샤워 가운을 벗기면 바로 속옷이 나올 줄 알았던 건지, 주형은 우리가 입고 있던 하얀 셔츠를 보며 미간을 좁혔다. 우리는 그의 눈썹과 눈썹 사이에 새겨지는 세 개의 주름이 이상할 정도로 마음에 들었다. 너 일부러 그랬지, 하고, 주형이 낮게 속삭였지만 우리는 대꾸하지 않았다. 그 모습을 지켜보던 주형은 우리의 어깨를 툭 밀어 버렸다.

"앗!"

잠깐 방심한 사이 매트리스 위로 드러눕게 된 우리가 낮은 탄성을 터트렸다. 우리가 몸을 일으키려고 하는 순간 주형의 커다란 손이 그녀의 하얀 티셔츠 위로 다가왔다.

으읏.

그의 기다란 손가락이 그녀의 가슴 위를 훑고 지나가자 짜릿한 감각이 온몸을 지배했다. 브래지어를 착용하지 않은 상태였기에 미세한 터치 한 번에 고요하던 언덕 위 돌기가 반응했다. 주형은 살짝 인상을 썼다가 몸을 움찔거리는 우리의 반응이 마음에 들었는지, 한 번 더 우리의 가슴을 문질렀다.

"으으, 읏."

그의 손가락이 두 언덕 사이를 오가며 솟아 있는 돌기를 건드릴 때마다 참을 수 없는 희열이 전신을 뒤덮는다. 꾹 참으려던 신음이 밖으로 흘러나왔다. 우리는 파르르 눈을 떨면서도 제 위에 있던 주형을 바라보려 애썼다.

"여우리."

응.

"팔, 들어."

한참이나 우리의 가슴을 지분거리며 자극하던 주형이 작게 명령하자 아래로 내려가 있던 팔이 저도 모르게 위로 올라갔다. 그와 동시에 주형이 그녀의 상체를 가리고 있던 하얀 티셔츠를 벗겨 내렸다. 하! 눈 깜짝할 사이에 그의 앞에 봉긋한 가슴을 드러내게 된 우리가 무의식적으로 팔을 들어 앞을 가리자 주형의 눈빛이 한층 깊어졌다.

"예뻐."

뭐?

"예뻐, 내가 만나고 본 사람들 중에서, 제일."

그가 뱉어 낸 말은 아주 짧은 말이었지만 귓가에 남아 사라지지 않았다. 우리는 예뻐, 여우리, 하고 한 번 더 속삭이는 주형의 말을 들으며 피식 웃었다.

'거짓말.'

금주형이 촬영 현장에서 만나는 사람들은 대한민국에서 내로라하는 미인들뿐이다. 그런데 자신이 만난 사람들 중에서 여우리가 제일 예쁘다니.

하지만…….

'듣기 싫지는 않네.'

제 눈두덩 위에 입술을 가져다대는 주형의 숨결이 가쁘다. 촉. 살짝 닿았다 떨어지는 그의 입술이 남긴 흔적이 뜨거웠다. 우리는 들이마신 숨을 내뱉지 못했다.

쿵쿵.

그녀의 눈두덩에서, 발그레 진 볼로, 그리고 힘을 준 목덜미를 지나 긴장한 쇄골에 닿는 주형의 입술은 거침이 없었다. 그가 뱉어 낸 뜨거운 입김이 제 가슴골에 닿자 아랫배가 단단해졌다. 우리는 그의 딱딱한 치아가 제 돌기를 훑고 지나가자 허리를 비틀었다. 하아. 참기 힘든 무언가가 아래에서부터 들끓었다.

"주형아."

우리는 자신의 돌기를 깊게 빨아 당기는 그의 머리카락 새로 손가락을 집어넣으며 주형의 이름을 불렀다. 주형아, 금주형. 흘리는 신음만큼이나 간절한 부르짖음에도 주형은 멈추지 않았다. 으읏, 으. 오른쪽과 왼쪽을 넘나들며 저를 흥분시키는 그로 인해 온몸이 달아오른다. 교성이 멈추질 않았다.

"주형아, 하—"

더워.

그가 흘리는 숨결 때문인지, 아니면 제가 뱉어 내는 숨결 때문인지, 그것도 아니라면 둘 다인지. 정확히 무엇이라 정의내릴 수 없는 감각이 전신을 지배했다. 우리는 제 몸을 훑고 지나가는 그를 견딜 수 없었다. 빨리……. 얼른 그를 제 것으로 만들고 싶어졌다.

우리는 손을 뻗어 그녀의 가슴 아래에서 더욱 더 깊은 곳으로 향하려던 주형의 목을 쓸었다. 그러자 내려가던 그가 슬며시 고개를 들었다. 우리는 한쪽 다리를 그의 어깨에 걸치며 말했다.

"해 줘."

그 말에 주형의 눈동자가 한층 짙어졌다. 그것이 플래그였음을 굳이 부정하지는 않겠다. 명령에 가까운 그 말에 우리의 다리를 덮고 있던 얇은 바지가 벗겨졌다. 매끈하고 기다란 다리가 주형의 앞에 드러났고, 그녀가 입고 있던 레이스가 달린 붉은 팬티 역시 마찬가지였다.

"하아."

이미 오래전, 아니 주형이 제게 입을 맞추었을 때부터 흥분을 했던 그녀의 아래는 촉촉하게 젖어 있었다. 주형의 차가운 손가락은 팬티 속 깊숙한 곳을 향해 달려들었다. 흘러넘치는 그녀의 꿀물은 그의 침입을 반겼다.

여우리, 풀어.

안 돼. 잘…… 안 돼.

그럼 받아들여 봐.

으응. 그럴게. 한번, 해 볼게.

섹스를 할 때마다 느끼는 거지만 비좁은 입구를 넓히는 일은 결코 쉽지만은 않다. 그의 기다란 중지가 안쪽으로 들어올 때마다 이마에 땀이 송골송골 맺힌다. 우리는 허리 아랫부분이 얼얼해지는 것을 인지하면서도 벌어진 두 다리를 웅크리지는 않았다.

"하아, 하아, 하아, 하아―"

질척거리는 그의 손가락이 내벽을 훑으며 우리의 가장 예민한 곳을 찾아 헤맸다.

"읏!"

그리고 그 손가락이 안쪽의 무언가를 건드리는 순간 우리의 허리가 아래에서 위로 튕겨 올랐다. 하아, 하아. 우리의 숨을 뱉어 내는 빈도는 빨라졌다. 주형은 제 아래서 거칠게 헉헉대고 있는 그녀를 내려다보더니 제 몸에 걸쳐져 있던 옷을 훌훌 벗어 버렸다. 그러고는 바르르 떨리는 그녀의 두 다리 사이로 자신의 묵직한 남성을 천천히 가져다 댔다.

으읍.

손가락 굵기보다 훨씬 더 두꺼운 무언가가 안으로 들어오자 호흡이 멈춘다. 이마를 타고 흘러내리는 땀방울이 매트리스 위를 적셨다. 우리는 질끈 눈을 감았다.

"여우리."

타인의 침범을 쉽게 허락하지 않는 우리의 여성으로 인해 반밖에 출입을 하지 못한 주형이 강하게 조이는 그녀를 내려다보며 이름을 불렀다. 가까스로 눈을 뜨자 흔들리는 주형의 동공이 보였다.

허락해 줘.

그가 속삭이자 우리는 입술을 악물었다. 그러고는 그의 것을 한껏 받아들이기 위해 엉덩이에 줬던 힘을 풀려 애썼다. 으윽, 읍. 끊임없이 흘러내리는 애액에도 불구하고 조금, 아주 조금씩만 겨우 들어오던 그의 남성이 완벽하게 우리의 안에 들어서는 순간 숨이 컥 막혔다. 우리가 가쁘게 숨을 내쉬고 있자 그가 숨을 불어넣기 위해 입을 맞추었다.

"으응······."

겨우 호흡을 되찾은 우리가 눈꺼풀을 들어 올리자 주형이 부드럽게 미소 지었다. 안으로 들어왔다, 다시 나가며 제 안을 비웠다가 채우기를 반복하는 그의 행위가 머리를 얼얼하게 만들었다. 가득한 것 같으면서도 다시 부족해져 우리는 두 다리로 그의 허리를 휘감았다.

하아, 하ー.

두 남녀가 뱉어 내는 짙은 신음이 침실 안을 감돌았다.

"이게 네가 말하던 연애야?"

동이 트고도 한참이 지나 해가 중천에 떴을 무렵이 되어서야 우리는 출근 준비를 시작했다. 전신 거울 앞에 서서 혹여나 흐트러진 곳이 없는지 살피던 우리를 향해 누군가 말을 걸었다. 진한 열기가 남은 이 공간에서 말을 건넬 사람이라고는 단 한 사람밖에 없었다. 우리는 제 모습 뒤로 거울에 비치는 남자를 바라봤다.

운동으로 다져진 탄탄한 가슴 근육이 단번에 보이도록 상체 위에는 아무것도 입지 않은 남자가 침대 헤드에 등을 걸친 채 그녀를 응시하고 있었다. 허리 아래는 이불을 덮고 있었는데, 그 이불 아래엔 무엇이 있을지 조금 전 그와 살을 맞댄 저밖에 모르는 일이었다.

우리는 저를 가만히 바라보고 있는 주형을 향해 대꾸했다.

"왜. 불만 있어?"

그러자 주형은 어깨를 살짝 으쓱였다.

"뭐 불만이라기보다는……."

보다는?

"생각 이상으로 여우리가 너무 내 몸을 탐내는 것 같아서."

노골적인 그 발언에 "무슨 소리야!"라고 외치고 싶었으나 우리는 침착했다. '확실히 틀린 말은 아니지.'

우리는 대답 대신 납득한 다음 입술을 삐죽였다. 복도 하나를 사이에 두고 주거 생활을 이어 가는 여우리와 금주형이 연애라는 것을 시작한 이후 그들 두 사람은 매번 서로의 집을 오가며 단조로운 만남을 이어 가고 있었다.

이유는 간단했다. 두 사람의, 아니 정확히는 주형의 신분으로 밖에서 데이트라는 것을 하기는 쉽지 않았고, 우리 역시 그리 활동적인 성격은 아니었으므로 집 안에서의 만남이 싫지는 않았다.

'뭐 할까?'

'지금부터?'

'응.'

'……글쎄.'

'그럼……. 골라 봐. 첫 번째, 독서.'

'대본으로 충분해.'

'게임?'

'한때 질리도록 많이 했지.'

'영화 보기?'

'여가 시간까지 일을 하고 싶진 않네.'

'야. 이것도 안 된다, 저것도 안 된다면 대체 하고 싶은 게 뭔데?'

'…….'

'금주형?'

'말해도 되는 거야?'

주형은 정확히 하고 싶은 것이 무엇인지 입 밖으로 내지는 않았지만 우리는 그가 뱉어 낸 말뜻을 단번에 알아차렸다. 그녀는 그 말을 듣고 얼굴이 빨개지는 타입이라기보다는 "흥, 그걸 원한다면!"이라 주장하는 타입이었다. 덕분에 두 사람이 벌이는 실내 데이트의 끝은 항상 섹스로 이어졌다.

전화, 식사, 섹스, 전화, 식사, 섹스…….

그리고 언제부터인가 전화, 섹스. 우리는 여전히 침대에 앉아 있는 주형을 돌아보더니 흥 콧방귀를 뀌었다.

"쓰지도 않을 거면 몸은 왜 그렇게 가꿨대?"

"뭐?"

"저기요, 대스타님. 물론 대스타님이 화면에 멋지게 나오는 것도 중요하지만 현실 애인한테 최선을 다해 봉사하는 것도 만만찮게 중요해. 이건 연애의 기본적인 덕목이라며. 자기도 싫진 않으면서 왜 투덜거려?"

막 티셔츠를 입던 우리의 대꾸에 주형이 황당한 듯 하, 실소를 터트리더니 곧 푸흡거리며 큰 웃음을 흘렸다. 우리는 그런 그의 웃음소리를 한 귀로 듣고 다른 한 귀로 흘리면서 출근 준비를 이어 갔다. 쿡쿡대던 주형이 부드럽게 입꼬리를 올리더니 다시 말을 걸어왔다.

"그래서. 만족하셨나?"

"나름?"

"점수를 매기자면?"

"80점 정도?"

"이봐."

솔직하게는 그 이상이었지만 하늘을 찌르는 주형의 기를 살짝 죽여 줄 필요는 있었다. 너무 높아지면 감당이 안 된단 말이지. 우리는 "내가 그거밖에 안 돼?" 하고 툴툴거리는 주형을 힐끔거리다 검은 스타킹을 입기 시작했다.

"몇 시에 마쳐."

"오늘은 오후 진료만 있으니 여섯 시."

"데리러 갈까."

"아서라. 네가 이곳에 행차했다간 우리 병원 난리 나. 게다가 너랑 나랑 친구였던 거, 우리 원장님 말고는 아무도 몰라."

어디 난리 날 뿐인가.

'금주형이 대체 왜 산부인과에 행차했냐며 인터넷이 들끓겠지.'

굳이 안 봐도 앞일이 훤하다. 주형이 나타나면 수경을 비롯한 간호사들이 꺅꺅거리며 호들갑을 떨 게 분명하다. 그중 연희는 주형의 오래된 팬이라고 했으니 더하겠지. 연희의 반응이 상상이 되어 홀로 웃던 우리는 갑자기 주형이 아무 말도 하지 않는다는 사실을 깨달았다.

왜 말이 없지?

문득 정신이 든 우리가 뒤를 돌아보자 주형이 저를 빤히 응시하고 있었다. 웃고 있던 주형의 얼굴이 굳어 있자 우리는 고개를 갸웃거렸다. 주형이 왠지 심각한 표정을 지으며 물었다.

"연애한다고, 말 안 했어?"

뭐?

"그것 때문에 서운한 거야?"

우리가 되묻자 주형은 대답하지 않았다. 입을 다무는 것으로 대답을 대신하는 그가 조금은, 아주 조금은 귀엽다고 생각했다. 그녀는 H라인 치마를 입은 이후 뒤를 돌아봤다. 주형은 여전히, 침대에 앉아 있었다.

"너랑 친구인 걸로도 모자라서 사귄다고 공개 선언했다가 우리 병원 업무 마비되게?"

"여우리."

"저기요, 대스타님. 이 선생님을 독점하고 싶은 당신 마음은 충분히 이해하지만 아직은 아니에요."

"……."

"물론 도욱이나 나라 같은 친구들 사이에는 우리 사이를 굳이 숨길 일 없다만. 아니, 이미 그 녀석들은 우리가 사귀는 걸로 알고 있겠다만 그 외의 사람들은 다르잖아."

"……."

"너도 괜히 밖에서 연애한다고 굳이 티 내지 마. 괜한 구설수에 얽히면 우리 둘 다 피곤해지잖아. 안 그래?"

주형은 그 말에 반박이라도 하려는 듯 입을 벌리려 했지만 소리를 내지는 않았다.

아마 가장 피곤해지는 건 너겠지.

우리의 말을 부정할 수 없었을 거다. 그녀는 말 대신 한숨만 내쉬는 그를 향해 싱긋 미소 지었다. 그러고는 옷걸이에 걸어 두었던 검정색 코트를 꺼내어 입은 이후 가방을 들고 밖으로 나가려다 멈칫했다. 주형이 이상할 정도로 그윽한 시선으로 우리를 응시하고 있었다. 뜨거운 그 눈빛에 얼굴이 화끈거렸다.

"또 왜."

무언가 할 말이 남은 듯한 그 눈빛을 무시할 수 없어 말했더니 주형이 피식 웃었다.

"이런 것도 나쁘지 않네."

"이런 거?"

"출근하는 네 모습 지켜보는 거."

"뭐라고?"

"돈 많이 벌어 와. 나 먹여 살리려면. 난 여기서 조신하게 너만 기다리고 있을게."

우리는 주형이 뱉어 낸 말 한마디 한마디에 귀를 의심하며 황당하게 서 있다, 이내 손을 휘휘 저으며 몸을 돌렸다.

10년, 아니 곧 있으면 알게 된 지 20년이 되어 가는 오랜 친구들은—

"올 때 전화해!"

그런 그녀를 향해 그가 외쳤다.

진짜 연애를 시작한 지, 이제 막 한 달이 되었다.

* * *

묵은해가 가고 밝고 희망찬 새해가 밝았다.

특히 여우리가 부원장으로 재직 중인 <우리모두 산부인과>의 새해 첫날은 바쁘기 그지없었는데, 새해가 된 지 7초도 되지 않아 새 생명이 태어났기 때문에 더더욱 그랬다.

몸무게 4.21kg, 키 52cm의 우량아인 여자 아이로, 이 세상에 나오기 전까지는 산모의 애를 타게 만들었으나 태어난 직후엔 가족은 물론이거니와 의료진과 다른 이들의 축복을 받았다.

새해 첫 산모의 출산 이후 해가 중천에 떴을 때엔 <우리모두 산부인과> 병원 차원에서 새로운 해를 맞이하는 축하 행사도 가졌다.

입원 및 조리 중이었던 환자들과 그런 이들을 간호하는 보호자들과 간병인들, 그리고 방문객들을 위한 소망 기원 파티를 즐겁게 보낸 후 처음으로 맞이하는 월요일 아침, 병원장 현우는 병원의 모든 직원들을 강당으로 소집했다.

"건강검진이요?"

겨우 행사를 마친 이후 평화로운 일상으로 들어가려던 직원들은 깜짝 놀랐다. 건강검진이라니.

단상에 서서 말을 이어 가는 현우를 보며 한정희 과장이 고개를 갸웃거리며 물음을 던졌다. 한 과장은 현우의 스승이자 오랜 멘토였는데, <우리모두 산부인과>를 개업하면서 우리와 마찬가지로 스카우트된 노련한 의사였다. 현우는 도대체 무슨 소리를 하느냐는 표정을 짓는 한 과장을 향해 빙긋 웃었다.

"예, 과장님. 건강검진이요."

"원장님. 갑자기 우리를 부른 걸로도 모자라 웬 건강검진입니까?"

"하하, 과장님. 과장님도 아시다시피 <우리모두 산부인과>가 개원한 지 올해로 3년을 맞이합니다. 지난 3년 동안 모든 직원 여러분들이 애써 준 덕분에 현재 우리 병원은 좋은 평판도 얻고 있지요. 하지만 그만큼 여러분들의 희생과 노고가 상당했다는 점, 저는 잊지 않고 있습니다."

강당에 소집된 모두가 일장연설을 늘어놓는 현우를 주시했다. 현우는 말을 이어 갔다.

"우리 직업의 특성상 과도한 피로도는 피할 수 없습니다. 작년은 그 어느 때보다 힘들었습니다. 힘든 한 해를 보내고 새로운 해를 맞이한 만큼, 저는 우리 식구들이 자신의 건강을 점검하는 시간을 가졌으면 좋겠습니다. 조 간호사."

"네, 원장님."

"간단히 브리핑 부탁해요."

원장실 담당 간호사 연희는 그런 현우의 말에 힘차게 단상 앞으로 걸어오더니 마이크에 입을 가져다 댔다.

"선생님들, 그리고 직원 여러분. 원장 선생님께서 이번 건강검진에 필요한 모든 비용을 부담할 예정이니, 차례대로 건강검진에 임해 주셨으면 감사하겠습니다. 지금부터 건강검진 일정표를 나눠 드릴 예정이니 혹 수술이 잡혀 있다든가 다른 일정이 있으신 선생님들과 직원 여러분들은 미리 말씀해 주십시오. 그러면 최대한 조정해서……."

"……님. 부원장님!"

아.

직원들을 향해 말을 이어 가는 연희의 목소리가 배경 음악으로 번져 버리기 직전, 우리는 상념에서 깨어났다. 저를 부르는 누군가의 음성이 들려왔기 때문이다. 슬쩍 고개를 돌리자 수경이 그녀를 바라보고 있었다.

"부원장님은 알고 계셨어요?"

"네?"

"건강검진이요!"

"아아, 네."

직원들이 너무 피로해 보인다며, 그들을 위한 새해 선물을 주었으면 좋겠다고 고민하던 현우가 우리에게 전 직원들의 건강검진 이야기를 꺼낸 것은 지난 12월 초쯤이었다.

"뭐, 그러는 게 좋겠네요."라며 대충 대답을 한 이후 잊고 지냈었는데, 이렇게 모든 직원들을 불러 선언할 줄은 상상도 못 했다. 우리는 단상 위의 연희와 함께 스케줄을 맞추어 보고 있는 직원들을 흐뭇하게 응시하는 현우를 힐긋거리며 피식 웃어 버렸다.

"부원장님은 오늘 일정 괜찮으신 거죠?"

"응, 뭐. 괜찮죠. 어차피 오늘은 오프고 내일부터는 오전 오후 모두 풀이니 시간 있을 때 하는 게 나으니까. 그리고 보니 나 어젯밤부터 아무것도 안 먹었네."

"타이밍이 좋네요! 부원장님, 전 그럼 연희 쌤한테 오늘 바로 받겠다고 말하겠습니다!"

오프인 것은 알지만 새해를 맞이했으니 잠깐 병원에 나와 줄 수 없겠냐는 현우의 말이 건강검진으로 번질 줄은 몰랐다. 강당에서 벗어나 부원장실로 향하기 직전, 단상 쪽의 연희에게 달려가는 수경의 뒷모습을 바라보며 우리는 옅은 미소를 지었다.

"후후."

그때였다. 우리는 의미심장한 웃음소리에 시선을 옮겼다. 그녀의 맞은편 진찰실을 사용 중인 장초희 선생과 그녀의 담당 간호사 연지가 눈꼬리를 반으로 휘며 우리를 응시하고 있었다. 그녀의 바로 위 선배이기도 한 초희의 미소에 본능적으로 의문을 느낀 우리가 미간을 찌푸리자 초희가 더욱 짙은 눈웃음을 그렸다.

"자기야."

"네, 선배."

"나 궁금한 거 하나 있는데, 물어봐도 돼?"

<우리모두 산부인과>에서 원장실 담당 간호사 연희와 더불어 병원 내 가십을 담당하는 초희는 눈치가 매우 빨랐다. 우리는 제 팔에 팔짱까지 끼며 몸을 부비적거리는 초희의 행동에 왠지 모를 불안감을 느꼈다. 우리가 어색한 미소를 지으며 그녀를 떼어 내려 했으나 쉽지 않았다.

"말씀하세요, 선배."

초희가 원하는 것을 얻어야 저를 풀어 줄 거라 여긴 우리가 체념한 듯 말하자 그녀가 붉은 입술을 움직였다.

"자기 말이야. 혹시 요즘 연애해?"

순간적으로 숨이 컥 막혔다. 우리가 "네?" 하고 두 눈을 동그랗게 뜨자 겨우 그녀를 놓아준 초희가 우리의 아래위를 훑었다.

"아니. 요즘 우리 자기가 지나치게 예뻐진 것 같아서."

"선배."

"어머! 그 말씀엔 저도 동의해요!"

우리가 황당한 표정을 지으며 초희에게 대꾸하려던 순간 뒤편에 서서 대화를 지켜보던 연지가 초희의 말에 맞장구를 쳤다.

"요즘 부원장 선생님 정말 예뻐지셨어요! 혹시 화장품이라도 바꾸신 거예요?"

"네?"

"이상하게 좋은 냄새가 나는 것 같기도 하고. 향수를 바꾸셨나?"

코를 킁킁거리며 다가오는 연지를 보고 우리가 당황하는 사이, "무슨 이야기를 나누길래 그렇게 화기애애해?"라며 다른 직원들이 다가왔다. 우리는 순식간에 저를 둘러싸는 직원들에게서 벗어나지 못했다.

"부원장 선생님이 뭔가 달라졌다고?"

"어, 맞아! 그런 것 같아요."

"조금 바빠지셨지? 갑자기 사라지기도 하고?"

"정말이네! 예전에는 다른 선생님들 일정에 맞춰서 진료 보시곤 했는데 근래에는 스케줄 맞지 않으면 칼같이 자르시긴 하더라고요."

"미소도 끊이질 않아! 시니컬했던 우리 부원장님은 대체 어디 가셨죠?"

"스타일도 묘하게 달라진 것 같아요. 입고 오시는 옷들, 하나같이 비싸 보인다고요!"

초희를 기점으로 시작된 '여우리의 변화'는 끊임없이 이어졌다. 하나같이 허를 찌르는 발언들이라 우리는 꿀 먹은 벙어리처럼 서 있을 수밖에 없었다.

'그렇게 티가 났나?'

화제의 주인공을 코앞에 두고 우리에 대해 말을 이어 가는 동료들을 바라보던 우리는 곰곰이 생각해 보았다.

'화장법을……. 바꾸기는 했지.'

'이게 뭐야?'

'선물.'

'선물?'

'잘 어울릴 것 같아서. 한 번 발라 봐.'

'어?'

'아니면 내가 발라 줄까?'

계기는 주형이 해외 출장을 다녀온 이후 던지듯 건네줬던 립스틱이었다. 주로 옅은 색의 립스틱을 자주 사용하던 우리는 주형이 건넨 립스틱을 바르기 시작했다. 짙은 발색의 립스틱이어서 화장법을 조금 바꿔 봤는데 저뿐 아니라 주형도 마음에 들어 하는 것 같아서 이 화장법을 유지하고 있었다. 그러고 보니…….

'입어.'

'어?'

'별건 아니고 촬영 소품 중 하난데, 왠지 너 체격이랑 맞고 또 어울릴 것 같아서.'

'빌렸어?'

'아니. 샀어.'

'뭐?'

'괜찮아, 어차피 한 번 쓰고 절반 가격에 파는 것들이니까. 싸게 샀어.'

요즘 자주 입는 옷들도 그랬다. 패션에 민감한 업계에서 일하는 주형은 자주 우리에게 옷들을 선물하고는 했는데, 매번 소품이라며 들고 오는 옷들이 하나같이 새것처럼 보였다. 저를 위해 맞춤 제작된 것처럼 너무 크지도, 또 너무 작지도 않았다.

'태그라도 떼고 오면 믿어 주기라도 하지.'

아마도 소품으로 활용한 후 다시 판다는 말은 거짓일 게 분명했다. 이유 없이 받으면 우리가 부담스러워 할 것이 분명했기에 일부러 소품 이야기를 꺼낸 거겠지.

물론 우리도 처음엔 그가 건네는 많은 선물을 거절할까 생각해 보기도 했지만 굳이 그러지 않기로 했다. 자신이 선물한 것들을 사용하고, 착용하는 우리를 보며 그의 입꼬리가 미세하게 꿈틀거리는 모습을 훔쳐보는 것이 즐거웠기 때문이다.

'연애하자, 우리.'

금주형의 고백에 이어 여우리의 제안으로 시작된 두 사람의 '진짜' 연애는 순탄한 궤도를 오르고 있었다. 친구가 아닌 관계에서 바라보는 그는 제 생각과는 너무 다른 사람이었다. 이제와 돌이켜 보면 어째서 여태까지 그를 남자로 보지 않았을까 하는 의문이 일 정도였다.

'연애라……'

여우리가 주형과의 오랜 관계를 깨트리고 새로운 관계를 형성해 보고자 한 이유는 크게 두 가지 이유에서다.

기나긴 밤을 보낸 이후 주형이 사라진 그날 아침부터 2주 동안 우리는 한시도 쉬지 않고 주형의 생각을 했다. 긴 세월 동안 우리의 머릿속을 차지한 사람은 단 한 사람뿐이었는데, 겨우 하룻밤이 모든 관계를 뒤집었던 것이다.

생각하고 또 생각해도 왜 주형이 제 머릿속을 떠나지 않는 건지 도통 알아내지 못했다. 여우리는 궁금증을 참지 못한다.

해서 도통 이해할 수 없는 그를 향한 집착의 이유를 알아내야겠다고 생각했다. 주형과의 연애를 시작한 이유는 바로 그것이 첫 번째다.

그리고 두 번째는ㅡ

'좋아해.'

'너를 좋아했어. 좋아하고 있고, 아마 앞으로도 좋아하겠지.'

'이 정도면……. 너를 만날 수 있는 자격이 안 될까.'

힘겹게 뱉어 낸 주형의 말을 듣고 차마 거절의 대답을 하기가 어려웠다.

짝사랑이란 언제나 그렇다. 특히나 기나긴 세월 동안 홀로 마음을 품어 온 사람이 상대에게 그 마음을 표현하기까지 얼마나 힘들고 괴로웠을지 누구보다 잘 알고 있으니 더더욱.

아마도 그 말을 뱉어 내는 것이 쉽지 않았을 거다. 말하는 그 순간까지 고민하고 또 고민했겠지. 저 역시 누군가를 짝사랑했었고, 그 마음을 제대로 표현하지 못해 후회하고 후회했던 터라 더더욱 주형이 이해가 갔다. 게다가 그가, 얼마나 용기를 낸 건지도.

'적어도 시작은 해 봐야지.'

너는 후회하지 않도록.

이 연애의 끝이 어떻든 간에 앞으로 발을 내딛는 것은 그에게 있어서도, 그리고 저에게 있어서도 중요했다.

그래서 우리는—

"……장님! 부원장님!"

메아리치는 수경의 외침에 우리는 정신을 차렸다. 우리에게 답변을 얻지 못한 동료들은 어느덧 건강검진을 화제로 대화를 이어 나가고 있었다. 그들에게서 자연스럽게 눈길을 돌린 우리는 연희와 이야기를 끝냈는지 서류를 들고 웃으며 다가오는 수경을 응시했다.

"수경 쌤?"

"오 과장님이 담당해 주시기로 했어요. 지금 바로 시간 되면 진행하자는데, 괜찮으시죠?"

우리는 시계를 흘긋거리며 제게 묻는 수경을 향해 고개를 끄덕였다.

'거짓말이야.'

그리고 몇 시간 뒤, 우리는 무언가를 뚫어져라 응시했다.

'말도…… 안 돼.'

아무리 생각해도 이해가 되지 않았다. 이런 일이 일어나면 안 됐다. 아니, 일어나지 않도록 철저히 방지했었다.

심지어 여우리는 산부인과 의사이지 않은가. 스스로를 프로라 여기며 실수 한 번 하지 않았던 그녀가 이렇게 치명적인 일을 저지르다니.

대체 어째서, 이렇게 되어 버린 거지?

입술이 파르르 떨렸다. 짙은 검은색으로 된 사진을 움켜쥐고 있는 손가락 끝도 정신없이 떨려 왔다. 우리는 한참을 부정하고 또 부정하다 다시 손에 들린 사진을 내려다봤다. 그녀가 움켜쥐고 있던 사진은 꽤, 아니 지나칠 정도로 익숙했다.

이유는 간단했다. 우리는 언제나 진료실을 찾은 자신의 환자들에게 예의 사진을 보여 주거나 혹은 건네주었으니까.

'수술은 잘 끝났어? 김주아 환자 출산이었다며?'

'네, 3.5kg 남아예요.'

'고생했네. 새해에 태어나는 아이들이 많아서 천만다행이야.'

'과장님.'

'응.'

'무슨 일이에요?'

직원을 대상으로 한 건강검진의 스타트를 끊은 사람은 우리였다. 마침 그녀는 오프였고, 전날 밤부터 아무 것도 먹지 않았으니까.

게다가 병원의 부원장인 그녀가 솔선수범해서 검진을 받는다면 다른 직원들 역시 부담 없이 받을지도 모른다는 생각을 했다.

건강검진이라고 해 봤자 거창한 것도 아니었다. 간단한 문진표 작성과 혈액 검사, 그리고 병원 특성상 각종 여성 관련 질병 검사 정도였다. 물론 그마저도, 초음파 검사를 하던 도중 긴급 출산 환자 소식으로 중단해야 했지만.

갑작스러운 담당 환자의 수술 이후 다시 검사를 받기 위해 돌아왔건만,

그런 자신을 걱정 어린 눈으로 바라보는 오문정 과장의 모습이 낯설었다. 오 과장은 그런 우리를 향해 후, 길게 한숨을 내쉬더니 진지한 말을 꺼냈다.

'내가 아직 들은 바가 없어서, 이미 말했는데 내가 못 들은 거라면 정말 미안해. 혈액 검사 결과도 봤는데 정상이어서 전혀 생각 못 했어.'

'과장님?'

'부원장 선생님. 단도직입적으로 물을게. 혹시 만나는 사람…… 있어?'

'네?'

'만나는 사람 있지? 그런 거지?'

'대체 무슨 말씀을 하시는 건지 모르겠어요.'

'나도 그래. 여 선생 미혼이라는 것도 알고 애인 얘기는 못 들어 본 것 같아서 물어보는 거야. 몇 번을 봐도 분명해서.'

'과장님.'

'이거 봐.'

오 과장이 건네는 사진을 본 순간 우리는 아무 말도 할 수가 없었다. 사진 아래쪽에는 자신의 환자 코드와 이름이 적혀 있었고, 그로 인해 그 초음파 사진의 주인공은 여우리 본인임을 부정할 수 없어 보였다. 당황하는 우리를 향해 오 과장이 말했다.

'그거 아기집 맞지?'

* * *

지난 12월의 일이었다.

"지연 언니, 그게 무슨 소리세요? 미현이가 무슨 짓을 했다고요? 스토…… 킹이요?"

붉은 입술을 덜덜 떨며 지연을 향해 말을 건네던 세아는 아무것도 모르는 눈치였다. 주형은 그런 세아의 모습을 가만히 바라봤다.

"마, 말도 안 돼. 스토킹이라니. 미현아, 아니지? 지연 언니가 뭘 잘못 안 거지?"

세아는 끊임없이 부정하고 있었다.

'*형님, 드디어 미끼를 물었어요!*'

싱가포르에서 열리는 시상식을 준비하던 와중 들려온 재원의 외침은 주형의 근심을 조금은 덜어 줬다. 시상식 준비 과정에서 지연이 예의 용의자를 직접 붙잡았고 지금부터 그 용의자에게 그러한 일을 벌인 이유에 대해 추궁을 할 거라는 소식을 듣자 머리가 지끈거리기는 했으나 다행이라 여겼다. 기분 나쁜 일은 일찍이 털어 버리는 것이 나으니까.

지난 몇 년 동안, 주형의 뒤를 좇으며 그를 스토킹 해 왔던 스토커가 붙잡혔다는 소식은 세아에게 있어도 충격적이었던 모양이다. 세아는 자신의 스태프가 무려 주형의 스토커라는 사실이 밝혀지자 어쩔 줄 몰라 했다.

"세아 씨는 몰랐어?"

"네?"

"정말 아무것도 몰랐던 거, 맞아? 보통 헤어나 의상 담당은 같이 붙어 다니잖아. 그런데 지금까지 눈치, 못 챘던 거야?"

"어, 언니! 무슨 말씀을 그렇게 하세요."

"흐응."

"정말 처음 듣는 소리예요! 그것보다 뭘 잘못 아신 거 아니에요? 미현이는 그런 애가 아니에요. 선배님!"

"그런 애가 아닌지는 지금부터 안미현 씨가 스스로 밝히겠지. 말해, 미현 씨. 본인이 무슨 짓을 한 건지."

현 상황에 대해 부정하고 또 부정하는 세아를 향해 싸늘하게 일갈한 지연은 입을 꾹 다물고 있던 스태프를 향해 차가운 말을 쏟아 냈다. 주형은 "아니잖아, 그렇지?" 하고 스태프를 붙잡으며 달래고 또 달래는 세아를 응시했다.

"맞아요, 저."

그녀에게 잘못을 묻기 위해 수집한 증거를 내밀어도 입을 열 생각을 하지 않던 스태프 미현이 그제야 고개를 들었다. 주형은 그녀의 검은 눈동자가 허공을 지나 천천히 제게 꽂히는 모습을 잊지 않았다. 미현은 주형과 시선이 마주치자 빙긋 웃었다.

"제가 주형 오빠한테 그런 문자 보냈어요."

지독할 정도로 담담한 미현의 고백은 예상 외였다. 주형은 저를 똑바로 응시하는 미현에게서 눈을 떼지 않았다. 미현은 방 안에서 오직 주형만을 바라보며 말을 이어 갔다.

"오직 주형 오빠와 가까워지기 위해 이곳에 입사했어요."

미현이 세아의 팀원이 된 것은 1년하고도 반년이 조금 넘는다. 그전까지는 한 의류 매장에서 일을 했었다고 했다. 미현의 말을 빌리자면 그녀가 일하던 매장에 주형이 찾아온 적이 있었고, 그때부터 그와 함께하기로 결심을 했다고 한다.

다니던 직장을 그만두고 XThree 엔터테인먼트에 입사를 한 미현은 서서히 단계를 밟아 가며 주형의 뒤를 좇았고, 세아의 팀원이 되자마자 주형의 스케줄을 알아낼 수 있었다고 말했다.

또 주형의 집이 어디인지 알아낸 다음, 그의 출근길과 퇴근길을 기다리며 각종 사진과 영상을 찍었고 그의 오피스텔 근처에 집을 마련해 주형의 집 불이 켜지는지, 꺼지는지 지켜봤다고 했다.

"어떻게……. 어떻게 그런 끔찍한 짓을 저지를 수가 있어!"

세아는 주형이 그러한 스토킹을 당한 것으로도 모자라, 그 스토킹을 강행한 사람이 바로 자신의 스태프라는 사실을 쉽게 받아들이지 못했다. 그녀는 새하얗게 질려 눈을 껌뻑이다 결국 혼절했고, 그 모습에 놀란 지연이 세아를 부축하고 나서야 사건은 일단락 됐다.

"안미현 씨."

스토커를 색출하기 위해 출장을 왔던 거지만, 막상 범인을 밝히는 과정이 이상할 정도로 찝찝했다. 주형은 서늘한 눈으로 미현을 내려다보고 있던 재원을 잠시 저지하며 그녀를 불렀다. 재원에 이끌려 방을 나가려던 미현이 공허한 눈으로 주형을 응시했다. 주형은 그런 그녀를 향해 물었다.

"대체 왜죠?"

미현과는 함께 작업을 한 적이 없었고, 그녀가 세아의 팀원이라는 것만 알고 있었다. 주형이 미간을 좁히며 말하자 피식 웃은 미현이 답했다.

"당연한 거 아니에요? 오빠를 좋아하니까 그렇죠. 좋아하면, 무슨 짓이든 해요."

당시 미현이 뱉어 낸 말은 몹시 충격적이었다.

'무슨 짓이든.'

비웃듯 뱉어 낸 그 말이 귀를 아른거려 주형은 한동안 움직이지 못했다.

"……님. 형님!"

잠시 입을 다물고 있던 주형이 상념에서 벗어났다. 정면을 응시하니 지연과 재원이 그를 바라보고 있었다.

"불렀어?"

"몇 번을 불렀는데요! 무슨 생각을 그렇게 깊게 하세요?"

"……별거 아니야."

고개를 갸웃거리는 재원에게 옅은 미소를 지어 준 주형은 지연과 재원을 차례로 응시하다 "뭐라고 했어?"라는 말을 건넸다.

"다음 작품에 대해 논의하고 있었잖아. 지금 자기 손에 들린 그 대본 말이야."

대본? 주형의 눈이 자연스럽게 아래로 내려갔다. 놀랍게도 그의 손에는 지연의 말대로 빳빳한 대본이 들려 있었다. 찍었다 하면 대박을 터트리는 유명 영화감독이 처음으로 방송국과 합작을 하여 로맨틱 코미디 드라마를 촬영한다는 소문이 나 뜨거워진 드라마 대본이었다.

"자기 왜, 얼마 전에 유럽 화보 찍었던 거 기억하지?"

주형은 말없이 고개를 끄덕였다.

"그때 찍은 화보 B컷을 얼마 전에 풀었는데 정웅기 감독이 우연히 그 사진을 본 모양이야. 이번에 정 감독이 J사에서 드라마 찍으려고 한다는 소식은 들었지? 그 남주로 자기, 여주로 세아 씨를 점찍은 모양이더라고."

"오세아?"

지연은 대꾸했다.

"비단 정 감독 대본뿐 아니라 다른 곳에서도 두 사람 세트로 출연해 줄 수 없냐는 문의가 종종 들어오고 있어. 예능이랑 시나리오 등등 여러 곳에서. 확실히 그 화보, 아니 저번 시상식에서의 모습이 대중들 눈에 들어온 것 같아."

지난 12월에 있었던 해외 순방 출장은 전적으로 주형의 주변을 맴돌던 이름 모를 스토커를 색출해 내기 위해서였다. 그리고 언론의 귀에 그 사실이 흘러들어 가는 것을 막기 위해 일부러 시상식에 참여하고 화보 촬영을 강행하는 등 활동했던 것이 오히려 화제가 된 모양이었다.

'금주형, 너 우리 언니 만나면서 딴 생각 하는 건 아니지?'

오죽하면 해외 출장 중인 주형에게 나라가 톡을 보내어 눈치를 줬을까.

주형은 "꽤 좋은 기회야." 하고 제 손에 들린 대본을 한 번 검토해 줄 것을 요구하는 지연을 응시하다 자리에서 일어났다.

"생각은 해 볼게."

"정말?"

"응. 하지만 긍정적인 답변은 힘들지도 몰라."

"뭐? 왜!"

자신의 팀원 중 한 사람이 다른 사람도 아닌 주형을 스토킹 해 왔다는 사실이 밝혀지자 세아는 큰 충격을 받았다. 그로 인해 그녀가 요즘 집에 틀어박혀 지낸다는 이야기를 접했던 지연의 걱정은 이만저만이 아니었다. 아마도 지연은 이번 일을 계기로 세아의 기분을 풀어 주려 했던 거겠지.

하지만 주형의 완곡한 거절에 지연의 눈은 휘둥그레졌다. 주형은 어깨를 살짝 으쓱여 준 뒤 XThree 엔터테인먼트 경영기획 본부장실을 나섰다.

"형님. 여쭈어 보고 싶은 것이 하나 있는데요."

주형을 데려다주겠다며 따라나선 재원이 말을 걸어왔다.

"진짜 거절하실 건 아니죠?"

"뭘."

"정 감독님 작품이요! 장르가 무엇이든, 정 감독님 작품이라면 예전부터 함께하고 싶어 하셨잖아요."

주형의 눈동자가 느릿하게 재원에게 꽂혔다.

틀린 말은 아니다. 새해가 밝은 후 숨 고르기를 하고 있던 주형은 차기작 선정에 매진했다. 새로운 작품에 들어가기까지는 언제나 마음의 준비가 필요했기에, 스스로를 위한 시간을 가졌다. 한가롭게 독서를 하기도 했고 요리를 하기도 했으며, 또……

'*시간 어때?*'

여우리를 만나기도 했다.

그렇게 주형이 새 작품을 선정하고 있다는 사실을 너무도 잘 알고 있었던 재원은 주형의 발언이 이해가 되지 않는 모양이었다. 주형은 "정 감독님 작품은 너무 아까운데."라며 중얼대는 재원을 바라보다가 피식 웃었다.

"지극히 개인적인 이유지."

"예?"

"신경 쓰게 하고 싶지 않거든. 신경 안 쓰는 척하면서 엄청 신경 쓸 게 분명해서, 더욱."

아마도 본인은 태연한 척 굴겠지. 쿨한 척, 담담한 척.

하지만 그 성격 상 금세 티가 날 거다. 아직은 제게 큰 관심이 없다 한들 지난 한 달 동안 그렇게 비벼대며 달라붙어 있었는데 신경을 쓰지 않을 리

만무하지. 눈길이 가도 표현은 하지 못하고 끙끙거리기만 할 게 분명해.

'그 모습을 어떻게 봐.'

자신에게 시끄러운 일이 생기는 것은 큰 문제가 되지 않는다. 어차피 막거나 맞서면 되는 일. 그러나 앓게 되는 사람이 여우리라면 문제를 대하는 차원은 달라진다.

주형은 "예?" 하고 되묻는 재원을 보며 어깨를 톡톡 두드리더니 엘리베이터 쪽으로 걸어갔다.

"선배님!"

그가 엘리베이터 앞에 서서 열림 버튼을 누르려던 순간, 먼저 문이 열렸다. 고개를 돌리기도 전 들려온 낭랑한 외침 끝에는 세아가 서 있었다. 자택에서 요양 중이라던 세아는 주형처럼 정 감독의 캐스팅 제안 소식을 듣고 사옥에 들린 것이 분명했다. 세아는 저를 보고 살짝 고개를 끄덕이는 주형을 향해 한 걸음 다가왔다.

"선배님도 본부장님 뵙고 돌아가는 길이세요?"

"응."

"소식 들으셨죠?"

"그래."

"세상에. 저 진짜 전화 받고 너무 가슴이 두근거려서 어쩔 줄 몰랐어요! 정 감독님 작품이라니. 그것도 선배님과의 호흡이라니! XThree랑 계약하면서 언젠가 이런 날이 올 거라 생각하긴 했지만 이렇게 빨리 오게 될 거라고는 상상 못 했어요. 하실 거죠, 선배님? 저랑 같이……."

"안 할 것 같아."

"네?"

발그레 볼을 붉히며 재잘거리던 세아의 눈이 휘둥그레졌다. 주형은 그런 세아에게 옅은 미소를 흘려 준 뒤 그녀의 옆을 스치고 지나가며 엘리베이터에 올라탔다.

* * *

'말도 안 돼.'

우리는 손에 들린 초음파 사진을 뚫어져라 응시하고 있었다.

'그거 아기집 맞지?'

보통 아기집이라 불리는 임신낭은 복부 초음파를 통해 확인할 수 있다. 임신한 지 35일쯤이 되면 모든 정상 임신부에게서 임신낭을 볼 수 있으며 이러한 정보는 산부인과학을 전공해 온 여우리에게 있어 이는 지극히 기본적인 상식이나 마찬가지였다.

그래서, 믿을 수가 없다.

우리는 너무도 선명하게 보이는 임신낭을 쳐다봤다. 4~5mm 정도 되는 임신낭이 사진 속에는 정확히 찍혀 있었다.

이해가 안 돼. 어떻게 이런 일이 일어날 수 있지.

'어째서.'

오 과장과의 면담을 마친 후 계산을 해 보았다. 놀랍게도 이미 생리 예정일이 훌쩍 지나 있었다. 당황스러운 점은 부인과 검사를 진행하기 전 실시했었던 소변이나 혈액 검사에서는 임신의 증상이 나오지 않았다는 것이다.

'혹시 모르니 일단 내일 다시 검사해 보자. 오늘 말고 내일 다시. 응?'

충격을 받은 나머지 자리에서 일어날 생각을 하지 않던 우리를 향해 오문정 과장은 말했다. 이후 어떻게 병원에서 나왔는지, 그리고 어떻게 집으로 왔는지 하나도 생각나지 않았다. 정신을 차리니 초음파 사진을 손에 쥔 채 21층으로 향하는 엘리베이터에 올라타 있었다.

'내일…….'

내일이라.

결정적인 증거를 두 눈으로 보고야 말았는데 다시 검사를 한들 무슨 의미가 있지? 넋이 나간 저를 달래듯 말하던 오 과장에게 따지듯 물으려다 말았다.

"후우."

"웬 한숨이야?"

이번 검사 결과에 대해서는 걱정하지 말라던 오 과장의 말이 머리에 맴돌아 현기증이 일었다. 드르륵 열리는 엘리베이터 문소리에 한 발자국 앞으로 나아가려던 우리는 귀 익은 음성에 고개를 들었다.

두근—

심장이 요동쳤다. 우리는 최대한 자연스럽게 양손을 허리 뒤로 숨기며 2101호의 문 앞에 기대어 있던 남자를 향해 옅은 미소를 그렸다.

"퇴근하는 길이야?"

"응."

"왜 여기 있어?"

"왜긴. 잠깐 불려 간다던 애가 영영 무소식이라 마중 나왔지."

부드럽게 휘어지는 주형의 눈웃음은 이상할 정도로 가슴을 콕콕 찔렀다. 우리는 순간 차오르는 감정을 겨우 억누르며 중얼거렸다.

"대스타가 가만 보면 나보다 한가한 것 같아."

제대로 말했을까. 주형만큼 연기가 뛰어난 편은 아니지만 그래도 오랫동안 비밀을 숨기는 데는 나름 익숙했던 터라 분명 티를 내지는 않았을 거다.

그래, 그래야만 했다.

쿵쿵쿵쿵.

주형이 주변에 있다는 사실 하나만으로 이렇게 심장이 벌렁거리다니. 우리는 눈을 질끈 감으며 한 발자국 앞으로 나아갔다.

'말 못 해.'

절대.

두 사람이 친구라는 선을 넘어 정식으로 사귀게 된 지 이제 막 한 달이 흘렀다. 물론 지난 한 달 동안 눈만 맞으면 장소를 가리지 않고 섹스를 해댄 것이 이런 결과를 낳은 게 분명하기는 하나, 아직은 아니었다.

'제길.'

우리는 떨리는 심장 박동 소리를 감추며 웃는 척, 입꼬리를 올리려 했다. 그리고 그녀가 막 주형과의 거리를 네 걸음 정도로 좁혔을 무렵이었다.

"여우리."

"어?"

"무슨 일 있어?"

우리에게는 애석하게도 주형의 눈치는 빨랐다. 그의 말 한마디에 그녀의 발밑을 지탱하던 바닥이 와르르 무너지는 느낌이었다. 우리는 황급히 고개를 들었다.

"그럴 리가."

미소 짓는 자신을 보고도 주형이 의심을 거두지 않자 우리는 말을 덧붙였다.

"진짜 아무 일도 없어. 맞다, 그것보다 오늘 우리 병원에서 건강검진했거든?"

"그런데?"

"너 정말 잘못 걸렸어. 나 엄청 건강하대."

"뭐?"

"그러니 걱정할 일 없다는 소리야."

우리는 하하, 웃으며 주형에게서 몸을 돌리려 했다.

"여우리."

"주형아."

제 이름을 부르는 주형의 얼굴을 차마 바라볼 수가 없었다. 만약 그의 검은 눈을 직시했다가는 무의식적으로 '그 이야기'를 해 버릴 것 같아서. 우리는 2102호의 대문을 응시한 채 말했다.

"나 온종일 검사 받는다고 좀 피곤해. 오늘은 얼른 들어가서 쉬었으면 하는데, 할 얘기 있으면 내일 하면 안 될까?"

"……."

"미안. 내일 연락할게."

이럴 땐 주형의 눈치가 빠르다는 점이 다행스럽다. 그녀에게 불유쾌한 일이 일어났을 거라 짐작했는지 주형은 우리가 2102호의 문을 열고 들어갈 때까지 우리를 붙잡지 않았다.

날이 밝자마자 우리는 병원이 아닌 누군가의 작업실로 향했다. 자신이 찾은 상대가 근래 계속해서 작업실에 머물고 있다는 사실을 알고 있었기에 가능한 일이었다.

쾅쾅쾅쾅. 미친 듯이 문을 두드리자 게슴츠레 눈을 뜨고 있던 나라가 모습을 드러냈다. 우리는 놀라는 그녀의 옆을 스치고 지나가며 "어서 앉아 봐."라는 말을 쏟아 냈다.

"자. 커피."

"고마워."

잘 나가는 캐릭터 디자이너로 활동 중인 나라의 작업실은 언제 봐도 정신이 없었다. 책장에는 책이 한가득 꽂혀 있었고 바닥에는 아마도 그녀가 그렸을 것이 분명한 그림들이 마구 굴러다닌다. 어디 그뿐인가. 벽에 덕지덕지 붙어 있는 노란 포스트잇들은 고나라의 정신세계를 짐작하게 만든다.

'정리 좀 하지.'

저와는 정반대 성격을 지닌 나라인지라, 우리는 언제나 나라의 주변을 정돈해 주곤 했다. 하지만.

"여우리."

"응."

"무슨 일이야."

그 못지않게 우리 역시 나라를 의지하고 있었다. 연락도 없이 작업실로 찾아와 심각한 표정을 짓고 있는 우리의 모습이 이상하지 않을 리 없었다. 나라의 목소리가 평소 이상으로 가라앉아 있다는 것을 확인한 우리는 속으로 쓴웃음을 삼켰다. 그녀가 천천히 고개를 들어 나라를 응시하자 나라의 미간이 좁아졌다.

"정말 무슨 일 있는 거야?"

아니라고, 아무 일도 없다는 말이 목구멍까지 새어 나왔으나 차마 목소리가 나오지 않았다. 분명 따뜻한 커피로 목을 축이고 있음에도 불구하고 입 안이 말라 갔다.

"여우리."

"나라야."

나 어떡해?

지난밤, 한숨도 자지 못했다. 오 과장이 뱉어 낸 말들을 계속해서 떠올리며 곱씹기만 했다. 그러다 보니 눈 밑이 퀭한 것 같기도 하다. 주형을 피해 급하게 나오느라 거울을 보지는 못했으나 분명 피곤해 보일 것이다.

우리는 "왜 그러는데." 하고 자신의 맞은편에서 제 옆으로 다가와 앉는 나라를 응시했다.

"나. 나……."

몇 번이고 차오른 말을 삼키던 우리는 결국 크게 심호흡을 한 뒤 소리를 내뱉었다. 한때는 세상 그 누구보다 멀었지만, 지금은 피를 나눈 것만큼 가까운 의붓자매에게 우리는 어제 있었던 일을 한 자, 한 자 늘어놓았다.

혹 우리가 주형과 이별을 생각하고 있나 싶어 숨을 죽이던 고나라의 얼굴은 경악부터 시작해 종국엔 웃음까지, 다채롭게 번져 갔다.

"크큭, 크큭큭."

"그만 웃어. 웃을 일 아냐."

"아니, 푸풉, 웃을 일이 아니긴 한데, 흐흐, 그러니까 네 말인즉……. 우리 언니님이 임신을 했다는 거지?"

"소리 낮춰!"

"야, 여기 너랑 나밖에 없어. 하하, 세상에. 여우리가 임신을 했다니! 동네 사람들, 우리 언니 임신했대요!"

"고나라!"

제 말을 듣고 벌떡 일어나더니 큰 소리로 소문을 내기 시작하는 나라의 모습은 우리의 얼굴을 하얗게 질리게 만들었다. 나라는 우리의 분노가 한계점을 뚫기 직전까지 그녀의 약을 올리더니, 호호 웃으며 팔짱을 끼었다.

"좋은 일인데 왜 그래?"

"뭐?"

"하긴. 결혼은 내가 했는데 내 주변의 미혼이 벌써 둘씩이나 속도위반을 했네. 아니 이거, 너무 불합리한 거 아니야? 삼신할머니, 어떻게 이럴 수가 있어요! 나랑 윤정우도 꼬박꼬박 하고 있거든요?"

"고나라."

"그래서. 내 조카 사진은 어디 있어?"

"……."

"찍었을 거 아니야. 쌀알 정도 되려나? 아니, 아직 그 단계는 아닌가. 언니는 의사라 더 잘 알 거 아니야. 건강하대? 어떻게 알게 된 거야? 임신 확실한 거지? 빨리 보여 줘 봐. 언니이."

이럴 때만 언니. 날벼락을 맞은 우리와는 달리 무엇이 그리 좋은지 싱글벙글한 나라는 계속해서 우리가 봤다는 초음파 사진을 요구하고 있었다. 우리는 그런 나라를 올려다보다, 길게 한숨을 내쉬며 주머니를 뒤적였다.

"남자야, 여자야? 아아, 그것도 지금은 모르겠구나?"

"……."

"언니?"

"없어."

우리는 고개를 들었다. 그러고는 창백하게 질린 얼굴로 나라에게 말했다.

"없어졌어. 사진."

"잘 찾아 봐. 또 가방 안에 넣어 두고 못 찾는 거 아니야?"

나라는 돌처럼 굳어진 채 행동하지 않는 우리를 바라보며 입술을 움직였다. 그 말을 듣자마자 서둘러 가방을 훑어보았지만 애석하게도 오 과장에게서 건네받은 초음파 사진은 보이질 않았다.

"언니?"

멍하니 서 있는 우리의 모습이 심상찮게 느껴졌는지, 나라가 걱정이 가득한 표정을 지었다. 우리는 대답하지 못했다. 문득 간밤의 일화가 머리를 스쳤기 때문이다.

'잠깐 불려 간다던 애가 영영 무소식이라 마중 나왔지.'

어젯밤 예기치 못한 사실을 접하고 충격을 받았던 여우리는 집으로 돌아오는 길에 저를 기다리고 있던 주형과 마주쳤다. 그의 얼굴을 보고 최대한 자연스러운 척 행동했지만 쉽지 않았다.

'설마.'

내내 손에 들고 있던 초음파 사진을 바지 뒷주머니에 넣어 두었다고 생각했는데, 그때 떨어트린 걸까. 쿵쿵쿵. 심장이 요란하게 들썩인다.

'안 돼.'

우리는 얼른 나라의 작업실 출구 쪽으로 몸을 돌렸다.

"어디 가!"

놀란 나라가 그런 우리의 뒤를 쫓아왔으나 그녀를 챙길 틈이 없었다.

'주형이가 알면 안 돼.'

만약 주형과 자신이 지금 이 관계를 유지한다면 글쎄, 어쩌면 그와 '결혼'이라는 결말을 맞이하기 위한 과정으로 접어들 수도 있겠지.

하지만 이런 식으로는 아니다.

'짐처럼 느껴지고 싶지는 않아.'

생각을 마치기가 무섭게 옷도 제대로 걸치지 않은 채 황급히 길가로 나와 근처를 지나던 택시를 잡았다. 저만큼이나 급하게 달려온 나라가 택시에 탔는지 타지 않았는지 신경 쓰지도 못했다. 아주 자연스럽게 현재 살고 있는 집의 주소를 읊었고 도착하자마자 택시에서 내렸다.

쿵쿵쿵쿵.

입이 바짝 말라 와 어쩔 줄을 모르겠다.

혹시 봤으면 어쩌지.

'그럼 뭐라고 대답해야 해?'

상단 쪽에 선명하게 찍혀 있는 자신의 영어 이름과 누가 봐도 아기집이라는 것을 확인할 수 있을 초음파 사진을 눈치 빠른 주형이 알아차리지 못할 리 없었다.

'그 녀석이 보기 전에 얼른 찾아야 해.'

21층으로 올라가는 엘리베이터가 오늘따라 왜 이리 느릿한지, 하필이면 왜 지금은 출근 시간인 건지 답답할 노릇이다.

"하아, 하아. 언니, 같이 좀 가, 윽!"

21층에 도착하자마자 우리는 복도를 향해 달려들었다. 그녀의 뒤를 쫓아오던 나라가 우뚝 멈추어 선 우리에게 불평을 늘어놓다 그녀와 부딪혔다.

"여우리!"

나라가 원망하듯 우리를 불렀지만 우리의 시선은 엘리베이터와 2101호의 구석진 곳에 놓여 있는 사진에 꽂혀 있었다.

엎어진 사진이 시야로 들어왔다. 우리가 천천히 그곳으로 다가가자 나라 역시 상황을 파악했는지 입을 다물었다. 우리는 바닥에 떨어진 사진을 집어 들어 툭, 툭 먼지를 털어 낸 후 안도의 한숨을 내쉬었다.

사진의 뒷부분은 누군가 밟고 지나간 흔적들로 가득했다.

'뭔지 몰랐던 건가?'

어젯밤부터 지금까지 줄곧 엎어진 채 있었다면 그럴 가능성이 적지는 않았다. 아직 아파트 청소 시간이 아니라 천만다행인 건가. 우리는 더러워진 사진의 뒷부분과 앞부분을 한참 동안 내려다보다가 나라를 향해 고개를 돌렸다.

"나라야."

"어, 어?"

심상찮은 우리의 모습에 입을 꾹 다물고 있던 나라가 눈을 동그랗게 떴다. 우리는 당황하는 나라를 보며 말했다.

"같이 가 줘."

충격적인 결과에 입을 다물고 있던 우리를 보며 오문정 과장은 오늘 다시 재검사를 하자는 제안을 했다. 내내 고민하던 우리가 이른 아침부터 나라의 작업실을 찾았던 까닭은 혼자 검사를 받으러 가기 두려웠기 때문이다. 말을 마친 후 입술을 살짝 악무는 우리를 보며 나라는 말없이 고개를 끄덕였다.

그로부터 30분 뒤.

결연한 의지를 다지며 나라와 함께 출근을 한 우리는 오 과장의 진찰실 문을 똑똑 두드렸다. 그러자 오 과장의 담당 간호사 소윤이 달칵 문을 열더니 굳어 있는 우리를 보고 움찔했다.

"아, 부, 부원장님. 오셨……어요?"

"들어가도 될까요?"

"어, 그게, 저기, 그러니까……."

말을 더듬는 소윤의 행동은 이상할 정도로 부자연스러웠다.

'이야기를 들은 거겠지.'

진료 내내 오 과장의 옆에 철썩 붙어 있던 소윤이니 당연히 그녀도 자신의 일을 알고 있을 것이 분명했다. 우리는 "왜 그래?" 하고 진찰실 안으로 들어가지 못하는 저에게 고개를 갸웃거리는 나라를 흘겨본 후 소윤을 빤히 응시했다. 소윤은 반쯤 열린 진찰실 안을 흘긋거리다 후우 한숨을 내쉬며 말했다.

"들어오세요."

어쩔 줄 모르는 그녀가 왠지 체념한 것 같다고도 생각했지만 크게 신경 쓰지는 않았다. 우리는 살짝 비켜나는 소윤에게 고맙다는 듯 고개를 끄덕인 후 진찰실 안으로 한 걸음 들어섰다.

헉. 그때 우리의 등장을 예기치 못했는지 안쪽에서 낮은 탄식이 흘러나왔다. 소리가 들려온 방향으로 고개를 돌리자 책상 앞에 앉아 있던 오 과장이 벌떡 일어나는 모습이 보였다. 우리는 그런 오 과장을 향해 다가가려 했다.

"과장님, 저 왔……."

"부원장 선생님, 정말 미안해!"

* * *

'나 온종일 검사 받는다고 좀 피곤해. 오늘은 얼른 들어가서 쉬었으면 하는데, 할 얘기 있으면 내일 하면 안 될까?'

최대한 돌려 말하기는 했지만 본심을 숨기기는 어려웠다. 휘어지는 눈꼬리가 결코 자연스럽지 않다는 것은 단번에 눈치챘다. 당연한 일이다. 주형은 그 여자를 아주 오랫동안 지켜봤었다. 그러니 그녀가 무언가 숨기고 있다는 사실을 알아차리는 것도 간단했다.

'무엇을 숨기는 거지?'

피가 섞이지 않은 동생만큼이나 우리는 직설적이었다. 가끔, 아주 가끔은 앞뒤도 보지 않고 달려가는 고나라를 앞질러 버릴 만큼.

그런 우리가 제게 비밀을 만들었다는 것은 결코 좋은 징조가 아니었기에 주형은 한숨도 자지 못했다.

새벽 6시쯤, 앞집에서 요란한 소리가 들렸다. 평소라면 문이 열리는 소리가 들리지 않을 텐데 너무도 선명하게 들려온 까닭은 그가 밤을 지새웠기 때문이다. 8시쯤 집에서 나가곤 했던 우리가 이렇게 일찍 출근을 하자 걱정은 늘어났다.

대체 뭘 감추는 거야?

차라리 직설적으로 물어볼까, 고민하기도 했으나 행동에 옮기지는 않았다. 결국 그녀의 인기척 소리가 완벽하게 사라진 후에야 주형은 2101호의 대문을 열었다.

그리고…….

"형님!"

뒷좌석에 앉아 있던 주형은 저를 부르는 재원의 외침에 진한 회상에서 벗어났다. 룸미러를 응시하자 "다 왔습니다." 하고 길가에 차를 세운 재원이 보였다.

"벌써?"

"네. 내리실 거죠? 함께 갈까요?"

주형은 걱정스럽다는 듯 주위를 살피는 재원의 행동에 피식 실소를 터트렸다. 스토커 일이 해결됐음에도 불구하고 무엇이 그리 불안한지, 재원은 요즘 들어 더욱 주형의 주변을 살피고 있었다.

"괜찮아. 볼일 끝나면 연락할 테니까 식사라도 하고 있어."

"그래도……."

"재원아."

"후우, 알겠습니다. 하지만 조심하십쇼!"

여전히 미련을 버리지 못한 재원에게 간단하게 말을 하자 그가 한숨을 내뱉으며 백기를 들었다. 주형은 그런 재원에게 옅게 웃어 준 뒤 중무장을 한 후 밴에서 내렸다.

처음에는 백화점을 갈까 하다 마음을 바꿨다. 만약에 그곳에 들른다면, 아무리 모자를 쓰고 선글라스와 마스크로 얼굴 전체를 가려도 큰 키의 그를 의심스럽게 바라보지 않을 사람이 없을 것이다. 하여 잘 알고 지내던 디자이너에게 추천을 숍을 추천받고는 기다란 다리를 쭉쭉 뻗어 청담동 명품 거리를 거닐었다.

"어서 오세요, 고객님. 예약은 하셨나요?"

비밀이 확실히 보장된다는 유명 주얼리 숍의 자동문 앞에 서기가 무섭게 기다렸다는 듯한 직원이 빙긋 웃으며 제게로 다가왔다. 주형은 그런 직원을 향해 말했다.

"네. 알렉스 선생님께서 미리 말씀해 주셨을 겁니다."

부드러운 주형의 대답에 그녀의 두 눈이 동그래졌다. 그러나 곧 언제 그랬냐는 듯, 살짝 고개를 끄덕이더니 대답했다.

"이쪽으로 오시죠."

* * *

"과장님, 왜 그러세요?"

처음엔 저를 보자마자 고개를 숙인 오 과장의 행동을 이해하지 못했다. 우리의 시야로 들어온 오 과장의 모습은 걱정과 초조, 그리고 미안함과 안타까움을 동시에 담고 있었기 때문이다.

저를 바라보는 그 눈빛이 이상할 정도로 불안해서 시선을 마주 보고 있던 제 심장이 괜스레 벌렁거렸다. 대체 왜 그러는 거냐고, 말을 건네는 우리에게 오 과장은 몇 번이나 한숨을 푹푹 내쉬었다. 의아함이 하늘을 찔렀지만 우리가 차분하게 오 과장의 다음 말을 기다리자 오 과장은 크게 심호흡을 하며 말하기 시작했다.

"부원장 선생님, 기억나? 왜……. 자기가 어제 검사 받으려고 할 때 말이야. 갑자기 수경 씨가 들어와서 자기 데리고 나갔잖아."

'*부원장님! 안서정 환자요! PROM(조기 양막 파수)건으로 지금 ER에 있는데 어쩌면 바로 수술 들어가야 할 수도 있을 것 같대요! 그래서 그러는데 죄송하지만…….*'

'*과장님!*'

'*어, 어어, 어서 가 봐!*'

우리가 막 검사대 위로 올라가 진료를 받고 초음파 기계의 모니터를 응시하려던 순간 수경이 나타났다. 그녀의 환자 중에서도 안서정은 노산에다 초산의 위험이 있는 산모였던 터라 안 그래도 예의 주시하고 있었건만, 아니나 다를까 수경의 외침을 듣는 순간 눈앞이 아찔해졌다. 기계를 향했던 시선을 아래쪽의 오 과장에게 돌리자 오 과장 역시 서둘러 검사 기기를 빼내며 고개를 끄덕였다.

　그런데 그게, 이 일과 무슨 상관이지?

　우리가 이해가 안 된다는 표정을 지으며 오 과장을 응시하자 오 과장이 난감한 얼굴로 말을 이었다.

　"원래 자기 봐 주고 다음 환자 봐 주기까지 시간이 걸렸거든. 그런데 자기가 돌아오기까지 시간이 좀 걸렸잖아."

　그건 그랬다. 오전에 분만실로 향했던 우리는 해가 지고 나서야 돌아올 수 있었다. 그러고는 오 과장의 진찰실로 향했고 예기치 못했던 소식을 접했다. 왠지 모를 예감에 입을 닫고 있던 우리의 귀로 오 과장의 설명은 이어졌다.

　"그게, 후우, 그러니까 이걸 어떻게 설명해야 할지 나도 참 미치겠는데……."

　"과장님."

　"하아, 그래, 알겠어. 그냥 단도직입적으로 말할게."

　불과 몇 시간 전까지만 하더라도 정신없이 뜀박질하던 심장이 이번에는 다른 의미로 쿵덕이고 있었다. 가라앉은 눈으로 저를 바라보는 우리의 갈색 눈동자를 이제야 직시한 오 과장이 입술을 꽉 악물며 말했다.

　"자기 검사 결과 말이야, 잘못됐어."

* * *

　'나도 어떻게 된 건지 모르겠어. 분명히 자기 이전 환자를 검사할 때까지만 하더라도 기계는 정상이었거든? 초음파 사진도 틀림없이 자기 이름이 뜬 걸 확인했었는데……. 하여간 오늘 자기가 오기 전 미리 볼 겸 검사 결과를 불러왔더니, 있어야 할 아기집이 보이지 않는 거야. 뭔가 이상해서 조사를 해 보니까……. 자기 이전 환자랑 자기랑 초음파 사진이 바뀌었던 것 같아. 미안해. 나도 이런 경우는 난생 처음이야. 기계에 문제가 있었을 거라고는 전혀 생각 못했어.'

오 과장은 어째서 이런 일이 벌어진 건지 도저히 납득이 안 간다는 표정으로 말을 이어 갔다. 우리는 처음에는 그녀의 말을 이해해 보려고 했지만 이후로는 도통 오 과장의 말을 알아들을 수가 없었다.

'그래서.'

그래서 과장님 말씀인즉, 내가 임신을 하지 않았다는 거야?

돌처럼 굳은 채 오 과장의 말을 한 귀로 듣고 다른 한 귀로 흘렸다. "부원장 선생님, 괜찮아?" 하고 기나긴 변명을 마친 이후 저를 부르는 오 과장을 쳐다보다 곰곰이 그녀의 말을 되짚어 보았다.

오 과장의 말은 부정할 수 없을 만큼 명백했다. 단 한 번도 경험해 보지 못한 일이 오 과장의 진찰실, 그것도 얼마 전 들여놓았던 새로운 초음파 기계에서 발생했고 하필 그 오류의 대상이 여우리가 되었다고 한다. 물론 병원 차원에서는 그나마 직원에게 이런 일이 발생하여 천만다행인 일이 아닐 수 없으나—

'그래도 혹시 모르니 다시 한번 검사해 볼까?'

입을 꾹 다물고 있던 우리를 향해 오 과장은 물었다. 죄인이 된 것처럼 제 눈치만 살피는 오 과장에게 그 임신은 예상에도 없었던 것이라며 말해 주지도 못했다. 우리는 한숨만 푹푹 내쉬는 오 과장에게 초음파 기계를 다시 바꿔야 한다는 주장을 오랫동안 들은 후에야 진찰실을 벗어날 수 있었다.

"그러니까 이 상황을 요약하자면, 닭 쫓던 개 된 셈이잖아?"

자신의 진찰실로 돌아와 멍하니 앉아 있던 우리의 귀로 나라의 목소리가 들렸다. 시선을 들자 나라가 쯧쯧 혀를 차며 저를 바라보고 있는 모습이 보였다. 우리는 그런 나라를 응시하다 나지막하게 중얼거렸다.

"하마터면 큰일 날 뻔했어."

"하긴. 보통 큰일이 아니지. 내 주변에 속도위반만 두 명이 될 뻔했어. 물론 사랑스러운 조카를 보지 못한다는 사실이 조금 아쉽긴 하지만 한편으론 기혼자로서 미혼이 나보다 빨리 임신하는 건 기만으로밖에 안 보인다고?"

나라는 말을 이었다.

"게다가 정말 그게 현실이었어 봐. Q가 얼마나 당황하셨겠……. 아니다, 좋아하셨을지도 모르겠네."

마 여사를 언급하는 나라의 발언에 우리는 쓰게 웃었다.

'그게 문제가 아니야.'

그러다 목구멍까지 차오른 다음 말을 뱉어 내려다 말았다. 우리는 길게 숨을 내쉬며 말했다.

"이제 시작인데 괜히 부담을 줄 뻔했잖아."

"응?"

아차.

"시작?"

나라의 눈이 큼지막해졌다. 실수를 인지한 우리는 입을 다물고 책상 위의 차트를 읽는 척 딴청을 피웠다. 현재 나라는 우리와 주형이 첫 번째 계약 연애 이후, 정식 연애에 돌입했다고 알고 있었다.

물론 두 사람이 연애를 하고 있는 것은 사실이기는 했으나 시작은 진한의 결혼식으로 인한 두 번째 계약 연애였고, 정식 연애에 돌입한 것도 겨우 한 달밖에 되지 않는다. 만약 나라가 진실을 안다면 난리가 날 것이 분명하다.

우리는 수상한 눈으로 저를 응시하는 나라에게 물었다.

"아무 것도 아니야. 커피 마실래?"

"……."

"고나라?"

"뭐, 오케이. 난 이상하게 너희 병원 자판기 커피가 참 맛있더라. 언니 네가 사는 거지?"

"그래. 여기까지 와 줬으니까. 식사 대접도 할게."

"흥, 당연하지! 언제 쯤 마쳐? 나 대기하고 있을까?"

"오전 진료는 없지만 오후에는 있어. 작업실에 가서 대기하고 있으면 내가 데리러 갈게."

"알았어. 그럼 나 간다!"

"배웅해 줄게."

몇 시간 되지 않았지만 이른 새벽부터 제 상담을 들어주느라 나라 역시 고생을 했다. 우리는 피식 웃는 나라의 뒤를 따라나서며 그녀를 병원 앞까지 바래다주려 했다.

"왜 저렇게 모여 있지?"

두 자매가 막 진찰실의 문을 열고 밖으로 나가려는 순간이었다. 나라보다 늦게 가운 위에 외투를 걸치고 밖으로 나온 우리는 의아해 하는 나라의 음성에 고개를 돌렸다. 그러자 복도 끝 쪽에 사람들이 옹기종기 모여 있는 모습이 보였다.

"글쎄."

"그것보다 뭐 사 줄 거야?"

"먹고 싶은 거 있어?"

"비싼 거 사 줄 거지?"

"응."

"그럼 난 아주 비싼 스테이크! 나 얼마 전에 윤정우랑 같이 간 레스토랑 있거든? 내 작업실이랑 30분 거린데 거기 셰프가 아주 요리를……."

신이 난 나라가 입술이 마를 틈도 없이 말을 하다 우뚝 멈추었다. 그녀와 함께 중앙의 엘리베이터 쪽으로 걸어가던 우리는 돌연 움직이지 않는 나라의 시선이 복도 끝으로 향해 있다는 사실을 눈치챘다.

곧, 모여 있던 인파가 갑자기 술렁이더니 반으로 갈라졌다. 나라의 눈이 일렁이는 것만큼이나 우리의 얼굴이 굳어졌다. 우리는 수많은 인파를 뚫고 제 앞으로 다가오는 누군가를 바라봤다.

한 걸음, 두 걸음.

그리고 그가 자신과 나라의 앞에 설 때까지, 우리는 석고상처럼 굳은 채 움직이지 못했다.

"안녕, 여우리."

주형이 환하게 웃었다.

* * *

"부원장님, 어떻게 이럴 수가 있어요?"

원망 어린 눈길이 저를 향하자 우리는 어색하게 웃었다.

"웃을 일이 아니에요."

"맞아요! 부원장님, 정말 실망이에요."

"다른 분도 아니고 부원장님이 그러실 줄이야."

"너무해요!"

가늘게 뜬 눈으로 우리를 응시하며 투덜대는 이들은 <우리모두 산부인과>에서 일하고 있는 간호사 무리. 그중에서도 몇몇 간호사들은 얼마 전 주형의 스캔들을 두고 술렁거렸던 이들이다.

'난처하네.'

우리는 미혼의 간호사들에게 둘러싸인 채 식은땀을 흘려 댔다.

곤란했다. 이보다 더 곤란한 순간이 있었냐 싶을 만큼, 여우리는 곤욕스러운 상황에 처했다. 이게 전부 그 녀석 때문이다.

'안녕, 여우리.'

초대하지도 않았는데 산부인과를 방문한 것으로도 모자라 화사하게 웃으며 제 이름을 부르다니.

물결처럼 갈라진 사람들을 지나 제 앞에 멈추어 선 주형을 보는 순간 우리의 심장은 멎을 뻔했다. 그의 눈꼬리를 따라 무의식적으로 휘어지려던 우리의 입꼬리는 이곳이 다름 아닌 자신의 직장이라는 것을 깨닫기가 무섭게 자연스럽게 광대와 볼 사이에서 멈추었다.

네가 왜 여기 있어? 연락도 없이 무슨 일이야? 그 웃음의 의미는 대체 뭐야?

'*부원장님! 잠깐 저희 좀 봐요!*'

우리가 막 미소 짓는 주형에게 말을 건네려던 순간이었다. 그녀는 갑자기 간호사 무리들에게 끌려 근처의 빈 진료실로 향했고 주형은 멀어지는 우리의 모습을 보고도 굳이 막지는 않았다.

'그 녀석……'

그리고 그의 입가에 띄워진 옅은 미소를 발견한 우리는 확신했다.

'분명 꿍꿍이가 있어.'

가까운 지인들을 제외하고 두 남녀의 공개 연애를 결사반대했던 우리의 말을, 주형이 이유 없이 거스를 리는 없었다. 작게 걸린 웃음 역시 신경 쓰였다. 우리는 심각한 표정을 지으며 주형이 왜 그녀의 병원까지 친히 행차했는지 생각하고 또 생각했다.

"부원장님!"

"아, 어?"

"저희 말 듣고 계세요?"

빼액 소리치며 상념을 깨트리는 연희의 외침이 없었다면 아마 우리는 계속해서 주형의 갑작스러운 방문 이유에 대해 생각하고 있었을 거다. 우리는 미간을 좁히며 자신을 쳐다보는 원장실 간호사, 연희를 응시했다.

"미안. 뭐라고 했었지?"

"부원장님!"

"그냥. 그냥 말 안 했어."

짧게 한숨을 내쉬며 대꾸하는 우리에게 이번에는 오문정 과장실 간호사 소윤이 입을 열었다.

"왜요!"

"왜긴."

우리는 입을 쭉 내밀고 있는 간호사들을 차례로 훑은 뒤 말을 이었다.

"쌤들한테 말했다가는 날 귀찮게 할 게 분명하잖아."

"네? 그럴 리가요!"

"저희가 뭘 어떻게 귀찮게 한다는 거예요! 오히려 상전 받들 듯 부원장님을 모셨겠죠!"

"혜영 쌤, 이미 부원장님은 우리 상전이긴 해."

"말이 그렇다는 거겠죠. 어쨌든 금 배우랑 아는 사이라고 말씀 안 하신 건 너무하셨어요! 그렇죠, 정미 쌤?"

"맞지. 확실히 맞는 말이지."

<우리모두 산부인과> 개원 이후로 간호사들이 이토록 우리를 당혹시킨 적은 없었을 거다. '누군가'를 향한 작은 원망이 치솟는다. 우리는 심상찮은 시선을 보내는 간호사들을 피해 억지로 그들 너머로 보이는 진료실 입구 쪽을 응시했다. 그러자 문턱에 발을 걸친 채 자신을 바라보고 있는 낯익은 얼굴이 보였다.

"부원장님."

"……."

"부원장님, 저희 말 듣고 계세요? 집중하……. 헉!"

누가 봐도 한눈을 파는 것이 분명한 상황이었기에 대표로 우리를 추궁하던 연희가 그녀의 시선이 향한 곳으로 고개를 돌리다 입을 틀어막았다. 꺄악! 꺅! 갑작스러운 연희의 행동에 덩달아 뒤를 돌아보던 간호사 무리 이곳저곳에서 탄성과 작은 비명 소리가 흘러나왔다.

맙소사.

우리는 눈을 질끈 내리감았다.

"들어가도 됩니까?"

주형은 초코 모카처럼 달콤한 목소리를 흘리며 간호사들의 반응을 살폈다. 금붕어처럼 입을 뻐끔거리고 있던 연희가 소리쳤다.

"물론이죠!"

"얘기 중이신 것 같은데."

"호호, 아닙니다, 어서 들어오세요! 다들 괜찮죠?"

연희의 답변이 끝나기가 무섭게 진료실 안의 간호사들이 "당연하죠!"라고 일제히 소리쳤다. 주형은 그녀들에게 빙긋 미소를 지어 보인 이후 여전히 눈을 감고 있던 우리에게로 다가왔다.

"시간 좀 낼 수 있어?"

"저 그게……."

"실례지만 한 가지 여쭤어도 될까요?"

그때, 우리와 주형의 대화에 끼어든 사람은 놀랍게도 수경이었다. 주형의 눈동자가 우리에게서 수경으로, 느릿하게 꽂혔다.

"말씀하세요, 간호사님."

주형이 대꾸하자 수경은 말했다.

"안녕하세요. 전 부원장실 담당 간호사 정수경입니다."

"금주형입니다."

"네, 알고 있습니다. 각설하고 질문부터 드려도 되겠습니까?"

"물론이죠."

"저희 부원장님이랑 무슨 사이세요?"

간호사들 중에서 가장 어린 편에 속한 수경이 직구를 날리자 주변의 모든 이들이 술렁였다. 우리 역시 마찬가지였다.

수경 쌤 맞아?

적지 않은 시간 동안 부원장실 담당 간호사였던 수경은 이런 일에 나설 성격은 아니었다. 주변에 물 흐르듯 녹아드는 스타일이라 생각했던 수경의 눈빛이 지금 이 순간만큼은 달라 보였다. 잠깐, 아주 잠깐 동안 수경을 응시하던 우리는 진료실 안의 다른 이들처럼 주형의 입술을 쳐다보기 위해 고개를 돌렸다.

주형은 우리와 눈이 마주치자 빙긋 웃었다. 그러고는 수경에게 대꾸했다.

"그걸 꼭 말해야 아십니까?"

"네?"

"여우리."

"어?"

"일단 나 좀 보자. 급해."

"뭐? 잠, 헉!"

의미심장한 답을 한 것으로도 모자라 우리의 동의도 구하지 않고 그녀의 손목을 덥석 잡아 버린 주형의 행동은 파격적이었다.

"쌤들, 봤어요?"

"저거, <피날레> 대사 맞지?"

"직접 들었어! 대박!"

물론 그러한 주형의 행동에 진료실 안이 소란스러워진 것은 당연했다.

하아, 하아.

심장이 두근거리는 것만큼이나 우리의 숨도 가빠진다. 그녀의 손목을 잡고 성큼성큼 걸어가는 주형의 발을 맞추기가 쉽지는 않았다.

무엇이 그리도 급한지, 그녀를 차에 태우고 말도 하지 않았다. 오피스텔에 도착한 후 차에서 내린 뒤에도 주형은 정신없이 걸었다. 우리는 거의 그의 뒤통수만 보고 발을 움직여야 했는데 주형의 이름을 부르고 또 불러도 그는 멈출 생각이 없어 보였다.

"금주형! 멈춰!"

우리가 한참을 헉헉대며 그의 발을 좇다 한계 상황에 이르렀을 때가 되어서야 주형은 걸음을 멈추었다. 그는 자신의 팔을 뿌리친 이후 거칠게 호흡을 뱉어 내는 우리를 보고 미간을 좁혔다.

"괜……찮아?"

"하아, 하……. 네 눈에는 지금 내가 괜찮아 보여?"

약간 화가 난 것은 사실이었기에 우리는 쌀쌀맞게 대꾸했다. 주형의 얼굴에 난처한 기색이 서렸다. 산모들과 보호자들, 그리고 각기 다른 이유로 <우리모두 산부인과>를 찾은 환자들의 경악한 시선이 잊히질 않는다.

'망할 녀석.'

어쩌면 내일쯤엔【[단독]금주형, 산부인과 방문… 대체 무슨 이유로?】라는 제목의 기사가 스포츠 신문을 도배할지도 모르겠다. 우리는 벌렁거리는 심장과 호흡을 진정시킨 후 겨우 고개를 들었다. 그러고는 쉽게 말을 붙이지 못하고 있는 주형을 노려보며 말했다.

"아까 거기, 나라도 있었던 거 알아?"

"나라? 고나라?"

"몰랐어?"

황당하게 묻는 우리에게 주형은 고개를 끄덕였다. 우리의 옆에 떡하니 서 있던 나라를 보지도 못할 정도면 급한 일로 그녀를 찾아온 것이 분명했다. 우리는 헛웃음을 겨우 삼키고는 주형을 응시했다.

"좋아. 이해했어. 하지만 납득할 만한 일이 아니라면 오늘 일, 담아 두고 또 담아 둘 거야."

"……."

"대체 무슨 일인데?"

무슨 일로 근무 시간 도중 내 병원을 찾았고, 무엇 때문에 그렇게 초조해하는 건데?

"여기는 왜 온 거야?"

우리는 주위를 둘러봤다. 이제는 익숙해진 건물 구조가 시야로 들어온다.

두 남녀가 서서 대화를 나누고 있는 곳은 현재 우리가 신세 지고 있는 주형의 오피스텔 로비였다.

일하다 말고 섹스를 할 것도 아니잖아.

여우리가 알고 있는 금주형은 세심한 성격이다. 일이 생기면 앞뒤 가리지 않고 달려드는 우리와는 다른. 생각하고 또 생각해서 가끔은 행동하지 않을 때도 있던 그가 돌연 급발진을 할 때면 무언가 커다란 일이 생긴 것이 틀림없다.

우리의 머리가 빠르게 돌아갔다.

"도착하면 대답할게."

우리는 대답 대신 제 손목을 잡고 엘리베이터로 데려가 21층 버튼을 누르는 주형을 황망하게 바라봤다.

'에이, 설마.'

1층에서 2층, 그리고 10층에서 21층으로 향하는 그 순간까지 심장이 미친 듯이 요동쳤다. 사고회로를 열심히 굴린 결과 도출한 의심이 확신이 되기까지는 오래 걸리지 않았다.

─ 21층입니다. 문이 열립니다.

닫혔던 엘리베이터 문이 열리는 순간 우리의 입이 벌어졌다.

"……!"

단 두 채밖에 존재하지 않는 21층의 복도에는 붉은 장미 꽃송이가 하트 모양으로 커다랗게 그려져 있었다. 아주 은은하게 퍼지는 향초는 약간은 어두워진 분위기를 밝게 비추고 있었고 엘리베이터에서부터 정중앙으로 향하는 길에는 레드 카펫이 깔려 있었다. 지금 이 상황이 무엇을 뜻하는지 바보가 아니고서야 단번에 눈치챘다.

세상에.

가슴이 철렁거린다. 우리는 멍한 눈으로 정면을 응시하다 제 손목을 여전히 잡고 있는 주형을 올려다보았다. 그녀의 갈색 눈동자로 들어온 주형의 입가에는 옅은 미소가 드리워져 있었는데, 이상하게 그 웃음에 심장이 미친 듯이 뛰었다.

우리는 "가자." 하고 짧게 속삭인 후 자신을 하트 속으로 데려가는 주형에게 이끌렸다.

"여우리."

주형의 낮고 굵은 목소리는 우리의 상념을 깨웠다. 그녀는 제 앞에서 천천히 무릎을 꿇는 주형의 행동을 지켜봤다. 주형은 자연스럽게, 그렇지만 아주 살짝 긴장한 음성으로 우리의 왼손을 부드럽게 감싸 쥐었다.

"네가 아직 나한테 확신이 없다는 걸 알아."

"주형아."

"아직 네 마음도 정리하지 않았는데 내가 무리하게 우리 연애를 몰아붙였지. 그래서 어떻게 말해야 할지 곤욕스러웠을 거고."

그게 아니라…….

"하지만 여우리. 우리야. 난 내 아이를 아빠 없는 아이로 키울 수는 없어. 그 애를 잃을 수도 없고."

우리의 눈이 휘둥그레졌다. 주형이 빙긋 웃었다.

"만약 그 아이가 네 축복을 받으며 세상에 나온다면 나는 너무 기쁠 거야."

"저기……."

"너를 닮든, 나를 닮든, 아마도 무척이나 사랑스럽고 예쁜 아이가 되겠지. 말썽도 많이 피우겠지만 그만큼 귀엽고 착할 거야. 쉽지는 않겠지만 아이를 포기하지는 말아 줘. 낳아만 준다면 육아든 뭐든 다 내가 할게."

"주형아."

"너는 하고 싶은 일을 해. 가끔 그 애가 엄마를 찾으면 아이를 데리고 내가 직접 네게 찾아가면 되니까. 그러다 아이가 자라면 같이 여행도 가자. 네가 가고 싶은 곳이든, 아니면 아이가 가고 싶은 곳이든. 더 넓은 세상을 보여 주고 함께하는 즐거움을 알려 주는 거야."

어디서부터 정리를 시작해야 할지 감이 잡히지 않는다.

눈앞이 컴컴해졌다. 말을 하고 싶었지만 입안에서 맴돌기만 할 뿐이다.

주형은 그런 우리의 떨림을 인지하면서도 멈추지 않았다.

"그러다 언젠가 그 애가 아무것도 모르는 꼬마에서 어엿한 신사나 숙녀가 되는 날도 오겠지. 만일 그런 날이 오게 된다면, 성장한 그 애가 우리 품을 떠나는 걸 너와 함께 지켜보고 싶어."

호흡은 더욱 빨라졌다. 주형은 말을 잠시 멈추며 숨을 고르고 있었는데 그의 벌어진 입술 사이로 흘러나올 다음 말이 무엇일지 왠지 예상이 돼서 아무 말도 할 수가 없었다. 우리는 눈을 질끈 감고 싶었다.

"여우리."

그때 주형이 말했다.

"결혼하자, 우리."

댕—

머리에서 종이 울렸다. 댕, 댕. 한 번도 아닌 연달아 세 번씩이나. 이 복도에 들어서는 순간 그의 말을 예상하기는 했지만 그것이 사실이 되자 더욱 충격을 받았다. 입술이 바짝 말라 간다. 우리는 품에서 작은 반지 상자를 꺼내 드는 주형을 응시했다.

"결혼해 줘, 여우리."

대체 어디서 났는지 반짝반짝 빛나는 다이아몬드 반지가 시야로 들어온다.

여우리가 잘못된 검사 결과를 들은 것이 바로 어제 오전이고 정정 소식을 들은 것이 바로 오늘 아침이다. 그 짧은 사이 이 소식을 어떻게 알고는 프러포즈와 반지까지 준비하다니.

'미치겠네.'

어떻게 설명해 주어야 할까. 주형의 진지하기 그지없는 눈빛과 행동에 왠지 미안한 마음과 막막한 마음이 공존했다. 파르르 떨리는 그의 손끝이 그의 초조한 마음을 대변하는 것 같아 더욱.

결국 우리는 고개를 들어 저를 응시하는 주형에게 피식 웃어 버렸다.

"여우……리?"

승낙 혹은 거절 사이에서 답변을 기다리던 주형이 갑작스러운 우리의 실소에 미간을 좁혔다. 우리는 언제까지 제 앞에 무릎을 꿇고 있을 건지 감이 잡히지 않는 그의 어깨 위로 손을 얹으며 말했다.

"일단 일어나 봐, 주형아."

"안 돼. 대답해 주기 전까지는 안 움직⋯⋯."

"대답하고 말고 할 것도 없어. 나 임신 아니야."

"몇 번이나 말했었지. 진지하게 고민하고 말하라고. 그러니까 조금만 더 생각해서⋯⋯. 뭐?"

가장 결정적인 순간 주형은 항상 최악을 생각하고 있음이 틀림없었다. 그러니 매번 제 말을 제대로 듣지 않는 거겠지. 우리는 자신이 거절하는 것이라 단정 짓고선 달래려 귀를 의심하는 주형의 어깨를 톡톡 쓸었다.

"완전 오해였어. 나 임신 아니래. 임신한 거 아냐. 혹시 몰라서 다시 검사했는데 깨끗해. 아무것도 없어."

"하지만 사진을⋯⋯."

"어어, 사진. 안 그래도 그거 나도 너무 황당한데 우리 병원 초음파 기계에 문제가 있었나 봐."

"⋯⋯."

"그러고 보면 나도 어리숙했지. 왜 바로 검사할 생각을 못 했을까."

우리는 쓰게 웃었다. 그러고는 여전히 제 앞에 무릎을 꿇고 있는 주형을 내려다봤다.

"설마 내가 임신과 관련된 일을 겪을 줄 몰라서 그랬나 봐. 너무 충격을 받아서 눈앞의 결과만 사실이라 받아들인 거겠지. 내 실수야. 물론 우리 과장님도 실수하긴 했지만 재검하지 않은 건 프로로서 실격이지. 괜히 네가 오해하게 만들어서 미안해."

우리는 주형을 억지로 일으켰다. 떨리는 그의 눈동자를 똑바로 응시하며 그녀는 말했다.

"나, 임신 아니야."

주형은 한 번 더 확인사살을 하는 우리를 지켜보기만 했다.

"넌 사진 본 거지?"

짓밟힌 채 2101호 앞에 있던 사진을 주형이 보지 않았을 거라 생각했는데. 우리는 대답 않는 주형을 보고 쓰게 웃었다.

'하긴. 누가 봐도 그 사진을 보면 내가 임신했다고 생각했을 거야.'

우리는 혀를 찼다. 그러다 돌처럼 굳어 있는 주형을 바라보며 쿡쿡 웃었다.

"아니 그런데 넌 왜 보고도 모른 척했어?"

"어?"

"사진 말이야. 왜 나한테 안 물어보고 떨어진 장소 그대로 뒀냐고."

"……."

"금주형?"

"숨길까 봐."

짧은 답변이었지만 그게 무엇을 의미하는지 단번에 알아차렸다. 주형은 당연히 우리가 이 사실을 자신에게 말하지 않을 거라 확신했던 것이 분명했다. 물론 실제로 그렇게 하기도 했고.

'정말로 임신을 했었다면…….'

아주 잠깐, 정말 잠깐 그런 생각을 하긴 했지만 우리는 곧 머리를 휘휘 저었다. 언제까지나 일어나지 않은 일에 대한 가정일 뿐이었다. 우리는 웃으며 말했다.

"정확하네. 그런데 굳이 밟을 필요까지 있었어?"

"밟다니? 무슨 소리야?"

"원래 장소에 뒀다며. 그런데 그 사진 뒤에 발자국이 가득하던걸?"

알려 주지 않은 내게 시위라도 하는 거냐며 우리가 입을 쭉 내밀자 주형이 고개를 갸웃거렸다.

"그럴 리가. 네 사진은 복도 한가운데 있었어."

뭐?

"2101호 구석에 있지 않았어?"

오늘 아침, 급히 사진을 발견했던 곳을 가리키며 말했지만 주형은 아니라며 얼굴을 좌우로 흔들었다.

이상하네.

작은 의심이 싹텄다. 하지만 중요한 것은 그게 아니다. 우리는 굳어진 얼굴을 펴지 못하는 주형을 응시하다 주변을 둘러보았다. 은은한 장미꽃 향기가 코끝으로 흘러 들어왔다.

"멋진 프러포즈였어."

"……."

"물론 조금 앞서 나가긴 했지만."

"……."

"기분은, 나쁘지 않았어."

우리는 생글거렸다.

"방금 말이야, 나 무슨 드라마 보는 줄 알았다니까? 대체 이렇게 오글거리는 건 어디서 배운 거야? 정말 연기하면서 배운 거야?"

"시끄러워."

"한 번 더 해 볼래?"

"뭘."

"프러포즈."

"……됐어."

주형은 깔깔 웃는 우리에게서 등을 돌려 복도를 밝히고 있는 향초를 끄기 위해 움직였다.

"누가 준비했어? 네가 직접?"

"몰라."

"대부분 재원 씨가 했겠구나."

"……."

반박하지 않는 걸 보니 정곡이네.

우리는 흥, 콧방귀를 뀌더니 복도를 정리하기 시작하는 주형을 지켜보다 물었다.

"주형아."

"바빠."

"나 궁금한 게 있어서 그래."

"뭔데."

"반지."

"……."

"그거 환불은 되는 거지?"

그 말에 주형의 몸이 미세하게 움찔거렸지만 우리는 보지 못했다. 주형은 바닥에 떨어진 장미꽃을 함께 집어 주는 우리를 흘긋거리며 대답했다.

"……당연하지."

"너도 참. 보통 땐 한없이 느리다가도 이상하게 빠릿하게 행동할 때가 있더라. 하긴 뭐, 우리 엄마한테 연락 안 한 건 천만다행이긴 해."

"……!"

만약 마 여사가 이 사실을 접했더라면 집안이 뒤집어졌을 것이 분명했다. 깔깔 웃으며 마 여사에 대해 말을 잇던 우리는 갑자기 행동을 멈추는 주형을 뒤늦게 발견했다. 우리의 얼굴은 주형의 창백해진 낯빛만큼이나 굳어졌다.

"금주형."

"……응."

"왜 말이 없어."

주형은 대답하지 않았다. 우리가 한 번 더 소리친 후에야 슬그머니 고개를 든 주형의 얼굴에 어색한 미소가 감돌았다. 우리는 소리쳤다.
"금주형!"

그리고 다음 날 아침이 되자마자 쾅쾅, 누군가 우리의 집 문을 두드렸다.
"여우리! 이 가시나, 어디 있어!"

* * *

여우리가 오 과장으로부터 잘못된 건강검진 결과를 듣고 그것을 정정하기까지 정확히 하루도 채 걸리지 않았지만 그 짧은 하루 동안 벌어진 일은 그녀의 세계를 진동시키다 못해 뒤흔들었다.
"우리 니 방금 뭐라캤노? 이, 임신이 아니라꼬?"
경상도 출신인 마 여사는 첫 번째 결혼을 위해 서울로 시집을 온 이후 언제나 표준말을 배우기 위해 애썼다. 서울에 머문 지 10년이 지나자 그녀는 사투리를 거의 쓰지 않게 됐고 이후 재혼을 할 때 고 선생은 마 여사의 고향이 경상도 쪽이라는 이야기를 듣고 매우 놀랐다고 한다.
그랬던 그녀가 지난 24시간 동안의 일을 차분하게 설명하는 우리의 말을 듣고 사투리를 흘렸다는 것은 웬만큼 흥분하지 않았으면 일어나지 않았을 일이다.
"아니에요."
"지, 진짜가."
"네. 검사 결과가 잘못됐어요. 말도 안 되는 실수이긴 한데, 이런 일도 일어나나 봐요. 그러니 걱정하실 건 없어요."
"……."
"엄마?"
주형에게 어디부터 어디까지 이야기를 전해들은 건지 감이 잡히질 않았다. 두 눈을 크게 부라리며 집 문을 두드리던 마 여사의 반짝이던 눈이 순식간에 푸스스 꺼지는 모습은 놀라웠다.

인터폰 화면 너머로 보이는 마 여사의 얼굴을 보고 눈앞이 아찔해졌다. 당연히 그녀가 제게 화를 낼 것이라 생각했다. 아직 결혼도 하지 않은 딸자식이 속도위반을 했다는 이야기를 들었으니.

하지만 우리의 예상과는 달리 마 여사의 얼굴은 몹시 침울해 보였고 주형이 그녀를 달래도 쉽게 나아지질 않았다. 우리는 어째서 그녀가 그런 실망한 반응을 보였는지, 몇 분 후에야 알게 됐다.

'너희 연애 한 번 진짜 소란스럽게 한다.'

인정하고 싶지는 않지만 고나라의 표현에 동의한다. 특히 마 여사가 한 보따리, 아니 한 트렁크나 되는 아기 용품들을 사 온 모습을 목격하고 난 이후에는, 더더욱.

"엄마."

"알아! 안다고! 하지만 기쁜 걸 어떡해!"

마 여사는 할 말을 잃은 우리를 노려보며 부르짖었다.

"넌 할 말 없어. 주형이가 말 안 했더라면 난 까맣게 모르고 있었을 거 아니야. 우리 너, 나를 엄마로 생각하고 있기는 한 거야? 이 엄마가 엄마로 보이기는 하니?"

거리를 지나다니는 꼬마들만 보더라도 부드럽게 눈꼬리를 휘던 마 여사가 두 딸이 낳은 손주들을 눈 빠지게 기다리고 있다는 사실을 모르지는 않았다. 하지만 애석하게도 우리는 미혼이었고, 결혼한 지 올해가 2년째가 되는 새 신부 나라는 아직 아이가 없었다. 그 와중 우리의 임신 소식을 들었으니 마 여사의 눈이 돌아갈 만도 하다고 생각하기는 했지만—

'이 정도일 줄이야.'

방 하나를 가득 채우고도 남을 아기 용품들을 내려다보던 우리는 씩씩거리는 마 여사를 흘깃거리며 물었다.

"얼마예요."

"뭐?"

"엄마가 다 사신 거예요?"

마 여사의 몸이 움찔거렸다. 우리는 속으로 피식 웃었다.

'손잡았군.'

안 봐도 뻔하다.

'갑자기 미팅 약속이 잡혀서 자리를 비워야 할 것 같습니다. 말씀 나누고 계시면 일 끝내고 다시 올게요.'

마 여사의 등장에도 눈 한 번 꿈쩍 않던 주형은 우리의 무서운 눈길에도 불구하고 두 모녀에게 대화 시간을 주었고 현재까지 나타나지 않고 있었다.

망할 녀석.

상황이 이렇게 되기까지 원인을 제공한 것은 자신이지만 폭탄을 터트려 버린 것은 주형이 틀림없다. 돌연 머리가 지끈거려 미간을 좁히던 우리는 수북이 쌓인 아기 용품들을 힐끗거리며 우물쭈물 대는 마 여사에게 물었다.

"이거 전부 어디서 사셨어요?"

"그러니까 고객님께서는 이걸 전부 환불하고 싶으시다고요?"

"네."

"혹시 실례가 안 된다면 이유를 여쭈어도 될까요?"

아기 용품들이 즐비해 있는 백화점 7층에 도착하자마자 환불을 요구하는 우리와 마 여사를 향해 매장의 직원이 의심의 눈초리를 보냈다. 마 여사의 말대로라면 어제 이 매장에 들러 한가득 결제를 하고 떠났던 그녀가 다음 날이 되자마자 물건들을 그대로 들고 왔으니, 혹시 프로 환불러는 아닌 건지 의심할 만도 하다.

마 여사는 직원의 눈빛에 크게 당황한 듯 어쩔 줄 몰라 했다.

"저기, 그게······."

"임신이 아니에요."

우리는 곤욕스러워하는 마 여사를 대신하여 대답했다. 그러자 직원의 가늘어졌던 눈동자가 오히려 큼지막해졌다.

"저희 어머니께서 제가 임신을 한 줄 알고 이것들을 사셨는데, 알고 보니 아니었어요."

"아."

"환불 가능하죠?"

무미건조한 우리의 발언에 직원의 낯빛이 어두워졌다. 아마도 위로를 해야 할지, 말아야 할지 고민하는 거겠지. 멈칫하던 직원은 곧 우리의 차분한 시선에 고개를 끄덕인 후 환불 절차를 진행하겠다며 마 여사를 안내했고 우리는 커다란 아기 용품 매장 한가운데 서서 그들의 일이 끝나기만을 기다렸다.

천천히, 아주 천천히 주위를 둘러보던 우리의 시야로 생소한 것들이 들어온다. 검지 손가락 하나 정도 되는 아기 신발부터 시작하여, 꽃무늬 모양의 턱받침, 폭신해 보이는 베개와 이불, 패드, 그리고 작은 곰 모양의 귀여운 내의와 평상복까지. 새로 태어날 생명들을 위한 용품점은 평소 보지 못했던 물품들로 가득해 산부인과 의사인 여우리가 보기에도 이상한 기분이 일게 만들었다.

'아이라.'

지금껏 우리는 자신이 누군가의 아이를 가질 수 있을 것이라고는 생각해 본 적이 없었다. 어제까지만 하더라도 갑자기 닥친 현실을 부정하고 또 부정하느라 생각해 볼 겨를이 없었고 주형과 가짜가 아닌 진짜 연애를 시작하면서도 이런 일을 겪으리라고는 예상하지 못했기에 24시간 전에 일을 마주했을 때는 그저 황당하기만 했다.

"……."

그러나 모든 일을 수습하는 단계에 들어서자 자신이 겪을 뻔했던 일에 대해 진지하게 생각해 보게 된다.

'만약 그 아이가 네 축복을 받으며 세상에 나온다면 나는 너무 기쁠 거야.'

난데없는 프러포즈로 인해 우리를 놀라게 만들었던 주형의 말이 귀를 아른거린다.

나의 축복.

그녀의 허락을 구하고 있었던 주형의 말대로, 만약 여우리가 정말로.

정말로 임신을 했었다면…… 어떻게 되었을까.

'너를 닮든, 나를 닮든, 아마도 무척이나 사랑스럽고 예쁜 아이가 되겠지. 말썽도 많이 피우겠지만 그만큼 귀엽고 착할 거야.'

그 아이의 성별이 남자아이든, 여자아이든, 몹시 사랑스럽고 예쁘게 자랐을 것이 분명하다. 그 아이가 주형의 성격을 닮았다면 웬만해서는 잘 흥분하지 않고, 울지도 않겠지.

'하지만 내 성격을 닮는다면?'

어느 정도 선까지는 화를 누르고 또 누르겠지만 그 한계를 넘어가면 앞뒤를 가리지 않고 모든 걸 뒤집어 버릴지도 모른다. 그러면 안 되는데.

'그 녀석이 아빠가 된다면 꽤 좋은 아빠가 될 테지.'

우리가 지켜본 주형의 집안은 매우 특별했다. 가족 간의 유대도 매우 돈독했으며 서로를 끔찍하게 아꼈다. 냉정하고 서먹한 척하면서도 주형이 자신의 동생과 부모님을 얼마나 많이 생각하는지 우리는 잘 알고 있었다.

그러니 굳이 따지자면 두 사람 중 좋은 부모가 될 수 있는 가능성이 적은 사람은 아마 자신 쪽이 되겠지.

'쉽지는 않으려나.'

평생 누군가의 자식으로만 지냈던 사람이 난생처음 '부모'가 되는 일이 결코 쉽지만은 않을 거다. 한 번도 겪어 보지 못했기에 그 과정이 얼마나 험난하고 힘든 건지 완벽하게 알 수는 없지만, 우리는 수많은 환자들을 제 눈으로 목격했고 그들 사이에 일어난 일들에 대해 가끔 상담을 해 주기도 했었다.

'만일 그런 날이 오게 된다면, 성장한 그 애가 우리 품을 떠나는 걸 너와 함께 지켜보고 싶어.'

두 사람의 아이가 조금씩, 서서히 성장하는 과정을 지켜보면서 누군가와 여생을 보낸다는 것만큼 행복하고 감사한 일은 없을 거다. 그리고 그 누군가가 주형일지도 모른다는 사실 역시 그리 나쁜 기분은 아니었다.

'결혼하자, 우리.'

오래된 관계를 깨트리고 정식으로 교제를 시작한 지 이제 막 한 달이 흐른 사이에서 벌써 결혼 이야기가 오가는 것이 빠른 감이 없지는 않으나, 곰곰이 생각해 보면 아예 납득을 하지 못할 일도 아니다.

17년이라는 시간은 결코 짧지 않았고 두 사람은 서로 알 만큼 알고 지냈던 사이였다. 의외로 속궁합도 좋았고 상대에게 호감을 갖고 있다고 봐도 무방하겠지. 만일 여우리가 누군가와 평생을 함께해야 한다면, 틀림없이 그 상대는 주형이 될 것이다. 그런 의미에서는……

"말을 돌리지 말걸 그랬나."

"무슨 말?"

"……!"

눈앞에 걸린 모빌을 톡, 톡 건드리며 중얼거리던 우리는 등 뒤에서 들려오는 귀 익은 음성에 화들짝 놀라 고개를 돌렸다. 그러자 백화점의 아기용품 코너에서 마주치리라고는 예상하지 못했던 남자가 저를 향해 빙긋 웃고 있었다.

"여기서 보네?"

진한이었다.

반달처럼 접히는 눈꼬리와 살짝 올라간 입꼬리는 언제나 햇살처럼 다가왔다. 칙칙한 새벽처럼 땅만 바라보며 걷던 저와는 달리 누구보다 앞서 걸으며 길을 열고 나가는 그의 등을 바라보는 것이 좋았다.

가끔은 눈이 부셔서 그 미소를 못 본 척 한 적도 있었지만 매번 저도 모르게 좇았다. 함께 있으면 밝은 기운이 전파되어 무의식적으로 기분이 좋아졌고, 그래서 그의 발자취를 한 걸음, 한 걸음 따르기도 했었다.

"우리야?"

한진한.

"여우리, 내 말 듣고 있어?"

너무 놀란 나머지 우리는 곧바로 대응하지 못했다. 뒤늦게 자신을 보고 손을 휘휘 흔드는 진한의 모습이 보였다. 우리는 빙긋 웃었다.

"진한아."

한동안 그의 이름을 뱉어 내지 않기 위해 노력했다. 금기처럼 단단히 숨겨 둔 채 꺼내지 않았다. 왠지 모르게 속이 콕콕 쓰려 올 것 같아서.

그러나 놀랍게도 진한의 이름을 뱉어 내도, 자신이 예상했던 반응은 일어나지 않았다. 우리는 그러한 스스로의 모습에 조금 놀랐다.

"이제 알아 봐?"

"어떻게 여기 있어?"

"응?"

"너 지금 근무 시간, 아니야?"

B 방송국의 사회부 메인 기자인 진한의 근무 장소는 취재 테마를 잡을 때마다 바뀌었다. 어쩔 땐 한 달 내내 지방에서 지내기도 했었고 어쩔 땐 몇 주 동안 외국을 나가기도 했었다. 책상 앞에서 앉는 것이 극히 드물 만큼 이곳저곳을 옮겨 다니던 그가 요 근래엔 내근을 이어 가고 있다는 이야기를 얼핏 들었는데. 진한은 의아한 표정을 짓는 우리를 향해 하하 웃었다.

"나야 뭐, 이유가 하나밖에 없지."

"미주?"

머리를 스치는 이름을 뱉어 내자 진한의 입가에 미소가 걸렸다.

"미주가 애기 신발이 갖고 싶대. 아직 나오려면 한참 멀었는데 벌써 가지고 싶나 봐. 욕심도 많지. 안 그래?"

투덜거리는 척하면서도 사실은 애정이 흘러넘치는 말이었다. 우리는 말을 마친 후 쑥스러운 듯 머리를 긁적이는 그를 향해 입꼬리를 올렸다.

"참, 그러는 너는 왜 여기 있어? 설마 우리 애기 주려고 선물 사려는 건 아니지?"

그럴 필요 없다고 몇 번이나 말했잖아, 하고 말을 덧붙이는 진한에게 어째서 자신이 이 시간에 백화점의 아기 용품 코너에 있는 건지 솔직히 말하지 못했다.

'굳이…… 말할 필요는 없지.'

인생에서 가장 중요한 일을 불과 한 달 앞둔 진한에게 어제 하루 동안 일어났던 일을 하나부터 열까지 말하고 싶진 않았다.

"여기서 만난 것도 신기한데, 우리 커피라도 한잔할까?"

"뭐?"

"나 오늘 연차라 시간 많거든. 아, 너 빨리 들어가 봐야 해?"

슬쩍 마 여사가 있는 카운터 쪽을 응시하니 그녀는 산더미같이 쌓인 아기용품의 환불을 위해 대기하고 있었다. 우리는 답변을 기다리는 진한을 보며 입을 열었다.

"잠깐 정도는 괜찮을 것 같아."

* * *

'나, 임신 아니야.'

승낙 혹은 거절을 할 것이라 여긴 우리의 입에서 흘러나온 말은 내내 제 머릿속을 가득 채우던 답변과는 달랐다.

임신이 아니라고?

제 눈으로 이미 명백한 증거를 목격했던 주형으로서는 쉽게 믿기 힘든 답변이었지만, 이어지는 우리의 말을 듣고 납득할 수밖에 없었다. 환자의 생명을 다루는 병원에서 일어나기 힘든 일이 하필 우리에게 벌어질 줄은 누가 상상이나 했겠는가.

'멋진 프러포즈였어. 물론 조금 앞서 나가긴 했지만.'

할 말을 잃은 주형을 일으키며 우리는 맑게 웃었다. 그녀가 뱉어 낸 말이 완곡한 거절의 표현임은 바보가 아닌 이상 눈치채 버렸다.

주형은 천천히 고개를 내렸다. 그의 커다란 손 안에는 작은 반지 상자가 들려 있었는데 우리에게 건넸던 바로 그것과 동일한 것이었다.

역시 아직은…… 무리였나.

21층 복도에서 처음 그 초음파 사진을 발견했을 때는 숨이 막혔다. 가슴이 쿵쿵 뛰어 제가 헛것을 보고 있는 건지 몇 번이나 확인했다. 그러나 놀랍게도 눈앞에 펼쳐진 상황은 현실이었고 손을 뻗어 사진을 확인하자 왠지 모르게 속이 울컥했다.

기뻤다. 이루 형용할 수 없을 만큼, 아주.

우리는 이번 일이 예기치 못한 충격이었을지 몰라도 주형은 달랐다. 그저 기뻤다. 우리와 미래를 상상할 수 있다는 것 자체가 그에게 있어서는 큰 축복이었으니까.

그래서—

"형님!"

툭.

깊은 상념에 빠져 있었기에 재원이 등 뒤까지 다가와 있는 줄 눈치채지 못했다. 그 외침에 화들짝 놀라 그만 들고 있던 반지 상자를 바닥으로 떨어트렸다. 예의 반지 상자는 하필이면 재원의 발 앞에 떨어졌다.

"어? 이게 뭐……. 형님, 이거……."

무심코 상자를 주워 들던 재원이 깜짝 놀란 표정을 지으며 주형을 응시했다.

'흐흐.'

'왜.'

'사셨어요?'

'뭘.'

'아시잖아요. 뭘 묻는 건지.'

'……,'

'얼마 뒤면 대한민국이 들끓겠네요. <급주형, 결혼!> 이런 헤드라인이
올라올까요? 하하하!'

'시끄러워.'

'저도 구경해도 돼요?'

'안 돼.'

'에이, 형님. 형니임!'

모를 리 없지. 어제 주형이 주얼리 숍에 들러 프러포즈용 반지를 샀고,
그것을 우리에게 건넬 계획이라는 걸 이미 알고 있었던 재원의 얼굴에 당
혹감이 스쳤다. 주형은 쓰게 웃은 이후 재원에게서 상자를 건네받았다. 재
원이 어쩔 줄 몰라 하며 주형의 눈치를 살피자 그는 몸을 일으켰다.

지이잉.

'……,'

재킷 주머니에 넣어 둔 휴대폰이 울렸다. 무심코 그것을 꺼내어 확인하던
주형의 눈이 서늘해졌다. 휴대폰 액정 위에는 우리가 누군가와 커피 잔을 든
채 이야기를 나누고 있는 모습이 찍혀 있었다. 그리고 그 누군가는…….

'한진한.'

* * *

'친구? 여기서 친구를 만났다고?'

'네. 금방 다녀올 테니 마무리되면 연락하세요.'

'그래. 알겠어. 참!'

'네?'

'친구, 누구?'

고개를 갸웃거리는 마 여사에게 '그냥 아는 친구요.'라고 대답했다. 어째서 그런 표현을 사용했는지 스스로도 인지하지 못했지만 마 여사는 이상할 정도로 진한을 경계했으므로 그런 말이 나왔던 건지도 모르겠다.

"내가 주문하고 올게."

"그럴래?"

"뭐 마실 거야?"

"평범하게. 아메리카노로."

"오케이. 기다려!"

마 여사의 허락을 받은 우리는 진한과 함께 한 층 아래의 카페에 도착했다. 그리고는 멀어지는 진한의 뒷모습을 바라봤다.

'이상하네.'

확연한 변화는 아니었지만 아주 미세할 정도의 변화가 느껴진다. 아니, 스스로 인지할 정도면 결코 적은 변화는 아니다. 우리는 언제나 진한과 함께 대화를 주고받을 때면 홀로 긴장하곤 했었는데, 지금은 이상할 정도로 평온했다. 너무 평온하다 못해 아무 느낌이 들지 않을 정도였다.

'어째서지?'

진한의 결혼식 날, 그가 미주와 함께 있는 모습을 보면 제대로 웃을 수 있을까 생각해 보았다. 그러나 현재 진한과 대화를 나눈 자신은 놀라울 정도로 편안했고, 미소도 자연스러웠다. 그와 대화를 나누는 것도 전혀 어색하지 않았다. 그의 눈을 직시하면 항상 미친 듯이 들썩이던 심장이 지독할 만큼 고요해서 의아할 정도였다.

지이잉.

핸드폰이 진동했다. 우리는 매장 카운터로 가서 종업원과 대화를 나누고 있는 진한의 등을 응시하다 휴대폰을 집어 들었다.

"응."

― 어디야?

주형이었다.

"백화점."

― 어머님이랑 환불하러?

"그래, 인마. 너 때문에 대체 이게 뭐야. 네가 매장 직원 표정을 봤어야
했어."

우리는 툴툴거렸다.

― 하하, 놀랐겠네.

"매장 한 칸을 다 쓸어 버렸다가 다시 환불한다 하니 그 직원이 지은 표
정이 이해가 가기는 해."

― 가서 도와줄까?

"어? 아니, 괜찮아. 너 오늘 제작사랑 미팅 있다며. 신경 안 써도 돼. 그
리고 다 끝났어. 지금 환불 진행 중."

― 그래? 일단 어머님한테 인사드려야겠네. 어머님 좀 바꿔 봐.

마 여사의 질문은 나름의 합리적인 이유가 있었지만 주형의 질문에는 목
구멍이 컥 막혀 왔다. 우리는 잠시 뜸을 들이다 대답했다.

"그게, 나 엄마랑 잠깐 갈라졌거든."

― 갈라져?

"어어, 여기서 친구를 만나서."

― 친구? 어떤 친구?

"있어. 어, 주형아. 나 친구가 커피 들고 와서 끊어야겠다. 끝나면 전화할게."

다가오는 진한을 발견하자 우리는 서둘러 통화를 종료했다. 진한이 "뭘
그렇게 급하게 끊어?" 하고 묻자 우리의 입꼬리가 어색하게 올라갔다. 쿵
쿵. 마치 커다란 잘못을 하다 들켜 버린 사람처럼, 심장이 벌렁거렸다.

"······리야. 여우리?"

"어? 어어."

"아까부터 좀 불편해 보여. 무슨 일 있니?"

진한이 걱정스러운 표정을 지으며 말을 건네자 속이 쓰렸다. 왠지 식은땀이 나는 것 같기도 하고 불편한 기분을 떨치지 못했다. 한 가지 확실한 것은 저를 응시하고 있는 진한 때문은 아니었다. 그래. 분명 그 때문은 아니다.

'어떤 친구?'

굳이 따지자면, 주형의 질문에 제대로 대답하지 못해서가 아닐까.

'그렇게 끊어 버리는 건 아닌데.'

혹시 걱정하면 어떡해.

'진한이랑 우연히 만난 걸 굳이 숨길 이유도 없잖아.'

내가 거짓말쟁이도 아니고. 뭐가 그리 두려워서.

'젠장.'

우리는 "여우리?" 하고 제 이름을 부르는 진한의 목소리에 겨우 정신을 차렸다. 그러고는 빙긋 웃으며 고개를 휘휘 저었다.

"아니야. 그것보다 미주는 잘 지내? 지난주에 보기는 했는데 이번 주는 아직 못 봐서."

"하하, 응. 건강해. 덕분이야. 참."

"응?"

"주형이는? 주형이는 잘 지내?"

"어, 그······ 그렇지 뭐. 금주형은 항상 그대로지."

고개를 끄덕이며 대답하는 우리를 보고 진한이 풋 웃다가 돌연 입을 다물었다. 우리도 괜히 할 말이 없어 진한을 바라보기만 했다. 약간의 침묵이 오갔고, 그러다 말을 꺼낸 사람은 진한 쪽이었다.

"이거 신기하네."

"뭐가?"

우리가 의아해하자 진한은 말했다.

"몇 년 전까지만 하더라도 우리가 이렇게 될 줄은 몰랐거든."

입술 안으로 부드럽게 넘어가는 커피향이 후각을 자극한다. 우리는 말을 뱉어 낸 후 옅게 미소 짓는 진한을 보며 순간적으로 대꾸하지 못했다.

'이렇게 될 줄 몰랐다고?'

저도 모르게 좁아진 미간이 진한의 시선을 사로잡은 모양이었다. "왜?" 하고 오히려 되묻는 그를 말없이 바라보던 우리는 후, 짧게 숨을 내쉬며 입 안에서만 맴돌던 말을 내뱉었다.

"그게 무슨 소리야?"

"무슨 소리긴."

진한은 우리가 물을 줄 알았다는 듯 여유롭게 눈웃음을 그리며 그녀를 곁눈질했다. 쿵쿵, 기분 나쁜 심장의 고동소리가 귀를 먹먹하게 만들어 와 우리는 입을 다물었다. 진한은 그런 우리의 반응을 미처 보지 못했는지 손에 들고 있던 종이컵을 입술에 가져다 대며 호로록 커피를 들이켰다. 그러고는 말했다.

"난 우리들, 다시는 뭉치지 못할 줄 알았어. 3년 전, 기억 안 나?"

한층 더 고약해진 심장의 반응이 이번에는 머리를 울렸다. 우리는 미소 짓는 진한을 따라 웃지 못했다. 대신 딱딱하게 굳은 얼굴로 진한을 바라봤다. 진한은 우리에게서 시선을 뗀 후 유리로 된 난간에 기대어 섰다.

그의 붉은 입술이 움직였다.

"그때 너희들, 다시는 안 볼 것처럼 행동했잖아."

"그건……."

"거봐. 부정 못 하지?"

'너랑 난 오늘부터 모르는 사이야. 다시는 너, 안 봐.'

이제는 아주 오래된 일처럼 느껴지는 3년 전의 일이 문득 눈앞을 스쳤다. '그'를 향해 차갑게 흘리던 자신의 말과 그 말을 듣고도 입도 뻥긋하지 않았던 주형, 그리고 영문을 모르겠다며 우리와 주형을 타이르던 진한의 모습까지.

"내가 그때 얼마나 난처했는지 넌 상상도 못 할 거야. 이 세상에서 가장 사랑하는 두 친구가 갑자기 헤어졌다고 한 걸로도 모자라서 뭐? 절교를 해? 우리 너는 주형이를 다신 안 볼 거라고 그러고, 주형이 그 자식은 대체 왜 그러냐고 해도 입만 다물고 있고. 내가 중간에 끼여서 얼마나 고생을 했는지 원."

그날을 생각하면 아찔하다며 진한은 고개를 절레절레 저었다.

'금주형. 사실이야?'

'뭐가.'

'효주 말. 사실이냐고.'

'…….'

'내가 진한이한테 줬던 편지, 네가 빼돌린 걸로도 모자라서 숨겼던 거, 전부 사실이냐고!'

한 사람을 17년이나 좋아했던 시간은 결코 짧지 않다. 끈질기기도 하지만 미련하게 느껴지기도 한 그 시간을, 여우리는 결코 허투루 보내지 않았다. 몇 번의 시도가 있었고 매번 실패하기만 했었다.

그러다 3년 전 우리와 주형 사이에 일어난 일은 견고하던 우정에 금이 가게 만들었고 그 결과 두 사람의 교류는 한동안 단절됐었다.

"너희들, 그땐 왜 그렇게 살벌했던 거야?"

진한은 대답하지 않는 우리를 보며 은근슬쩍 떠보는 말을 던졌다. 우리가 그를 응시하자 진한은 물었다.

"아직도 싸운 이유에 대해 나한테 말할 생각은 없고?"

진한은 자신이 원하는 대답을 우리가 들려주기를 원하는 눈치였다. 우리는 빙긋 웃었다.

'말해 줄 수 없지.'

우리 두 사람이 충돌할 수밖에 없었던 근본적인 원인이 모두 너였다는 건, 더더욱.

쓰디쓴 감정이 입 안을 맴돈다. 하지만 예전처럼 답답하거나 무겁지는 않았다. 우리는 손에 들린 따뜻한 종이컵을 문지르며 진한을 응시했다.

'정말 이상하긴 하네.'

불과 얼마 전까지만 하더라도 눈앞의 남자에 대한 오래된 감정으로 인해 하루에도 몇 번씩 감정의 변화를 겪던 여우리는 놀랍게도 평온하기 그지없다.

긴장하고 초조하기만 했던 감정의 흐름이 당혹스러울 만큼 고요했다. 우리는 잔잔한 심장의 박동 소리를 느끼며 진한의 다음 말을 기다렸다.

"그럴 것 같았어."

아무리 기다리고 또 기다려도 우리가 답해 줄 것 같지 않았는지 진한이 고개를 절레절레 흔들었다.

"하여간 너희 둘 사이는 예측할 수 없다니까."

진한은 못 말린다는 듯 우리와, 그리고 마치 우리의 옆에 주형이 서 있는 것처럼 그녀의 옆을 흘겨보았다. 그러고는 말을 이었다.

"그러고 보면 예전부터 너와 주형이 사이에는 내가 비집고 들어가기 힘든 뭔가가 있었지."

"그건 또 무슨 소리야."

비집고 들어가기 힘든 뭔가라니.

"너희, 아주 친했잖아."

우리는 도통 이해할 수 없는 말을 이어 가는 진한을 황당하게 응시했다.

'친했다고?'

나랑 금주형이?

되짚어 보면 우리와 주형 사이보단 우리와 진한, 그리고 주형과 진한 사이가 더 돈독하지 않았던가.

무언가 착각하는 것이 분명한 진한이 이 말을 꺼낸 영문을 모르겠다. 우리의 의문이 증폭되어 갈 때, 진한은 한 번 더 커피를 홀짝이더니 그녀에게서 시선을 떼며 고개를 위로 올렸다. 그러고는 낮은 음성을 입 밖으로 흘렸다.

"예전에는 그런 너희가 부러웠어. 마치 너희만 비밀을 만들고 있는 것 같았거든."

"진한아."

대체 무슨 소리를 하는 거야.

"그래서 어떻게든 끼어들고 싶었어. 알잖아, 나 오지랖 넓은 거. 나름대로 꽤 용을 썼지만 생각만큼 안 되더라. 너희 둘 사이는 너무 견고해서 마치 올라탈 수 없는 벽을 오르는 느낌이었어. 와……. 이제 와 돌이켜 보면 그땐 정말 힘들었지. 하필 그 상대가 너희여서 아무한테도 말할 수 없었어. 덕분에 나 혼자 끙끙 앓았다고나 할까."

진한의 한숨이 길어졌다.

"너한테만 말해 주는 건데, 군대나 유학도 그 상황을 견디지 못한 내 도피처였어. 하하."

"한진한."

"말 못 했어."

상냥했던 진한의 목소리가 한층 굵어졌다. 우리는 기대어있던 몸을 똑바로 일으킨 진한을 올려다봤다. 진한의 검은 눈동자에 우리의 얼굴이 비쳤다. 그는 말했다.

"오랫동안. 너한테만큼은 꼭 말하고 싶었는데, 계속 삭이기만 했지. 너무 삭이다 결국 곪아 터져 버리진 않을까 걱정한 적도 있었는데 말이야. 지금의 너를 보니 차라리 털어놓는 게 더 나았을 것 같다는 생각이 드네."

"무슨 말."

"응?"

"나한테…… 무슨 말을 하고 싶었는데?"

조심스러운 우리의 질문에 진한이 피식 실소를 터트렸다. 잔잔하게 번져 가는 진한의 웃음이 왠지 모르게 신경이 쓰여 눈썹에 힘을 주게 된다.

진한은 이 알 수 없는 상황에 긴장하는 우리를 내려다보더니 부드럽게 미소 지었다.

"별거 아냐. 그냥…… 그냥 내가 널, 좋아했었다는 거."

* * *

웃으며 건넨 진한의 말을 들었을 때 뭐라고 답을 해야 할지 몰랐다. 시간이 정지해 버린 것처럼 멈추어 있던 우리를 향해 진한이 휘휘 손을 흔들었다.

여우리, 여우리!

몇 번이고 제 이름을 불러 주는 진한의 외침을 듣고 나서야 상념에서 벗어날 수 있었다. 진한은 멍하게 저만 쳐다보는 우리를 향해 쿡쿡 웃더니 다시 여유롭게 커피를 마셨다. 우리는 그런 진한에게서 눈을 떼지 못했다.

그때였다.

"여우리!"

어디선가 마 여사의 낭랑한 외침이 들려왔다.

"여기 있었구나. 왜 전화를 안 받니? 내가 얼마나 찾았는지……. 아, 너구나."

마 여사에게는 분명 위치를 알려 주었다고 생각했는데, 제대로 닿지 않았던 모양이다. 우리는 씩씩거리며 다가오는 마 여사를 쳐다봤다. 우리에게 시선을 꽂고 있던 마 여사는 그녀의 뒤편으로 보이는 낯익은 얼굴에 순식간에 미간을 좁혔다. 진한은 그런 마 여사를 보고 빙긋 웃었다.

"안녕하세요, 아주머니. 오랜만에 뵙습니다."

"……그래. 오랜만이네. 우리야, 볼일 끝났지?"

"네? 아……. 네."

"그럼 가자. 엄마 일은 다 끝났어."

"많이 바쁘신가 봐요? 제가 모셔다 드릴까요?"

"아니. 됐어. 우리 일은 우리가 알아서 할게요. 가자."

살갑게 구는 진한의 말을 단숨에 끊어 버린 마 여사는 우리의 손목을 덥석 잡았다. 놀란 우리가 마 여사를 설득할 틈도 없이 우악스러운 손길로 우리를 리드한 그녀는 성큼성큼 몸을 돌렸다. 평소보다 더욱 힘이 들어간 마 여사의 행동에 당황한 우리는 진한에게 인사할 틈도 없이 몸을 돌렸다.

"연락할게!"

멀리서 진한이 외치는 소리가 들려왔으나 대꾸하지 못했다.

'우리 너 표정이 왜 그래? 금시초문인 것처럼.'

황망해하는 우리를 보며 진한이 쿡쿡 웃었다. 그가 뱉어 낸 말에 어떻게 반응해야 할지 몰라 눈만 깜빡이고 있을 때 들었던 말이었다. 떨리는 눈꺼풀을 들어 올려 진한을 응시하자 진한은 후우 길게 숨을 내뱉었다. 그의 말이 이어졌다.

'맞아. 좋아했어. 그것도 꽤 많이 좋아했었지. 그래서 너희 두 사람이 만난다는 이야기를 들었을 땐, 견디기가 힘들었어. 내 것이라고 생각했고, 누구에게도 빼앗기고 싶지 않다고 생각했던 사람이 다른 누군가의 것이 되어 버렸으니 더욱. 아마도 안달이 났던 거겠지. 하하, 진짜 어리지 않냐? 내 것이라니. 네가 물건도 아닌데 말이야.'

'…….'

'아, 미안. 널 당황하게 만들 생각은 없었어. 맹세컨대 지금은 아니야. 너에 대한 감정은 진작 정리했어. 그리고 나한테는 우리 미주가 있잖아. 우리 너, 내가 얼마나 미주 사랑하는지 알고 있지? 하하. 그런 의미에서 그러는데, 우리야. 만약 미주랑 내 아이가 태어나면…….'

사랑은 타이밍이다.

서로 같은 마음을 지니고 있더라도 약간의 차이로 어긋날 수 있고, 다른 마음을 안고 있더라도 실낱같은 희망으로 이어질 수 있다.

'내가 널, 좋아했었다는 거.'

조금만.

아주 조금만 더 빨리 그 이야기를 들었다면 우리의 관계는 달라졌을까.

"······리. 여우리!"

몇 번이고 맴돌아 사라지지 않는 그 말을 온종일 생각하고 있었다. 누군가 저를 부르는 소리에 정신을 차리니 택시를 잡은 마 여사가 차문을 열고 그녀를 부르고 있었다. 낮게 탄성을 터트린 우리가 "네." 하고 대답하자 마여사의 눈꼬리가 가늘어졌다.

"정신 차려."

"······네?"

"너한테는 주형이가 있잖아."

예리한 마 여사의 말이 가슴 한가운데를 파고들었다. "괜한 일에 흔들리지 마." 하고 한 번 더 주의를 주고는 쾅 문을 닫아 버린 마 여사의 택시는 순식간에 우리의 시야에서 사라졌다. 우리는 그녀가 탄 택시가 완벽하게 사라질 때까지 움직이지 않았다.

"후우."

차디찬 겨울바람이 뺨을 스친다. 길가에 서 있던 우리는 느릿하게 몸을 돌려 환한 불이 켜져 있는 오피스텔을 응시했다. 그녀가 이곳에 지낸 지는 고작 몇 달밖에 되지 않았지만 이제는 아주 오래 전부터 살았던 것처럼 익숙해졌다. 우리는 한 걸음, 그리고 한 걸음 앞으로 나아갔다.

"······!"

터벅터벅 걷던 발을 뚝 멈춘 것은 근처에서 낯익은 인기척 소리를 들었기 때문이다. 저도 모르게 고개를 들어 소리가 들려온 곳을 응시하자 그녀가 아주 잘 알고 있는 사람이 가로등 아래에 서 있었다.

두근.

심장이 반응했다. 두근, 그리고 한 번 더, 두근. 우리는 무의식적으로 발을 빨리 움직였다. 성큼성큼 걸어가서 그의 앞에 멈추었다. 그녀가 다가오자 흐릿했던 그의 검은 눈동자가 또렷해졌다.

우리는 싱긋 웃으며 물었다.

"언제 왔어?"

주형의 눈꼬리가 부드럽게 휘어졌다.

"조금 전에."

"재원 씨 차 타고 온 거지?"

"응."

"왜 여기 있어? 추운데 들어가지 않고."

"네가 있는 걸 봤어."

"나?"

"어머님 배웅해 드린 거지?"

주형은 마 여사가 택시를 타는 모습을 보고 급하게 밴에서 내린 모양이었다. 아직 정리되지 않은 그의 호흡으로 인해 짐작할 수 있었다. 하지만 그가 내리자마자 마 여사는 바로 떠나 버려서 제대로 인사를 건네지 못한 듯했다. 아쉬워하는 그의 모습을 뚫어져라 응시하던 우리가 고개를 끄덕였다.

"말도 마. 오늘 그거 때문에 얼마나 시간을 소비했는지 알아?"

"하하."

"너 때문이야. 그러게 왜 성급하게 일을 벌여서는."

"너무 앞서 갔지?"

"건너뛰어도 한참을 건너뛰었지. 넌 가끔 보면 생각보다 행동이 앞지를 때가 있더라."

가늘게 눈을 뜨는 우리를 보며 주형이 멋쩍게 웃었다. 두근. 가슴의 박동이 한층 빨라졌다. 우리는 말없이 서 있는 주형을 쳐다보더니 후우 숨을 내쉬었다.

"안 들어가?"

"……."

"여우리?"

"주형아, 나 아까 못 한 얘기 있어."

"못 한 얘기?"

"왜, 백화점에서, 네가 전화 걸었잖아."

쿵쿵쿵쿵.

심장의 움직임이 빨라졌다. 괜히 초초해졌고 불안해졌다. 하지만 한 번 시작한 말을 주워 담을 수도 없다.

'숨기는 건 옳지 않아.'

우리는 '전화'라는 단어에 얼굴을 굳히는 주형을 올려다보며 크게 심호흡을 했다. 그녀는 말을 이었다.

"그때 내가 말했던 어떤 친구, 진한이야."

우리는 푹 고개를 숙였다. 이상하게 지금 이 순간만큼은 그의 눈을 제대로 마주할 수 없었다. 주형의 깊고 검은 눈동자가 가슴 한편을 콕콕 찔러 오는 것 같았기 때문이다. 우리는 말을 덧붙였다.

"미안. 내가 왜 그랬는지는 모르겠는데, 너한테……."

거짓말을 했어.

사람과 사람의 관계에 있어 신뢰가 얼마나 중요한지 알고 있다. 가급적이면 사람들을, 그리고 주형을 속이고 싶지 않았기에 더욱 양심의 가책을 느꼈던 건지도.

콕콕. 주형의 전화를 끊어 버린 이후부터 지금까지 내내 욱신거렸던 속이 이제 조금 평정을 되찾는다. 우리는 천천히 고개를 들어 주형을 응시했다. 주형은 알 수 없는 눈빛으로 우리를 응시하고 있었다.

"주형아."

"응."

"화……났어?"

또.

또다시, 주형이 무슨 생각을 하는 건지 읽을 수 없어졌다. 저를 속인 우리를 보며 반응을 보여야 하는데, 아무 대답도 하지 않아 괜히 불안해졌다.

"아니."

하고, 그가 옅은 미소와 함께 대꾸를 했지만 찝찝한 것은 어쩔 수 없었다. 우리는 진한과 백화점에서 어떻게 만났고, 무슨 말을 꺼냈으며 얼마나 함께 대화를 나눴는지 이야기를 해 주었다. 우리가 재잘거리는 모습을 지켜보면서 주형은 한마디도 하지 않았다.

'놀랄 만도 한데.'

왜 아무 말도 하지 않는 걸까. 진한이 우리를 좋아했었다는 이야기를 들려주었음에도 주형은 반응하지 않았다. 아니, 아주 미세한 반응을 보이기는 했다. 그의 검은 눈동자가 한층 더 짙어졌으니까.

우리는 대답 없이 그저 제 이야기를 듣기만 하는 주형을 힐끔거리다 밤하늘을 올려다봤다.

"타이밍이라는 게 진짜 있기는 한가 봐."

우리는 중얼거렸다.

"난 설마 진한이가 날 좋아했을 거라고는 한 번도 생각 못 했거든."

"……."

"웃기지. 우리 두 사람, 결국 서로를 좋아했다는 거잖아."

하지만 아무 일도 일어나지 않았지.

우리는 웃었다. 주형이 저를 따라 웃는 건지는 모르겠지만 왠지 계속 웃음이 나왔다. 반짝이는 하늘의 별을 응시하던 그녀는 느릿하게 고개를 내려 주형을 응시했다. 한밤의 별들만큼이나 빛나고 있는 그의 눈동자에 숨이 막혔다.

'좋아.'

말할 수 있겠어. 가라앉은 그의 눈을 바라보고 있자니 두렵기도 했지만 한편으로는 결심도 섰다. 우리는 크게 숨을 고른 뒤 다시 주형을 불렀다.

"그런데 주형아. 나 있잖아."

"……!"

"응?"

그때였다. 내내 부동의 자세를 취하고 있던 주형이 갑자기 반응을 했다. 손을 움직여 휴대폰을 꺼내 든 주형의 모습에 우리가 고개를 갸웃거렸지만 그의 검은 눈은 휴대폰 액정에 꽂혀 있었다.

"왜 그래?"

"……."

"금주형?"

"우리야."

"어?"

"급한 일이 생겨서 잠깐 가 봐야겠어."

뭐?

"지금? 어디에?"

현재 시각, 10시가 되기 5분 전. 늦다면 늦은 시간이건만 대뜸 어디론가 가야겠다고 말하는 주형의 모습에 우리의 미간이 좁아졌다. 목적지를 묻는 우리의 말을 듣고도 주형의 눈동자는 휴대폰 액정에서 벗어나지 않았다. 우리는 조심스럽게 물었다.

"큰일……이야?"

"모르겠어. 상황을 먼저 파악해야 할 것 같아."

심각한 얼굴의 그는 어떻게든 행동을 옮길 것이 분명했다. 막을 순 없겠지. 한 번 마음먹은 사람을 막기는 쉽지 않았기에 우리는 수긍했다. 그녀는 고개를 끄덕였다.

"알았어, 다녀와. 얘기는…… 나중에 다시 하자."

"그래."

주형은 그 말을 끝으로 몸을 돌리려다 잠시 멈추어 섰다. 응? 그의 뒷모습을 바라보고 있으려던 우리는 갑자기 제게로 다가오는 주형을 바라봤다.

"……!"

의아해하는 우리의 이마 위로 그의 붉은 입술이 살짝 닿았다 떨어졌다.

우리가 깜짝 놀라 그를 쳐다보자, 흐리게 웃던 주형이 속삭였다.

"고마워."

"뭐?"

주형은 그 말을 끝으로 완벽하게 몸을 돌렸다. 우리는 한 걸음, 그리고 두 걸음, 계속해서 멀어지는 주형의 뒷모습을 응시하다 주형의 입술이 닿았다 떨어진 이마를 쓱쓱 문질렀다.

'맞아. 좋아했어. 그것도 꽤 많이 좋아했었지.'

동시에 먼 옛날의 이야기를 하는 것처럼 중얼대던 진한의 말이 귀를 맴돈다. 우리는 이제는 완벽히 사라지고 없는 주형의 흔적을 좇으며 미처 건네지 못한 말을 이어 나갔다.

"주형이 너도 알고 있겠지. 내가 진한이를 아주 많이 좋아했던 거. 그래서 한동안…… 벗어나지 못했던 것도."

우리는 눈을 내리감았다. 후우. 뜨거운 입김이 입 밖으로 흘러나왔다. 우리는 아무도 없는 거리에 서서 낮게 중얼거렸다.

"그런데 이상한 건, 진한이의 그 말을 들었을 때의 난, 떨리지 않았다는 거야."

이건 무슨 의미일까, 주형아.

PART 5. 우리의 뒤늦은 후회

"헝가리? 지금?"

― 응. 지금.

"그럼 지금 공항인 거야?"

― 응.

"……세상에."

일하는 스케줄이 워낙 들쭉날쭉이라 듣기는 했지만 상상을 초월했다. 우리는 제 귀를 의심하면서도 아직 끊어지지 않은 휴대폰을 슬쩍 들어 미간을 좁혔다. 이 녀석이 이 정도로 바쁜 녀석이었나?

'하긴. 보통 인물은 아니니까.'

그의 얼굴이 걸리면 판매량이 치솟는 것은 물론이고, 이름 석 자에 대한민국 반도가 흔들린 적도 한두 번이 아니다. 단순히 누군가와 식사를 하는 것만으로도 많은 이들의 입에 오르내리고 그래서 더더욱 주목을 받는 녀석, 금주형.

'아예 몰랐던 건 아니니까.'

우리는 한숨을 푹 내쉬었다.

"그래서. 언제 돌아오는데?"

─ 그게,

─ 형님! 아직도 여기 계십니까? 얼른 수속하셔야죠. 안 그러면 또 시끄러워져요.

─ 잠깐만, 나 통화 중인…….

─ 통화는 도착하면 다시 하시고요. 이러다가 놓칩니다! 형니임!

─ 우리야.

"알겠어. 일단 도착하고 연락해."

다급한 재원의 목소리가 휴대폰 너머로 들려오자 포기할 수밖에 없었다. 우리는 눈을 질끈 감으며 말했다. 미안함을 가득 담은 주형이 몇 번이고 통화를 종료하기를 망설였으나 "형님! 빨리요!"를 외쳐 대는 재원에 의해 결국 끊을 수밖에 없었다.

주형의 문자가 도착한 건 약 10여분이 흐른 뒤였다.

[2주 정도 걸릴 거야. 너무 걱정 마. 도착하면 바로 연락할게.]

저도 모르게 책상 위에 놓인 달력으로 눈을 옮기게 된다. 무심코 날짜를 헤아리던 우리의 눈동자가 큼직해졌다. 앞으로 2주 뒤면 2월이 시작되고, 붉은 색 동그라미와 별 모양으로 현란하게 표시된 날이 가까워진다.

'그럼 결혼식에서 봐!'

마 여사의 손길에 이끌려 멀어지던 우리를 향해 손을 흔들며 건넨 진한의 목소리가 머릿속에서 메아리친다.

'앞으로 2주.'

너 없는 2주를 어떻게 견디……!

"뭐?"

이제 겨우 2주 앞으로 다가온 진한과 미주의 결혼식까지 준비해야 할 것은 산더미였다. 먼저 두 사람의 결혼 선물을 준비해야 했고, 또 친구 대표로서 그들을 위해 건넬 축하의 말도 준비해야 했다. 제 결혼식도 아니건만 이것저것 준비해야 할 것이 많아 머리가 아픈데, 하필이면 이 바쁜 시기에 자리를 비운 주형이 원망스러워 툴툴거리던 우리가 순간 멈칫했다.

'못 견딜 건 또 뭐야.'

충분히 견딜 수 있지.

"암. 견딜 수 있다마다."

우리는 흥 콧방귀를 뀌며 스스로를 다독이다 이내 끊어진 휴대폰을 응시했다.

'급한 일이 생겨서 잠깐 가 봐야겠어.'

'결국 오늘도 못 들었네.'

이제는 몇 주가 지나 버린 그날 밤의 일이 여전히 머릿속을 헤집는다. 아마도 업무와 관련된 일일 것이라고 생각하고 있기는 했지만 대체 왜 그렇게 빨리, 그리고 다급하게 제 앞에서 사라졌는지 주형은 일언반구조차 없었다.

호기심이 인 이유는 간단했다. 그 문자를 받았을 때, 주형의 얼굴이 워낙 딱딱했기 때문이다. 무언가 큰일이 난 것처럼 어두워서 감히 제대로 물어볼 생각도 하지 못했다.

'뭐, 꼭 들어야 하는 건 아니니까.'

하지만 그렇다고 해서 주형이 굳이 말하고 싶지 않아 하는 일을 억지로 캐물을 생각은 없었다. 우리 역시 주형에게 업무와 관련된 시시콜콜한 이야기는 하지 않는 편이었고, 알려 줄 생각도 없었다. 공과 사는 엄연히 구분되어야 하는 것이니, 충분히 그럴 수 있다고 생각했다.

"됐어. 생각하지 말자."

지난 며칠 동안은 그날 밤의 일을 까맣게 잊을 만큼 눈코 뜰 새 없이 바빴다. 갑자기 그날의 일이 생각난 것은 해외로 또 출장을 가게 되었다는 주형의 말 때문이었고 그래서 괜히 마음이 무거워졌다. 우리는 휘휘 머리를 흔들며 자리에서 일어났다.

"부원장님! 준비되셨어요?"

입고 있던 가운을 벗어 둔 채 밖으로 나가니 저를 기다리고 있던 수경이 보였다. 눈을 반짝이는 그녀에게 미소를 짓자 얼른 가자며 수경이 재촉했다. 고개를 끄덕이며 한 걸음 발을 내딛으려던 우리는 지이잉 울리는 휴대폰에 무의식적으로 시선을 아래로 내렸다. 비행기에 탑승한 것이 분명한 주형의 문자였다.

[걱정 마. 결혼식 전까지는 돌아올 거니까.]

우리는 피식 웃었다.

'짜식.'

신경 쓰였나 보네.

"부원장님?"

"아, 네, 가요."

저를 안심시키려는 것이 분명한 주형의 문자를 보니 이상하게 입꼬리가 내려오지 않는다. 어느새 앞서나가 제게 손짓하는 수경에게 다가갔다.

《다음 뉴스입니다. 함께 술을 마시던 동거녀를 무참히 살해한 동거남 A씨(37)에게 징역 12년이 선고 됐습니다. 법원에 따르면 A씨는 평소 동거녀 B씨가 옆집 남자 C씨와 자주 잡담을 주고받고 그와 친분을 나누는 것에 대해 불만을 품고 있던 상황에서 사건 당일, A씨와 C씨가 안부용 인사를 나누는 모습에 격분한 나머지…….》

"우와, 끔찍해라."

<우리모두 산부인과>내에 존재하는 구내식당에서 점심 식사를 이어 가

던 도중 TV를 흘긋거리던 연희가 혀를 내둘렀다. 주변에 앉아 있던 동료들의 귀에도 들어올 만큼 큰 리액션이었기에 우리의 시선 역시 연희를 향할 수밖에 없었다. 연희는 홀린 듯 TV를 응시하다 중얼거렸다.

"전 저래서 동거는 반대예요."

"갑자기?"

"갑자기가 아니라, 선생님들, 기억 안 나세요? 요즘 들어 동거 관련 범죄가 급증하고 있잖아요."

들고 있던 수저까지 내려놓을 정도로 흥분한 연희는 동거의 단점에 대해 늘어놓기 시작했다. 그러자 가만히 연희의 말을 듣고 있던 오문정 과장실의 김소윤 간호사가 슥슥 검지를 흔들며 말했다.

"그렇지만 연희 쌤, 동거가 꼭 단점만 있는 건 아니에요."

"아니라니?"

"결혼이라는 건 인생에 있어서 가장 큰일인데, 시뮬레이션도 없이 무작정 시작할 수도 없잖아요. 저는 서로 동의한다면 결혼 전에 동거하는 것도 나쁘지 않다고 봐요. 그래서 서로가 정말 평생을 함께할 수 있는지 미리 알아보는 것도 좋잖아요. 예를 들어 생활 습관이 얼마나 맞는지, 또 얼마나 맞지 않는지 파악할 수도 있고요."

"음, 소윤 쌤 말에 나도 찬성."

"하지만 살면서 바꾸어 나가는 경우도 있잖아요."

"그게 무슨 소리예요, 정미 쌤?"

"그러니까, 차라리 전 환상을 갖고 시작하는 것도 나쁘지 않다고 보는 거죠. 솔직히 말해 동거란 언제든 깨어질 수 있는 유리판 같은 거지만 결혼은 서로를 연결해 주는 끈끈한 효력이 존재하잖아요. 결혼 전 동거를 시작해서 서로의 단점을 들추기보다는, 아예 법적 부부가 돼서 서로 타협하며 맞춰가는 것도 좋다고 보는 거죠."

"그러니까 정미 쌤은 연희 쌤의 말에 동의한다는 거지?"

연희로부터 시작된 '결혼 전 동거'를 주제로 한 토론은 <우리모두 산부인과>의 간호사들은 물론, 식사를 하고 있던 의사들의 귀까지 쫑긋거리게 만들었다. 저마다 한마디씩 던지는 사람들 틈에서 묵묵히 식사를 이어 가고 있던 우리는 "부원장님은요?" 하고 묻는 연희의 목소리에 움찔거렸다.

"네?"

"부원장님은 어떻게 생각하시냐고요."

"찬성하세요? 아니면, 반대?"

가급적이면 빨리 식사를 마치고 이 상황을 벗어나려던 계획이 무참히 깨어졌다. 우리는 시끌벅적하던 동료들의 시선이 자신을 향한다는 것을 인지하고 쓴웃음을 삼켰다.

"저는……."

우리는 동거에 대해 반대하는 편은 아니었다. 이미 그녀의 절친한 친구이자 의붓자매이기도 한 나라가 정우와 달콤한 동거 기간을 보낸 후 행복한 결혼식을 올리는 모습을 지켜보기도 했었고, 또—

'내 앞집이 비었어. 도욱이한테 듣기로 지금 네가 사는 집, 전세 기간 얼마 안 남았다고 들었는데 내 앞집으로 이사 와.'

'생활은 앞집에서 하고 밤엔 내 집으로 와. 필요할 때 말고는 사생활 터치는 하지 않을게. 대신 잠은 꼭 내 침대 위에서 자야 해.'

과정이야 어찌되었든, 주형의 말대로 여우리가 그의 앞집으로 이사 와 의식주를 해결한 지 벌써 몇 달이 넘는다. 정식으로 주형과 연애를 시작하면서부터는 서로 다른 집이라는 경계도 없이 문을 넘나들며 시간을 보내고 있으니 더더욱.

그렇게 따지고 보면 우리는…….

'반동거나 마찬가지지.'

쉽게 대답하지 못한 우리가 어색하게 웃으며 다시 수저를 움직이자 주변이 부산스러워졌다.

"연희 쌤, 여기까지 하지."

"맞아요. 부원장님께서 함부로 말할 수 있겠어요? 누가 듣기라도 해 봐."

"난리가 날걸."

"그러다 혹시 기사화가 되면 온갖 이상한 말이 나올지 어떻게 알아요."

"하긴. 그건 또 그러네요. 호호."

말없는 식사를 이어 가는 우리를 힐끔거리던 간호사들이 이내 저들끼리 쉽게 수긍하기 시작했다.

'그걸 꼭 말해야 아십니까?'

얼마 전 있었던 여우리의 임신 오해 사건으로 <우리모두 산부인과>에 직접 행차한 금주형이 남긴 여파는 아직도 사라지지 않았다. 하루에도 몇 번씩, 우리에게 주형에 대해 묻기는 하나, 놀라운 사실은 그들의 연애가 병원 밖으로 새어 나가지 않았다는 사실이다.

'어머, 부원장님도 참. 그 이야기를 할 리가 없잖아요!'

'맞아요. 발설되면 금 배우님이 몰래 오시지도 않을걸요?'

'전 세상에서 비밀 연애가 제일 짜릿하더라고요. 호호, 좋을 때예요!'

'걱정 마세요, 부원장님. 저희, 입도 뻥긋 안 할 거예요!'

재잘거리기 좋아하는 병원의 간호사들이 스스로 함구령을 내릴 만큼, 우리와 주형의 비밀 연애는 병원 내 환자들 그리고 그들의 주변인들에게까지 비밀을 유지하는 중이었다.

눈을 빛내며 제 손을 부여잡는 그들이 고마우면서도, 못 말린다고 생각하던 우리는 다시 다른 화제로 이야기를 옮기는 간호사들을 힐끔거리다 텅 빈 식판을 내려다봤다.

'저는 서로 동의한다면 결혼 전에 동거하는 것도 나쁘지 않다고 봐요. 그래서 서로가 정말 평생을 함께할 수 있는지 미리 알아보는 것도 좋잖아요. 예를 들어 생활 습관이 얼마나 맞는지, 또 얼마나 맞지 않는지 파악할 수도 있고요.'

생활 습관이라.

'……리, 여우리!'

'왜!'

'나 샴푸. 다 썼어.'

'으, 너 지금 아침 차리는 거 안 보여? 안 그래도 당번이라 바빠 죽겠는데 샴푸 정도는 네가 직접 꺼내!'

'눈이 안 보여.'

'야!'

'찾아 주면 안 돼? 우리야. 여우리이.'

'하, 진짜. 이 웬수야. 야이 웬수야! 기다려!'

확실히 생활 습관은 정반대긴 하지. 대표로 설거지를 들어 봐도, 우리는 쌓아 놓고 한 번에 처리하는 것을 좋아했고 주형은 즉각 즉각 씻는 것을 좋아했으니까.

어디 그뿐인가. 샤워를 시작하면 30분은 기본인 주형과는 달리 우리는 병원에서 숙식을 해결하던 일을 떠올리며 최대한 빠른 시간에 씻는 것을 즐겼다.

아침 식사도 마찬가지. 우리는 비교적 아침을 거르는 편이었고, 주형은 꼬박꼬박 먹는 편에 속했다.

'자. 먹어.'

'응. 고마워.'

'……맛있어?'

'응.'

'……너 진짜 이상해. 고작 토스트 하나잖아. 네가 차려 주는 진수성찬에 비해 형편없는데 그래도 괜찮아?'

'그럼. 여우리의 애정이 가득 담긴 토스트인데 형편없기는. 분에 넘치지.'

'금주형.'

'응?'

'너 진짜 엄청 느끼해. 알지?'

'알지.'

몇 달 사이.

고작 몇 달 사이 여우리의 작은 세계에 변화가 생겼다. 이는 모두 금주형이라는 남자가 그녀의 삶에 발을 들이기 시작하게 되면서 발생했고, 그 덕분에 우리는 이젠 수년 간 거르던 아침 식사 없이는 출근하지 않게 됐다.

가만히. 아주 가만히 생각해 보면 달라진 것이 한두 가지가 아니었다.

과거의 여우리는 마트나 시장에 가면 언제나 한 사람의 것을 사서 돌아왔으나, 현재의 여우리는 언제나 두 명의 것을 사서 돌아오곤 했다. 병원에서 선물을 받게 되면 하나만 챙겨 오던 습관은 두 개를 챙겨 오는 것으로 변했고 간혹 불면증에 대한 기사를 보거나 약을 보면 유심히 챙겨 보고는 했다.

'전혀…… 몰랐어.'

그 외에도 여러 가지의 일이 눈앞을 스친다.

'눈치채지 못하는 사이, 어느새 넌 내게 큰 의미가 되어 버렸네.'

스스로도 인지하지 못할 만큼 주형은 우리의 세계를 변화시켰다. 그리고 그 변화의 결과가 조금씩, 미세하게 드러나고 있었다.

'도착하면 힘내라고 말해 줘야겠네.'

새로운 작품에 들어간 주형의 이번 해외 로케이션 촬영지인 헝가리와 대한민국 사이엔 8시간의 시차가 있다. 지금쯤 한창 비행기에 타고 있을 그를 떠올리며 옅은 미소를 짓던 우리는 지이잉 울리는 진동 소리에 정면을 응시했다.

"원장실인데?"

"모두한테 온 거예요?"

"그런가 봐."

"연희 쌤."

"네, 걸고 있어요."

중요한 일이 있다며 점심을 함께하지 않은 현우로부터 병원의 모두에게 호출이 왔다.

우리 역시 마찬가지. 요란하게 울리는 호출기를 내려다보던 우리가 연희를 응시하자, 심각한 표정으로 현우에게 전화를 걸던 연희가 통화를 마친 뒤 우리를 비롯한 테이블 주변의 인물들을 향해 말했다.

"놀라지 마세요, 선생님들."

연희는 비장한 표정과 함께 눈에 힘을 주며 입술을 달싹였다.

"오세아가 온대요."

"오세아?"

"왜, 요즘 엄청 핫한 여배우 있잖아요! <한걸음에 달려갈게>의 그 오세아! 오세아가 부원장님께 검진을 받고 싶다고 우리 병원에 곧 도착한다는데요?"

* * *

"어때요, 선생님?"

이슬을 머금은 듯한 커다란 눈동자에 오뚝하고 날렵한 코, 반짝이는 붉은 입술과 새하얀 치아. 이 모든 것을 담고 있는 작은 얼굴이 저를 향하자 왠지 모를 위축감이 일었다.

'나 원 참.'

적잖은 시간 동안 잘나고 예쁜 것만 보아 왔기에 나름 예쁜 것엔 익숙해졌다 여겼지만, 이 인형 같은 여자에게는 이상하게 긴장하게 된다. 핫하다는 말이 괜히 나온 게 아니네. 우리는 속으로 쓴웃음을 삼킨 후 제 대답을 기다리고 있는 세아를 바라봤다.

"몸에서 무언가 만져진다고 했었나요?"

"네! 정확히는 아랫배요! 어때요? 정말 안에 뭔가 있나요? 그런 거예요?"

"그게,"

간단한 검사를 마친 후 검진대에서 내려온 세아는 호기심이 가득한 눈빛으로 우리의 답변을 기다리고 있었다. 우리는 차트와 모니터 화면에 뜬 검사 결과를 차례로 바라보고는 꾹 다물고 있던 입술을 움직였다.

"너무 걱정이에요!"

하지만 우리의 설명보다 세아의 탄식이 더 빨랐다. 우리는 한숨을 푹 내쉬며 외치는 세아의 말에 놀라 입을 다물었다. 세아는 그런 우리의 반응을 조금도 개의치 않고 자기 말을 이어 갔다.

"실은 제가 여기까지 찾아온 이유가 있거든요. 제 친구들 때문이에요."

"친구들이요?"

"네! 친구들요. 곧 있으면 다 늙어 가는 30대에 접어들다 보니 혹시나 해서 다들 검진을 받았던 모양이에요. 그런데 하나같이 자궁 근종이다, 난소 혹이다 뭐다 하며 수술을 받기 시작하더라고요. 그런 와중에 아랫배에서 자꾸 뭔가 만져지는 것 같으니 불안하지 않겠어요?"

'다 늙어 가는 30대'라는 표현에 세아가 유독 힘을 준 것 같은 것은 착각인가.

우리는 말없이 차트를 내려다봤다. 확실히 세아는 아직 30대에 접어들지 않은 20대의 마지막 해를 보내고 있었다. 우리는 피식 웃으며 "뭔가 있으면 어떡하죠? 그럼 큰일인데!"를 중얼대고 있는 세아에게 말을 건넸다.

"너무 걱정할 건 없어요, 세아 씨."

"예?"

금방이라도 닭똥 같은 눈물을 뚝뚝 흘릴 것 같은 세아가 우리를 쳐다봤다. 우리는 말했다.

"물론 친구분들에게 좋지 않은 일이 생긴 건 안타깝긴 하지만, 세아 씨는 문제될 게 없어 보이네요. 자궁 안도 깨끗하고, 염려했던 낭종들도 보이지 않아요. 또래에 비해서 건강한 것은 확실한 것 같군요."

"어머!"

"하지만 직업의 특성상 피로도를 많이 느낄 테니 미리 주의하는 것도 나쁘지는 않겠어요. 피곤하거나 스트레스를 많이 받을수록 생리 불순이나 무월경이 나타날 수 있으니 너무 무리하지는 말고요. 혹시 몸에 이상이 느껴진다 싶으면 언제든 병원에 들러요. 산부인과에 들르는 게 부담스럽다면 오기 전 연락 주세요. 필요한 조치를 취해 볼게요."

말을 마친 후 우리는 세아의 뒤편에 서서 저를 쳐다보고 있는 수경에게 고개를 끄덕이려 했다. 다음 환자를 들이라는 신호에서였다.

"선배님 말씀이 맞았어요."

그때였다. 우리가 수경에게 신호를 주려던 순간 세아가 입을 열었다. 그녀가 설명하지 않아도 세아가 언급한 '선배님'이 누구를 가리키는지 충분히 짐작할 수 있었다. 우리는 수경에게 꽂으려던 시선을 다시 세아에게로 옮겼다. 세아는 우리와 눈이 마주치자 빙긋 웃었다.

"본인이 아는 의사들 중 여우리 선생님이 가장 믿음직하다고 항상 그러셨거든요."

"주형이가요?"

"그럼요. 선생님이 얼마나 훌륭하다고 말씀하셨는지, 아주 귀가 빠질 지경이었다니까요. 선배님이 얼마나 선생님 자랑을 하셨냐면요……."

세아는 주형이 어떤 식으로 '여우리 선생님'에 대해 칭찬을 했는지 늘어놓기 시작했다.

'금주형 이 자식.'

그런 세아의 말을 가만히 듣고 있으려니 얼굴이 화끈거린다. 세아 뒤편에 서 있는 수경을 슬쩍 흘끔거리니 그녀 역시 민망했는지 푹 고개를 숙이고 있었다. 쿡쿡 새어 나오는 웃음소리와 들썩이는 어깨는 수경이 얼마나 이 상황을 꾹 참고 있는지 짐작 가능하게 했다. 우리는 "그래서 언젠가 꼭 한 번 선생님 병원에 들러야겠다고 생각했지 뭐예요!"를 외쳐 대는 세아에게 입을 열었다.

"세아 씨는…… 주형이랑 많이 친한가 봐요."

세아는 기다렸다는 듯 대답했다.

"당연하죠. 우리 주형 선배님은 제 멘토나 다름없어요. 선배님이 아니었더라면 제가 여기까지 왔을 것 같지도 않고요."

우리 주형 선배님? '우리'라는 단어가 몹시 거슬린 적은 꽤 오랜만이다. 우리는 옅게 웃었다.

"주형이가 세아 씨를 많이 아끼나 보군요."

"호호, 그럼요. 참, 그러고 보니 얼마 전엔 이런 일도 있었어요."

이런 일? 세아는 "아참, 말 하면 안 되는데."라고 낮게 중얼거린 후 수경을 힐끔거리더니 어깨를 으쓱였다. 그러고는 다시 생긋 웃으며 말을 이어 갔다.

"회사에서 먼저 막아 줘서 아직 기사화되지 않았으니 꼭 비밀로 해 주세요. 아셨죠?"

"그럼요."

"실은 며칠 전에 저한테 정말 무서운 일이 생길 뻔했어요."

어두워지는 세아의 낯빛에 우리는 눈을 동그랗게 떴다. 세아 역시 그런 우리의 반응을 예상했다는 듯 씁쓸하게 미소 지었다. 그녀는 말했다.

"직업이 직업이다 보니 많은 관심을 받잖아요. 뭐, 충분히 이해는 하죠. 저도 그 관심이 싫지는 않고 오히려 원하고 있으니깐요. 그렇지만 가끔은 지나칠 때가 있어요. 며칠 전 겪은 일이 그런 경우였어요."

세아는 오한이 인 듯 몸을 부르르 떨었다. 그녀는 길게 숨을 내뱉었다.

"데뷔한 이후 스토킹을 당한 적이 없다고는 할 수 없지만, 그 사람이 제가 살고 있는 집에까지 온 건 처음이었어요."

우리는 생각지도 못한 세아의 발언에 아무 말도 할 수 없었다. 세아의 입술은 멈추지 않았다.

"너무……. 후, 정말 너무 무서웠어요. 집 안 곳곳에서 그 사람의 흔적이 가득했어요. 아직도 그날을 생각하면 아찔해요. 아무 생각도 할 수 없었거든요."

후드득.

결국 굵은 눈물방울을 툭 떨어트린 세아는 입술을 잘근 깨물었다. 우리는 갑자기 고개를 숙여 흐느끼는 세아를 바라보다 수경을 응시했다. 수경역시 이 난처한 상황을 어떻게 처리해야 할지 모르겠다는 눈빛이었다.

그 순간이었다.

"그런데 선배님이 와 주셨어요!"

돌연 고개를 든 세아가 두 눈을 크게 일렁이며 외쳤다. 우리는 언제 눈물을 흘렸냐는 듯 눈부실 정도로 환하게 웃고 있는 세아의 모습에 저도 모르게 미간을 좁혔다. 세아는 그러한 우리의 반응에도 아랑곳하지 않고 말을 이어 갔다.

"늦은 시간이라 연락드리는 것도 민폐라고 생각해서 어찌할 바를 몰랐는데, 선배님밖에 생각이 안 났어요. 그래서……. 그래서 연락을 드렸죠! 도와달라고. 그런데 정말 단숨에 와 주시지 않겠어요?"

아.

"동화 속 기사님이나 마찬가지였어요. 당시의 선배님은. 호호, 만약 선배님이 아니었더라면 그날의 제가 어떻게 됐을지 누가 알아요? 안 그래요, 선생님?"

깔깔 웃으며 주형에 대한 선망의 눈빛을 쏘아 대는 세아의 얼굴을 보고 있자니 스치는 말이 있었다.

'급한 일이 생겨서 잠깐 가 봐야겠어.'

'그때였군.'

'큰일……이야?'

'모르겠어. 상황을 먼저 파악해야 할 것 같아.'

무슨 일이냐 물어도 입을 꾹 다물고 있는 것도 그렇고,

'회사에서 먼저 막아 줘서 아직 기사화되지 않았으니 꼭 비밀로 해 주세요.'

며칠이 지나도 그날에 대한 이야기를 언급하지 않는 것으로 보아 제 일이 아닌 세아의 일인지라 입을 다물고 있었던 것이 분명하다. 우리는 화사한 미소를 짓고 있는 세아를 따라 웃을 수 없었다.

"그런데요, 선생님. 저 궁금한 게 있는데요."

"……말씀하세요."

침묵에 휩싸인 우리의 상념을 깨트린 세아가 우리에게 얼굴을 들이밀며

붉은 입술을 달싹였다.

"선생님이랑 우리 선배님이요, 아주 친한 친구 사이인 거 맞죠?"

우리는 살짝 올라간 세아의 입꼬리를 바라봤다. 세아가 '친구'라는 단어에 힘을 준 것처럼 느껴지는 것은 이번엔 착각이 아니리라.

'티가 나.'

우리는 쓴웃음을 삼켰다.

"그렇죠."

어쩔 수 없이 드러난 우리와 주형의 관계가 <우리모두 산부인과>에서는 공공연한 비밀일지라도, 눈앞의 여자에게까지 적용된다고 볼 수는 없었다. 주형과 그녀가 친해 보이는 것은 부정할 수 없으나 그렇다고 한들 두 사람 사이를 말할 만큼 저와 세아가 친한 것은 아니었으니 더더욱.

우리의 답변에 세아는 눈에 띄게 즐거워했다.

"그렇구나. 역시 단순한 친구가 맞았군요!"

단순한 친구?

어쩌면 그냥 넘어갈 수도 있는 발언이었다.

그래.

분명히 그럴 수 있는 말이었다. 그러나 우리는 다시 입을 열었다.

"하지만 세아 씨가 알고 있는 '단순한 친구'의 관계라고는 볼 수 없어요."

"예?"

그게 무슨 소리냐는 세아의 눈빛에 우리는 태연하게 대꾸했다.

"우리 그냥 '단순한 친구' 사이는 아니거든요."

세아의 안면이 파르르 떨리는 것이 느껴졌다. 우리는 빙긋 웃었다. 미세하게 번져 가는 우리 입가의 미소를 지켜보던 세아가 눈썹을 꿈틀거리려다 다시금 반달처럼 눈꼬리를 휘었다.

"아아! 죄송해요. 제 표현이 너무 무례했네요. 하긴. 두 분이 단순한 친구라고 볼 수는 없죠. 17년 전부터 친구였으니 당연히 단순한 친구 이상이

시죠! 죽마고우! 이 표현이 더 옳겠네요?"

우리는 멈칫했다. 그러나 곧 살짝 고개를 저으며 말했다.

"죽마고우라. 뭐, 그 말도 틀린 건 아니에요. 어떻게 말해야 하나. 음. 뭐, 하긴. 세아 씨는 '우리' 주형이가 많이 아끼는 분 같으니 솔직히 털어놔도 되겠군요."

우리는 세아를 똑바로 직시했다. 그러고는 일말의 망설임도 없이 말을 꺼냈다.

"나랑 주형이, 연인 사이예요."

질투였을까. 저보다 한참은 어린 여자가 일부러 던지는 것이 분명한 도발적인 멘트를 견디지 못해서? 누가 봐도 자신의 남자를 좋아하는 것처럼 보이는 그녀의 태도에 화가 나서?

그것도 아니면, 자신의 팔팔한 나이를 핑계 대며 언제든 그를 제게서 빼앗을 수 있다는 그녀의 자신만만한 태도가 불만이어서?

'굳이 따지자면 모두겠지.'

이유는 수도 없이 많았다. 그러나 한 가지 분명한 것은 우리는 눈앞의 여자가 행하는 도발을 무시하지 못했고, 결국 참을 인(忍)자를 새기기를 포기했다는 것이다.

"어……머."

빙긋 올라간 입꼬리를 내리지 않는 우리의 모습을 지켜보던 세아가 반응한 것은 약간의 시간이 흘러 버린 후였다. 탄성을 흘리듯, 입을 빼끔거린 세아의 얼굴이 경직되는 모습은 묘한 쾌감을 불러일으켰지만 겉으로 표현하지는 않았다.

"어머, 세상에!"

다 이긴 게임이라 생각하며 스윽 입꼬리를 올리고 있던 우리를 향해 세아가 믿어지지 않는다는 표정으로 외쳤다. 우리는 순간 당황했다.

"정말 전혀 몰랐어요! 축하드려요, 선생님! 두 분 너무 잘 어울려요!"

하지만 생각보다 세아는 만만한 위인이 아니었다. 세아는 "언제부터요?" 부터 시작하여 "두 분은 제가 생각하는 연인의 이상형이에요!", "오랜 친구가 연인이 되다니, 이보다 로맨틱한 인연이 어디 있겠어요!"라는 말 등을 쏟아 내며 우리와 주형을 축복해 주었다.

'대단하군.'

우리는 진심으로 축복해 주는 것처럼 보이는 세아의 행동에 속으로 감탄을 했다. 하긴. 그러니 그 치열한 업계에서 다른 촉망 받는 경쟁자들을 제치고 반짝반짝 빛나고 있는 거겠지. 세아의 뛰어난 연기력엔 탄성을 흘리지 않을 수 없었다.

"어라, 시간이 벌써 이렇게 됐네. 슬슬 일어나야겠어요."

"벌써 가게요?"

"선생님, 오늘 정말 감사했어요. 제가 선생님 시간을 너무 잡은 건 아닌지 걱정이 되네요."

"무슨 그런 섭섭한 소리를. 세아 씨는 언제든 환영이죠."

"호호, 말씀만이라도 감사드려요. 조만간 다시 봬요! 참, 그리고 정말로 축하드려요!"

세아는 몇 번이고 축하한다는 말을 반복한 뒤 자리에서 벌떡 일어났다. 우리는 태연하게 세아를 따라 자리에서 일어났고 그녀가 선글라스를 끼고 도망치듯 진찰실 밖으로 나갈 때 손을 흔들어 주기도 했다.

"수경 쌤. 저기……!"

제 시야에서 세아가 완벽하게 사라진 것을 확인한 우리가 진찰실 안의 수경에게 무언가 지시하기 위해 입을 열려던 순간이었다. 우리는 수경이 저를 향해 양손의 엄지손가락을 치켜드는 모습을 발견했다.

아마도 조금 전, 진찰실에서 벌어진 일에 대한 반응임이 분명했기에 저도 모르게 실소가 흘러나왔다.

* * *

"뭐……라고?"

예기치 못했던 우리의 발언에 주형의 눈이 큼지막해졌다.

─ 내가 오세아한테 우리 사이를 밝혔다고.

"우리 사이라면,"

─ 뭐긴 뭐야! 연인 사이지.

아.

─ 하여간 그렇게 됐으니 너도 대충 알고 있으라고.

"하하."

─ 웃지 말고!

"큭큭큭."

─ 알아! 나 완전히 아마추어 같았던 거. 하지만 걔가 얼마나 너와의 친분을 과시한 줄 아니? 세상에, 정말 못 들어 주겠더라니까. 말끝마다 '우리' 선배님……. 후. 조금 더 강하게 말할 걸 그랬나? 젠장, 아직도 분이 안 풀리네!

나지막한 우리의 욕지거리가 귀를 간질인다. 좋아해야 할지, 아니면 말아야 할지 감이 잡히질 않아 입가의 주변에 경련이 일었다. 그만 웃으라는 우리의 외침에도 주형은 자꾸만 터져 나오는 미소를 거두지 못했다.

─ 그래서. 오늘은 뭐 했는데?

현재 시각 오후 3시 35분. 헝가리와 한국은 8시간이 차이가 나니, 우리의 시간은 밤 11시 35분 정도가 됐겠지.

그 긴 시차에도 불구하고 꼬박꼬박 전화를 걸어 서로의 하루를 돌아보는 두 사람은 연인 사이임이 분명했다. 주형은 자신에게 있었던 일을 말하고선 제 일에 대해 묻는 그녀에게 짧게나마 대답해 주고는 작은 리액션을 보내는 우리의 목소리를 들으며 눈을 내리감았다.

─ 저기, 그런데 주형아.

"응."

– 오세아 말이야. 입이 가벼운 편은……. 아니지?

"대형 사고를 쳐 놓고 불안하기는 했나 보군."

– 흠흠!

"발설하지는 않을 거야. 딱히 저한테 유리한 것도 없고. 안 그래도 소속사에서 그 애를 밀어 주려고 혈안이 되어 있는데, 그 상황에서 내 일이 터지면 제게 집중되어 있던 인력이 빠져나가겠지. 원하는 바는 아닐 거야."

– ……후우, 그거 하난 다행이네.

"기대했던 답변이지?"

– 뭐…….

말끝을 흐리는 것을 보니 안심한 게 분명하다.

– 하암.

몇 분.

몇 분만 더 그녀와 이야기를 하고 싶었는데 휴대폰 너머에서 들려온 하품 소리가 신경을 자극했다. 주형은 피곤한 기색이 역력해 보이는 우리에게 물었다.

"왜. 졸려?"

– 아니, 아니야. 너 헝가리 가고 며칠 만에 겨우 연락 됐는데 졸리기는.

"졸리잖아."

– ……사실, 조금 그래.

"그럼 얼른 자. 전화는 내일 또 하면 되지."

– 내일?

"응, 내일."

– 내일……. 그래, 그러면 되지. 그러자, 우리!

약간의 주저 끝에 쿨하게 "내일 또 연락하자!" 하고 통화를 끊어 버린 우리를 막지는 못했다. 온종일 진료와 수술을 번갈아 한 그녀가 얼마나 피곤에 절어 있는지는 상상하지 않아도 충분히 알 수 있었다.

'보고 싶어.'

우리와 통화 연결이 된다면 가장 먼저 하고 싶었던 말은 결국 꺼내지 못했다. 주형은 이미 끊어진 휴대폰을 가만히 내려다보다가 쓴웃음을 삼켰다.

지이잉.

오후 촬영까지는 아직 2시간 정도의 여유가 있었던지라 휴식을 취하고 있었던 주형의 휴대폰이 울렸다. 재원인가. 다른 방에서 휴식을 취하고 있을 재원에게 연락이 왔을까 싶어 휴대폰을 집어 든 주형의 눈이 동그래졌다. 그에게 도착한 것은 우리로부터 도착한 하나의 문자였는데, 웬 사진이 첨부되어 있었다.

[내 말만 하고 끊어 버린 것 같아서. 자, 이거 보면서 힘 내! 금주형 전용 인간 비타민 여우리 님이라고.]

잠들기 직전 제게 보낸 것이 틀림없는 우리의 문자에는 그녀가 진찰실에서 찍은 것이 확실한 사진이 담겨 있었다. 주홍빛 진료복 위에 하얀색 가운을 둘러 입은 우리가 활짝 웃으며 두 주먹을 불끈 쥔 채로 정면을 바라보고 있는 모습이었다. 주형은 피식 웃으며 "고마워."라고 답장을 한 뒤 예의 사진을 저장했다.

지이잉.

빨리 자라니까.

일일이 답을 해 줄 필요가 없음에도 다시 한번 제게 문자를 보낸 것이 분명했다. 주형은 고개를 절레절레 저으며 휴대폰의 액정을 확인했다.

"......!"

그러한 주형의 시야로 들어온 문자는 그의 예상과는 달랐다. 문자를 확인한 주형의 얼굴은 딱딱하게 굳어졌다.

이유는 간단했다. 주형의 휴대폰에 하나의 문자가 도착했고, 우리의 사진 역시 첨부되어 있다는 사실은 같았지만 조금 전 우리가 보내 온 문자와는 확연한 차이가 존재했다.

_이 여자, 너무 싫어!_

라는 문구와 함께 우리의 사진에는 붉은 X자 표식이 그려져 있었다.

* * *

이 세상에서 가장 잡기 어려운 것은 바로 시간이다. 정신을 차려 보니 어느덧 몇 주가 더 흘러 버렸고 순식간에 '그날'이 다가왔다.

따뜻한 봄날이 가까워진 2월의 제주도는 다른 지방보다 일찍이 따뜻한 바람이 불기 시작했다. 두꺼운 코트 대신 얇은 코트를 입고 약속 장소로 들어선 우리는 눈앞에 보이는 문구를 뚫어져라 응시했다.

【신랑 한진한♡신부 장미주】

"결국 이 날이 찾아왔네."

제 속을 엿보기라도 한 듯, 입안에서 맴돌던 말이 등 뒤에서 들려왔다. 화들짝 놀라 뒤를 돌아보니 "안녕." 하고 손을 흔드는 반가운 얼굴이 보였다. 나라였다. 우리는 빙긋 웃었다.

"혼자 왔어?"

"그럴 리가. 윤정우가 차 대고 있어. 그나저나 넌 같이 가자니까 굳이 먼저 출발했더라?"

"미안. 우연찮게 세미나가 하나 잡혀서 이틀 전에 출발했어."

"흐응, 괜히 우리 떼어 놓으려 했던 건 아니고?"

"뭐?"

"하하, 농담이야. 그나저나…… 이게 안 보인다?"

우리는 오른쪽 새끼손가락 하나를 들어 올려 앞뒤로 흔드는 나라의 허리를 콕 찍었다. 나라는 쿡쿡 웃더니 "정말 어디 있어? 인사하려 했는데."라고 중얼거리며 주위를 살폈다.

"같이 안 왔어."

"못 오는 거야?"

"아니. 그건 아닌 것 같은데."

'*가까스로 도착할 것 같아. 먼저 가 있어.*'

헝가리에서의 촬영 일정에 문제가 생겼는지, 오늘에 맞춰 한국으로 돌아오겠다던 주형은 아직 연락이 되지 않는 상태였다. 물론 이미 헝가리에서 출발을 했다는 연락을 받았기에 곧 그를 볼 수 있는 건 확실하지만, 시간에 맞출 수 있는지는 확신할 수 없었다.

"속도위반을 했다는 얘기를 들었을 때가 불과 며칠 전 같은데, 벌써 이 날이 찾아왔네."

우리의 얼굴이 살짝 침울해지자 나라는 얼른 화제를 바꿨다. 그녀의 의도를 알아차린 우리는 다시 한번 시선을 사로잡는 문구를 응시했다.

"그러게."

여우리의 오랜 친구인 한진한과 장미주의 결혼식. 소수의 가족과 친지를 초대하여 새롭게 가정을 꾸리게 된 신혼부부의 미래를 축복해 주는 즐거운 날.

'드디어 이 날이 왔군.'

나라의 말대로 영영 오지 않을 것 같았던 날이 찾아오자 감회가 새롭다. 우리는 주위를 둘러봤다. 지나가다 한 번씩은 마주쳤던 진한의 가족들과 미주의 가족들, 그리고 우리가 알고 지내던 그들 두 사람의 지인들이 식장 안을 메우고 있었다.

그들은 저마다 오늘의 주인공에 대해 이야기를 하고 있었는데, 그런 그들을 반기기라도 하듯 작은 예식장 안에는 진한과 미주가 거쳐 온 연애를 한눈에 보여주는 사진들이 가득 진열되어 있었다. 우리는 그 사진들을 한참 동안 들여다봤다.

"기분은 좀 어때. 괜찮아?"

나라가 왜 이런 질문을 하느냐 묻는다면, 아마도 자신이 진한에게 여전히 미련을 가지고 있을지 걱정해서겠지. 우리는 피식 웃었다.

"걱정 마. 놀라울 만큼 멀쩡해."

그리고 실제로 아무렇지 않았다. 오늘 아침 태양이 뜨기 전까지만 하더라도 과연 자신이 덤덤할 수 있을까, 걱정한 것은 사실이었지만 결혼식이 열리는 예식장 안에 들어서자 이상할 만큼 마음이 고요했다. 활짝 미소 지을 수 있는 것은 당연했고 두 사람의 행복한 사진을 보아도 동요하기는커녕 오히려 기뻤다.

이미 오래전, 두 사람을 축복해 줄 수 있었기에 가능한 일이었다. 태연하다 못해 고요하기 그지없는 우리의 답변에 나라의 눈동자가 큼지막해졌다. 이내 나라는 히죽 웃으며 속삭였다.

"그 녀석 덕분이구나."

"뭐?"

"이야, 오래 살고 볼 일이네. 여우리가 과거에 얽매이지 않는 모습을 보게 되다니. 금주형이 사람 하나를 완벽하게 바꿨어."

키득거리는 나라의 발언에 우리는 미간을 좁혔다.

"시끄러워."

"여우리를 사람으로 만들어 준 우리 제부 얼른 보고 싶다!"

"정확하게 말해. 제부가 아니라 형부겠지."

"어머, 그럼 인정한 거야? 조만간 식 올리는 모습 보는 거지?"

고나라 이 영악한 게!

나라의 유도신문에 훌러덩 넘어가 버렸다. 우리는 쿡쿡 웃으며 "언제?

언제 할 건데?"를 속삭이고 있는 나라를 흘겨보고는 쯧쯧 혀를 찼다.

"우리 예쁜 신부님은 봤어?"

"아니. 이제 가 보려고."

"같이 가자."

저 멀리 진한이 다가오는 하객들에게 인사를 하는 모습을 지켜보던 우리는 나라의 말에 동의하며 신부 대기실로 걸음을 옮기려 했다.

'응?'

두 여자가 두 발자국 정도 앞서 나갔을 때였다. 어디선가 웅성거리는 소리가 들리더니 갑자기 하객들이 소란스러워지기 시작했다. 이런 반응이 나오는 것은 '그 녀석'이 도착했을 때밖에 없었다. 우리는 반가운 마음으로 소리가 들려오는 쪽으로 고개를 돌리려 했다.

'......!'

하지만 그런 우리의 시야로 들어온 사람은 놀랍게도 주형이 아니었다.

"어머, 안녕하세요!"

다가온 봄날의 신부보다 더 화사하게 웃고 있는 세아였다.

* * *

"우와, 피부 좀 봐. 너무 고운 거 아니에요? 무슨 화장품 써요? 광고하는 것만 쓰는 건 아니죠? 뭔가 다른 비결이 있나?"

반짝반짝 눈을 빛내는 나라의 질문에 세아의 볼에 붉은 홍조가 일었다.

"비결은요. 그냥, 생긴 대로 사는 거죠. 호호!"

쑥스러움 반, 그리고 겸손을 가장한 과시가 드러난 그 대답에 나라의 눈동자가 더욱 일렁였다. 우리는 식장 안의 신부보다도 더 화려한 모습으로 나타난 세아와 대화를 주고받는 나라를 흘긋거리다 제 옆에 앉아 그들을 흐뭇하게 지켜보는 남자의 허리를 쿡 찔렀다.

"윽!"

"안태민."

"……어?"

"얘기 좀 해."

이제 곧 시작될 결혼식을 앞두고 하하 호호 웃고 있는 두 여인에게서 태민을 끌고 나온 우리는 난처한 표정을 짓고 있는 그를 벽으로 밀어붙였다.

"하하, 우리야."

"어떻게 된 거야."

"으응?"

"어떻게 된 거냐고 묻잖아! 오세아가 왜 여기 있어? 너는 왜 저 애를 데리고 여기까지 온 거고?"

어쩜 이렇게도 난처할 수가.

'오, 오세아 아냐?'

'연예인 오세아? 맞는 것 같은데?'

'세상에!'

오늘의 스포트라이트를 한목에 받아야 할 사람은 갑자기 예식장에 나타난 분홍색 원피스 차림의 세아가 아닌, 순백의 드레스 차림의 미주여야 했다. 그러나 세아가 나타난 순간 장내는 술렁이기 시작했고 그것은 그녀의 접근을 지켜보고 있던 우리와 나라도 마찬가지였다.

"대체 왜 오세아가 이곳에 있어?"부터 시작하여 "설마 주형이가 온 건가?", "오세아가 혹시 진한이나 미주와 접점이라도 있었던 거야?" 등등의 생각을 이어 가던 우리는 그녀의 뒤편에서 슬그머니 나타난 한 명의 남자를 발견하고 얼굴을 굳혔다.

'다들 만났구나? 너희들도 알지, 우리 세아 씨?'

우리에게 인사를 건네는 세아의 허리에 팔을 두르며 미소 짓던 남자는 우리의 고등학교 친구 중 한 명인 태민이었다.

불과 몇 분 전 일어난 충격적인 일을 겨우 머리에서 지워 버린 우리는 여전히 제게 미소 짓는 태민을 쿡쿡 찔러 대며 말했다.

"처음부터 끝까지 상세히 보고해. 두 사람, 어떻게 만나게 됐는지, 왜 이곳까지 데리고 왔는지, 파트너는 또 무슨 소린지!"

"하하."

"안태민!"

"알았어, 알았어, 말할게."

낮게 으르렁거리는 우리의 눈빛에서 위협을 느낀 태민이 결국 대답하기 시작했다.

"왜, 도욱이 대신 내가 진한이 결혼식에 어떻게 갈 건지 너한테 물어보러 간 날 기억나?"

제약 회사 직원으로 일하고 있는 도욱은 우리와 만남이 잦았다. 그래서 우리와 사적인 만남도 잦았고 그녀의 오랜 상담자가 되어 준 적도 있었다.

그러나 그보다 교류가 적었던 태민이 얼마 전 도욱을 대신하여 <우리모두 산부인과>에 들른 적이 있었다. 도욱이 마침 외국으로 출장을 갔던 시기였다. 당시가 생각난 우리가 고개를 끄덕이자 태민이 말했다.

"그때 만났어. 세아 씨."

뭐?

"너 그날 두 사람 결혼식 전에 세미나 있다고 나나 도욱이 보고 먼저 출발했댔잖아. 그거 알려 주려고 도욱이한테 전화하는데, 웬 여자가 병실 쪽으로 오더라고. 내가 그 여자를 못 보고 전화하다가 그만 부딪혔거든. 그러다…… 인연을 나누게 됐지."

생각만 해도 기분이 좋은지, 태민은 작게 입꼬리를 올렸다. 그 모습이 영락없는 사랑에 빠진 남자 그 자체여서 우리는 할 말을 잃었다. 그 후로도 어떻게 세아와의 만남을 이어 갔는지, 또 어떻게 결혼식까지 함께 오게 되었는지 즐겁게 말을 잇는 태민을 보며 아무 말도 할 수가 없었다.

"아주 좋은 느낌이야. 근래 이런 감정은 못 느껴 봤어."

"태민아."

"그만. 일단 내 말부터 들어 봐. 우리 네가 무슨 걱정을 하는지 알겠는데, 정말 괜찮아. 나 세아 씨 아주 믿고 있거든. 네 생각보다 우리 관계 단단해."

염려할 것은 아무것도 없다며 눈까지 빛내는 태민에게 세아가 어쩌면 다른 마음을 품고 있을지도 모른다는 말이 새어 나오지 않았다. 숨이 컥 막혀 왔지만 태민은 "진짜 걱정할 거 없대도?" 하고 우리의 어깨를 툭툭 두드렸다.

'안 돼.'

태민의 말을 넘길 수도 있었으나 아무리 생각해도 아니었다. 우리는 다시금 원래의 테이블로 돌아가려는 태민을 붙잡으려 했다.

"잠깐만, 태민아. 나 아직……."

"두 분, 아까부터 무슨 얘기를 그렇게 오래 하세요? 저도 같이 하면 안 돼요?"

하지만 몇 초 전까지만 하더라도 나라와 함께 대화를 나누던 세아가 웃으며 그들에게 다가왔다. 우리는 목구멍까지 차오른 말을 뱉어 내지 못했다.

─ 곧 한진한 군과 장미주 양의 결혼식이 시작될 예정이오니, 초대받은 하객 여러분들은 아름다운 두 사람을 맞을 준비를 해 주시길 바랍니다.

제주도의 푸른 하늘 아래서 열리는 진한과 미주의 결혼식은 분명 처음 계획과는 많이 달라졌다. 소수의 일원이라고 들었던 하객들은 테이블을 꽉 채우고도 남을 만큼 많았지만 정작 가장 중요한 사람이 보이지 않았다.

─ 고객의 휴대폰이 꺼져 있어 삐 소리 이후 음성 사서함으로 연결됩니다.

'안 받네.'

아리따운 신부 입장이 진행된 이후로도 도통 등장할 생각을 않는 남자를 기다리던 우리는 반가운 목소리 대신 들려오는 기계음에 결국 종료 버튼을 눌렀다.

"왜. 아직도 연락 안 받아?"

우리가 주형에게 연락을 하고 있다는 사실을 눈치챈 옆자리의 나라가 작게 속삭였다. 우리는 쓰게 웃으며 고개를 끄덕였다.

'어떻게 된 거야.'

분명 시간 맞춰 온다고 했으면서.

째깍째깍 흘러가는 손목의 시계바늘 소리가 거슬린다. 우리는 행복한 부부가 될 준비를 하는 두 사람보다 신경 쓰이는 남자를 떠올리고 또 떠올리며 자꾸만 출구 쪽을 흘긋거렸다.

─ 다음은 신랑 측에서 준비한 깜짝 이벤트입니다!

'한 번 더 전화를 걸어 볼까.'

─ 이번 이벤트를 준비하기 위해 신랑인 우리 한진한 군은 오래된 상자를 뒤적였다는데요, 대체 무슨 사연이 있는지 한 번 들어 볼까요? 모두 박수로 맞아 주십시오, 오늘의 신랑, 한진한 군입니다!

'그래. 그러는 게 좋겠어.'

아무리 비행 일정이 지연된다 할지라도 지금 시각은 주형이 한국에 도착하고도 남을 시간이었다. 곧바로 제주도로 들어올 수는 없겠지만 같은 한국 땅에는 있겠지. 그가 받지 않는다면 주형의 매니저인 재원에게라도 전화를 걸어볼 생각이었던 우리는 슬그머니 자리에서 일어나려 했다.

"먼저, 나의 신부가 되어 줘서 고마워, 미주야."

어디 가느냐는 나라의 질문에 어색하게 웃으며 전화기 시늉을 그려 보이던 우리는 사회자인 도욱의 소개를 받고 마이크를 부여잡는 진한의 목소리를 들었다.

'행복해 보이네.'

이 식장 안에서 현재 가장 행복하고 즐거운 사람은 다름 아닌 저들 두 사람일 거다. 우리는 오래전, 자신이 어떻게 미주를 만났는지에 대해 이야기를 하는 진한을 흘긋거리다 진심으로 그들을 축하했다.

　그러나 현재 우리에게 있어 급한 건 주형과의 연락이었다. 고등학교 시절의 인연을 언급하며 미주에 대한 사랑을 늘어놓는 진한에게서 시선을 돌린 우리가 막 식장을 벗어나려던 순간이었다.

　"물론 그때도, 너를 귀여운 후배 정도로만 생각했었지. 하지만 1년 뒤, 군 입대를 앞둔 내게 네가 보내 온 그 편지는 내 운명을 바꿔 놨어."

　그때였다.

　'뭐?'

　밖으로 나가려던 우리의 걸음이 뚝 멈췄다. 그녀의 눈은 쑥스러운 듯 옅게 미소 지으며 말을 이어 가고 있는 진한에게 꽂혔다. 환한 스포트라이트를 받은 진한은 여전히 제 맞은편에 서 있는 미주를 바라보며 말하고 있었다.

　"발신인이 없는 체크무늬 봉투의 편지. 나를 향한 애정이 담겨 있던 그 편지의 주인공이 너라는 걸 알아, 미주야."

　체크……무늬?

　심장이 덜컥 내려앉았다.

　'금주형. 다 알고 왔으니 사실대로 말해. 어째서…… 그 편지를 숨긴 거야?'

　누군가를 향해 뱉어 냈던 독설이 부메랑이 되어 돌아왔다.

　"우리의 인연은, 그때부터 시작됐어."

　환하게 웃으며 속삭인 진한의 말이 머리를 울리기 시작했다.

* * *

　"뭐 해?"

　"윽!"

　기숙사에서 나와 본가를 들르자마자 소중히 품고 있던 봉투를 꺼내 들었다. 한 자, 한 자. 호흡이 가빠 오는 것을 겨우 참으며 조심스럽게 써 내려 가던 우리는 갑자기 들려오는 나라의 목소리에 확 고개를 들었다.

"……뭐야, 여우리? 뒤에 숨긴 거?"

나라에게 들켜서는 안 된다는 생각에 얼른 편지지와 봉투를 접어 버리고는 등 뒤로 그것을 숨겼다. 누가 봐도 수상해 보이는 우리의 행동에 나라의 눈꼬리가 가늘어진 것은 당연했다.

쿵쾅쿵쾅.

정신없이 뛰는 심장의 박동은 이상하게 제어하기 어려워서 우리는 침을 꼴깍 삼켰다.

"무, 무슨 소리야?"

"무슨 소리긴."

"……."

"내놔."

"……."

"어어? 안 내놔? 내놔. 얼른 내놓, 윽, 여우리! 어디 가!"

피식 웃으며 제게서 편지를 빼앗으려는 나라를 어깨로 밀쳤다. 우리는 당황하는 나라를 일으켜 주지도 않은 채 곧장 방을 나섰다.

"거기 서, 여우리!"

씩씩거리며 저를 막으려 드는 나라의 고함 소리가 들려왔으나 멈출 순 없었다.

"하아, 하아."

얼마나 달렸을까. 집을 나서 한참을 달려온 우리는 나라가 쫓아오지 않는다는 것을 확인한 이후 구겨진 체크무늬 봉투를 내려다봤다.

'진한아, 나 줄 게 있…….'

'그 전에 내 말부터 들어 봐.'

'어?'

'나, 고백 성공했어!'

1년 전, 크리스마스가 끝난 이후의 일이었다. 그러니까 여우리와 한진한, 두 사람이 새해를 맞이하기 직전에 벌어진 일. 아직도 생각하면 가슴 한 구석이 시큰한 그날의 일이 머리를 스쳤다.

크리스마스 당시, 주형으로부터 정보를 습득했던 우리가 크나큰 결심을 하고 진한과 만났을 때 진한은 믿기 힘든 말을 꺼냈다. 너무 놀란 나머지 무슨 소리냐고 물을 틈도 없었다. 진한은 굳어 버린 우리에게 말했다.

'설마 쌤이 내 고백을 받아 줄 거라고는 생각도 못 했어. 우리 너도 우리 과외 쌤 알지? 유영 쌤 말이야.'

'아, 어……. 아, 알지.'

'내년부터 유영 쌤이랑 같이 학교 다니면 되겠다. 난 신입생이고 쌤은 졸업반이라 시간이 안 맞을지도 모르겠지만, 그래도 CC처럼 행동할 수 있겠어. 안 그래? 맞다, 너 나 연애한다고 안 놀아 주면 안 된다?'

'……'

'우리야?'

'무, 물론이지. 네 연애랑 우리 우정은…… 아무 상관없어.'

'역시 넌 내 영원한 친구야!'

그런 대답을 해 줄 줄 알았다며 미소 짓는 진한에게 너를 좋아한다고 고백할 수는 없었다. 우리가 겨우 결심했던 일은 허무하게 끝났다.

'우리야, 들었어? 한진한, 걔 여친이랑 헤어졌다던데?'

그리고 다시 1년 뒤였던 대학교 1학년 여름 방학.

생각지도 못한 이야기를 접했다. 진한이 3살 연상 선배이자 전직 과외 선생이었던 여자 친구와 헤어졌다는 소식이었다. 이후 다가오는 2학기 시작 전 군에 입대할 것이라는 소식, 역시.

"후우."

무심코 걷다 보니 어느새 대학 교정 안으로 들어섰다는 것을 확인한 우리는 무의식적으로 꽉 움켜쥐고 있던 체크무늬 봉투를 한 번 내려다보고는, 다시 고개를 들어 정면을 응시했다. 언론정보학과 사물함이 줄지어 있는 복도 앞에는 개미 새끼 한 마리 얼씬하지 않는다. 일부러 학생들 대부분이 집으로 돌아갔을 지금 이 시간을 선택한 우리는 자꾸만 말라 가는 입술을 억지로 축이며 편지 봉투를 만지작거렸다.

덜덜, 손이 떨린다.

'좋아.'

이번이 마지막 기회야.

두근대는 심장이 말하고 있었다. 이 기회를 놓치면 다시 진한에게 고백할 수 있는 타이밍을 잡기 쉽지 않을 거다. 우리는 몇 번이고 몇 번이고 고민하다, 입술을 꾹 눌렀다. 그러고는 마지막 용기를 내어 손을 들어 올린 이후 [한진한]이라 적혀 있는 사물함 안쪽으로 체크무늬 편지를 밀어 넣었다.

* * *

애석하게도 여우리의 두 번째 고백은 실패했다. 분명 진한의 사물함에 편지를 넣었고 그의 답변만 기다리면 된다고 생각했었거늘, 어째서 실패로 돌아간 걸까.

'맙소사.'

뒤늦게 깨달은 진실은 편지 속 내용이 당혹스러울 정도로 애매했다는 사실이었다. 예의 편지 속에는 진한에 대한 짙은 애정이 가득했지만 결코 고백을 한 사람이 누구인지에 대해서는 나와 있지 않았다. 그것이 여우리의 결정적인 실수였다.

'찾아야 해.'

발신인이 없는 편지를 보냈다는 사실을 그날 밤 알게 된 우리는 다음 날 새벽, 누구보다 빠르게 등교하여 진한의 사물함에서 그녀의 편지를 도로 가져가려 했지만 실패했다. 겨우 열게 된 사물함 안에는 체크무늬 편지는 존재하지 않았고, 진한이 받았다는 이야기 역시 들려오지 않았다.

이후 진한은 군대에 입대했고 다른 친구들과 함께 그를 배웅해 주던 우리는 예의 편지를 쓰지 않은 사람처럼 행동했다.

그렇게 시간은 흘렀다.

"우리야, 너 왜, 기억나? 대학교 때, 너 '누구'한테 연애편지 쓴 적 있잖아."

우리가 기억하고 싶지 않은 두 번째 편지에 대해 떠올리게 된 것은 3년 전이었다. 진한의 앞에서 주형과 연인인 것처럼 행세하던 31살의 여우리는 우연히 대학 기숙사 생활 시절 룸메이트였던 효주를 만났고 그녀로부터 그녀의 편지를 어쩌면 주형이 가져갔을지도 모른다는 이야기를 들었다.

'금주형이 그걸 가져갔다고?'

같은 대학이었지만 학과는 전혀 달랐던 주형이 어떻게 진한의 편지를 가져갈 수 있었던 걸까. 그리고 효주는 그걸 어떻게 알았고.

우연히 만들어진 술자리에서 그와 비슷한 이야기를 들었다고 하던 효주는 "네가 편지 준 사람, 진한이 맞지? 주형이가 아니라?"라고 우리에게 묻기까지 했다. 눈앞이 새하얗게 물든 것은, 당연했다.

아주 오래전의 일이었다. 11년도 전의 일.

그러나 발끈할 수밖에 없었던 것은 주형이 자신을 완벽하게 속였다는 사실이었고, 우리는 그것을 견디지 못했다. 효주에게는 이번 일을 비밀로 해 달라는 부탁을 한 우리는 곧장 주형에게 달려갔다.

"사실이야?"

"뭐가."

"효주 말. 사실이냐고. 내가 진한이한테 줬던 편지, 네가 **빼돌린** 걸로도 모자라서 숨겼던 거, 전부 사실이냐고!"

주형은 강하게 몰아붙이는 우리에게 반박하지 않았다. 그저 그녀를 바라보기만 할 뿐. 우리는 대답 대신 저를 응시하고만 있는 주형을 향해 얼굴을 일그러트렸다. 그러고는 이를 악물며 말했다.

"너랑 난 오늘부터 모르는 사이야. 다시는 너, 안 봐."

아무리 사소한 오해라도 그가 제게 해명이라도 해 주었으면 했다. 하지만 우리의 질문에도 불구하고 주형은 여전히 입을 다물기만 했다.

어째서 말하지 않았니. 어째서 그 편지를 가지고 있으면서도 돌려주거나, 혹은 진한이에게 전해 주지 않았어.

대체, 어째서.

그때까지만 하더라도 주형의 마음을 전혀 알지 못했던 우리였기에 묵묵부답을 유지하는 그가 원망스럽기만 했다.

그래서 우리는 돌아섰다. 이후 3년 동안 그를 보지 않았고 왜 주형과 절교했냐는 다른 친구들의 물음에도 그저 미간을 좁히기만 했다.

"미주야."

멀리서 미주를 부르는 진한의 목소리가 들려왔다. 긴 상념에서 깨어난 우리는 고개를 들어 정면을 바라봤다. 미주의 손을 붙잡고 제 마음을 고백하고 있는 진한의 얼굴에서는 애정의 기운이 감돌았다.

"네가 쓴 그 편지는 글자 하나하나가 내 마음에 닿았어. 널 생각하지 않을 수 없었지. 우리의 인연은 돌고 돌아왔지만 결국 내가 향하는 건 네가 있는 곳이었어. 고마워. 네 덕분에 나는 그 어떤 역경에도 흔들리지 않고 버틸 수 있었어. 네가 내 아내가 되어 줘서 기뻐. 사랑해. 정말 정말 사랑해, 장미주."

진한은 그 말을 끝으로 제 앞에 선 미주의 입에 자신의 입술을 가져다 댔다.

곧 식장 내에는 박수와 환호 소리가 가득 찼다.

"한진한 녀석, 그런 이벤트를 준비하다니. 나까지 코끝이 찡했어. 하마터면 나도 미주처럼 울 뻔했다니까?"

진한과 미주의 결혼식은 눈 깜짝할 사이에 끝이 났다. 진한의 깜짝 이벤

338 우리의 티 나는 연애

트 이후 어떤 식으로 예식 진행되었는지 하나도 기억나지 않았지만, 정신을 차려 보니 이미 자신은 나라의 옆에 앉아 음식을 먹고 있었다. 기계적으로 젓가락을 움직이던 우리는 낮게 중얼거리는 나라의 말에 고개를 돌렸다.

"그런데 미주 고 계집애가 한진한한테 언제 연애편지를 쓴 거야? 여우리. 넌 알고 있었어?"

우리는 그 물음에 저도 모르게 고개를 휘휘 저었다. 우리의 반응을 지켜보던 나라는 흥 콧방귀를 뀌었다.

"세상에, 요 발칙한 것. 나한테 말도 안 하고 쓴 거야? 이 베스트프렌드에게 말도 없이?"

굳이 따지자면 미주는 우리보다는 나라와 더 친한 편이었다. 나라와는 아주 작은 고민까지 주고받으며 교류를 하곤 했던 미주였기에, 진한의 이벤트 대상이었던 그 편지를 자신이 알지 못했다는 사실이 나라는 못내 마음에 들지 않았던 모양이다.

우리는 작게 툴툴거리는 나라를 보며 움찔거렸다.

'미주의 편지가…… 아니니까.'

목구멍까지 차오른 말은 밖으로 나오지 않았다. 간단했다. 이제 와서 그 편지의 소유권을 주장하기에는 너무도 긴 시간이 흘러 버렸다.

게다가 예의 편지의 진짜 발신인이 여우리라는 사실을 알고 있는 사람은 우리 본인과 주형, 그리고 우리의 룸메이트였던 효주뿐이다.

우리는 굳이 경사스러운 결혼식을 망치는 일은 하고 싶지 않고, 주형은 아직도 등장하지 않은 상태였다. 게다가 어렴풋이 우리가 진한에게 편지를 보냈을 거라 짐작하고 있는 효주는 이미 영국으로 이민을 가서 왕래가 끊어진 지 오래다.

진실을 알 리 없는 진한은 오해로 인해 이런 이벤트를 준비한 거겠지.

'후우.'

우리는 "하여간 감동이었어."를 연발하고 있는 나라를 흘긋거리다 말없이 물을 들이켰다.

"언니들! 오빠들!"

제 입으로 들어가는 것이 밥인지 아니면 반찬인지 가늠하기 어려운 지경에 이르렀을 때였다. 계속해서 연애편지를 언급하는 나라로 인해 체하기 직전이었던 우리는 밝고 높은 목소리에 행동을 멈췄다. 폐백을 하고 왔는지 고운 한복을 입고 있는 미주와 진한이 보였다.

"오늘 와 주셔서 너무 감사해요. 언니랑 오빠들이 와 주셔서 얼마나 기쁜지 몰라요!"

완벽하게 드러나지는 않았지만 살짝 볼록해진 배를 어루만지며 미주가 방긋 웃었다. 우리는 그런 미주에게 진심으로 축하한다는 말을 한 뒤 진한을 응시했다. 진한은 미주의 행동 하나하나에 신경을 쏟아 부으며 혹여나 그녀가 다치진 않을까 예의 주시하고 있었다.

"한진한, 그러다 장미주 얼굴 뚫리겠다."

"응?"

"아무리 신부가 좋아도 그렇지 우리한테 고맙다는 말 한마디 안 하고!"

"아, 그래. 맞아. 와 줘서 고마워."

"말로만?"

"왕래해 주셔서 특별히 더욱 감사드립니다, 고나라 님."

정중히 고개와 허리를 숙이는 진한을 보며 나라는 흐뭇한 표정을 지었다.

"맞다, 너 근데 이벤트 준비 잘했더라. 나 완전 울 뻔했잖아!"

"하하, 괜찮았어?"

"우리 미주, 감동했겠네?"

진한을 칭찬하던 나라가 이번에는 미주를 응시했다. 우리는 그런 미주의 얼굴에 언뜻 스치는 어두운 그림자를 발견했다.

"오글거리긴 하지만 꽤 멋진 이벤트였지."

뒤늦게 하객으로 합류한 도욱 역시 수긍하며 중얼거렸다.

"그런데 그 편지, 사실 미주 씨가 보낸 게 아니라면서요?"

뭐?

"하지만 오해가 결국 인연이 된 거니까, 두 사람은 정말 인연이긴 하네요! 축하드려요!"

도통 무슨 생각으로 이 결혼식에 참석했는지 알 수 없었던 세아의 입이 벌어진 것은 그 순간이었다. 잠시, 잘못 들은 것이 아닌가 생각했었지만 생긋 웃고 있는 세아의 모습을 바라본 순간 제 귀를 의심하는 행동을 멈추었다.

"무슨……. 소리십니까?"

진한은 화기애애했던 분위기를 와장창 깨트리는 세아의 말에 미간을 좁혔다. 세아는 제게 쏟아진 시선에 화들짝 놀라 태민을 흘긋거리고 있었다.

"어머! 비, 비밀이었구나."

"세아 씨!"

"어, 어떡해. 미안해요, 태민 씨. 비밀인 줄 몰랐어요."

어쩔 줄 몰라 하며 태민의 옷깃을 슬쩍 잡는 세아는 정말 놀란 것처럼 보였다. 그것이 연기인지, 아니면 진짜인지 알 수 없을 뿐. 우리는 "빌어먹을." 하고 욕설을 흘리는 태민이 다른 친구들의 시선을 억지로 피하는 것을 발견했다.

"안태민."

낮게 깔린 진한의 목소리가 금환 고등학교 동창들이 앉아 있던 테이블을 울렸다.

"세아 씨 말, 무슨 소리야."

쿵쿵쿵쿵. 우리는 심장이 터져 버릴 것만 같았다.

'제발.'

덜덜 떨리는 손을 꽉 움켜쥔 사람은 비단 저뿐만이 아니었다. 무의식적으로 대각선 쪽을 흘긋거린 우리는 발그스름하던 얼굴이 하얗게 물든 미주를 발견했다.

"안태민."

"저기, 그게……."

당황하던 태민이 갑자기 우리를 쳐다봤다. 그때, 미주가 돌연 확 몸을 돌리더니 어딘가로 달려갔다.

"미주야!"

놀란 진한이 울먹이며 사라진 미주를 붙잡기 위해 달려가자, 친구들이 앉아 있던 테이블이 고요해졌다.

"이게 대체 무슨 상황이야."

아직까지 상황 파악을 하지 못한 나라가 갑자기 벌어진 일에 눈을 끔뻑이며 중얼거렸다. 우리는 후, 한숨을 내쉬며 태민을 노려봤다. 태민은 감히 고개를 들지 못하고 있었고 그 옆에 앉은 세아는…….

'나쁜 계집애.'

진심인지, 아니면 가식인지 알 수 없는 눈물방울을 툭툭 떨어트리고 있는 세아를 보자니 노기가 치밀었다. 우리는 입술을 악물었다.

"아니, 그러니까 아까 그 이벤트, 그러니까 진한이가 받았던 편지를 미주가 보내지 않았다는 게 사실이라고?"

여전히 상황을 정리 중인 나라가 미간을 좁히며 중얼거렸다. 아무도 대답하지는 않았으나 모두가 묵인하고 있었다. 우리는 서늘한 눈으로 어떻게 태민이 그 사실을 알게 됐는지 파악하려 했지만 태민은 얼굴을 파묻고만 있었다.

"여우리, 넌 뭐 알고 있어?"

"……."

"여우리!"

제기랄.

더 이상 피할 길은 없었다. 우리는 호흡을 정리하다 결국 나라를 응시했다. 나라의 눈, 그리고 테이블 주변을 둘러싼 수많은 눈동자가 우리를 향했다.

세아의 입꼬리가 살짝 올라갔다고 의심하던 우리는 다시금 나라에게 시선을 꽂으며 오랫동안 묵혀 두었던 말을 쏟아 내기로 했다.

"실은, 그 편지……."

"여우리가 내게 보낸 편지였어."

그 순간.

구원의 빛이 또다시 우리를 향해 내려왔다.

* * *

언제나 그렇듯, 주형의 등장은 예사롭지 않았다. 낮은 탄성 소리가 흘러나온 것은 당연했다. 피로연에 모인 사람들이 진한과 미주의 절친한 지인들이라고는 하나 주형을 실제로 본 적은 적었을 테니.

"금주형이야!" 하고 수군대는 사람들의 반응을 즐기기라도 하듯 주형은 여유롭게 친구들이 앉은 테이블을 향해 미소 지었다. 테이블 주위에 앉아 있던 시선이 모두 주형에게 꽂혔다.

"늦어서 미안해. 기다렸어?"

마치 이 순간을 기다리고 있었던 사람처럼, 주형은 태연하게 행동했다. 그는 놀란 우리를 내려다보더니 부드럽게 속삭였다. 그녀의 이마 위로 살짝 입술을 가져다 대는 주형의 행동에 숨이 막혔다.

그리고…… 안도했다.

'다행이야.'

누군가 벼랑 끝으로 자신을 몰아붙여도 주형이 곁에 있으면 우리는 더는 무섭지 않았으니까.

그녀는 "앉아도 되지?" 하고 묻는 주형에게 자리를 만들어 주기 위해 슬쩍 의자를 옆으로 돌렸다.

"기막힌 타이밍이네."

주형의 갑작스러운 등장에 헛웃음을 흘리던 나라가 입을 열었다.

"타이밍은 타이밍이고, 방금 한 말이 무슨 말인지 해명은 해야지?"

그에 주형이 엷게 웃더니 저를 응시하는 이들을 바라봤다. 그는 차분하게 말을 이어 갔다.

"말 그대로야. 그 편지, 우리가 쓴 게 맞긴 하지만 편지를 받아야 할 상대는 진한이가 아니라 나였다는 거지."

"뭐? 그럼 왜 그게 한진한의 사물함에 있었어?"

"맞아. 진한이는 왜 미주로 오해했던 건데?"

한 번 시작된 의문은 연이어 터져 나왔다. 나라부터 시작하여 내내 죄 지은 사람처럼 입을 다물고 있던 태민까지 불쑥 끼어들자 우리의 심장은 멋대로 날뛰었다. 이 상황에서 태연한 사람은 오로지 주형뿐이었다.

"진한이의 사물함에 그 편지가 있었던 건 사실이지만 누구의 책에 끼워져 있었는지 아는 사람은 제대로 없는 것 같네."

우리의 눈이 휘둥그레졌다.

"체크무늬였지, 그 편지. 안 그래, 여우리?"

"어?"

우리는 저를 향하는 시선에 움찔하다 고개를 끄덕였다. 주형의 말은 이어졌다.

"내가 먼저 그 편지를 읽었고 간직한답시고 필수 교양 책 안에 끼워 둔 것을 진한이가 들고 갔어. 편지 속 고백 상대가 JH여서, 한진한이 의심할 만했지. 나도, 그 녀석도, 둘 다 JH잖아."

우리는 순간적으로 숨을 크게 들이마셨다. 그러고 보니 주형과 진한의 이니셜이 같았다. 자신이 체크무늬 봉투의 편지 속에 지칭한 고백 상대 역시 JH여서, 당연히 진한은 의심했을지도.

특히나 당시 그녀의 고백은 좋아한다는 마음만 한껏 드러낸 감정의 성토와도 다름없었기에 본인이 아닐 것이라는 생각은 하지 못했을 거다.

두근.

우리는 주형에게서 눈을 떼지 못했다.

"진한이 녀석이 아직도 그 편지를 기억하고 있을 줄 몰랐어. 미주가 보냈을 거라고 착각했을 줄도 몰랐고. 뒤늦게 그 편지를 수거해 가긴 했지만…….그 녀석이 이런 이벤트를 열 줄 알았다면, 제대로 해명할걸 그랬어."

'내가 진한이한테 줬던 편지, 네가 빼돌린 걸로도 모자라서 숨겼던 거, 전부 사실이냐고!'

쓴웃음을 흘리며 중얼거리는 주형의 말과 과거 자신이 그를 향해 뱉어 냈던 앙칼진 목소리가 겹쳐 온다. 우리는 정신없이 뛰는 심장 박동 소리와 그 외침들 때문에 아무런 말도 할 수 없었다.

"뭐야, 그럼 진짜 오해잖아."

"진한이랑 미주 싸우고 있는 건 아니겠지?"

"그 녀석도 참. 제대로 알아보고 이벤트를 하지……."

이곳저곳에서 혀 차는 소리가 들려왔다. "주형이 네가 나서서 신혼 부부 중재 좀 해 봐." 하고 도욱이 말을 걸자 그가 당연하다는 듯 고개를 끄덕였다.

그러다.

"우리야, 잠깐 얘기 좀 하자."

진한과 미주가 향한 곳으로 발걸음을 옮기려던 주형이 우리의 귓가에 작게 속삭였다. 우리는 얼떨결에 고개를 끄덕이고는 인적이 드문 곳으로 향하는 주형의 뒤를 따랐다.

"정말 완벽한 타이밍이었어!"

그리고 그런 두 사람이 아무도 없는 복도의 기둥 근처에 멈추어 섰을 때, 우리는 주위를 휘휘 둘러보다 주형에게 외쳤다. 그녀는 가슴을 쓸어내리며 말했다.

"하여간 안태민 이 자식, 세아 씨한테 그런 사소한 이야기까지 하다니……. 정말 가만 두면 안 되겠어. 아까는 진짜 심장이 멎는 줄 알았다니까?"

"……."

"네 덕분이야. 너 아니었으면 이번에도……. 주형아? 왜 그래?"

피로연 도중 그녀를 불러낸 사람치고 주형의 얼굴은 지나칠 정도로 어두웠다. 세아의 폭탄 발언이 남긴 충격 여파가 아직도 가시지 않는다는 듯, 온몸을 파르르 떨어 대던 우리는 굳어 있는 주형의 모습에 의문을 느꼈다.

"금주형?"

아무 말도 하지 않는 그의 모습이 이상했다. 우리는 결국 흥분을 가라앉히고 주형의 입술이 열리기만을 기다렸다. 그러자 쓰게 웃던 주형이 짧게 심호흡을 하며 말했다.

"우리야."

"응?"

"그만두자, 우리."

* * *

지이잉. 지이잉.

어디선가 들려오는 휴대폰의 진동 소리에 머리가 지끈거린다. 밤새 눈한 번 제대로 붙이지 못하여 이토록 두통이 이는 건지, 아니면 또 다른 이유 때문인지.

지이이잉.

'제길.'

우리는 동 틀 무렵 겨우 붙였던 눈꺼풀을 스르륵 들어 올렸다.

지이잉.

그러고는 여전히 울려 대고 있는 휴대폰의 발신인을 확인하기 위해 손을 쭉 뻗었다.

[**고나라** 1분 전 부재중 전화(1)]

조금 전 끊어진 전화의 발신인은 나라였다. 무슨 일로 전화를 했냐고 바로 물어볼까 하다, 말았다. 나라가 무슨 말을 할 건지 대충 예상이 됐기 때문이다. 우리는 들었던 휴대폰을 다시 침대 옆 테이블에 올려 두었다.

"……."

며칠 째 숙면을 취하지 못할 만큼 불안정한 생활이 이어지고 있었다. 이 모든 일의 원인은 지금으로부터 3일 전으로 되돌아간다.

'무슨…… 소리야? 그만두자니? 주형아?'

3일 전, 주형에게 들었던 말은 우리가 전혀 예상하지 못했던 말이었다. 그만두자니. 대체 무엇을 그만두자는 소리지? 그가 뱉어 낸 말의 의미를 생각하고 또 생각해 보아도 이해가 되지 않았다. 헛웃음을 흘리며 되묻는 우리를 주형은 그저 지켜보기만 했다. 그러다 옅은 미소를 지어 보였다.

'말 그대로. 그만두자, 우리.'

'대체 무슨 말인지…….'

'아까, 진한이가 연 이벤트를 보던 네 모습을 봤어.'

피로연 도중 등장한 주형의 타이밍이 정말이지 기가 막힌다고 여기기는 했으나 그 전에 이미 도착했을 줄은 상상하지 못했다. 우리의 눈은 동그래 졌다. 주형은 말을 잇지 못하는 그녀를 향해 계속해서 말을 이어 갔다.

'그동안 부정하고 또 부정해 봤는데, 역시 안 되겠더군.'

'주형아.'

'내가 괜한 짓을 한 건 아닌가 싶어.'

……뭐?

'우리야. 너는, 날 보면 무슨 생각이 드니.'

주형의 말이 이해가 되지 않았다. 그가 왜 이런 이야기를 하고 있는 건지, 어째서 우리가 이런 대화를 해야 하는 건지 점점. 계속해서 이는 두통으로 인해 우리가 입을 꾹 다무는 사이 주형은 그녀를 몰아붙였다.

'보고 싶기는 해?'

콩콩 뛰던 심장이 쿵 나락으로 떨어졌다. 우리는 너무도 당연한 소리를 하고 있는 그를 멍하니 주시하기만 했다. 주형은 계속해서 대답을 기다리고 있었는데, 이상하게 마음속을 맴돌던 말이 나오지 않았다. 우리는 한참을 머뭇거리다 어색하게 웃었다.

'주형아. 알잖아. 나 그런 거 잘…….'

'못 한다고?'

'……!'

'정확히는, 못 한다기보다는 할 생각을 하지 않아서겠지.'

주형은 우리의 말을 가로막았다. 그의 얼굴에 흐린 구름이 내려앉았다. 심장은 여전히 요동치고 있었다. 자조 섞인 코웃음을 흘리는 그에게 뭐라 대꾸하고 싶었지만 입술 사이에 풀이 칠해진 듯 열리지 않았다.

왜 이러는 거야.

그의 주변에서 냉기가 피어올랐다. 감히 다가가기 힘들 만큼 차가운 기운이었다. 우리가 억지로 입꼬리를 올리며 그에게 다가가려 했지만 주형이 뒤로 물러나는 것이 더 빨랐다. 그는 차갑고 냉정한 눈으로 당황한 우리를 내려다보며 말했다.

'시간이 필요한 건지도 모르겠군.'

'금주형…….'

'오늘까지였지, 우리 계약?'

'……!'

'계약은 계약이니 걱정 안 해도 돼. 제대로 마무리 지을 테니. 그리고 오늘이 지나면……. **한동안 거리를 두자.**'

그가 뱉어 낸 마지막 말에는 약간의 온기도 존재하지 않았다. 그 때문에 우리는 대체 무슨 일이 일어나는지 이해하지 못했다. 대화를 마친 주형은

"진한이랑 미주 만나고 올게."라고 말하며 그녀의 앞에서 사라졌고, 우리는 멍하니 서 있다 피로연장으로 되돌아갔다.

이후 어떻게 진한의 결혼식이 마무리 되었는지 하나도 기억나지 않는다. 정신을 차려 보니 우리는 이미 주형이 빌려준 2102호에 도착해 있었다.

"하아."

긴 숨이 터져 나왔다. 다시 잠을 청해 볼까 싶었지만 한 번 깨어 버린 이상 눈을 붙이기는 쉽지 않았다. 침대 헤드에 등을 기대어 앉은 우리는 미동 없는 테이블 위 휴대폰을 응시했다. 그녀가 예의 핸드폰으로 손을 뻗은 건 몇 분 뒤였다.

[부원장님, 연차 내셨다고 들었어요! 요즘 환절기니 감기 조심하고 푹 쉬다 오세요!]

잔뜩 쌓여 있는 문자 중 가장 오래된 문자는 이틀 전 수경이 보내 온 문자였다. 우리는 "늦게 답해서 미안해요. 그리고 고마워요. 수경 쌤."이라 답을 보낸 후 다음 문자를 확인했다.

[나야, 전화 받아.]

어제 오전 나라에게서 온 문자였다.

'이건 패스.'

우리는 쓴웃음을 흘리며 다음 버튼을 눌렀다.

[언니 너 정말 전화 안 받아? 이 문자 보면 당장 연락해!]

단단히 화가 났나 보네.

'그럴 만도 하지.'

제주도에서 열렸던 진한의 결혼식이 끝나자마자 우리는 친구들에게 말도 없이 상경했다. 당연히 조금 더 휴식을 취하고 갈 거라 여긴 그녀가 먼저 자리를 뜨자 나라를 비롯해 친구들이 놀란 것은 당연한 걸지도 모른다.

하지만 지금 당장은 나라 얼굴을 보기 싫어.

우리는 눈을 내리감았다.

[부원장님, 휴가는 잘 보내고 계시죠? 혹시 염려하실까 봐 보고 드립니다. 병원 내 급한 환자는 없으니 마음 놓으셔도 돼요. 화요일과 수요일에 예정되었던 김선정 환자와 이옥남 환자 수술은 취소됐습니다. 환자분께서 부원장님이 돌아오시면 부원장님께 직접 받고 싶다고 하셔서요. 혹시 괜찮으시면 일정 컨펌 부탁드립니다.]

어젯밤 다급히 도착한 수경의 문자였다. 우리는 흐릿한 눈으로 달력을 확인한 뒤 휴가 복귀 날쯤 수술 일정을 다시 잡자고 말했다. 곧 알겠다는 수경의 답장이 도착했다.

지이잉.

'……!'

그렇게 수경의 답장을 확인하고 있을 때였다. 무심코 들여다본 문자의 발신인으로 인해 심장이 들썩였다. 주형이었다. 그녀는 떨리는 마음으로 확인 버튼을 눌렀다.

[금주형인 줄 알았어? 나야! 이 문자 확인하면 당장 연락해!]

……빌어먹을 고나라.

나라를 향한 욕지거리가 목구멍까지 차올랐다가 가라앉았다. 우리는 미간을 좁히며 들고 있던 휴대폰을 이불 위로 던지고는 털썩 등을 붙였다.

우리의 취향에 맞추어진 주형의 오피스텔 내 침실 천장은 평소에는 그녀의 마음을 진정시키기에 충분했지만, 오늘은 달랐다.

'그만두자, 우리.'

당시 그 말을 뱉어 내던 주형의 얼굴이 잊히질 않았다. 모든 체념과 포기, 그리고 절망까지 느껴지던 그의 모습에 우리는 당황했다. 가슴에 비수가 꽂혀 몸이 움직여지질 않았다. 해야 할 말이 많다고 생각했으나 놀랍게도 입은 열리지 않았다. 주형은 그러한 우리를 보며 쓰게 웃기만 했다.

'안 돼!'

그만두고 싶지 않아─라는 말은 소리로 변환되지 않았다. 언제나 불도저처럼 저를 밀어붙이던 주형이 왜 이러한 태도를 보이게 되었는지 너무도 잘 알아 버려서, 대응하지 못했던 걸까.

우리는 말을 마친 후 돌아서는 주형을 끝내 잡지 못했다. 아니, 잡을 수 없었다.

'왜 그랬을까.'

어째서 자신은 그를 잡을 수 없었지?

'그 말이 전부 사실이어서?'

아니.

진한이 미주에게 해 준 결혼 이벤트를 보고 미묘한 감정이 인 것은 사실이었지만 주형의 생각과는 달랐다. 그 이벤트를 지켜볼 당시 우리는 그저 놀랐을 뿐이었다.

우리는 진한이 설마 그 편지를 확인했을 줄은 몰랐다. 그녀는 주형이 진한에게 가야 할 편지를 숨겼다고만 생각했지, 진한이 그 편지를 받고도 편지의 주인공을 착각할 줄 몰랐다. 물론 이 같은 일에는 그녀의 잘못이 컸다. 제대로 이름을 썼더라면, 그런 바보 같은 일이 발생하지 않았을 테니까.

'하지만 아무래도 상관없었다고.'

그러나 이제 그 일은 전부 지난 일이 되었다. 진한에게는 미주가 있었고, 우리에게는 주형이 있었다.

그래. 그래서 여우리는…….

'어?'

모처럼의 휴일, 집에서 빈둥거리기엔 부족하다 생각했던 걸까. 의식하지 못하는 사이 침대를 나와 외출 준비를 한 우리는 집 밖을 벗어났다. 그러고는 정처 없이 발길이 닿는 곳으로 움직였다.

그러다 문득 정신이 들어 발걸음을 멈추니 너무도 익숙한 점포가 시야로 들어왔다.

'내가 왜 여기에…….'

심란해질 때면 언제나 반사적으로 발이 움직였다. 나라와의 관계가 좋지 않을 때도, 대학 입시에 대해 고민을 할 때도, 첫 연애편지 전달에 실패했을 때도, 그리고 그 이후에도.

우리의 발걸음이 닿는 곳은 금환 고등학교로 가는 길목에 자리 잡은 한 점포, <빛나라 문구점>이었다.

'그대로네.'

17년이 지난 지금도 낡기는 했지만 과거의 위용과 크게 다르지 않다. 오랜만에 찾아온 옛 동네에 대한 사색에 물들던 우리는 드르륵 열리는 문구점의 출입문 소리에 움찔했다. 문을 열고 나오던 한 아주머니와 우리의 눈이 허공에서 마주쳤다. 우리는 깜짝 놀라 몸을 돌리려 했다.

"우리 학생?"

하지만 우리가 그 자리를 벗어나는 것보다 그녀를 발견한 아주머니의 입이 먼저 열렸다.

"우리 학생, 맞지?"

"우리 학생은 그대로네. 옛날이나 지금이나 변함이 없어."

부드럽게 미소 지으며 말을 건네는 <빛나라 문구점>의 주인아주머니는 기억 속의 모습 그대로였다. 등교 직전 습관적으로 들러 여러 문구를 사 가던 우리를 반갑게 맞아 주던 그녀의 얼굴이 떠올라 우리는 빙긋 웃었다.

"아주머니도 그대로세요. 아니, 조금 더 젊어지신 것 같은데요?"

"뭐? 호호, 농담도 참! 맞아, 대한대 진학했다는 얘기는 들었어요. 지금은 뭐 하는지 물어봐도 되나?"

"당연하죠. 여기요. 제 명함이에요."

"어머!"

습관처럼 주머니 속에서 명함 케이스를 꺼내 명함을 내밀자 그것을 받아 들던 아주머니의 눈이 동그래졌다.

"세상에. 우리 학생, 대단하잖아! 아직 젊은데 벌써 부원장이에요?"

"운이 좋았어요."

"조만간 한 번 들러야겠네. 안 그래도 슬슬 검진을 받아야 하는 건가 하고 고민하고 있었거든. 요즘 몸이 예전 같진 않아서 말이에요."

"언제든 찾아오세요. 아주머니라면 VIP로 모시겠습니다."

"호호, 말만으로도 고맙네."

고등학교 졸업 이후 금환 고등학교 근처에 올 일이 없었다. 마지막으로 기억하는 주인아주머니의 모습은 우리가 진한에게 쓸 편지를 사기 위해 들렀던 바로 그쯤, 그러니까 크리스마스 연휴쯤이었을 거다. 우리가 고른 체크무늬 편지 봉투를 추천한 사람 역시 바로 눈앞의 주인아주머니였다.

"차 한 잔 줄까?"

과거를 떠올리며 회상에 젖어 있다가, 멀뚱멀뚱 서 있던 주인아주머니가 돌연 묻자 우리는 고개를 휘휘 저었다. 그녀와의 재회는 반가웠지만 오래 시간을 끌 생각은 없었다.

"이만 가 봐야 할 것 같아요."

"벌써? 아쉽네……."

"다음에 또 올게요. 아주머니도 언제든,"

"호호, 그래요. 꼭 찾아갈 테니 말했던 대로 나 VIP 환자로 대우해 줘야 해?"

우리는 옅은 미소를 지으며 고개를 끄덕였다. 잠깐 들렀던 <빛나라 문구점> 안에서 밖으로, 우리가 막 나가려던 순간이었다.

'……!'

출입구 근처에 배치된 여러 간식 중 아주 익숙한 무언가가 우리의 시야로 들어왔다. 문턱을 넘으려던 그녀의 발이 멎은 것은 당연했다. 우리는 그것에 홀린 사람처럼 밖으로 나가지도 못한 채 말없이 예의 불량 식품을 내려다보았다.

"옛날 생각나지?"

작별 인사를 고한 우리가 돌연 행동을 멈춘 채 나가지 않자 의아하게 여기던 주인아주머니가 다가왔다. 그녀는 우리의 시선이 향한 곳으로 눈길을 옮기더니 후후 웃으며 속삭였다. 우리는 그녀의 말에도 불구하고 여전히 '그것'에 온 신경을 집중하고 있었다.

버블버블킹.

흔하디흔한 껌의 이름이었지만 이 껌과 관련된 일화는 잊을 수가 없다.

잊을 수가 없지.

'전부, 이 껌 종이로부터 시작됐으니까.'

우리는 씁쓸하게 웃었다.

"5년 전에 단종됐는데, 여전히 그리워하는 사람들이 있었나 봐. 그래서 반 년 전쯤 새로 나왔지 뭐예요."

무의식적으로 '버블버블킹'을 집어 드는 우리를 보며 주인아주머니가 설명했다.

"맞다. 그러고 보니 우리 학생, 예전에 나한테 이 껌이랑 관련해서 뭘 물어보지 않았었나?"

두근—

"그게 뭐였더라."

두근두근—

"어, 그러니까……."

'아주머니!'

'으응?'

'여기서 이 껌을 사 간 사람! 그 사람이 누군지, 기억하세요?'

모든 일은 17년 전으로 되돌아간다.

* * *

쾅—

여우리의 나이, 열일곱.

우리는 굳게 잠겨 있던 옥상 문을 열어젖히고는 유달리 파란 하늘을 올려다봤다. 흐릿한 제 마음과는 달리 쨍쨍한 태양이 빛을 발산하고 있는 옥상 위는 청명하기 그지없었다. 우리는 부들부들 떨리는 마음을 가라앉히기 위해 입을 크게 벌렸다.

"고나라, 이 망할 계집애!"

파르르 입술을 떨며 소리를 내지르자 그제야 마음의 안정을 찾는다.

'고약한 정도를 넘었어!'

마 여사의 재혼으로부터 시작된 여우리와 고나라, 의붓자매 사이의 갈등은 갈수록 심해지고 있었다.

새아버지의 직장과 가까운 금환 고등학교에 전학을 오게 된 우리보다 먼저 금환 고등학교에 진학하여 학교생활을 하고 있었던 나라는 우리를 철저하게 고립시켰다.

물론 자신에게 쏟아지던 아버지의 관심이 갑자기 생겨 버린 의붓딸, 우리에게까지 뻗어 나가자 심통이 난 나라의 마음을 이해하지 못하는 것은 아니다. 하지만 집 밖에서까지 자신의 분노를 드러내다니.

'참는 것도 한계가 있단 말이야!'

나라에게 조심스러운 마 여사를 생각해서라도 조금이라도 어른인 자신이 참아야 한다며 마음을 다스리기는 했으나 갈수록 인내가 버거워진다. 특히 근래 자신을 대하는 반 친구들의 모습을 보고 있노라면, 더더욱.

'미안. 같이 밥을 먹는 건 힘들 것 같아.'

'어? 어, 나, 나는 다른 조에 들어가려고.'

'호호, 우리야, 미안해. 먼저 약속한 애들이 있어서.'

애초부터 여우리는 친구가 많은 편이 아니었기에 혼자 지내는 데 무리는 없었지만 은근히, 아니 대놓고 저를 피하는 친구들의 모습을 지켜보는 것은 가히 좋은 기분은 아니었다.

'그냥 확 들이받아?'

적응이고 뭐고, 어머니에 대한 배려고 뭐고, 솔직한 심정으로는 나라와 사생결단이라도 벌여야 할 판이다.

하지만—

'나라랑 다투지 말고 잘 지내야 해.'

제기랄.

발끈하던 우리는 불현듯 떠오른 마 여사의 목소리에 입술을 악물었다.

"윽!"

갑자기 뒤통수를 가격한 무언가로 인해 미간을 좁혔다.

"뭐야……."

대체 무엇에 맞았나 싶어서 주위를 두리번거리니, 주변 바닥에 웬 껌 종이가 하나가 떨어져 있었다. 꾸깃꾸깃 접힌 껌 종이를 집어 들어 펼치던 우리의 눈동자가 큼지막해졌다.

[계속 당할 거냐?]

"……!"

심장이 쿵 떨어졌다. 우리는 뒤를 돌아보며 황급히 소리쳤다.

"거기 누구 있어요?"

들리는 소문에 의하면 이 옥상은 출입 금지 구역이라고 했는데…….

가슴이 철렁거리는 것을 느끼던 우리가 샅샅이 옥상을 뒤져 보았으나 이 곳에는 개미 한 마리도 보이지 않았다. 머뭇거리던 우리는 손에 쥐고 있던 껌 종이를 다시 꽉 움켜쥐며, 중얼거렸다.

"네가 뭘 알아."

"고나라, 진짜 가만 안 둬!"

어느새 습관이 되어 버렸다. 다시 한번 옥상 위로 올라온 우리는 아무도 존재하지 않는 그곳에서 크게 소리쳤다. 이 목소리가 어쩌면 나라가 있을 교실까지 닿을 수도 있었겠지만, 상관없었다.

'조금 낫네.'

갈기갈기 찢어진 교과서를 집어 들고 씩씩거리던 우리가 크게 심호흡을 하며 중얼거렸다. 언제부터인가 이렇게 옥상 위로 올라와 나라에 대한 불만을 터트리고 나면 한결 마음이 편해졌다.

잠시 미간을 좁히며 난간 앞에 서 있던 우리는 고요하기 짝이 없는 옥상 내부를 물끄러미 바라보다 입을 열었다.

"저기요."

혹시 있을까.

"거기 있죠?"

얼마 전, 저를 자극하던 껌 종이의 주인이 존재하는지, 존재하지 않는지 모르겠지만 차라리 존재했으면 좋겠다고 생각했다. 돌아오지 않는 답변을 기다리던 우리는 난간 앞에 털썩 주저앉으며 중얼거렸다.

"내가…… 어떻게 해야 할까요?"

날이 가면 갈수록 나라의 괴롭힘은 심해지고 있다. 수수방관하며 내버려 두기에는 참는 데 한계가 있다. 나라의 불만을 이해하고 있기는 하나, 정도가 지나치다. 그녀를 도와주려 하는 이들이 없지는 않지만 완벽하게 그들을 믿을 수도 없는 상황.

우리는 고개를 푹 떨구며 말을 이었다.

"엄마 때문에 참고는 있어요. 우리 엄마, 계속 고생만 하다가 이제 겨우 행복해졌거든요. 새 아버지도 친절하세요. 저한테 잘해 주려 하시고 어떻게든 친하게 지내려고 노력하세요. 그래서 참고 있었어요. 참고는 있는데…… 점점 더 심해지잖아. 이러다가, 내가 못 견디겠어."

참을 인(忍)자 세 번이면 살인도 면한다더니, 네 번을 가슴에 새겨도 분노가 수그러들지 않는다. 힘없이 옥상 바닥을 내려다보던 우리가 확 고개를 들어 하늘을 향해 소리쳤다.

"나, 진짜 참지 말까요? 확 저질러 버릴까요?"

매일 매일 고민하고 있다. 이대로 참을 것인가, 아니면 정면으로 대응할 것인가.

어머니를 생각하면 나라와 다투는 것은 상상할 수 없지만, 참기가 힘들다. 부드득 이까지 갈면서 아마 돌아오지 않을 답변에 절망하고 있을 때였다.

툭.

"……!"

우리의 발 앞에 무언가가 떨어졌다. 알록달록, 무지개 색으로 물든 껌 종이가 구 모양으로 발 앞에 놓여 있었다.

'그 종이, <버블버블킹> 아니야?'

'버블버블……킹?'

'학교 앞에 문구점 알지? 거기서 파는 껌이야. 와, 그거 맛없어서 아무도 안 사가는 줄 알았는데 사는 사람이 있긴 하구나.'

누군가 말했던 껌 종이의 판매처까지 알아냈던 우리는 제 앞에 놓인 구 모양의 껌 종이를 집어 들었다. 두근두근. 심장이 요동쳤다. 접혀 있던 껌 종이를 펼치자 놀랍게도 글자가 적혀 있었다.

[참아서 뭐 해.]

품, 웃음이 흘러나왔다.

"하긴. 맞네."

맞는 말이야.

"나만 참아서 뭐 해."

우리는 벌떡 일어났다.

"누군지 모르지만, 이 은혜는 꼭 갚을게요!"

그녀는 활짝 웃으며 아마 이곳의 선객일 거라 짐작되는 껌 종이의 주인을 향해 소리쳤다.

그날, 우리는 나라와 다퉜다.

"내가 잘못했어."

치열한 혈투였다.

단순한 말다툼에서 그치지 않은.

여우리와 고나라, 두 학생의 부모님이 학교로 총출동했고, 나라는 혼쭐이 났다. 그녀는 우리에게 정식으로 사과했다.

"미안해. 하나부터 열까지……. 전부."

나라는 진심으로 사과했고 내키지는 않았지만 나라를 미워할 생각은 없었던 터라 우리 역시 그녀의 사과를 받아 주었다. 이후 아이러니하게도 여우리와 고나라는 둘도 없는 자매이자 친구가 됐다.

"우리가 알게 된 것도 벌써 3년째인데 이런 식의 의사소통, 불편하지 않아?"

그리고 금환 고등학교 구관 옥상은 우리의 아지트가 됐다. 고등학교 1학년 2학기, 전학을 오자마자 우연히 시작된 옥상에서의 의사소통은 절친한 나라에게도 숨기는 은밀한 비밀이 되었다.

<버블버블킹>이라는 껌의 종이로 의사소통을 하고 있는 정체불명의 인물과 자신의 이야기를 주고받던 그녀는 문득 든 생각에 입을 열었다.

툭.

[별로.]

그인지, 아니면 그녀인지 알 수 없는 껌 종이의 주인은 언제나 그렇듯 단답형의 말을 이어 갔다. 하지만 우리는 그 종이의 주인이 누구인지 대충 짐작하고 있었다.

아니. 나라와 다툰 그날. 그리고 나라와 화해한 그날, 우리는 산발이 된 머리로 <버블버블킹>을 팔고 있다는 문구점을 방문했었다.

'<버블버블킹?>'

'네! 여기서 이 껌을 사간 사람 말이에요!'

'<버블버블킹>이 인기가 없는 건 사실이지만 간혹 사간 사람들이 몇 명 있긴 해.'

'정말요? 음, 그럼 혹시 하루도 안 빠지고 구매를 한 사람이라든가, 아니면 우리 학교 학생인데 한꺼번에 많이 사간 사람이라든가……. 어쨌든 뭔가 수상한 분위기를 풍기던 사람은 없었어요?'

'수상한 분위기?'

'죄송해요, 질문이 너무 모호하죠? 하지만 정말 궁금해서 그래요! 이 껌을 자주 사간 사람이 누군지 알아 내야해서…….'

'…….'

'꼭 알아야 해요. 이 사람이 누군지! 그러니까 알려 주시면 안 돼요? 동네에서 이 문구점밖에 안 판다고 들었거든요, 이 껌.'

'……흠흠.'

'뭔가 알고 계시는 거죠? 그렇죠?'

'하, 학생.'

'여자예요? 아니면 남자?'

'어…….'

'밝히기 곤란하시면 힌트라도 주세요. 제가 꼭 사례를 해야 해서 그래요!'

'……나, 남학생.'

'남학생이요? 누구예요? 혹시 이름을 아세요? 몇 학년이에요? 1학년? 2학년? 아니면…….'

'JH.'

'네?'

'미안. 내가 그 학생에 대해 아는 건 그것밖에 없어. 가방에 JH라는 이니셜이 적혀 있고, 아주 잘생긴 학생이었다는 거. 그것뿐이야. 더 이상은 나도 말 못 해! 우리 단골을 잃을 수 있다고!'

대체 <빛나라 문구점>의 주인아주머니와 껌 종이의 주인이 무슨 약조를 했는지는 모르겠지만, 그녀는 생각 이상으로 견고했다. <버블버블킹>을 습관적으로 구매하는 소년의 정체에 대해서는 절대 밝히지 않았고 우리에게 준 힌트는 고작 그것이 다였다.

하지만 그것으로 충분했다.

'JH.'

다행히 우리는 그 이니셜의 주인을 너무도 잘 알고 있었다.

'껌, 씹네?'

'응? 아아. 이거?'

'……!'

'자. 너도 줄게.'

게다가 그녀의 의심을 확인이라도 시켜 주듯, '그'는 웃으며 제게 껌을 건넸다. <버블버블킹.> 제 손에 놓인 껌을 본 순간 우리의 입꼬리는 위로 올라갔다.

그로부터 3년이다. 마음이 울적해지거나 아니면 답답할 때, 일이 잘 풀리지 않을 때면 언제든 옥상으로 올라왔다. 그러고는 언제든 자신을 기다려 주는 껌 종이의 주인과 대화를 나눴고 그 후에는 항상 모든 일이 순탄하게 풀렸다.

한진한.

'널 좋아해.'

모든 일의 시작은 우리의 뒤통수로 날아온 그 껌 종이로부터 시작됐다.

* * *

"방금 뭐라고…… 하셨어요?"

쿠쿠쿵.

학창시절을 추억하며 미소 짓던 여우리의 하늘이 무너졌다.

"누가……. 누가 그 껌을 샀다고요?"

우리는 파르르 떨며 오히려 제 말에 어리둥절해하는 주인아주머니를 응시했다. 주인아주머니는 그런 우리를 응시하며 부드럽게 웃었다.

"여전히 주형 학생이랑 연락 하냐고. 아니, 이젠 대배우라고 불러야 하나? 호호. 만약 아직도 좋은 사이라면, 꼭 내 안부 전해 줘요. 주형 학생 덕분에 우리 문구점도 오래갈 수 있었다고. 단종된 <버블버블킹>을 들여온 건, 전부 주형 학생 덕분이라고도!"

"……."

"우리 학생, 왜 그래? JH가 주형 학생인 거 우리 학생도 이미 알고 있었 잖아?"

몰랐다.

'전혀.'

전혀 몰랐어.

상상해 본 적도 없었다. 그녀의 기억 속 JH는 오로지 한 사람이었다. 그는 다름 아닌 한진한이었고, 17년 동안 그 사실을 의심해 본 적이 없었다. 너무도 당연한 진실이었기에 확인을 해 볼 필요도 없다고 생각했었다.

"우리 학생?"

눈앞이 새하얗게 물들었다.

"죄, 죄송해요."

"으응?"

"저 이만…… 가 봐야겠어요. 죄송해요."

우리는 도망치듯 <빛나라 문구점>을 벗어났다.

하아, 하아.

거친 숨이 입 밖으로 흘러나왔다. 새하얗게 물든 눈앞으로 인해 발을 내딛기가 힘들었지만 걸어갔다. 머릿속이 울린다. 현실을 부정하는 자신과 오히려 우리를 의아하게 여기는 주인아주머니의 질문이 메아리쳤다.

'말도…… 안 돼.'

시작은 사소했다. 무심코 넘겨 버릴 만큼 사소해서 어떻게 '그'를 좋아하게 되었는지 망각하고 있었다.

그러나 이제 완벽하게 떠올랐다.

[도움이 될지는 모르겠지만 네 한탄을 들어 주기는 할게. 나름 재미있으니까.]

당시 여우리는 소통이 필요했다. 꽉 막힌 세상에서 아무도 자신의 이야기에 귀를 기울여 주지 않았다. 그녀에게는 같은 편이 없었고, 적만이 존재했다. 하지만 그 사람만큼은. 껌 종이의 주인만큼은 그녀의 이야기를 들어 주었다.
그게, 좋았다.

[네가 하고 싶은 대로 행동해. 누구도 널 막을 자격은 없어.]

간혹 귀찮아 보이기도 했지만 그래도 좋았다. 대화를 나눌 수 있는 상대를 찾기는 쉽지 않았으니까. 이후 그 껌 종이의 주인이 JH이고, 그 사람이 진한이었다는 것을 안 순간 그에 대한 마음이 커져 갔다. 껌 종이의 주인이 하는 말과 행동들이 전부 그가 뱉어 내는 말 같았고 점점 진한에게 시선을 뗄 수 없는 자신을 발견했다.
그는, 나를 완벽하게 이해하니까.
'그래서 네가……. 네가 너무 좋아.'
투득.
"바보 같아."
울컥 치밀어 오른 감정이 폭발했다. 허무하다 못해 허망하기까지 했다. 우리는 쉴 새 없이 흘러내리는 눈물방울을 참지 못했다.
"넌 바보야."
눈물이 멈추지 않았다. 그러나 그보다 고통스러운 것은 오랜 시간 동안 입을 꾹 다물고 지낸 그에 대한 아픔이었다. 우리는 입술을 꽉 악물었다.
'물론 그보다 내가 더, 바보 같지만.'
어째서 대놓고 묻지 못했을까. 네가 그 껌 종이의 주인이었냐고, 왜 묻지 않았을까. 물어봤다면 이렇게 돌아올 일은 없었잖아.

'주형 학생이 나한테 부탁했었어. 누가 이 껌을 사냐고 묻는다면, 절대로 말하지 말아 달라고. 우리 학생도 이해하지? 미남의 말을 어떻게 거부하겠어. 특히나 우리 문구점의 단골손님인데 말이야. 그래도 난 힌트는 줬다고?'

호호 웃으며 말하던 주인아주머니의 말이 머리를 떠나지 않았다.

"받아. 받으라고, 금주형!"

휴대폰을 움켜쥔 우리의 손끝이 파르르 떨렸다. 멈추지 않는 통화 연결음이 귀를 먹먹하게 만든다.

'그만두자, 우리.'

초점 없는 눈으로 저를 응시하던 주형의 말과 행동들이 잊히질 않는다.

'제발…….'

제발 받아 줘, 주형아.

— 연결이 되지 않아 음성 사서함으로—

제기랄!

'왜 진작 말하지 못했을까.'

어째서 말하지 못했을까.

'아니.'

어쩌면 은연중에 그녀는 인지하고 있었던 건지도 모른다. 그 껌 종이의 주인이 한진한이 아니라는 것도, 언제나 제 곁에는 다른 사람이 있었다는 것도.

하지만 시작부터 꼬여 버리는 바람에, 그 진실을 파악할 생각을 하지 않았던 건지도.

'멍청했어.'

지난날의 여우리는 멍청하다 못해 어리석었다. 멋대로 오해하고 멋대로 판단했다.

'미안해.'

여우리는 바보였다. 가장 가까운 곳에 행복이 존재한다는 것도 모른 채 너무도 긴 세월을 돌아왔다. 표현해야 했다. 늦었지만, 이제라도 말해야 했다.

'좋아해.'

돌고 돌아왔지만 좋아한 사람은 한 사람이었다. 마음을 준 사람도 한 사람이었고, 마음을 줘야 하는 사람도 그 사람이었다.

'좋아해, 주형아.'

진작 말했어야 했다. 그가 의심하지 않도록, 절망하지 않도록, 처음부터 말했어야 했다.

'내가 아주 많이 널…… 좋아한다는 걸.'

헉헉, 거칠게 숨을 내쉬며 우리는 달려갔다.

'또다시 너를 잃을 수는 없어!'

쾅—

"금주형!"

모든 일이 선명해지는 순간, 우리는 멈추지 않고 달려왔다. 아직까지 그대로인 오피스텔의 비밀번호를 친 다음, 그의 이름을 힘껏 불렀다. 두근두근. 얼마나 뛰어왔는지, 심장 박동이 평상시보다 100배는 빠르게 뛰는 것 같았다. 하아, 하아. 가쁜 숨을 몰아쉬며 우리는 외쳤다.

"주형아! 어디 있어? 금주……!"

그의 얼굴을 보지 못한 지 벌써 며칠이 된 것 같았지만 우리는 계속해서 소리쳤다. 신발도 제대로 벗지 않은 채, 황급히 현관을 지나 거실로 들어선 우리의 눈동자가 동그래졌다.

'이게…….'

무슨.

'정말 여기, 내 취향대로 꾸며도 돼?'

'얼마든지.'

'마음에 안 들면 바꾸는 거 아니야?'

'그럴 리가. 네가 고른 거라면, 뭐든 좋아.'

아무것도.

아무것도 존재하지 않았다.

우리와 주형이 나란히 앉아 영화를 보았던 거실의 소파도, 그녀가 골랐던 소파 옆의 전등도, 주형의 취향보다는 우리의 취향이 드러난 테이블도, 우리가 손수 고른 공기 정화용 화분도, 우리가 심심할 때마다 보겠다며 사두었던 영문 소설책도, 그리고— 전부.

"금······주형."

가슴이 덜컥 내려앉았다.

2101호.

주형의 집은 텅 비어 있었다.

마치 처음부터, 아무도 존재하지 않았던 것처럼.

"주형아."

어디 갔어?

숨이 가빠 온다. 누군가 목을 죄어 오는 느낌에 비틀거리던 우리는 유일하게 남아 있는 부엌의 접이식 테이블 위에 놓인 뭔가를 발견했다. 하얀 종이였다. 우리는 그것을 향해 이끌리듯 걸어갔다.

그러고는 접혀 있던 메모지를 열었다.

[네게 더는 기회란 없어.]

······뭐?

[이제 그 사람은, 내 거야.]

PART 6. 우리의 열렬한 구애

 - 여우리, 이 망할 계집애야!

솔직히 이보다 더한 욕설이 흘러나올 거라 생각했다.

직접 보고 있지 않아 오히려 다행인 건가. 만약 얼굴을 마주하고 있었다면 물건이 제게로 날아왔을지도. 전화를 받자마자 들려온 거친 외침에 우리는 쓴웃음을 흘렸다. 차분히 숨을 고른 우리의 입술은 천천히 움직였다.

"미안. 화…… 많이 났어?"

 - 당연하지!

나라는 기다렸다는 듯 대꾸했다.

 - 지난 일주일 동안 그렇게 전화 받으라고 했는데도 일언반구조차 없는데, 화가 안 날 수가 있겠어?

"하하. 그렇지."

 - 그리고! 화난 줄 알았다면 진작 연락해야 했던 거 아니니? 언니 넌 내가 우스워? 아주 만만하지?

"미안."

― …….

"정말 미안해."

보통 때 같았으면 어떻게든 변명했을 우리가 순순히 잘못을 인정해 버리자 나라는 한동안 아무 말도 하지 않았다. 제길. 멀리서 들려오는 그녀의 작은 중얼거림이 핸드폰 너머로 전해졌다.

― 알았어. 일단 사과는 받아들일게.

"고마워."

― ……그래서 말인데 언니. 미주랑 진한이가 만났으면 좋겠대.

"두 사람이, 나를?"

― 응. 그 애들 신혼여행에서 돌아오면 잠깐이라도 좋으니 시간 내줄 수 있어?

"……."

― 여우리?

"아, 어, 어. 그래……야지."

피로연 때 사건 이후 진한과 미주를 어떻게 대했더라.

순간 그들을 마주하던 제 모습이 상상이 되지 않아 멈칫하던 우리는 저를 부르는 소리에 알겠다고 대꾸했다. 마치 큰일을 마쳤다는 듯 나라가 안도의 한숨을 몰아쉬는 것이 느껴졌다.

― 그 녀석은?

덩달아 고요해졌던 우리의 심장은 이내 들려오는 나라의 질문에 덜컥 내려앉았다.

그 녀석.

나라가 지목하는 사람이 누구를 가리키는지는 너무도 잘 알고 있었다. 우리는 말없이 미간을 좁혔다. 하아― 다시 한 번 긴 숨소리가 핸드폰 너머에서 들려왔다. 나라가 흘린 숨소리였다.

― 아직도 연락을 안 받는 모양이네.

그걸 어떻게……!

― 내가 아무것도 모를 거라 생각하지 마. 그때 그 상황 이후로 짐작하는 바도 있고. 그 녀석 연기는 타고 났잖아. 그 상황, 태연하게 넘겼다고 생각한 모양인데 내 눈은 못 속여. 결국 화가 난 거잖아. 안 그래?

'시간이 필요한 건지도 모르겠군.'

타인의 일을 대하는 데 있어서는 그 누구보다 눈치가 빠른 나라는 우리와 주형 사이에 발생한 균열에 대해 금세 눈치를 채 버렸다. 우리는 쓰게 웃었다.

'시간이라.'

그가 말한 시간은 어느덧 하루, 이틀을 넘겨 일주일을 향해 달려가고 있었다. 일주일이라는 시간은 평소의 여우리에게 있어서는 눈 깜짝할 사이에 흘러가는 짧은 시간이었지만 이번만큼은 달랐다.

'너무 길어.'

그만두자고 말했던 그의 말을 완벽하게 믿지는 않았기에 더욱 그렇다. 우리는 씩씩거리는 나라를 향해 대꾸하지 못했다.

― 그러고 보면 언니 너도 바보야. 그냥 내가 좋아하는 건 너라고 말했으면 됐잖아! 그 간단하고 쉬운 걸 왜 말 못 해서 이 난리가 나게 만드니?

"하, 하하."

― 게다가 금주형 그 녀석도 그래. 남자 자식이 말이지, 속이 좁아서 원. 물론 과거 여우리가 인연을 잘못 찾아 삽질을 좀 많이 하긴 했지만 지금은 자기 옆에 있잖아! 언니 입이 무거워서 좋아하는 사람한테 고백 한 번 못 하는 바보 같은 여자라는 거 뻔히 알고 있으면서 굳이 그 말을 듣고 싶어 했던 거니? 제 옆에 있다는 사실에 만족하면 되지 말이야!

고나라.

그거 욕이니, 아니면 위로니?

답답한 것은 참지 못하는 나라의 성격상 두 남녀의 사이가 멀어지는 것을 가만 두고 보지 못하는 모양이다. 툴툴거리던 나라는 우리에게 본격적으로 참견하기 시작했고, 우리는 가만히 그녀의 지적을 듣고만 있었다. 혀를 끌끌 차던 나라의 다음 말이 들려온 것은 몇 초 뒤였다.

– 당장 화해해.

"······!"

– 너희, 대체 몇 살인지 기억하기는 해? 서른넷이야. 옛날 같았으면 자식새끼들이 다 학교 가고도 남을 나이라고! 평생의 반을 함께했던 사이인데, 그런 사소한 걸로 다투지 말고 얼른 화해해. 그리고 당장 솔직해지란 말이야! 언니, 내 말 듣고 있어?

그 후로도 몇십 분이 넘도록 나라는 화해의 중요성에 대해 열변을 토하기 시작했다.

"하아."

지친다.

눈을 뜨자마자 나라에게 전화를 걸기로 마음먹었을 때부터 그녀에게 온갖 말을 다 들을 거라고 생각하기는 했었지만, 그와 교환한 정신적 고통은 생각했던 것 이상이었다. 전화를 끊은 뒤 우리는 두 눈을 질끈 감으며 소파에 등을 기댔다.

'서른······넷이라.'

서른넷이란 나이는 생각보다 많지 않다.

오래 전, 여우리는 30대의 자신에 대해 생각하고는 했었다. 아마도 그 당시 상상하던 미래 자신의 모습은 정말 멋지고, 차분하며, 이성적인 여성일 거라고 믿어 의심하지 않았다. 하고 싶은 말은 거리낌 없이 하며, 다가올 일들을 두려워하지 않는 진취적이고 당당한 여성이 될 거라 확신했다.

하지만 현실은—

'한심하군.'

서른넷의 여우리는 여전히 자신의 속마음을 숨긴다. 작은 일에 쉽게 휘둘리며, 사소한 문제에 상처를 받고, 표현하지 못한 채 속으로 담아 두기만 한다.

'나이만 먹었지 하나도 성장하지 않았네.'

예나 지금이나, 변하지 않는 자신의 본성으로 인해 고통 받는 것은 주변이 되는 걸까.

'어쨌든 무조건 금주형이랑 화해해. 알았니?'

'화해……'

말은 쉽지.

"상대를 해 줘야 시도라도 하지."

여지를 주지도 않는데, 어떻게 화해를 해.

실소가 터져 나왔다. 모든 일은 타이밍이다. 변명을 할 타이밍을 놓쳐 버리니 어느새 주형과 자신의 거리는 저 만큼 멀어져 있었다. 뜬구름을 잡는 것보다 더욱 더 힘든 주형과의 줄다리기에 점점 자신이 없어졌다.

빌어먹을.

"아무리 그래도 그렇지, 정말 너무한 거 아니냐고!"

일주일 동안 전화 한 통 안 받다니.

"이 자식, 이 정도면 내 번호 차단한 거 아니야?"

발끈하여 소파에서 벌떡 일어나던 우리는 손에 쥐고 있던 핸드폰을 내려놓기 위해 주변을 살폈다. 소파 옆 테이블에는 자동 키 하나가 놓여 있다. 우리의 얼굴이 어두워졌다.

'이게, 뭐죠?'

'보시는 대로입니다. 형님 오피스텔 키예요.'

'그걸 왜 재원 씨가……'

'한동안 형님께선 이곳에 오지 않을 예정입니다.'

'네?'

'그동안 형수님께서 이 키를 들고 계셨으면 좋겠다고 하시더군요. 만약 그게 불편하다면, 언제든 처분해도 된다고도 하셨어요.'

'……!'

'죄송합니다, 형수님.'

고개를 꾸벅 숙이며 제게 카드 키를 건네던 주형의 매니저, 재원의 모습이 눈앞에 생생했다.

엄연히 따지면 2101, 2102호 두 집의 집주인은 모두 주형이었다. 시간을 가지자는 선언 이후 굳이 집을 나가야 했다면 우리, 자신이 나갔어야 했겠지.

하지만 예의 환자 습격 사건 이후 줄곧 빈집이었던 집을 우리는 지난 연말쯤 이미 처분해 버렸고, 덕분에 그녀는 돌아갈 집이 없어졌다. 그 사정을 알고 있는 주형이 그녀를 쫓아낼 리는 없었다.

'내가 나가지 못하니 자기라도 나가겠다, 이거지?'

그게 네가 말했던 거리 두기니?

'보여 주신 '메모'와 관련된 일은 형수님께서 신경 쓰지 않으셔도 됩니다. 저희가 알아서 처리할 테니 너무 걱정하지 마십시오.'

명백한 선긋기.

제게 끼어들 틈이라고는 주지 않는 재원을 보며 우리는 그가 정중히 인사한 후 사라질 때까지 멍하니 서 있을 수밖에 없었다.

'정말 이대로 끝내기라도 할 거냐고.'

가슴이 콕콕, 쉴 새 없이 따끔거렸다.

* * *

[네게 더는 기회란 없어.]

직업 특수상 온갖 귀찮은 일에 휘말린다는 것은 알고 있었지만 아직도 스토커 문제를 끝내지 못한 줄은 몰랐다. 분명 몇 달 전 해외 출장으로 인해 완벽하게 그 일을 마무리 지은 줄 알았기에 더욱 그랬다.

[이제 그 사람은, 내 거야.]

접혀 있던 메모지에 적힌 글자는 내용 자체도 끔찍했지만, 글자색만으로도 소름이 끼쳤다. 단순한 펜으로 적은 것이 아닌, 피로 물든 것만 같은 붉은색이 기괴했다.

물론 자신보다 이 일을 전문적으로 추적하고 해결하는 경찰 등에게 주형의 일을 맡긴다면 스토커 문제도 금방 해결될 수 있겠지만 왠지 모르게 불안했다.

'정말 괜찮은 거…… 맞나?'

목소리라도 들었으면 좋겠는데. 그래야 안심을 할 것 같은데.

'좀 받아 줘.'

지나칠 정도로 철저하게 거리 두기를 실행하고 있는 주형으로 인해 답답해 미칠 지경이다. 성격 같아서는 그의 직장이나 촬영장 근처까지 찾아가 얼굴을 마주하고 싶건만, 제주도에서 돌아온 이후 잠적했던 것은 저 역시 마찬가지여서 병원을 벗어날 수가 없었다.

"……님, 부원장님!"

아.

"네? 수경 쌤, 나 불렀어요?"

하루에도 몇 번씩. 주형에게 [주형아, 할 말 있어. 이 문자 보면 답장 좀 줘.]라는 문자를 보내고 있었던 우리는 오늘도 어김없이 진료실 의자에 앉아 핸드폰을 들여다보고 있었다. 답장도 없이 일방적으로 문자를 보내고 있는 자신을 돌아보자니 왠지 모르게 헛웃음이 흘러나왔다. 자조 섞인 실소를 터트리며 고개를 떨구고 있을 때, 수경이 마침 들어온 모양이었다.

우리는 걱정이 가득한 눈으로 자신을 내려다보고 있는 수경을 올려다봤다.

"정말 괜찮으신 거예요?"

"응?"

"복귀하신 후로 안색이 좋지 않으세요. 부원장님, 너무 무리하지 마세요.

뭔가 힘든 일이 있으신 거라면, 원장님과 상의하시고 조금 더 쉬셔도 될 거예요. 마침 출산 임박 환자도 없는 편이잖아요."

진심으로 자신을 걱정하고 있는 수경을 보자니 왠지 모르게 코끝이 찡해졌다.

'공과 사는 분명히 해야지.'

아무리 사적으로 심적 고통을 느낀다 하더라도, 일에까지 영향을 미칠 수는 없는 노릇이다. 우리는 "고마워요, 수경 쌤. 난 정말 괜찮아요." 하고 말한 뒤 그녀가 들고 있던 차트를 건네줄 것을 요구했다. 수경이 잠시 머뭇거리다 그것을 내밀자 고개를 끄덕이며 오전 진료 시작을 지시했고, 이후 기다렸다는 듯 진료실 안으로 들어오는 환자들과 함께 정신없는 오전을 보냈다.

"그러고 보니 요즘 통 안 보이네."

그 이야기가 들려온 것은 숨 돌릴 틈 없었던 오전 진료가 끝난 후, 동료들과 함께 식사를 하러 구내식당으로 향할 때였다.

"누구?"

"누구긴요. 우리 배우님 말이에요! 금 배우님!"

뭐?

"부원장님! 금 배우님 또 언제 오신대요? 잠깐이라도 좋으니 병원에 들를 생각은 없으시대요?"

"어머, 연지 쌤! 부원장님의 금 배우님은 왜 찾는 거야? 금 배우님은 부원장님 건데!"

"호호, 선배님, 저도 눈치가 있지, 감히 오르지 못할 나무는 쳐다보지도 않는답니다. 다만 제 동생이 금 배우님의 광팬이라, 혹시 사인을 받을 기회가 있나 싶어서요."

"동생? 연지 쌤 동생 남자 아니었어?"

"예, 남자죠. 그것도 지금 훈련소에 있는 군인 녀석이죠. 호호. 그 녀석한테 깜짝 선물을 주고 싶어서요!"

"아, 그건 인정이네."

"부원장님, 이건 저도 못 말리겠어요. 나라를 지키는 군인에게 줄 선물은 못 막죠."

"그래서 말인데, 부원장님! 금 배우님 언제 또 방문하세요? 아니면 저 대신 금 배우님께 사인 한 장만 받아 주실 수 있나요?"

시시콜콜한 이야기를 나누며 구내식당으로 움직이던 간호사들 중 장초희 선생 진료실의 간호사, 연지가 건넨 말은 커다란 파장을 일으켰다. 반짝반짝 눈을 빛내며 "당연히 부원장님이라면 가능할 거예요!"라는 표정을 짓는 그녀의 부탁을 차마 거절하지도, 그렇다고 "우리 사이가 예전 같지 않아." 라고 대답할 수도 없었다.

"그게……."

이렇게 직접적으로 주형에 대한 질문을 받을 줄은 생각도 못 했던지라 우리는 꽤 당황했다.

"부, 부원장님!"

그때였다. 우리는 다급함이 전해지는 수경의 외침에 저도 모르게 뒤를 돌아봤다. 함께 복도를 걸으면서도 핸드폰의 무언가를 뚫어져라 응시하고 있던 수경이 다른 간호사들을 제치고 우리의 옆까지 다가왔다.

"이것 좀 보세요!"

"얼른요!" 하고 제 얼굴 앞으로 자신의 핸드폰을 들이미는 수경의 행동에 고개를 갸웃한 우리가 시선을 수경이 내민 핸드폰 화면 속으로 고정시켰다.

【[속보] 배우 금주형, 낙상 사고!】

* * *

【[속보] 배우 금주형, 경기도 파주 드라마 세트 현장에서 사고 당해!】

【[속보] <미학적 관계> 촬영 현장에서 세트장 붕괴 일어나…….】

【[속보] 경기도 파주 드라마 세트장 붕괴! 부상자는 누구?】

병원까지 도착하는 동안 정신없이 쏟아지는 수많은 뉴스는 [속보]라는 말머리를 달고 있었는데, 하나같이 조회 수를 높이기 위한 자극적 제목임이 분명해 보였다.

가십에 가까운 그 기사들에 순순히 낚이지 않으리라 다짐했지만, 주형은 물론이거니와 재원까지 연락이 되지 않자 자연스럽게 클릭을 할 수밖에 없었다. 덕분에 실시간으로 올라오는 기사들을 가리지 않고 접했던지라 우리의 얼굴에는 핏기 하나가 없었다.

'제발…….'

제발.

제발, 무사해야 해.

거친 숨을 몰아쉬며 겨우 연락이 닿은 재원으로부터 주형이 파주의 종합 병원에 있다는 사실을 전해 들은 우리는 현우에게 양해를 구하고 급히 파주로 향했다.

하아, 하아—

손끝이 덜덜 떨려 직접 운전하는 것은 무리라는 결론이 났다. 택시를 타고 목적지인 파주 병원에 도착하기가 무섭게 로비 안으로 들어갔다.

"금주형이 몇 호실이랬지?"

"VIP 병동 특실이랬지?"

"VIP 병동이 어디야!"

"서관, 서관으로 가자!"

우리만큼이나 주형을 쫓기 위해 혈안이 되어 있는 기자들이 로비를 뛰어 다니는 모습이 보였다. 정기 검진이나 방문, 그리고 진료를 받기 위해 병원을 찾은 환자와 보호자들은 너나 할 것 없이 그런 그들을 보며 혀를 차고 있었다. 주형의 사건이 워낙 크게 보도가 되었던지라 사건 현장과 가까운 병원에서는 당연한 일이었지만 언론 통제는 아직 미흡한 듯했다.

'곤란하네.'

이 상황에서 주형을 조용히 만나는 것은 무리라는 생각이 들어 순간 발을 멈추게 됐다.

돌아갈까.

성큼성큼 안내데스크 쪽으로 향하던 우리는 반쯤 온 걸음을 멈추다 고개를 휘휘 저었다.

'아니야.'

괜찮은지 얼굴부터 봐야 해.

우리는 아주 잠깐 일었던 망설임을 떨쳐 낸 후 다시 안내데스크 쪽으로 걸어갔다.

"저기, 실례합니다만……."

"어? 형수님?"

재원과의 통화에서 주형의 현 위치만 전해 들었지, 어느 병동, 몇 호실에 있는지는 전해 듣지 못했다. 안내데스크에 물어보면 확실해질까 싶어 그곳으로 움직이던 우리는 저를 부르는 귀 익은 목소리에 고개를 돌렸다. 뒤를 돌아보니 재원이 놀란 표정을 지으며 자신을 바라보고 있었다.

"형수님이 여기 왜 오셨어요?"

재원은 고개를 갸웃거렸다. 우리는 오히려 황당한 듯 그를 바라봤다.

'그걸 말이라고 해?'

아무리 주형과 자신 사이가 근래 들어 서먹하다고는 하나, 아직 우리는 완벽히 그와 이별하지 않았다. 주형이 멋대로 종료시켜 버린 계약 관계도 그녀는 합당하다 생각하지 않고 있었으며, 계속해서 그와의 관계를 이어 나가고 있었다.

그러니 당연히…… 와야지!

"주형이는요?"

"네?"

"어디 있어요, 금주형!"

다짜고짜 주형의 위치를 요구하는 우리의 외침에 재원이 당황한 듯 뒷걸음질 쳤다. 빠져나갈 생각 마요. 우리는 서늘한 눈을 빛내며 주형의 위치를 물었고, 의아하다는 듯 머뭇거리던 재원은 결국 한숨을 내쉬며 보호자용 QR 코드와 함께 주형이 있다는 병실 호수를 가르쳐 주었다.

"저기 그런데……."

"네?"

"……아닙니다. 형수님. 기자들 좀 말리고 올 테니, 형수님이 형님 좀 잘 부탁드려요."

재원이 알려 준 병실로 움직이려던 우리는 갑자기 저를 막으려던 재원이 손사래를 치자 의아한 표정을 지었다. 곧 그가 뒤로 물러나는 모습을 보고도 딱히 말리지 않은 그녀는 다시 걸음을 움직였다.

'재원 씨, 많이 당황한 눈치였지.'

전화할 때까지만 하더라도 목소리에 떨림이 가득했었는데. 비교적 평온해졌달까.

'그렇다면 많이 다치지는 않은 거겠지?'

주형에 대한 사고 소식은 낙상에서부터 추락 사고, 세트장 붕괴, 다리 골절 등등 하나같이 추측에 가까운 이야기만 가득했다. 공식화된 것은 하나도 없었으며 그래서 더욱 불안감을 조성했다.

하지만 안색이 어둡지 않았던 재원의 모습으로 짐작해 보건대, 생각보다 그의 부상 정도가 크지는 않은 것 같았다. 우리는 안도의 한숨을 내쉬며 재원이 알려 준 VIP 병동 동관, 806호로 향했다.

"……!"

우리가 동관 8층에 내려 801호, 802호를 지나 806호를 향해 다가가려던 순간이었다.

"괜찮을 겁니다. 너무 걱정하지 말아요. 그러니⋯⋯."

우리는 805호와 806호 복도 앞에서 누군가를 안고 있는 주형을 발견할 수 있었다.

"힘내요, 호리 씨."

* * *

"세상에. 이거 진짜야?"

"진짜라는데요? 헤드라인에도 떡하니 '이번엔 진짜 열애!'라고 적혀 있 잖아요."

"그럼 정말로⋯⋯. 금 배우가 다른 여자랑 연애를 하는 거예요?"

"쉬. 목소리가 너무 커요! 이러다 부원장님께서 들으시면, 헉! 부, 부원 장님!"

우리가 병원 안으로 들어섰을 땐 이미 간호사들이 술렁거리고 있었다. 옹기종기 모여 무슨 잡담을 그리 하고 있나 싶었건만 저를 보자마자 파리 하게 질리는 동료들의 시선에 우리는 고개를 끄덕였다.

"어, 어서 오세요, 부원장님."

"좋은⋯⋯ 아침이에요."

"이제 추, 출근하세요?"

누가 봐도 부자연스러운 그들의 모습을 보고 있자니 머리가 지끈거렸다. 우리는 그들의 손에 들려 있던 태블릿 PC에서 출근하는 동안 수십 번도 넘 게 본 인터넷 기사를 발견했다. 우리가 미소 지었다.

"좋은 아침."

"부원장님!"

"응?"

"대체 어떻게 된 거예요? 금 배우, 아니, 이 자식 진짜 뭐예요!"

연희는 몹시 흥분한 상태였는데, 그녀처럼 표현하지만 않았지 다른 간호사들 역시 비슷한 표정을 짓고 있었다. '금배우 님'에서 어느새 '금 배우'로, 그리고 이제는 '이 자식'으로까지 호칭이 격하된 주형을 떠올리던 우리는 다시금 "부원장님!" 하고 얼굴을 찌푸리고 있는 연희의 목소리에 시선을 맞췄다.

"이 망할 자식, 부원장님을 내버려 두고 이게 무슨 짓이에요?"

"연희 쌤!"

"아니, 잠깐 말리지 말아 봐요. 나 진짜 화가 나서 못 견디겠어! 다른 사람도 아니고 부원장님을 이런 식으로 취급하면 안 되지! 아무리 금주형이라도 지켜야 할 선이 있는 거야!"

【[단독] 금주형, 이번엔 진짜 열애!】라는 거창한 헤드라인을 단 인터넷 기사 속에는 주형으로 보이는 남자와 청바지에 흰 티셔츠 차림의 웬 여자가 껴안고 있는 사진이 들어있었다.

"사진이 사실이 아닐 수도 있잖아요. 합성일지도 모른다고요."

격분을 감추지 못하는 연희를 진정시키기 위해 오문정 과장 진료실의 소윤이 합리적인 추론을 늘어놓았다. 우리는 쓰게 웃어 버렸다.

'합성은 아니야.'

여우리가 확신하는 이유는 하나였다. 그녀는, 직접 그 광경을 목격해 버렸다.

'괜찮을 겁니다. 너무 걱정하지 말아요. 그러니 힘내요, 호리 씨.'

낯선 모습이었다. 주형이 누군가를 향해 그렇게 부드러운 표정을 지으며 미소를 짓고, 위로를 하는 모습은. 브라운관이나 스크린 속에서의 모습과는 사뭇 달랐다. 그가 그리는 표정이 연기가 아닌 진심이어서 가슴이 멋대로 뜀박질했다.

그뿐인가. 주형의 품에 안겨 있는 여자의 얼굴이 보일 듯 말 듯해서 우리는 그 자리에 서서 단 한 발자국도 움직이지 못했다.

찰칵―

그렇게 멍하니 주형과 정체를 알 수 없는 여자의 포옹 장면을 지켜보고 있을 때, 어디선가 카메라 셔터음이 들렸다.

'특종이야!'

이어 잔뜩 기대에 부푼 누군가의 외침이 들렸고 놀란 우리가 소리가 들린 곳으로 시선을 옮긴 순간 그녀는 목격했다. 당황한 주형이 소리의 진원지를 찾다 자신을 발견하고는 멈칫하던 모습을.

"부원장님, 정말 괜찮으신 거예요?"

어제 있었던 일로 인해 머리가 지끈거린다. 소란이 일었던 병원에서 어떻게 나왔는지, 그리고 어떻게 집으로 돌아왔는지 기억이 나지 않았다. 정신을 차리니 아침이 밝아 있었고 병원으로 출근하는 길에 포털 사이트에서 주형의 열애 기사를 보았다.

우리는 걱정이 가득한 표정으로 제 눈치를 살피고 있는 연희와 다른 간호사들을 향해 빙긋 웃어 주었다.

"응, 괜찮아요."

괜찮아야지. 아직 무엇도 확실하지 않은데, 뭐.

"연예계는 워낙 시끄럽잖아. 이것도 그런 류의 기사겠죠. 흔한 기사들 중 하나일 뿐이니 다들 너무 신경 쓰지 마요."

"하지만!"

"수경 쌤은 어디 있지? 부탁할 게 있는데."

"비품실에 있을 거예요!"

"그럼 수경 쌤 오면 진료실로 와 달라고 전해 줘요."

우리는 한숨을 푹 내쉬며 알겠다고 대답하는 간호사들에게서 멀어진 이후 진료실로 걸어갔다.

'피곤하네.'

이제 막 하루를 시작했을 뿐인데 이상할 정도로 지친다. 째깍째깍, 흘러가는 시계 초침 소리를 들으며 고요하기 그지없는 진료실에서 슬쩍 눈을 붙이고 있을 때였다.

똑똑.

조용한 진료실 안을 깨우는 소리가 들려왔다. 수경이려나. 우리는 감았던 눈꺼풀을 들어 올린 이후 문을 향해 말했다.

"들어오세요."

이윽고 달칵 소리와 함께 문이 열렸다. 대답을 한 이후 책상 위의 차트로 시선을 옮기던 우리는 오전 진료에 대해 수경과 상의하기 위해 입을 열려 했다.

"수경 쌤, 얼마 전에 말했던⋯⋯!"

하지만 우리의 입술 밖으로 더 이상의 말은 나오지 않았다. 수경이라 생각했던 방문객은 애석하게도 수경이 아니었기 때문이다.

"안녕하세요."

문을 열고 정중하게 인사하고 있는 포니테일 머리의 여자는 우리를 똑똑히 바라보고 있었다.

"여우리 선생님이시죠?"

빙긋 웃는 그녀가 왠지 모르게 낯익은 까닭은, 어제 주형의 품에 안겨 있던 여자의 모습과 같았기 때문이다.

* * *

"여긴 어쩐 일이야."

저도 모르게 서늘한 목소리가 흘러나왔다. 갑작스러운 카메라 셔터 소리에 충분히 예민해졌던 주형은 자신의 불안한 감정을 하필 그녀에게 드러내버렸다. 그러자 잠시 당황하던 그녀의 얼굴이 어색하게 일그러졌다.

"어, 으응, 그게⋯⋯. 네가, 다쳤다고 해서."

약간.

아니, 조금 많이.

그녀의 목소리가 떨린다고 생각했다. 기뻤던 걸까, 아니면 당황했던 걸까. 스스로의 마음을 정확히 알 수가 없었다. 수많은 생각들이 좁은 마음을 오갔지만 결국 뱉어 낸 말은 차갑고 냉정한 말이었다.

"다친 건 내가 아니야."

"……뭐?"

"보다시피 난 멀쩡해. 그러니 네가 여기까지 찾아올 필요는 없었어."

"……!"

"미안하지만 돌아가 줘. 네가 날 생각해 준 건 고맙지만 지금은 널 보기가 힘드네. 지금은 너한테 신경 쓸 여력이 없어."

단호하다 못해 매정한 발언이었다. 그 말을 들은 우리의 눈가가 촉촉해진 것은 당연했다. 누가 봐도 상처받은 것이 분명한 그 표정에 속이 쓰렸다. 자신을 향한 욕설이라도 뱉어 내 줬으면 좋겠다고 생각했으나 우리는 "응. 알겠어." 하고 옅은 미소를 지으며 몸을 돌릴 뿐이었다.

'젠장.'

한 걸음, 두 걸음.

멀어지는 우리의 뒷모습을 보고도 잡을 수가 없었다. 무심코 들었던 손끝을 내릴 수가 없어 얼굴을 찌푸리고 있을 때였다.

"흐응."

주형은 근처에서 들려온 미묘한 코웃음에 고개를 돌렸다. 조금 전까지만 하더라도 자신의 위로를 받고 있던 포니테일 머리의 여자가 흥미로워하는 표정을 지으며 그를 바라보고 있었다. 주형이 멈칫하자 그녀가 붉은 입술을 달싹였다.

"형님이 이 문제를 빠르게 마무리 짓고 싶어 하는 이유를 대충 알겠어요."

"네?"

"저분이죠?"

싱긋 휘어지는 그녀의 눈꼬리에 주형은 대꾸하지 못했다.

"……님, 형님! 주형 형님!"

"응, 듣고 있어."

잠깐 상념에 빠져 있던 주형은 입을 열었다. 그의 귀에 대고 입술을 움직이려던 재원이 아, 하고 낮게 탄성을 터트렸다. 주형은 그의 손에 들려 있는 여러 장의 기사들을 무심히 바라보며 물었다.

"서 본, 화 많이 났어?"

재원의 얼굴에 당혹감이 스쳤다. "아뇨!"라고 시원하게 답을 하고 싶어 하는 얼굴이었지만 애석하게도 그는 거짓말을 잘 하지 못하는 편이다. 재원은 길게 한숨을 내쉬었다.

"하필 이 시기에 그런 자극적인 기사가 나서 걱정이 크세요."

"아무래도 그렇겠지."

"형님."

"응."

"동생분은…… 정말 괜찮으신 거예요?"

아니.

조심스럽게 묻는 재원을 향해 주형은 목구멍까지 차오른 말을 뱉어 내려다 말았다.

타인과의 접촉을 극도로 꺼려하는 동생 은형이 어느 날 갑자기 그의 드라마 촬영장에 방문하고 싶다는 의사를 표현했다. 타인에게는 전혀 관심도 없었던 동생이 그러한 말을 꺼낸 것이 몹시 이례적인 일인지라 주형은 조금 신이 났던 건지도 모른다.

게다가 동생이 현재 살고 있는 집의 가사 도우미라는 귀여운 아가씨와 함께 촬영장을 방문하겠다고 말했던지라 더욱 들떴던 건지도.

그래서일까.

주형은 조금 방심했다. 제 주변에서 일어나고 있는 복잡하고 기이한 일 따위는 모조리 잊어버린 채 동생 일행을 현재 촬영 중인 드라마 세트장으로 초대를 했고, 자신이 잠깐 자리를 비운 사이 동생 일행이 큰 사고를 당해 버렸다.

사고의 피해자가 주형이라 잘못 보도되었기에 소란은 커져 간 데다, 병원 신세를 지고 있는 동생 은형의 부상이 생각 이상으로 커서 마음이 무거웠다.

'*내가 촬영장에 갔다고? 단순히 재미로? 형, 그걸 말이라고 해? 내가 왜 굳이 그런 귀찮은 짓을 해?*'

파주 세트장 붕괴 사고에 직격타를 맞은 은형은 놀랍게도 일시적인 기억 상실을 겪게 됐다. 함께 있는 것만으로도 냉랭하던 얼굴을 부드럽게 변화시키던 여자에 대한 기억은 완벽하게 잊어버린 채.

'*나 때문이야.*'

근래 일어나고 있는 모든 일이 모두 제 탓처럼 느껴졌다. 얼마 전 오랫동안 그의 헤어를 담당해 주던 헤어 디자이너 윤영이 사표를 냈다. 주형과 함께 촬영장을 다닐 때마다 잦은 고열에 시달리고 이후로는 하루도 빠지지 않고 악몽을 꾸고 있다는 것이 이유였다. 물론 그만두기 위한 핑계라고 생각할 수도 있었지만, 윤영의 안색과 상황은 실제로 좋아 보이지 않았다.

그렇게 시작된 제 주변의 불행은 점점 전염되는 것 같았다. 은형, 호리, 그리고 우리까지. 자신의 주변 인물들이 저로 인해 하나둘씩 불행한 일을 겪을 것이 분명해 보였다.

'*형님. 형수님께서 이런 족지를…… 발견하셨다고 합니다.*'

평범한 스토커 사건이라고 생각했던 일은 이상할 정도로 끝나지 않았다. 헝가리에서의 일 이후 사건이 마무리되었다고 여겼던 주형으로서는 몹시나 당혹스러운 일이다.

대체 이 끔찍한 사건을 일으키는 배후는 누구지?

"본부장님께서 화를 내시기는 했지만 이번 일의 심각성에 대해서는 충분

히 자각하고 계십니다. 짐작컨대 이번 사고와 스토커 일이 별개라고는 생각
하지 않으시는 것 같습니다."

굳은 얼굴로 앉아 있던 주형이 신경 쓰였는지 그의 눈치를 보던 재원이
입을 열었다. 주형은 쓰게 웃었다.

"아무래도 그렇겠지."

"아, 그렇지. 그러고 보니 어제 형수님께서 병원에 찾아오셨는데. 혹시
기자들과 마주치기 전에 만나 보셨어요?"

재원의 물음에 목구멍이 컥 막혔다.

'만났지.'

만나서 하고 싶은 말보다는 하기 싫은 말을 쉬지 않고 뱉어 냈어.

"형님?"

"재원아, 네가 우리한테 확실히 말해 줘. 아직 우리한테는 시간이 더 필
요한 것 같다고. 만약 그걸 기다리기 힘들다면 헤어……."

헤어져도 좋아—라는 말은 차마 입 밖으로 흘러나오지 않았다. 쓴맛이 입
안을 감돈다. 주형은 후우 긴 숨을 내쉬며 고개를 아래로 내렸다. 재원은 복잡
한 얼굴의 주형을 건드리지 않을 생각이었는지 조용히 자리에서 일어났다.

'*다친 사람이 네가 아니라서 다행이야.*'

두근두근.

잔인하다 싶은 축객령을 날리던 자신을 향해 우리는 빙긋 웃으며 말했었
다. 그 말을 듣자마자 심장이 덜컥 내려앉아 그녀의 손을 붙잡고 싶은 마음
을 억지로 붙들어야 했다.

'그날은 어떻게 돌아갔어?'부터 시작하여 '제주도에서의 일은 신경 쓰지
마.'라든가 '내가 보고 싶기는 했니?' 등등의 말이 맴돌았으나 끝내 뱉어 내
지 못했다.

'못났네.'

아주 못났어, 금주형.

그 애의 손을 놓는 것을 원하지도 않으면서 엮이는 것은 더더욱 바라지 않는다.

'모순……덩어리군.'

어느 것 하나 제대로 해결된 것이 없었고 날이 갈수록 사건은 꼬이기만 한다. 이때 그녀가 곁에 있어 준다면 얼마나 힘이 될지 너무도 잘 알고 있음에도, 감히 그것을 요구할 수는 없는 노릇이었다.

'어쩌면 여우리가 내게 느끼는 감정은,'

동정일지도 모르니까.

지이잉. 지이잉—

내내 외면하고 있던 사실을 자각하는 순간 절망에 빠지게 됐다. 순식간에 나락의 끝으로 내려가려던 주형의 귀로 전화의 진동 소리가 들려오지 않았더라면 정신없이 추락했을지도 모르겠다. 주형은 무표정한 얼굴로 테이블 위의 핸드폰을 응시했다.

[은형이네 호리 씨]

"네, 호리 씨."

— 형님. 지금 뵐 수 있을까요?

"지금이요?"

— 급한 일이어서요. 가급적 빨리 처리했으면 싶은데.

급한 일?

'그런 일까지 당했는데 계속해서 나를 도와주고 싶다고요?'

'네.'

'……왜 그렇게까지 하려는 건지 물어도 되겠습니까?'

'형님은 금 사장님의 가족이잖아요.'

'……!'

'그 사람의 가족이 곤란에 처했고, 제가 그걸 처리하는 데 힘을 빌려드릴 수 있으니 당연히 도와드려야죠.'

은형의 집에서 일하는 수상한 가사 도우미 호리가 커다란 눈을 제게 고정시키며 말했다. 가사 도우미인 호리가 대체 무슨 수단으로 그의 스토커 문제를 해결하겠다고 나서는지 이해가 되지 않았지만, 도움이 필요한 상황인 것은 확실했다. 급한 일이라고 한 번 더 지적하는 호리의 외침에 주형은 쓴웃음과 함께 대답했다.

"주소 불러 드릴 테니 오시면 됩니다."

그리고 1시간 후, 주형은 호리와 함께 그의 임시 거처를 방문한 여자와 마주할 수 있었다.

"호리 씨, 이건 아니잖습니까."

주형의 목소리에는 은근한 노기가 깔려 있었다.

"뭐가 아닌데요?"

보통 사람 같으면 금주형이 뿜어내는 오라에 주눅이 들 만도 한데, 그의 앞에 서 있던 청바지 차림의 여자는 주형의 시선을 피하지 않았다.

'대단한걸.'

우리는 그와 대적하고 있는 호리의 작은 등을 바라보며 속으로 혀를 내둘렀다.

'여우리 선생님이시죠? 안녕하세요. 이호리라고 해요. 저번에 한 번 뵌 것 같은데 기억하세요?'

진료 예약이 잡혀 있지도 않았던 호리는 달칵 문을 열고 성큼성큼 걸어와 우리에게 인사했다. 얼마나 당당한 모습인지 우리는 그녀를 말리지도 못했다.

'형님······. 아니, 금주형 씨의 일로 상의 드릴 것이 있는데, 잠깐만 시간을 내주실 수 있을까요?'

맑고 검은 눈을 빛내던 여자의 입에서 '주형'의 이름이 흘러나왔다. 올 것이 왔구나. 지금 제 앞에 서 있는 여자와 주형, 과연 두 사람이 무슨 사이인지 알게 되는 시간이 도래했다. 우리는 질끈 눈을 감으며 심호흡을 한 뒤 고개를 끄덕였다.

'나도 질 수 없어.'

너무도 뒤늦게 깨달았다. 늦어도 한참을 늦어 버려 기회가 사라졌을지도 모르겠지만 그럼에도 불구하고 결코 포기해서는 안 된다. 우리는 자리에서 일어났고 이호리라고 자신을 소개한 여자에게 자리를 권유했다. 직접 탄 차를 내밀며 호리가 입을 열기를 기다리던 우리는 태연한 표정으로 종이컵을 집어 든 호리가 뱉어 낸 말에 기함할 수밖에 없었다.

"호리 씨!"

"형님, 제가 보기에는 이 문제에 있어 여 선생님을 논외로 둘 수는 없어요. 선생님도 관련이 있는 문제잖아요."

"아니, 관련 없습니다. 우리는 저와, 그리고 제 일과 아무 상관이 없다고요."

"그래요? 하지만 선생님은 아니라고 하던데요?"

"호리 씨!"

후우.

"잠깐. 본인을 앞에 두고 두 사람만 대화하지 마요."

주형의 말에 한마디도 지지 않고 입씨름을 하는 호리를 지켜보던 우리는 크게 호흡을 고른 뒤 두 사람 사이로 들어갔다. 서로를 향해 불꽃을 튀기던 두 남녀가 동시에 자신을 바라보자 우리는 빙긋 웃었다.

"호리 씨, 여기서부터는 제가 이 녀석을 설득할 테니 잠깐만 물러나 주세요."

"여우리!"

주형이 버럭 소리를 지르며 그녀의 이름을 불렀으나 우리의 눈은 오로지 호리에게 향해 있었다. 호리가 알겠다는 듯 두 발자국 정도 뒤로 물러나자 겨우 안심이 됐다. 우리는 "너!" 하고 인상을 쓰고 있는 주형을 직시했다. 그러고는 말했다.

"왜 숨겼어."

"……뭘."

"스토커 일, 아직 끝나지 않았잖아. 파주에서 있었던 사고도 그것 때문에 발생한 거라며. 내 말, 틀려?"

주형은 이젠 아예 원망의 눈길로 우리의 뒤쪽에 서서 관망하고 있는 호리를 바라보았다.

"어디 봐. 나 봐."

우리는 단호하게 외쳤다. 주형이 머뭇거리다 그녀를 쳐다보는 것이 보인다.

"내 말에 대답해. 스토커 문제를 처리했다고 했었는데, 사실 그게 아니었던 거지?"

"……."

"금주형!"

'금주형 씨, 그러니까 제가 신세를 지고 있는 사장님의 형님이 곤란한 일을 겪고 있어요. 다른 사람한테 피해를 주지 않기 위해 이곳저곳을 옮겨 가며 지내시는 것 같은데 아무래도 제가 나서야 할 것 같아서 도와드리려고 했다가 실패를 했어요. 저희 사장님 문제는 둘째 치더라도 이 일은 처리해야 할 것 같아서 선생님을 찾아오게 됐고요.'

도통 알아들을 수 없는 소리를 늘어놓던 호리였지만 한 가지 문제는 확실하게 들렸다. 주형이 곤란한 일을 겪고 있다는 것.

'그래서 나를 떨어트려 놓은 거였어.'

제주도에서의 일부터 시작하여 그렇게 자주 오던 연락이 뚝 끊어져 버린 것, 그리고 지금까지 행적이 묘연했던 것 전부.

어제 잠깐 대면했을 때도 그렇게 느끼기는 했으나 지금 다시 보니 그의 얼굴은 몹시 지쳐 있었다. 피부는 까칠했고 잠은 제대로 자고 있는 건지 의심이 될 만큼 눈 밑이 퀭했다. 육체적으로도 심적으로도 고통을 겪고 있는 것이 분명해 보여 마음이 아팠다. 주형은 저를 부르는 우리를 향해 미간을 좁혔다.

"왜 그렇게 신경을 쓰지?"

우리는 주형의 말에 귀를 의심했다. 주형은 후 한숨을 내쉬더니 말했다.

"내가 한 말 기억 안 나? 우리, 거리를 두기로 했잖아. 그 말이 무슨 말인지 전혀 모르겠어?"

괴로워하던 주형의 눈빛이 변했다. 우리는 흔들리는 그의 눈동자를 똑바로 직시했다. 주형은 인상을 썼다.

"우린 이미 아무 사이도 아니야. 끝났다고. 내가 네 손을 놓은 거란 말이야. 그러니 제발 내 일에 신경 쓰지 마. 내겐 동정 따윈 필요 없……."

"잠깐. 잠깐만 멈춰 봐."

우리는 손을 들어 주형의 말을 끊어 냈다. 반사적으로 멈춘 주형이 그녀를 응시하는 게 보인다. 우리는 헛웃음을 삼키며 말했다.

"상황이 상황인지라 네 투정은 그냥 들어 줄까 했는데, 네가 너무 큰 착각을 하고 있는 것 같아서."

"뭐?"

"누가, 동정이래?"

조금, 아니 조금보다 많이 화가 났다.

'동정이라고?'

쿵쿵, 심장이 벌렁거렸다. 우리는 입술을 살짝 깨문 후 다시 그를 노려봤다.

"내가 고작 동정심 하나로 너한테 이렇게 들러붙으려 애쓰는 건 줄 알아?"

주형의 눈이 큼지막해졌다. 우리는 씩씩거리며 속에 든 말을 모두 쏟아 내기 시작했다.

"그래! 나 용기 없어. 용기 없어서 혼자 10년이 넘게 고백도 하지 못했고, 그 멍청한 모습을 네가 지켜봤었지. 그 때문에 내가 내 마음조차 제대로 인지하지 못하는 거라고 네가 멋대로 생각하는 것 같은데, 미안하지만 금주형 씨, 이번엔 그거 아니야!"

"여……우리?"

"나, 고작 동정심에 네 전화 기다리고, 너한테 연락 올까 초조해하고, 너한테 연락 달라고 문자 보낸 거 아니야. 고작 동정심 때문에 너랑 어떻게든 다시 잘해 보려고 애쓰고, 재원 씨한테 부탁해서 네 안부 물었던 거 아니라고!"

"……!"

"동정심 하나로 네 사고 소식에 놀라 모든 진료도 취소하고 파주로 달려 갔던 것도 아니고, 네가 다른 여자 위로해 주는 모습 보면서 심장이 내려앉 았던 것도 아니야! 동정심? 야! 나 그렇게 착한 애 아니야! 동정 하나만으로 너만 생각하고 있는 거 아니라고!"

망할 자식.

이…… 망할 자식!

불같은 화가 들끓었다. 우리는 스스로를 주체하지 못했다. 잔뜩 흥분한 우리의 입에서 평소의 그녀라면 상상하기 힘들었을 말이 쏟아졌다.

"뭐? 내가 널 동정한다고? 웃기지 마! 나 너 좋아해서 이러는 거야! 네가 너무 좋아서 신경이 쓰이는 거고 너를 놓치지 않으려고 이렇게 쫓아온 거라고! 그러니 금주형, 넌 나 쫓아낼 생각은 꿈도 꾸지 마. 네 옆에 들러붙어서 네가 꺼지라고 해도 계속 붙어 있을 거니까! 알아들었어? 내 말, 제대로 알아들었냐고!"

하아, 하아, 하아―.

거친 숨이 입술 밖으로 흘러나왔다. 어찌나 흥분한 건지 정신없이 두근대는 심장의 박동을 제어할 수가 없었다. 이제야 조금 시원하네. 속에 든 말을 모조리 쏟아 내고 나서야 후련해졌다. 아직까지 떨림이 가시질 않아 입술을 파르르 떨던 우리는 슬쩍 아래로 내렸던 고개를 들었다.

'……!'

조금 전까지만 하더라도 어떻게든 자신을 밀어내기 위해 애쓰던 남자가 멍청한 표정을 지으며 그녀를 응시하고 있었다. 순간 놀라 덩달아 입을 다물었던 우리는 곧 호흡을 고른 뒤 닫혀 있던 입술을 움직였다.

"왜 말 안 했어."

낮게 가라앉은 목소리로 내뱉은 우리의 질문에 주형이 겨우 반응했다. 에라, 모르겠다. 우리는 이제 피하지 않을 생각이었다. 일이 이렇게 됐는데 숨기고만 있는 것은 도움이 되지 않았다. 그녀는 그의 검은 눈동자를 똑바로 쳐다봤다.

"그 껌 종이의 주인이 너라고, 왜 말 안 했냐고."

안 그래도 혼란에 빠져 있던 주형의 눈동자가 급격하게 요동쳤다. 우리는 중얼거렸다.

"내가 찾고 있던 사람은 그 사람이었어. 껌 종이의 주인. 내가 가장 힘들 때 나를 도와줬던, 그 사람. 나는 그 사람이 영락없이……."

한진한인 줄 알았지.

JH.

처음부터 오해에서 시작된 감정이었다. 물론 그 감정이 잘못되었고, 또 거짓이라는 것은 아니다.

하지만 만약.

아주 만약에 조금만 더 빨리 사실을 알았더라면. 내가 그렇게 찾고 좋아했던 껌 종이의 주인이 진한이가 아니라 너라는 것을 알았다면.

그렇다면 우리는.

'이렇게 돌아오지 않을 수 있었을까.'

우리는 쓰게 웃었다. 가정하는 것은 쉽다. 상상하는 것 역시. 어디까지나 행동하지 못했기에, 솔직하지 못했기에 이런 긴 시간을 돌아온 건지도 모른다.

'어쩌면 내 탓일지도 몰라.'

평소에는 그러지 않으면서 이런 일에만 쓸데없이 신중했던 자신의 성격 탓인지도. 그러니 이제는 내가 한 걸음 나아가야지.

'멈추지 마, 여우리.'

스스로를 향해 소리친 그녀는 고개를 들었다. 그러고는 빙긋 웃었다. 주형의 검은 눈동자가 흔들렸다.

"너를 좋아해."

아주 많이.

정말 많이 좋아하고 있어.

"난 네가 처한 문제에 도움이 되고 싶어."

네가 내 일을 네 일처럼 여기는 것만큼, 나도 네 일을 내 일처럼 여기니까.

'너를 혼자 두고 싶지 않으니까.'

그만큼 너를 좋아하고 있으니까.

"주형아."

"……."

"나도 네 일에 관여할 수 있게 해 줘."

너를 도울 수 있게 해 줘.

우리는 손을 내밀었다. 받아 줄지, 받아 주지 않을지 자신은 없다.

그 때문인지 손끝이 부르르 떨렸다. 자신이 긴장하고 있다는 것을 그가 과연 알고 있을까. 생긋 웃으며 그와 시선을 마주하고는 있으나 왠지 모르게 떨림이 멈추지 않았다.

'미치겠네.'

두근두근두근, 심장의 뜀박질은 점점 주체를 할 수 없을 만큼 가속화되고 있었다. 시선을 어디로 두어야 할지 모르겠다. 오늘따라 더더욱 속을 읽을 수 없는 주형의 눈동자가 쏘아 대는 빛에 숨이 막힐 지경이었다.

'야, 금주형! 너 진짜 손 안 잡아 줄 거야?'

여우리의 34년 인생에서 이보다 더한 용기는 없었다. 타인의 시선 따위는 개의치 않고 오로지 눈앞의 사람에게만 집중했다. 때문인지 주형의 반응을 기다리기가 힘들다. 누군가를 기다린다는 것이 이토록 힘들었던 일인가.

'젠장!'

우리는 여전히 돌처럼 굳어 있는 그를 바라보다 결국 입술을 잘근 깨물었다. 그러고는 행동하기로 결심했다.

그래, 기다리지 않겠어.

그녀는 눈을 질끈 감은 후 다시 번쩍 뜨며 주형에게 뻗었던 손을 거두었다. 대신 한 걸음, 그에게 다가가며 우뚝 서 있는 주형을 끌어안기 위해 양팔을 들어 올렸다.

터질 듯 부풀어 오는 심장의 박동 소리 따위는 개의치 않았다. 아직까지 현실을 받아들이지 못한 그를 제 안으로 들이기 위해 용기내기로 선택한 것이다.

그리고 주형과 두 걸음 가까워진 우리가 그를 막 끌어안으려던 순간이었다.

"하하."

헉!

힘껏 들어 올린 양팔로 그의 허리를 잡으려던 우리는 저와 주형의 사이로 슬쩍 끼어든 포니테일 머리의 여자를 보고 움찔거렸다. 놀란 우리가 무의식적으로 한 걸음 뒤로 물러나자 묘한 꿍꿍이를 지닌 듯한 여자가 방긋 웃었다.

하마터면 또 실수를 할 뻔했다는 생각에 멈칫한 우리가 두 사람 사이에 끼어든 호리를 황당한 눈으로 바라보자 호리가 말했다.

"보아하니 대충 상황이 정리된 것 같은데 전 이제 본론으로 들어가고 싶거든요? 선생님, 그리고 형님! 그래도 되겠죠?"

호리는 당황해 아무 말도 하지 못하는 우리와 주형을 차례로 응시하더니 곧 턱 끝을 매만지며 말을 이었다. 그녀는 다른 사람의 당황한 시선 따위는 전혀 개의치 않았다.

"사장님 형님의 스토커 사건은 생각 이상으로 복잡해요. 세트장 일도 그렇고, 뭔가 다른 것도 엮여 있는 것 같거든요. 하필 형님 주변에 들러붙은 녀석들이 스토커와 작당을 한 것 같……. 하하, 뭐 간단히 말하자면 아마 경찰들도 이번 스토커를 잡기 쉽지 않았을 거예요."

우리는 도통 알 수 없는 말을 하는 호리를 보며 황당한 표정을 지었다.

"뭔가 다른 것도 엮여 있다고요?"

"네."

호리는 기다렸다는 듯 우리의 질문에 답했지만 우리로서는 호리의 말이 도통 무엇을 뜻하는지 알 수 없었다.

'뭔가 다른 것이 대체 뭔데?'

두루뭉술하게 이 상황을 설명하고 있는 호리를 과연 믿어도 되는 것인가―라는 의문이 살짝 일었지만 호리를 바라보는 주형의 눈빛에서 신뢰가 느껴졌다.

어쩔 수 없지.

'저 녀석이 믿으니 나도 믿을 수밖에.'

우리는 끙끙거리고 있는 호리를 보며 말했다.

"그래서 내가 어떡하면 되나요?"

어떤 식으로 이 상황에 대해 설명해야 하나 고민하던 호리의 얼굴이 밝아졌다. 디테일한 것들을 지적하지 않는 우리의 모습에 안심한 표정이었다.

"간단해요."

그녀는 붉은 입술을 움직였다.

"눈에는 눈, 이에는 이로 대응하는 거예요."

뭐?

"호리 씨, 그게 무슨 소립니까."

호리의 말을 알아듣지 못하는 사람은 우리뿐만이 아니었다. 내내 침묵을 유지하고 있던 주형이 호리에게 묻자 호리가 그를 응시했다. 호리는 설명했다.

"제가 보기에 이 '스토커'는 형님을 아주 좋아하고 있어요. 그래서 형님의 일거수일투족을 전부 감시하려 들고 있죠. 하지만 사악하게도 자신의 정체는 드러내지 않은 채, 다른 미끼들만 던지면서 경찰의 수사에 혼란을 주고 있어요. 때문에 경찰들이 예의 스토커를 잡기 쉽지 않은 거고요."

"출장을 갔던 헝가리에서도 스토커를 잡기 위해 작전을 벌인 적이 있었지만, 확실히 그때 잡은 스토커는 진범이라는 느낌이 없기는 했습니다. 이후로도 줄곧 스토킹은 멈추지 않았으니까요."

"이 스토커는 자신은 철저하게 숨긴 채 자신의 손으로 굴릴 수 있는 꼭두각시들로 형님을 괴롭히고 있어요. 꼭두각시들을 아무리 잡아 봤자 진범을 잡지 못한다면 이 뫼비우스의 띠를 벗어나지는 못할 거예요. 하지만."

하지만?

"이 호리의 눈은 결코 속일 수 없죠."

훤히 드러난 호리의 이가 하얗게 번뜩였다.

"이 기사, 사실이야?"

그로부터 이틀 뒤, 대한민국이 살짝 동요했다.

"사실이라고 하기에는 너무 의외인걸?"

"하지만 거짓 같아 보이지는 않아. 두 사람, 정말 행복해 보이지 않아?"

토론을 나누고 있는 여자들은 인터넷 신문에 뜬 [단독] 기사를 읽고 있었는데 예의 기사 속에는 더 이상의 변장을 하지 않은 주형과 이름 모를 일반인으로 보이는 여자가 데이트하는 사진이 찍혀 있었다. 아무래도 해외에서 찍힌 사진이었던지라 주형과 예의 일반인의 스킨십에는 스스럼이 없었다.

"하지만 금주형이 스캔들에 시달리는 게 한두 번이었어? 항상 그랬듯, 스쳐 지나가는 사람이겠지."

적잖은 나이기는 했지만 그 나이 대의 남자가 연애를 하지 않는 것도 말이 되지 않았다.

그가 누군가. 다름 아닌 금주형이 아니었던가. 온갖 설문 조사에서 1위를 빼앗긴 적이 없었던 그에게 연인이 있다는 것은 당연한 일일지도.

그러니 대부분의 이들은 크게 신경 쓰지 않았다. 톱스타의 열애설이기는 하나 주형은 그 어떤 열애설도 공식적으로 인정한 적이 없었으니까. 이번에도 마찬가지겠지. 이 일반인 여자와는 언제쯤 헤어지려나. 그들은 사진 속 단아한 복장의 여자를 바라보며 코웃음 쳤다.

그로부터 다시 일주일 뒤, 대한민국이 조금 더 소란스러워졌다.

"이건 대체 무슨 일이래?"

"레스토랑 데이트? 호텔 레스토랑을 통째로 빌렸다고?"

"금주형, 이번에는 좀 이상하지 않아?"

"이 여자, 어디서 본 것 같은데……."

이번에 뜬 기사는 [단독]이라는 말머리 따위는 없었다. 연예계와 관련된 기사를 다루는 신문들이 동시다발적으로 비슷한 내용의 기사를 올려 댔다.

얼마 전 큰 사고를 당할 뻔했던 배우 금주형의 꺼지지 않은 스캔들과 연관된 기사였지만 놀랍게도 그의 스캔들 상대는 이미 한 번 언급된 여자였다.

정체불명의 일반인. 본디 한 번 엮인 여자와는 두 번 다시는 엮이지 않았던 주형이었기에 대중을 비롯한 팬들의 충격은 컸다.

"아니겠지. 설마 진지하게 만나는 거겠어?"

하지만 그러한 동요도 며칠을 가지 않았다. 새로운 화제와 뉴스가 끊이질 않는 연예계였고 일반인 여자 친구와의 연애를 인정하지 않는다는 것도 이전의 금주형과 다를 바 없었으니.

모두, 크게 의심하지 않았다.

그리고 다시 일주일이 흘렀다.

"금 배우. 꼭 이렇게까지 해야겠어?"

XThree 엔터테인먼트 경영&기획본부를 맡고 있는 서지연 본부장은 깊은 한숨을 내쉬며 제 앞에 앉아 있는 남자에게 물었다. 그녀는 지난 몇 주 동안 일어난 일로 정신이 하나도 없었는데, 이 모든 일을 벌인 사람은 눈앞의 남자였다.

'서 본, 협조 좀 해 줬으면 해.'

회사에 소속된 배우가 달갑지 않은 일로 시달리는 것은 분명 방지해야 하나, 그 때문에 벌어지는 일은 지연의 머리를 지끈거리게 만들었다.

'그래도 어쩌나.'

그렇게 간절히 부탁하는데 도와줄 수밖에.

'하지만 이번 일은…….'

지연은 "응. 꼭 해야겠어." 하고 빙긋 웃는 주형의 얼굴을 지켜보다 한숨을 푹 내쉬었다.

"만약 이번 일이 잘 안 풀리면 정말 위험해지는 거 알지? 자기 커리어적인 면에서도 그렇고 그 스토커 문제도 심해질 수 있어. 게다가."

"서 본, 난 괜찮아."

"……!"

"그리고 이 일이 잘 풀리지 않아도 괜찮아. 그건 그것대로 만족하니까."

지연의 입장에서는 주형의 상황이 더더욱 파국으로 치달을까 봐 걱정이 이만저만이 아닌데, 사건의 당사자인 그는 무엇이 그리 즐거운지 입꼬리를 실실 올리고 있었다.

'어휴.'

저렇게 행복해 보이는데 내가 어떻게 말려.

지연은 두 눈을 질끈 감으며 후 숨을 골랐다. 그러고는 입술을 꾹 누르더니 생각을 정리했다. 그녀는 한참이나 그 자세를 유지하다 겨우 스르륵 눈을 떴다.

"좋아. 하고 싶은 대로 해. 만약 일이 잘 풀리지 않더라도 걱정하지 마. 내가 무슨 일이 있어도 금 배우, 자기를 지켜 줄 테니까."

"서 본."

"게다가 대표님의 반응 따위는 신경 쓰지 마. 그 인간은 어차피 내 밥이야!"

두 손을 걷어붙이며 힘차게 외치는 지연의 발언에 주형의 눈꼬리가 부드럽게 휘어졌다. 지연은 "고마워." 하고 낮게 웃는 주형에게 물었다.

"그래서. 내가 뭘 해 주면 되는데?"

주형은 기다렸다는 듯 가방 속에서 파일 하나를 내밀었다.

"언론에 이걸 발표해 주면 돼."

"발표? 하하. 이번엔 또 어떤 사진을 흘리라는……!"

지난 몇 주 동안 주형의 데이트 사진을 일부러 하나둘씩 언론사에 넘겨 주던 지연은 피식 웃으며 그것을 받아 들다 멈칫했다.

예의 파일 속에는 금주형과 여우리의 결혼 증명서가 들어 있었다.

* * *

[충격] 배우 금주형, 결혼!

[속보] 배우 금주형, 품절남 대열 합류

[연예계 화제] <사랑이 필요해> 금주형, 아내가 필요해!

[속보] 금주형, 일반인 여자 친구와 극비리 결혼

[속보] 배우 금주형, 일반인 여성과 LA에서 결혼

[속보] '의사♥' 배우 금주형, 속도위반 결혼!

"뭐?"

눈을 뜨자마자 핸드폰을 확인하고, 핸드폰 액정 위에 띄워진 알람을 응시하던 여자는 두 눈을 크게 떴다. 방금 전까지만 하더라도 다시금 감기려던 눈꺼풀은 곧바로 위로 올라갔다. 벌떡 일어난 그녀는 얼른 컴퓨터 앞에 앉아 '금주형'이라는 이름을 포털 사이트 검색창에 쳤다.

오늘 일자로 수십 개가 넘는 기사들이 들어왔다. 천천히, 그리고 떨리는 마음으로 모니터를 들여다보던 그녀는 결국 꽉 쥐고 있던 마우스를 모니터 액정을 향해 집어 던졌다.

콰쾅—

짜악.

"거……짓말."

거짓말. 거짓말. 거짓말이야!

모니터 화면 중앙에 정확하게 꽂혔다 떨어지는 마우스의 움직임 이후 모니터 액정이 갈라지는 소리가 났다. 평소라면 그러한 상황에 당황했을 그녀였지만 현재의 여자에게 있어서는 모니터의 고장 유무는 중요하지 않았다. 그녀는 조금 전 자신이 보았던 기분 나쁜 기사들에 대해 떠올렸다.

'결혼이라고?'

말도 안 돼. 금주형이, 결혼을 했다고?

'금 배우? 아아, 응. LA 화보 촬영이 있어서 급히 나갔어. 아마 몇 주 걸릴 거야. 그 녀석도 안 됐지. 동생이 사고를 당했는데 간호를 할 시간도 없이 업무에 매진해야 하니까. 물론 동생 주변에 좋은 사람들이 많다고는 하던데…….'

쯧, 혀를 차며 주형을 걱정하던 서지연 XThree 엔터테인먼트 본부장의 말이 귀를 맴돌았다. 한 달 정도 뒤에나 LA에서 돌아온다던 주형은 어떻게 된 영문인지 지금 한국에 들어와 있다고 했다. 그녀는 기다란 손가락을 입술 끝으로 가져다 댄 후 잘근잘근 씹었다.

'라이브……. 결혼 발표에 대한 라이브를 한다고 했어.'

거짓일 거다. 이번에도 으레 그랬던 것처럼 조작된 것이 틀림없다. 그래야만 했다.

'당신은 내 거라고.'

그녀는 부들부들 몸을 떨며 TV를 켰다. 케이블 쪽으로 채널을 돌리자 [금주형 결혼 공식 기자회견 임박!]이라는 문구가 붙은 광고 방송이 보였다. 잠이 확 달아났다. 미칠 듯이 쿵쾅거리는 심장 박동 소리를 느끼며 그녀는 기다렸다. 곧 검은 정장을 입고 나타난 주형이 화면 안으로 모습을 드러냈다. 그 곁에는 주형과 함께 지난 몇 주 동안 자취를 감췄던 금주형 팀의 팀장, 재원까지 있었다.

《그럼 지금부터 배우 금주형 씨의 결혼 발표 기자회견을 시작하도록 하겠습니다. 기자 여러분들은 모두 착석해 주시길 바랍니다.》

재원의 진행을 시작으로 주형의 기자회견이 시작됐다.

《주형 씨! 열애설과 관련해서는 이번 기자 회견이 처음인 것으로 알고 있는데, 특별히 기자 회견을 연 이유가 있습니까?》

《주형 씨는 한 번 열애설이 난 여성들과는 두 번 다시 엮이지 않았던 걸로 알고 있는데요, 혹시 이번 여성은 주형 씨에게 있어 매우 특별한 겁니까?》

《XThree 엔터테인먼트에서 주형 씨의 결혼 증명서라며 자료를 제출했습니다만, 이건 일종의 퍼포먼스인가요? 주형 씨, 많은 분들이 궁금해 하고 있으니 명쾌한 답변을 주시죠!》

찰각거리는 셔터 소리와 차례를 기다리지 않고도 질문을 쏟아 내는 기자들의 목소리가 기자회견장을 가득 메웠다.

뚝, 뚝, 뚝, 뚝.

주형의 대답을 기다리며 손톱 끝을 잘근잘근 깨물고 있었던 그녀는 마지막 희망을 버리지 않았다.

'퍼포먼스겠지.'

새로운 작품에 들어가기 직전, 아니면 예능 참여의 일환일지도 모른다.

'너무 억측할 필요는 없어.'

그녀가 알고 있는 주형은 매사에 신중한 사람이었다. 그는 자신의 마음을 드러내는 것을 원하지 않았고 언제 어디서나 프로페셔널한 마인드를 유지하고 있었다. 그러니 틀림없이 이번 일도 단순한 기자 회견은 아닐 것이다. 어쩌면 새로운 작품 캐스팅 발탁 선언을 하기 직전, 화제를 일으키기 위해 언론인들을 불러 모았을 가능성도 있었다.

딱, 딱, 딱, 딱.

계속해서 손톱을 물어뜯던 그녀는 다시 TV를 노려봤다.

'아니라고 말해.'

주형이 자신에게 질문을 쏟아 낸 인물들을 차례로 응시하며 빙긋 웃는 모습이 보였다. 그는 곧 말했다.

《많은 분들의 기대를 저버려서 죄송합니다만, 저는 몇 주 전 결혼을 했습니다.》

"아니야!"

쾅—

그녀가 원했던 답변은 그런 것이 아니다. 금주형이 결혼을 했다는 충격적인 이야기를 듣기 위해 지금까지 이곳으로 바득바득 기어 올라온 것이 아니었다.

아니야. 아니야. 아니야. **아니야!**

그 사람의 옆에 서고 싶어서였지 등만 바라볼 생각은 없었다. 빌어먹을. 대체 누구지? 어떤 년이 그 사람의 마음을 훔친 거야. 대체 어떤 죽일 년이 그 사람을 차지한 거냐고! 나도 차지하지 못한 그 사람을, 어떻게 사로잡은……!

바득바득 이를 갈며 그녀는 TV를 향해 내던졌던 리모컨을 집어 들었다. 심장은 미친 듯이 뛰고 있었지만 나름 침착하게 TV 화면을 다시 켰다.

침착하게 이번 기자 회견의 목적에 대해 설명하던 주형의 얼굴 옆에 낯익은 여자의 사진이 떴다. 그녀는 그 여자가 누구인지 똑똑히 알고 있었다.

"여……우리!"

저보다 어디가 잘났는지 도저히 알 수 없었던 그 의사 선생. 저보다 머리가 나빠 보이던 그녀의 바보 같은 눈치. 어째서 그가 그토록 매달리는 건지 이해할 수 없었던 바로 그 여자.

[네게 더는 기회란 없어. 이제 그 사람은, 내 거야.]

그녀는 이미 경고했다. 여우리를 향해 그녀에게는 더 이상의 기회는 존재하지 않는다고. 몇 번씩이나. 하지만 놀랍게도 껌처럼 들러붙던 여자는 아직까지 주형의 옆을 지키고 있었다.

'그 사람은 순결해야 해.'

그녀가 그를 차지할 때까지, 그는 그 누구와도 이어질 수 없었다. 조금만 더. 앞으로 조금만 더 애를 쓰면 그 사람을 차지할 수 있는데, 어째서 내가 포기해야 해?

'그 여자가…… 사라진다면.'

그래서 그 여자가 이 세상에 존재하지 않는다면. 그 여자가 그의 곁에서 완벽하게 사라진다면, 그의 옆을 차지하는 사람은 바로 내가 되지 않을까.

'……!'

그녀는 생각을 마치기가 무섭게 자리에서 일어났다. 그러고는 부엌으로 달려가 예리한 식칼을 꺼내 들었다. 스릉. 기분 나쁜 칼 소리가 귀를 울렸으나 그녀는 태연하게 그것을 품안으로 갈무리했다.

"어서 오십, 헉!"

"화이트 팰리스로 가 주세요."

주형의 오피스텔에 가면 그 여자를 만날 수 있겠지. 주제도 모르는 여자. 바드득 이를 갈던 그녀는 집을 나가자마자 택시를 잡아탔다. 그녀를 알아본 택시 기사가 눈을 번쩍 떴지만 그녀의 입술에서는 차분한 말이 흘러나왔다.

30분 거리의 택시비를 받지 않겠다는 기사를 향해 옅은 눈웃음을 흘려 준 그녀는 주형이 소유하고 있는 화이트 팰리스의 고급스러운 외관을 올려다보았다. 이곳의 21층에는 그 빌어먹을 여자가 있을 것이다. 그 여자를 만나면—

두근두근두근두근.

이 일을 실행에 옮길 생각을 하니 심장이 벌렁거렸다.

'왜 진작 이렇게 하지 않았을까.'

매번 제게 방해만 되던 그 여자를 진작 제거했어야 했는데. 그래, 그랬어야 했다. 그녀는 주형에게 사로잡혀 있었다. 어떻게든 그를 차지해야 했던 그녀로서는 이 행동이 마지막 발악이나 다름없다.

'죽여 버리자.'

그녀는 클클 웃었다. 매번 그랬듯 이미 통성명을 나눈 관리인에게 고갯짓을 하자 그가 문을 열어 줬다.

"오랜만에 오시네요."

그날 이후 더는 이곳에 올 일이 없다고 생각했는데. 빙긋 웃는 오피스텔의 관리인은 아직 주형의 기자회견을 보지 못한 모양이었다. 만약 보았다면 어색한 얼굴로 저를 맞았을 것이 분명하니까. 그녀는 "네." 하고 짧게 대답한 이후 곧바로 엘리베이터에 올라탔다. 21층을 누르는 그녀의 손길은 거침없었다.

'어디 나가지는 못했을 거야.'

얼굴이나 이름, 그리고 신상 정보가 다 퍼졌을 테니.

'틀림없이 이곳에 있겠지.'

으드득, 한 번 더 이를 갈자 엘리베이터가 멈춰 섰다.

— 21층입니다. 문이 열립니다.

엘리베이터가 열리기 무섭게 그녀는 2102호로 향했다.

죽여.

죽여. **죽여 버릴 거야.**

딩동—

초인종을 누른 그녀는 품안에 숨겨 두었던 식칼을 꺼내 들었다. 만약 그 여자가 이 문을 열고 나온다면 주저 없이 그녀의 심장을 향해 질러 넣을 생각이었다.

그래, 진작 이렇게 했어야 했어. 처음부터 이렇게 해서 그 여자를 제거했어야 했다고.

그녀는 클클 웃었다. 그때, 달칵 문이 열렸다.

"누구세…… . 어?"

일말의 망설임도 없이 꽉 움켜쥐고 있던 식칼의 끝을 소리가 들려온 방향으로 밀려던 그녀는 두 눈을 휘둥그레 떴다.

'뭐야.'

이 여자는 대체 누구, 야.

두근두근두근두근.

심장이 미친 듯이 뛰었다. 그녀는 혼란스러워했다. 생각지도 못한 사람이 2102호에서 나왔다. 처음 보는 여자였다. 아니, 처음 보는 여자라고 하기에는 이상할 정도로 익숙한—

"**당신**이구나."

……뭐?

여자의 정체에 대해 생각하던 그녀는 피식 웃는 여자의 말에 흠칫 놀라 뒤로 물러나려 했다. 그때, 여자가 소리쳤다.

"선생님, 지금이에요!"

그 외침과 함께 2102호의 문이 활짝 열렸다.

PART 7. 우리의 빛나는 미래

《안녕하세요, 시청자 여러분. <오늘의 연예핫뉴스>의 강태준,》

《이연지입니다.》

《시청자 여러분과 함께 소통하는 '핫토크핫'을 진행하기에 앞서, 먼저 근래 가장 화제가 되고 있는 소식부터 알려 드려야겠죠? 연지 씨.》

《네. 이미 각종 매체를 통해 접하신 시청자분들도 계시겠지만 지난 19일 오후 도무지 믿기 힘든 충격적인 소식이 전해졌습니다. 떠오르는 신예 스타로 각종 드라마와 영화, 그리고 다수의 광고에 출연해 인지도를 올려 가던 오세아 씨의 구속과 관련된 소식이었어요.》

《아아, 오세아 씨. 맞아요. 정말 충격이었죠.》

《예. 오 씨는 같은 소속사 배우인 금주형 씨를 오랫동안 스토킹 해 오며 그의 일거수일투족을 감시해 왔다고 하는데요, 사람의 겉모습과 속마음은 비례하지 않는다는 것을 알려준 사례로 많은 이들에게 충격을 주었습니다.》

《오 씨에게는 살인미수 혐의까지 적용이 되었다면서요?》

《네, 오 씨는 소속사 선배였던 금주형 씨에게 강한 집착을 하고 있었다고 합니다. 일종의 망상 장애에 빠진 오 씨는 자신이 금 씨의 오래된 연인이라 착각하며 살아왔고 그의 주변에 다른 여성들이 보이는 것을 철저하게 막아 왔다고 해요.》

《세상에. 그럼 그 사실을 금주형 씨가 전혀 몰랐던 건가요?》

《그랬다고 해요. 세간에 알려진 것과는 달리 금주형 씨는 연예계 여성들과 전혀 친분을 유지하지 않았다고 합니다. 관심을 가지는 여성도, 친분을 가지는 여성도 없으니 당연히 모를 수밖에요. 금주형 씨의 열애 스캔들과 관련된 기사들은 대부분 오보였던 거죠. 그래서 대응하지 않았던 거고요. 하지만 지난 19일 밤 일어난 흉기 난동 사건의 피해자는 금주형 씨와 관련이 없지 않았기에 밝혀야만 했던 거고요.》

《그럼 그날 밤 일어난 오세아 씨의 흉기 난동 사건에 대해 말해 볼까요?》

《그전에, 태준 씨. 사건이 일어나기 직전의 오후, 무슨 일이 일어났는지 기억하세요?》

《어, 글쎄요, 무슨 일이 일어……. 아! 맞다. 금주형 씨가 깜짝 결혼 발표를 했었죠?》

《네. 지금까지 수많은 열애설에 휩싸여도 공식 성명은 내지 않았던 금주형 씨가 놀랍게도 결혼 발표를 했었죠. 열애 인정도 아닌, 결혼 발표를 말이에요. 아마 그 일이 오세아 씨에게 있어 트리거로 작용한 모양입니다. 갑작스러운 금 씨의 결혼 발표 이후 제 남자를 빼앗겼다고 생각한 오 씨는 곧장 금 씨 소유의 오피스텔로 향했는데요, 그곳에서 예의 피해자를 만났고, 그 피해자에게 주저 없이 흉기를 휘둘렀다고 알려졌어요.》

《아니, 그럼 그 피해자는 지금 괜찮은 건가요?》

《다행히도 다친 곳은 없다고 해요. 오 씨가 흉기를 휘두르는 순간 예의 피해자는 기지를 발휘해서 오 씨를 단숨에 제압하고 경찰에 신고를 하

게 된 거죠. 그래서 대한민국 국민들이 오세아라는 인간의 실체에 대해 알게 된…….》

치지직.

약속 장소로 향하기 직전 우연히 튼 라디오에서 2주 전 일어난 일에 대해 언급하고 있었다. 핸들을 붙잡고 있던 우리는 코웃음 쳤다.

'기지를 발휘했다고?'

내가?

'정확히 나는 아니지.'

약간.

아주 약간 도움을 주기는 했지만.

아직도 그날을 생각하면 손끝이 미세하게 떨린다. 눈에는 눈, 이에는 이 작전을 실행하겠다던 호리의 계획대로 몇 주간의 공개 연애 끝에 깜짝 결혼 발표를 하고 이후 예의 스토커가 미끼를 물기만을 기다렸다.

이 계획이 과연 성공할까—라는 의문이 들기는 했지만 그럴 때마다 주형은 말하곤 했었다.

'그 녀석이 그랬어. 호리 씨는 믿을 만하다고.'

무슨 근거인지는 모르겠지만 그토록 진지한 표정을 짓는 주형의 모습은 신뢰할 만했다. 주형은 호리를 믿었고 우리는 주형을 믿었기에 그들의 작전은 계속됐다. 그리고 대망의 날, 쿵쿵 뛰는 심장을 끌어안고 스토커가 도착하기만을 기다리던 우리를 향해 '그녀'는 말했었다.

'무슨 일이 일어나더라도 놀라지 마세요. 대신 안전하게 지켜 드릴게요.'

톡톡 건드리기만 해도 놀라던 우리를 향해 부드러운 미소를 지어 보이던 호리는 정말이지 믿음직스러웠다. 어째서 주형의 동생 은형이 그렇게 확신했는지 이해가 가는 순간이었다.

'이후로는 난리도 아니었어.'

우리는 혀끝을 쯧쯧 찼다. 호리의 입에서 흘러나온 '당신이구나.'라는 말을 듣는 순간 심장이 철렁 내려앉았다. 당연한 일이다. 인터폰 너머로 보이던 사람은 놀랍게도 세아였기 때문이다.

생글생글 웃으며 주형의 후배라고 살갑게 굴던 바로 그 세아, 얼마 전 자신과 함께 진한과 미주의 결혼식장에 등장하여 분위기를 와장창 깨트렸던 바로 그 세아, 왠지 모르게 불편한 느낌을 갖게 만들던 세아.

'선생님, 지금이에요!'

호리의 등장에 놀란 세아가 멈칫한 사이 우리는 호리의 외침을 듣고 힘껏 문을 열었다. 그러고는 당황하는 세아를 꽉 붙들었다. 어떻게 흉기를 들고 있는 여자를 붙들 생각을 했는지 모르겠지만 당시의 우리는 못할 것이 없었다. 주형을 지키고자 한다면 이 정도의 위험은 감수해야 한다고 생각했으니까.

채챙.

세아가 들고 있던 흉기가 바닥으로 떨어졌다. 그에 탄력을 받아 세아의 흉부를 뒤에서 압박하며 그녀가 움직일 수 없을 만큼 힘을 줬다. "놔, 이거 놓으라고!"라 외치며 세아가 발악을 했지만 우리는 호리와 약속했던 대로 그녀를 잡은 후 호리의 다음 행동을 기다렸다. 호리는 후우, 숨을 크게 들이마신 이후 기괴한 소리를 내고 있는 세아의 이마에 손을 가져다 댔다.

그리고—

'……님. 여 선생님?'

'아.'

'어때요, 정신이 드세요?'

'어……떻게.'

'호호, 끝났어요!'

'예?'

'모두 끝났다고요! 스토커 잡았어요. 저기. 저기 보세요!'

놀랍게도 주형을 괴롭힌 스토커이자 여우리와 이호리에게 흉기를 휘두른 가해자, 오세아는 붙잡혔다. 우리는 정신을 잃은 그녀를 옷으로 꽁꽁 묶은 호리가 배시시 웃는 모습을 보며 할 말을 잃었다.

'어떻게 한 거야?'

호리는 "이 정도면 일이 정리된 것 같은데, 경찰 부를게요!"라고 낭랑한 목소리를 흘리며 우리에게 하얀 이를 드러냈다. 수년 동안 금주형을 정신적으로 시달리게 한 오세아가 경찰에 붙잡히는 순간이었다.

"어, 나야."

신호에 걸려 차를 멈추었을 때였다. 갑자기 걸려 온 전화에 우리는 입을 열었다.

— 어디쯤이야?

"거의 다 왔어."

— 어서 와. 다들 언니 너만 기다리고 있어!

"응, 곧 갈게."

우리는 재촉하는 나라에게 짧게 대꾸한 이후 다시 정면을 바라봤다.

'좋아.'

가장 골치 아픈 일을 해결했으니 이제 다음 문제를 해결할 차례다.

우리는 크게 숨을 몰아쉬며 파란불이 되기가 무섭게 액셀러레이터를 힘껏 밟았다.

"다친 곳이 없어서 천만다행이야. 우리 네가 습격을 당했다고 해서 얼마나 놀랐는지 모른다고."

"맞아요, 언니. 정말 괜찮으신 거죠? 그 여자, 언니한테 손 못 댄 거 맞죠?"

우리의 앞에 나란히 앉아 있던 두 남녀가 동시에 큰 눈을 부라리며 질문을 던져 댔다. 안절부절못하는 그들의 모습에 어쩐지 웃음이 흘러나올 뻔했지만 걱정하는 이들을 안심시켜 주는 것이 우선이었다. 우리가 입을 열려 했다.

"그게,"

"얘들은. 이 고나라 님의 언니 되시는 분이 그리 만만한 줄 아니?"

뭐?

"오세아? 흥! 걔는 우리 언니의 한 방도 안 된다고! 내 말 맞지, 언니?"

하지만 그보다 나라의 말이 조금 더 빨랐다. 우리는 제 말을 끊어 낸 후 생긋 미소 지으며 동조를 요구하는 나라를 물끄러미 응시했다. 무슨 자신감으로 이러는 것인지. 나라에게 눈을 가늘게 뜨던 우리가 다시 두 남녀를 쳐다봤다. 확신이 넘치는 나라의 말에도 불구하고 신혼부부의 얼굴에는 염려가 가득했다.

우리는 부드럽게 웃었다.

"고나라 말이 맞아."

"거봐!"

"……그 일에 대해서는 두 사람 다 걱정할 거 없어."

우리는 말했다.

"나 정말 괜찮아. 다친 곳 하나 없이 멀쩡하고 트라우마도 없어. 오히려 진작 그 여자를 잡아서 집어넣지 못한 게 아쉬울 따름이야."

"당장 이 손 놓지 못해?" 하고 겨우 정신을 차린 오세아가 외치던 마지막 발악이 순간 떠올랐으나 우리는 휘휘 털어 냈다. 다행이라며 몇 번이고 중얼대던 진한이 물었다.

"……주형이는 좀 어때. 괜찮고?"

아.

"저도 주형 오빠가 아주 걱정됐어요. 어떻게 보면 주형 오빠가 가장 큰 피해자잖아요."

핵심을 찌르는 진한과 미주의 질문에 우리의 얼굴이 살짝 어두워졌다. 뭐라고 대답해야 할까. 잠시 고민하던 우리가 다시 입술을 움직이려 했다.

"그 녀석은 걱정할 거 없어."

이번에도 우리가 대답하는 것보다 나라가 입을 여는 것이 더 빨랐다. 테이블 주변에 앉아 있던 네 사람 중 세 사람의 눈동자가 일제히 나라를 향했다. 나라는 흥 콧방귀를 뀌더니 어깨를 으쓱였다.

"왜. 내가 틀린 말 한 것도 아니잖아? 금주형한테는 든든한 여우리가 있으니 무엇이 걱정 되겠어? 여차하면 우리 언니 방패 삼으면 되지 뭐!"

"고나라. 넌 언니를 방패로 줄 생각만 하니?"

"그 녀석이 이런 쪽에 취약한 건 사실이니까. 언니 네가 방패가 되어야지 뭐. 그동안 그 녀석이 언니를 지켜줬으니 이제 네가 지켜야 하는 것도 맞지 않아?"

말문이 턱 막혔다.

'그건…… 맞지.'

17년이 넘는 긴 세월 동안 주형은 알게 모르게 우리의 주변을 지켜 왔다. 그에 꼭 보상을 해야 한다는 건 아니었지만 어떻게든 주형에게 힘이 되고 싶은 것도 사실이었다.

'할 수 있어.'

그래서 오늘의 만남을 준비했다. 우리는 나라의 말에 동의하듯 살며시 고개를 끄덕이고 있는 두 신혼부부를 바라봤다. 그러고는 숨을 고른 뒤 결심의 말을 뱉어 냈다.

"진한아. 그리고 미주야. 내가 오늘 너희를 불러낸 건 하고 싶은 말이 있어서야."

너는 할 수 있어.

우리는 한 번 더 스스로에게 소리쳤다. 이상할 정도로 가슴은 뛰지 않았지만 긴장이 되는 것은 사실이다. 아마도 길고 긴 세월 동안 담고 있었던 그 마음을 이제야 드러낼 결심을 했기 때문인지도.

'그렇지만 이 산을 넘어야만 네게 완벽히 달려갈 수 있다고.'

우리는 올 것이 왔다는 표정을 짓는 두 남녀를 향해, 입을 열었다.

"그날, 제주도에서 있었던 일. 그때의 일을 먼저 사과하고 싶어."

"언니."

"우리야."

"일단 내 말부터 끝까지 들어 줘."

굳이 묻어 둔 과거를 꺼낼 필요는 없다는 듯, 자신을 부르는 신혼부부에게 우리는 빙긋 웃었다. 그러고는 제 옆자리에 앉아 있던 나라를 한 번 흘 긋거렸다. 나라는 네 마음대로 하라는 듯 눈을 질끈 감고 의자에 등을 기대고 있었다. 우리는 입 안을 맴돌아 근질거리던 말을 쏟아 냈다.

"그때, 진한이가 읽었던 편지의 주인은 확실히 나야. 그걸 주형이한테 보냈다는 말은 거짓이고. 그리고 난……."

할 수 있어, 여우리.

"너를 좋아했었어, 진한아."

길고 긴 짝사랑이 마침내 끝났다.

* * *

― 어쩜 그렇게 끔찍한 애가 존재할 수 있니. 나는 정말 깜짝 놀랐어! 너 정말 멀쩡한 거 맞지? 그런 거지?

언제 들어도 한껏 상기된 목소리다. 주형은 생각만 해도 화가 난다는 듯, 누군가를 생각하며 치를 떠는 자신의 사랑스러운 어머니, 고양미 여사의 말에 빙긋 웃었다.

"네. 멀쩡해요."

― 끄응. 아무래도 불안한데.

"사진이라도 보내 드릴까요, 우리 미녀님?"

― 사진보다……. 아들, 오늘 밤에 집에 올 수 없어?

"집이요?"

— 한 명도 아니고 둘씩이나 사고를 당하니 걱정이 돼서 견딜 수가 있어 야지. 잘난 차남은 한 번 집을 나가서는 도통 들어올 생각을 않고, 그 못지 않게 잘난 장남은 일 때문에 바빠서 얼굴 비추기도 힘드니 엄마가 걱정이 이만저만이 아니야.

"하하."

— 오랜만에 집에 와라. 응? 맛있는 거 해 줄게.

주형은 피식 웃었다.

'우리 미녀님이 요리라니.'

냄비를 태우지 않으면 다행이다. 통화를 하던 주형은 옆자리에서 운전을 하는 재원을 흘긋거렸다. 재원이 "뜻대로 하세요."라 속삭이며 손가락으로 동그라미 표시를 그려 보였다. 잠시 고민하던 주형은 고개를 끄덕였다.

"조금 늦어도 될까요?"

— 뭐? 정말 집에 올 거야?

"예."

— 며, 몇 시쯤? 정확히 언제? 아들, 너 뭐 먹고 싶어? 요즘 좋아하는 음 식이 뭐니? 미역국, 맞다, 엄마가 미역국 해 줄까? 이번에는 저번처럼 미역 이 너무 많이 안 들어가게 할게! 아니다, 미역국보다 우리 장남이 좋아하는 곰탕을 해 줄까? 사무실 근처에 진짜 죽여주는 곰탕집이……. 하하, 하여간 곰탕 해 줄게. 어때?

"미녀님의 음식이라면 무엇이든 다 잘 먹을 수 있어요. 아마…… 8시쯤 도착할 것 같아요."

— 8시? 지금이 4신데, 4시간이나 후에 오겠다고? 중간에 약속 있어? 엄마는 너 빨리 보고 싶은데.

"미녀님."

— 응?

"기다림이 길어질수록 만남의 기쁨이 커지는 법이에요."

— ······!

"8시까지 갈게요. 그때 봬요."

주형은 "잠깐!" 하고 소리치는 고 여사의 다음 말은 듣지 않고 통화를 종료했다. 후우, 짧게 숨을 몰아쉬며 누군가에게 문자를 보내려던 그는 어디선가 느껴지는 뜨거운 시선에 고개를 돌렸다. 왼쪽을 바라보니 씩 웃고 있는 재원이 보였다.

"왜."

"하하, 아닙니다."

"노재원."

"아뇨, 그저⋯⋯ 우리 형님의 여사님 조련술이 갈수록 늘어나는 것 같아 감탄했을 뿐입니다!"

낮게 깔리는 주형의 음성에 결국 제 발 저린 재원이 솔직한 심정을 드러냈다. 고양미 여사라고 한다면, 한때 대한민국 연예계의 트로이카 중 하나였고 현재는 아침 드라마 <무자비한 노여정>으로 성공적으로 복귀한 중견 배우였다.

재원에게 있어 양미는 한참 위의 연예계 선배인 데다 자신이 보조하는 주형의 어머니였기에 꽤 대하기 까다로운 존재임은 틀림없었다. 그런 양미가 주형의 손바닥 위에서 깔깔 웃는 모습을 보자니 왠지 재미있게 느껴졌던 모양이다.

주형은 "고 여사님은 너무 사랑스럽지만 아주 가끔, 정말 가끔은 무시무시하단 말입니다." 하고 중얼대는 재원에게 피식 웃은 이후 물었다.

"아까 그 촬영 이후 스케줄은 없는 거 확실하지?"

"예. 형님께서 바라셨던 대로 오늘 일정은, 아니, 오늘 이후 두 달 간의 일정은 잡아 두지 않았습니다."

"서 본이랑 유 대표도 동의한 거고?"

"그런 일이 있었는데 휴식을 못 취하게 하는 게 이상한 거죠. 저희도 이번 기회에 아예 확실히 쉬고 돌아오는 걸로 합의 봤어요."

그런 일.

주형의 얼굴이 살짝 어두워졌다. 결혼 발표 기자회견을 지낸 후 밀려오는 언론의 전화와 저를 쫓는 기자들을 피해 숨어 있을 때 호리와 우리로부터 전화를 받았다. 수년 동안 자신을 괴롭혔던 스토커를 붙잡았다는 말이었다.

'좋아해서요. 좋아해서 그랬어요! 너무 좋아서 그랬는데, 그게 무슨 죄가 되죠? 난 잘못한 거 하나 없어! 내 사랑을 몰라 준 그 사람이 나빠! 나쁘다고!'

일전의 싱가포르 시상식 준비 도중 발생한 스토커 사건 때 이미 한 번 자신의 스태프였던 안미현 의상 담당을 피의자로 몰아갔고 그것으로도 모자라 우리에게 해를 가하려 했다는 오세아는 경찰에게 붙잡힌 이후로도 당당했다. 두 눈을 크게 부라리며 자신의 죄를 끊임없이 부정했다는 이야기를 들었을 때는 머리가 다 지끈거렸다.

'선배님, 안녕하세요. 오늘부터 XThree에 들어온 신인, 오세아예요!'

티 없이 맑은 얼굴로 생긋 미소 짓던 오세아와의 첫 만남이 불현듯 생각났다. 아주 잠깐, 정말 잠깐 동정심이 들려 했으나 금세 사라졌다. 끝까지 우리를 향한 적대감을 멈추지 않던 그녀의 모습이 그의 분노를 유발했기 때문이다.

"그나저나 이번에 오세아의 실체를 밝힐 수 있었던 건 형님의 절제 덕분이었어요. 형님께서 제주도에서 돌아오신 이후 형수님과 일부러 거리를 두셨잖아요. 그때 형님이 계속해서 형수님과 가까이 지내셨다면, 오세아가 방심하지 않았을 거예요. 그런데 형님."

"응."

"언제부터 오세아를 의심하셨어요?"

재원의 질문에 주형은 곰곰이 생각했다. 글쎄, 언제부터였을까.

'*선배님! 저예요, 세아. 지연 언니한테 얘기 듣고 왔어요. 문 좀 열어 주세요!*'

아마도 그때부터였을까. 세아의 눈빛이 이상하다는 것을 깨달은 건 한참 전의 일이었다. 우리가 막 환자 보호자와의 트러블로 자신의 오피스텔에 입성했던 바로 그 무렵.

아니, 그 이전부터 자신을 대하던 세아의 눈빛에서 왠지 모를 불편함을 느끼고는 했었는데 확신을 가진 시기는 진한과 미주의 결혼식이 열렸던 제주도에서부터였을 거다.

"형님?"

"지난 일을 말해서 뭐 해. 그것보다 얼마나 남았지?"

슬슬 약속한 시간인데.

"아, 거의 다 왔죠!"

재원은 두 블록 앞의 골목길에서 핸들을 돌렸다. 그러자 약속했던 장소가 시야로 들어왔다. 끼익, 차를 세운 재원은 운전석에서 내린 이후 덩달아 하차하는 주형에게 다가왔다.

"그럼 형님, 일단 2주 후에 다시 뵙겠습니다. 그때까지 푹 쉬십시오."

"고마워. 연락할게."

"안 됩니다. 앞으로 2주 동안은 연락하지 마십시오! 저도 이번에는 푹 쉴 거라서요. 하하하!"

재원은 크게 웃은 이후 꾸벅 인사를 하곤 주형에게서 멀어졌다. 주형은 그런 재원이 사라질 때까지 가만히 서 있었다.

"어? 금주형 아니야?"

"아닌 것 같은데."

"아니, 맞아! 맞는 것 같아!"

"그 금주형이 이런 곳에 떡하니 있다고? 말이 돼?"

"그럼…… 아닌가?"

뜨거운 기운이 감도는 차에 몸을 기대어 얼마나 서 있었을까. 자신을 발견하고도 놀라며 수군거리기만 할 뿐 쉽게 다가오지 못하는 몇몇 팬들의 시선이 느껴졌다. 금주형 맞아요. 목구멍까지 차오른 말을 뱉어 내려다 그저 속으로 웃고 있을 때였다.

"윽."

"뭘 그렇게 실실거려. 내 생각한 건 아니지?"

주형은 제 옆구리를 쿡 찌르며 나타난 낯익은 존재에 빙긋 웃었다.

"……!"

그는 조금의 망설임도 없이 저를 빤히 올려다보는 우리를 와락 끌어안았다. 스스럼없는 주형의 행동에 놀란 팬들이 꺅꺅거리는 소리가 들렸지만 그는 전혀 개의치 않았다. 두근거리는 우리의 심장 박동 소리가 선명하게 느껴져 왠지 모르게 입꼬리가 씰룩였다.

"키스해도 돼?"

주형은 그녀의 붉어진 귀에 대고 낮게 속삭였다. 그러자 우리의 눈동자가 자신을 향했다.

"뭐 상관은 없는데, 여기서는 안 돼. 사람들 보는 앞에서 하는 건 아직 부끄러워서."

"그럼 다른 곳으로 옮길까?"

"장소를 이동한다면 키스 이상도 돼."

……대담하군.

가끔 보면 우리는 주형의 기대를 뛰어 넘는다. 8시까지는 아직 시간이 있으니까. 주형은 손목에 찬 시계를 내려다보며 시간을 확인한 이후 조수석 문을 열었다. 씩 웃던 우리가 차에 올라타는 것을 확인하자 그 역시 운전석으로 향했고 꺅꺅거리던 팬들의 소리는 점점 멀어졌다.

"어? 이게 뭐야?"

양미와 약속했던 8시까지는 3, 4시간 정도의 여유가 있었다. 집 근처 호텔로 직행할 생각에 정신없이 액셀러레이터를 밟던 주형은 조수석 의자 밑에서 노란 봉투 속 서류를 발견한 우리의 중얼거림에 그녀를 흘긋거렸다.

"재원이가 알아본 판례들이야."

"사례들?"

"혼인 무효와 관련된 판례들 위주로 모아 봤대. 우리처럼 외국에서 결혼하고 혼인 신고를 한 사람들도 만나 본 모양이더라고."

"흐응. 그래?"

아무렇지 않게 말하기는 했으나 내심 그녀의 눈치를 보게 된다. 이 말을 꺼냈을 때 우리가 어떻게 대답할지 몇 번이고 시뮬레이션을 그려 보았으나, 그의 상상과는 달리 그녀는 평소와 별반 차이 없는 반응을 보였다.

'아직은…… 무리인가.'

씁쓸한 기운이 차올랐으나 태연해야 했다.

'그래, 어차피 이번 결혼은 홧김인 데다 보여 주기 식이었으니.'

혼인 무효 절차를 진행한 이후 다시 천천히 진행해도 늦지 않을 거다. 특히 이번 결혼에 대한 일이 스토커를 잡기 위해 꾸며진 것이었다는 사실을 전 국민이 알아 버린 이상, 누구도 그들의 결혼을 인정해 주지 않겠지.

"주형아. 잠깐 저쪽으로 들어가자."

"어?"

"집에 가기 전에 숨 좀 돌렸으면 해서."

고 여사가 지내는 한남동으로 가기 위해서는 한남대교를 건너야 했다. 직진을 하기 직전, 낮게 속삭이는 우리의 발언에 그는 핸들을 오른쪽으로 돌렸다. 매끄럽게 바퀴를 움직이던 두 사람을 태운 차는 곧 잠원 한강 공원 쪽으로 향했다.

"공기 좋다!"

주차장에 차를 세워 두고 난 이후 주형과 우리는 강을 바라보며 함께 걸었다. 그가 생각했던 계획과 한참 틀어지기는 했으나 이런 여유도 나쁘지 않다고 생각하며 생긋 웃는 우리를 가만히 응시했다.

한 걸음, 한 걸음 앞으로 발을 뗄 때마다 저를 향해 쏟아지는 몇몇 산책객들의 시선이 느껴졌지만 주형은 모른 체했다. 그의 시선은 오로지 눈앞의 우리에게 꽂혀 있었고 그것을 방해받고 싶지 않았다. 특히나 지금처럼 맑은 하늘 아래에서는, 더욱.

"왜 안 물어?"

아무 말 없이 공원을 걸으며 뚜벅뚜벅 움직이던 우리는 30분이 지나고 나서야 뚝 멈추었다. 그러고는 조용히 제 곁으로 다가와 서는 주형을 올려다보았다.

"뭘?"

"내가 누굴 만나고 왔는지 알잖아."

주형은 대답하지 않았다.

'나 내일, 진한이랑 미주 만날 거야.'

이미 우리에게서 예고를 들었지만 과거와는 달리 지금은 하나도 두렵지 않았다. 주형은 눈을 가늘게 뜨는 우리를 보고 말없이 어깨를 으쓱였다.

"뭐야. 이제 자신감 넘친다 이거니?"

"그럴 때도 됐잖아."

"하긴 뭐, 공개적으로 결혼 발표까지 한 사이니까. 물론, 그걸 어떻게 무를 건지 고민하고 있지만."

사실은 그러고 싶지 않아.

혼인 무효 따위는 하고 싶지 않다는 말이 목구멍까지 차올랐으나 꺼내지는 못했다. 주형은 "우리 저기 앉을까?" 하고 벤치를 가리키는 우리의 말에 고개를 끄덕였다. 석양이 넘어갈 준비를 하는 오후의 한강은 제법 운치가 있었다.

나란히 벤치에 앉아 있던 주형과 우리는 아무 말도 하지 않았다.

"주형아."

먼저 입을 연 사람은 우리 쪽이었다. 그녀의 부름에 우리를 쳐다본 주형은 자신을 응시하지 않고 정면을 바라보는 우리의 입술이 다부지다는 것을 깨달았다. 그녀는 뭔가 결심한 눈치였다. 두근두근. 제 이름을 불렀을 뿐인데, 이상하게 심장이 떨렸다.

"응."

그가 대답하자 우리가 싱긋 웃으며 주형을 쳐다봤다.

"골치 아픈 일들도 끝났고, 대충 정리가 된 것 같으니 하는 말인데……."

"응."

"나, 이제 너랑 친구하기 싫어."

'너랑 난 오늘부터 모르는 사이야. 다시는 너, 안 봐.'

어째서였을까. 3년 전의 그 말이 떠올랐다. 물론 그때와 지금의 상황은 차이가 있었다. 당시 우리는 주형의 마음을 알지 못했고 다른 사람을 마음에 품고 있었다. 하지만 지금은…….

'지금은, 다르잖아.'

그래서 우리가 당시와 같은 의미로 그런 말을 뱉어 내지 않았을 거라고 생각하기는 했다. 쿵쿵쿵쿵. 애석하게도 그의 심장은 아직 그 사실을 완벽하게 이해하지 못하는 듯했지만. 미친 듯이 들썩이는 심장 박동 소리에 주형은 미간을 좁혔다.

"안 돼."

"어?"

"이제 네 말 안 들어."

"……!"

"여우리 네가 친구 하지 말자고 해도 허락 안 해. 듣지 않을 거야."

주형은 단호했다. 그런 주형의 대답이 황당하다는 듯 우리가 헛웃음을 흘렸으나 주형은 신경 쓰지 않았다.

"널 놓아줄 생각은 없어."

두 번 다시 놓지 않을 거야.

"그러니 다시 생각해. 네가 싫다고 해도 우린 영원히 친구 할 거니까."

어쩌면 다짐과도 같은 주형의 대답에 잠시 머뭇거리던 우리가 "그건 절대 안 돼!" 하고 소리쳤다.

안 된다고?

주형은 조금 화가 났다.

"왜 안 된다는 거지?"

"당연히 안 되지!"

"뭐가 안 되는데? 돼. 말했잖아. 난 널 놓아줄 생각이 전혀 없……."

"야! 고작 친구에 그치면 이것도, 저것도 못 하잖아!"

"……뭐?"

주형은 벌떡 일어나 저를 내려다보는 우리의 말을 이해하지 못했다. 이것도, 저……것도? 우리는 씩씩거리며 어깨를 들썩이고 있었다. 그녀의 어깨 너머로 붉게 물든 하늘이 보였는데, 그 때문인지 우리의 얼굴 역시 빨갛게 익어 있는 것 같기도 했다. 주형은 고개를 갸웃거렸다.

"여우리?"

"여우리고 뭐고, 나 이제부터 너랑 친구 안 해. 가족할 거야!"

"말했잖아. 친구를 그만두는 건 있을 수 없……. 뭐?"

여자 친구와 남자 친구도 넓은 범위에서는 친구나 마찬가지니 그 카테고리를 벗어날 생각은 추호도 없었다. 우리가 계속 주장한다면 끈질기게 물고 늘어지며 그녀의 마음을 돌릴 수밖에 없다 여기던 주형의 입이 살짝 벌어졌다.

'방금…….'

주형은 멍하니 그녀를 쳐다봤다. 우리는 흥, 하고 콧방귀를 뀌더니 "이제 알아들어?" 하고 작게 중얼거렸다. 주형은 아무 말도 하지 못했다.

"이렇게 눈치가 없어서야. 내가 17년 동안 네 마음을 알아차리지 못한 건 네 탓도 커! 대놓고 말해야 알아듣는 나한테 표현할 줄 모르니 곰 같은 내가 알아차릴 리 있나."

"나, 나는……."

"시끄러. 아직 내 말 안 끝났으니 넌 입 다물고 있어."

주형에게 주의를 준 우리는 갑자기 주머니를 뒤적였다.

"그게 어디 있더라. 아!"

주섬주섬 주머니에서 무언가를 꺼내 든 우리는 씩 웃으며 그의 앞에 무릎을 꿇었다.

"……!"

우리는 씩 웃으며 눈썹을 까딱이더니 말했다.

"금주형 너, 그거 알아? 나 꽤 괜찮은 여자야. 내 이름을 딴 병원도 있는 데다, 많은 환자들이 나한테서 출산 받으려고 줄도 서. 내 이름으로 된 집도 있어서 네가 지금 일 그만두고 하루아침에 백수가 되어도 평생 부양할 능력도 되지."

그녀의 말은 모두 사실이었다. 주형의 입술이 살짝 떨렸다.

"LA에서의 일, 후회하지 않아. 비록 어쩔 수 없는 사정에 의해 홧김에 한 결혼이지만 아주 만족해. 그래서 혼인 무효 따위 하고 싶지 않아. 나는 다시 네 친구로 돌아가고 싶지 않아, 주형아."

"우리……야."

"나 말이야, 너 진짜 좋아해. 아주 좋아하고 그보다 더 많이 사랑하고 있어. 게다가 예전에 네가 말했던 것처럼 대한민국 내에서 너 같은 남자는 만나기 힘들다는 데 확실히 동의하게 됐어."

'너, 이 세상 어디에서 나 같은 남자 본 적 있어? 이 넓은 대한민국에서 나 같은 남자는 세 손가락 안에 들어.'

뻔뻔하게 말하기는 했으나 실제로는 심장이 터질 것 같았던 과거의 자신이 떠올랐다. 주형은 입술을 꾹 눌렀다. 우리는 여전히 웃고 있었다.

"그래서 그 일이 마무리된 이후 줄곧 고민해 봤는데 내 유전자와 네 유전자가 결합이 되면 엄청난 녀석을 만들어 낼 수도 있을 것 같다는 결론을 내렸지. 물론 이건 산부인과 의사로서 내린 최적의 결론이라 부정하지도 못해."

"풉."

"어이, 이 진지한 상황에 웃지 마."

우리의 지적에 주형은 큭큭 쏟아지는 웃음을 겨우 참았다. 그래서. 계속해 봐.

"흠흠."

우리가 목소리를 가다듬었다.

"금주형."

응.

"지난 17년 동안 네 친구로 있었고, 대략 4, 5개월 동안 여자 친구로 지내다가 몇 주 동안 네 가짜 아내로 지내 본 결과 드디어 결정했어. 이제부터 단순한 친구는 그만두고 네 가족으로 지낼까 하는데, 우리…… 티만 내는 연애는 그만 두고 진짜 사랑을 하는 게 어때?"

"……."

"으으, 나 참을성 따위 없으니까 동의한다면 당장 손 내밀어."

아아.

"금주형! 나 참을성 없다는 말 못 들었어? 셋 셀 때까지 안 내밀면 앞으로 몇 년은 네가 뭐라고 해도 안 받아 줄 거야. 하나―!"

굳이 셋까지 세야 하나?

주형은 그대로 자리에서 일어났다. 그러고는 우리를 일으키더니 놀란 그녀의 양 볼을 두 손으로 감쌌다. 당황한 우리의 거친 숨결을 모조리 빨아 당길 기세로 그녀의 붉은 입술 위에 제 입술을 가져다 대자 우리의 숨결이 느껴졌다.

꺅.

어디선가 낮은 탄성 소리가 흘러나왔으나 그의 귀에 들리는 것은 오직 여우리의 두근거리는 심장 박동 소리뿐이었다.

주형의 달콤한 혀는 그녀의 벌어진 입 안을 간결하게 쓸어 버린 후 다시 깊숙한 안으로 들어갔다. 갑자기 부딪힌 혀끝에 놀란 우리가 온몸을 부르르 떠는 것이 느껴졌으나 그에겐 여유 따위 없었다. 주형은 머뭇거리는 우리를 힘껏 옭아맨 후 하아, 깊은 숨을 터트리며 입을 벌리는 우리의 귀에 대고 속삭였다.

"결혼해 줄게."

내 인생의 여자는 오직 너밖에 없었으니까.

"이제부터 가족하자, 여우리."

그러니 네 사랑을 받아 줄게.

티 나는 가짜 연애 따위 그만두고, 진짜 사랑을 하는 거야. 그런 우리의 미래는 더 없이 찬란히 빛나겠지.

"사랑해, 여우리."

에필로그. 우리의 진정한 시작

— 주형아. 나 미주랑 곧 결혼할 것 같아.

그날, 생각지도 못한 진한의 전화를 받았을 때 가장 먼저 들었던 생각은 하나였다.

'네가 곧 찾아오겠네.'

누군가의 불행이 나의 행복이 된다는 것은 정말이지 애석한 일이 아닐 수 없지만 지난 3년 동안 겪은 고통보다 너를 볼 수 있다는 기쁨이 더욱 커서 미안한 마음 따위는 들지 않았다.

딩동. 딩동, 딩동딩동—

아나나 다를까, 며칠 지나지 않아 네가 내 앞에 나타났다. 어디서 술이라도 마셨는지 잔뜩 붉은 얼굴을 한 채 씩씩, 거친 숨을 내뱉으며.

그 모습마저 기뻤던 나는 왠지 모르게 웃음이 나왔지만 어떻게든 태연한 모습을 유지하려 애썼다. 속마음을 숨기기 위해 일부러 무뚝뚝한 언행을 이어 가는 나를 보며 너는 말했다.

"네가 날 도와줬으면 해."

그것은 기회였다.

내가 너를 도울 수 있는 유일한 사람이라는 것은.

네가 오랫동안 감추어 두었던 비밀을 숨기기 위해 나를 이용할지라도 네게 다가갈 수 있다는 것은 내게 있어 중요했다.

'이번이 마지막이야.'

이번에도 실패한다면…… 아마도 나는 아무런 미련을 가지지 않고 너를 놓아주어야겠지.

나는, 절박한 네가 내민 손을 주저 없이 잡았다.

"내가 원하는 건 모두 말했으니 이제 네가 원하는 걸 말해."

다시 한번, 계약에 의거한 가짜 연애를 시작하기로 결심한 이후 너는 내게 말했다.

내가 원하는 거?

'아직도 눈치를 못 채다니.'

가끔 보면 너는 언제나 한 곳만 응시한 채 뒤를 돌아보지 않는다. 그래서 가끔은 슬프다. 너의 시선이 향한 곳에 나는, 존재하지 않으니까. 앞을 응시하기에 바빠 뒤를 따라 걷는 내 모습은 안중에도 없으니까.

그럼에도 불구하고 너를 존경했다. 몇 번이고 넘어져도 다시 한번 일어나는 네 모습이 예뻐 보여서. 쫓아가기 벅차다는 생각이 간혹 들기는 하나 나 역시 멈추지 않았던 까닭은 네가 앞서 걷고 있기 때문이었다.

"내가 원하는 거?"

"그래. 계약이라는 건 서로 대가가 확실해야 하는 거잖아."

'그 녀석'을 대할 때와 달리 너와 나 사이에는 왠지 모를 벽이 존재하는 것 같았다. 너는 언제나 내게 날을 세웠고 나 역시 너에게 다정한 태도를 보이지 못했으니.

퉁명스러운 말을 뱉어 낸 이후 나를 바라보는 네 눈빛에 아주 약간의 두려움이 서려 있음을 인지했지만 모르는 척했다.

이번엔, 정말로 너를 놓아주고 싶은 마음 따위는 들지 않았으니까. 나 역시 너만큼이나 절박했으니까.

"내가 원하는 건 너야."

그래서 말했다.

너를 정말로 원한다고.

이번에야말로 내 마음을 알아주길 바라는 간절한 마음에서.

"나 병 있어."

밤에 제대로 잠을 자지 못하는 병이 생겨 버린 것은 아마도 네가 날 떠나겠다고 선언한 바로 그때 이후부터였다. 그날 이후 난 단 하룻밤도 제대로 된 잠을 청하지 못했다. 생각지도 못한 내 선언에 놀란 네가 두 눈을 크게 떴을 땐, 왠지 모르게 기뻤다.

아마도 네가 나를 걱정해 준다는 사실이 좋아서였을까. 네 작은 머릿속 안에 그 녀석이 아닌 내가 약간의 비중을 차지하는 것 같아서 기분이 좋았다.

"조금 됐어."

일부러 약한 척을 했다. 사실 네가 술에 취해 잠을 잤던 그날 밤 이후 놀랍게도 몇 년간이나 나를 괴롭혔던 증상은 줄어들었지만, 네 관심을 사고 싶었다. 쓸쓸하게 웃는 나를 보며 너는 심각한 표정을 지었다. 가슴이 두근거려 미칠 지경이었다.

어떡하지 우리야. 그날 이후 몇 년이 지나도, 너를 향한 내 마음은 변하지 않네.

— 부원장님! 괜찮으세요? 부원장님!

이왕 시작한 계약 연애가 아깝지 않도록 저녁 식사를 제안하기 위해 네게 전화를 걸었던 참이었다. "여보세요."라는 말이 들리기가 무섭게 네가 아닌 다른 여자의 목소리가 핸드폰 너머에서 들려왔다.

심장이 바닥으로 수직 낙하하는 줄 알았다. 네 이름을 부르는 여자의 음성이 워낙 높았다는 것보다 네게 꼭 무슨 일이 생긴 것만 같아서.

나는 모든 일을 취소한 채 네게 달려갔다. 그리고 어두컴컴한 지하 주차장에서 웬 남자에게 습격을 당할 뻔한 너를 발견했다.

1년 전, 사극 드라마를 촬영하기 위해 배워 두었던 자잘한 호위술이 그때만큼이나 고마웠던 적은 없었다. 네 차의 바퀴를 갈기갈기 찢어 버린 칼을 들고 너를 위협하려 했던 남자를 제압한 이후 소란을 듣고 달려 나온 경비 요원에게 그를 인계한 나는 뒤늦게 너를 발견했다.

언제나 당당하고 주저 없던 네 얼굴이 그토록 창백하게 질린 모습을 본 순간 숨이 막혔다. 이까지 달달 떨고 있는 너를 향해 걸어가는 내 마음은 갈기갈기 찢어지는 듯했지만 그래도 어떻게든 너를 안정시키고 싶었다.

"괜찮아."

"······!"

"이제 넌 괜찮아. 아무 일도 없었어."

"······."

"내가 있어. 너한텐 내가 있으니까 두려워하지 않아도 돼."

내가 건네는 말이 네게 효력이 있을까. 아주 약간이라도, 정말 조금이라도 좋으니 부서진 네 마음이 안정을 찾으면 좋겠다고 생각했다. 있는 힘껏 너를 끌어안으며 네 귀에 대고 속삭였다. 사시나무처럼 덜덜 흔들리던 네 몸은 다행스럽게도 천천히 안정을 되찾았다.

"······응."

나지막하게 들려오는 네 목소리에 내 마음 역시 차분해졌다.

아직은 나도 네게 영향을 미칠 수 있구나.

그 사실이 기뻤다면, 나는 너무도 이기적인 거겠지.

네 멘탈은 내가 생각했던 것보다 아주 강했다. 하긴, 언제까지나 움츠려 있다면 내가 좋아하는 여우리가 아니지. 무서운 일을 당한 이후 다시금 일어난 네가 새삼 존경스러웠다.

그러나 일상을 되찾은 너를 시련은 결코 기다려 주지 않았다. 그 녀석으로부터 네가 미주와 함께 드레스 샵에 동행했다는 이야기를 들었을 때, 내 머릿속에 제일 먼저 스쳤던 것은 네 얼굴이었다. 너는 어떤 얼굴을 하고 있을까. 웃으며 버틸 수 있었을까. 그 속을 숨기기 위해 애써 웃음 지었을 너를 생각하면 속이 쓰렸다.

그날 밤, 스케줄을 마치자마자 오피스텔로 향했다. 아직 도착하지 않은 너를 기다리는 시간은 이상하리만큼 길어서 숨이 막혔지만 나를 보고 우뚝 멈춰 서는 네 얼굴이 내가 생각한 것보다 훨씬 차분해서 조금 놀랐다.

"아주 예뻤어."

시원한 맥주를 목구멍 사이로 넘기며 너는 중얼거렸다. 그 말을 뱉어 내는 네 모습이 나는 꽤 의외였다. 너는 크게 동요하지 않고 있었다.

"나는 말이야, 주형아. 당연히 질투를 할 거라고 생각했거든."

중얼거리는 너의 말에 나 역시 동조했다. 너의 비밀을 알고 있는 몇 안 되는 사람 중 내게만은 솔직해질 줄 알았는데, 너는 너무도 태연했다. 나지막하게 실소를 터트리던 너는 말했다.

"실제로 보니까 아무 생각이 안 들더라고."

너는 체념하고 있었다.

이 순간, 나는 무엇을 해야 할까.

나는 살짝 고민했다. 내게는 두 가지 선택지가 있었다. 네 기운을 북돋아 주는 방법과 네게 또 다른 길이 있다고 제시해 주는 방법. 내가 선택한 건 후자였다.

또 다른 사랑을 하고 싶다고 말하는 너를 보며 내 심장은 미친 듯이 들썩였다.

"이번에는, 내가 좋아하는 사람보다는 날 좋아해 주는 사람을 만나고 싶어."

흐릿하게 웃으며 중얼거리는 너를 향해 외치고 싶었다.

그 사람이 바로 나야.

"나도 그런 사람을 만날 권리는 있는 거잖아."

아마도 그 누구보다 너를 사랑하고 너만 바라보고 너만 생각하는 사람이 있다면 나는 아무에게도 지지 않을 자신이 있었다. 네가 그 녀석을 바라본 만큼 나 역시 너를 바라본 시간이 적었던 것은 아니니까.

대답 없는 나를 보며 피식 웃는 너를 향해 말해야 한다고, 이번이 유일한 기회라고 심장은 소리치고 있었다.

쿵쿵. 쿵쿵.

'할 수 있어.'

얼마나 기다려 왔던 말인가.

그러니 충분히 할 수 있을 거다. 머뭇거려서는 안 된다. 주저하다간 내 손이 닿지 않을 만큼 저 멀리 멀어져버리는 너니까. 그러니까…….

"'그런 사람'에, 나는 포함 안 돼?"

나는 승부수를 던졌다.

"넌 나랑 키스할 수 있어?"

아마도 너는 오랫동안 참고 또 참았던 내 고백을 장난처럼 여긴 것이 분명했다. 쿡쿡 웃는 네 모습에서 충분히 그 마음을 읽을 수 있었다. 하지만 그것은 너만의 착각이었다.

'키스로 그치면 다행이지.'

17년.

꽤 오랜 시간 동안 나라는 사람을 알고 지낸 너였지만 내 마음 따위는 알 리 없었다. 나는 너를 원했다. 너무도 원해서 모든 것을 다 탐하고 싶을 만큼 간절하게 바랐다. 네가 내 손에 들어온 그 순간, 네가 나를 벗어날 생각 따위는 하지 못하게 만들 자신이 있었다. 다른 사람이 아닌 오직 나만을 바라보도록 만들 생각이었다.

그래서…….

"이봐, 얼굴 좀 펴지 그래? 누가 보면 죽으러 가는 줄 알겠어."

너와 꿈같은 하룻밤을 보낸 다음 날 예상하지 못한 일이 발생할 것이라고는 상상하지 못했다. 가능하면 긴 여운을 즐기고 네가 천천히 눈을 뜨는 모습을 지켜보고 싶었다.

그러나 오랫동안 내 주위를 맴돌아 왔던 이름 모를 스토커와 관련된 일에 너를 엮이게 하고 싶지 않았다. 방법은 한 가지였다. 나는 잠든 네 얼굴을 한참이나 지켜보다 집을 나서야만 했다.

"그렇게도 좋아?"

"뭐가."

"얼마 전까지만 하더라도 내가 잡지 않아도 해외 출장은 언제 가냐고 한국을 떠나고 싶어 했던 우리 금 배우가, 하루도 집을 나서고 싶어 하지 않으니까 갑자기 궁금해져서."

"서 본."

"그만큼, 좋아하는 여자야?"

옅은 눈웃음을 그리며 나를 바라보던 서지연 본부장의 얼굴이 진지해졌다. 가만히 그녀를 응시하던 나는 대답했다.

"단순히 좋아한다는 정도는 넘었어."

굳이 따지자면……. 나는 아마도 너를 사랑하는 거겠지.

"연애하자, 우리."

유럽 출장에서 돌아온 이후 한동안은 지난 몇 년 동안 겪었던 그 어느 날보다 행복했다. 내 곁에는 놀랍게도 네가 존재했고, 너와 함께하는 사소한 일상들은 허무했던 내 마음을 꽉 채워 주기 시작했으니까.

내 고백을 받아 주고 새로운 관계 형성을 시작하기 시작한 너와의 관계는 무척이나 순탄했다.

"형님. 요즘은 좀 어떠세요?"

내가 차려 준 아침으로 식사를 하는 네 모습, 퇴근하고 와서 내 옆자리에 앉아 함께 영화를 보는 네 모습, 야식을 시켜 먹자고 돌연 자고 있는 나를 깨우던 네 모습, 아직 덜 말린 머리로 침대로 걸어 들어가려는 네 모습, 그리고 내 아래서, 위에서, 깊은 숨을 터트리던 네 모습.

"좋아."

더할 나위 없이 좋았다.

모든 일상은, 꿈이라고 생각될 만큼 행복했다.

물론 임신 오해라는 꽤 큰 소란이 있기는 했지만 그마저도 "그럴 수 있지."라 생각하며 넘길 수 있을 만큼 즐거웠다. 나는 무척이나 들떠 있었다. 너와 함께하는 하루하루가 너무도 행복해서, 즐거워서, 기뻐서.

그래서였을까.

나는 조금 방심했던 건지도 모르지.

"타이밍이라는 게 진짜 있기는 한가 봐. 난 설마 진한이가 날 좋아했을 거라고는 한 번도 생각 못 했거든. 웃기지. 우리 두 사람, 결국 서로를 좋아했다는 거잖아."

나는 무척 이기적이었다.

그래.

아주 오래전부터, 나는 그 녀석이 네게 아주 살짝, 아니 꽤 많이 마음을 주고 있었음을 모르지 않았다. 그러나 그 사실을 굳이 네게 말하지는 않았다. 말할 수 없었다. 만약 말했다가는 네가 그 녀석에게 훨훨 날아가 버릴 것 같았으니까. 두 번 다시 내게 기회는 오지 않을 거라 여겼으니까.

우리야.

나는, 정말 나쁜 사람이겠지. 너를 오랫동안 힘들게 만들고 그 만큼이나 내 감정을 속이기까지 했으니까.

이런 내가 너를 사랑할 자격이 되는 걸까.

사실…… 잘 모르겠어.

― 헝가리? 지금? 그럼 지금 공항인 거야?

서지연 본부장에게 느긋하게 처리해야 할 일을 급히 앞으로 당겨 달라 부탁한 것은 두 가지 이유에서였다. 첫째로 그 녀석의 뒤늦은 마음을 알게 된 네가 혼란스러워 하는 모습을 지켜 볼 자신이 없었다. 그리고 둘째로는…….

'흐흑, 서, 선배. 저 좀……. 저 좀 도와주세요. 네? 누군가 제 집에 들어온 것 같아요…….'

싱가포르를 시작으로 유럽 전역을 거쳤던 출장에서 제 주위를 맴돌던 스토커를 잡았다고 생각했지만 그것은 내 착각이었다. 다급한 세아의 전화를 받았을 때, 왠지 모를 기시감이 일었다.

비슷한 상황을 겪은 적이 있었던가. 사건이 완벽하게 처리되지 않았다는 것을 자각한 건 바로 그쯤이었다.

나는 네게 위협이 될 만한 것을 한국에 남겨 두고 싶지 않았다. 만약 내 선에서 해결이 가능한 일이라면 어떻게든 모두 처리한 채 네게 달려가고 싶었다.

그 녀석의 결혼식이 열리기 2주 전이라는 것을 충분히 자각하고 있음에도, 그래서 네 마음이 결코 평탄치 않을 거라는 것을 알고 있음에도 불구하고 출장을 강행한 것은 네게 위협을 안겨 주고 싶지 않아서였다.

이 여자, 너무 싫어!

죽여 버릴 거야!

너무 싫어! 싫다고!

이미 해결했다고 생각했던 그의 스토커는 진짜가 아니었다.

"두 가지 경우밖에 없어."

또다시 도착한 스토커의 문자를 지켜보던 나를 향해 서지연 본부장과 재원이는 각각의 의견을 피력했다.

"먼저 첫째로, 안미현이 진짜 스토커고 네게 또 다른 스토커가 붙어 있는 경우."

"맞아요. 저도 본부장님 말에 동의해요."

"그럼 두 번째는?"

"……우리가 잡은 스토커가 진짜가 아니라 가짜였다는 거겠지."

정체를 알 수 없는 스토커는 점점 내가 아닌 '너'를 표적으로 삼고 있었다. 나와 너의 관계가 점점 가까워질수록 너를 향한 스토커의 위협은 커져 가고 있었고 나는 그 사실을 너에게 알려야 할지, 말아야 할지 고민하고 있었다.

"당연히 알려야죠! 대비라도 하셔야 할 거 아니에요."

"안 돼. 용의자가 확실해지기 전까지는 비밀로 해야 해."

"본부장님!"

"여 선생을 보호하려다 그 스토커가 금 배우한테 가했던 일들이 알려지면 시끄러워진다고. 절대 안 돼."

물러서지 않는 두 사람의 의견을 들으면서 나는 결단을 내려야 했다.

그 녀석과 미주의 결혼식에서 오랜 비밀이 드러나 당황하는 네게 나는 말할 수밖에 없었다.

너를 사랑해.

너무 사랑해서 지금은 이 방법이 유일하게 느껴져.

그래서 나는…….

"우리야. 그만두자, 우리."

"형님은 멍청입니다."

3년 만에 초인종을 눌렀던 너를 마주한 순간 이번이 유일한 기회라 생각했다. 다시는 찾아오지 않을, 평생에 단 한 번 밖에 없을 기회. 이 기회마저 놓치면 두 번은 너를 잡을 수 없겠지.

그래서 나는 인정할 수밖에 없었다. 며칠째 사람 구실을 하지 못하는 나를 내려다보던 재원이는 기다렸다는 듯 질책했다. 나는 그런 재원이를 물끄러미 올려다보더니 헛웃음을 터트렸다.

"그런 것 같네."

분명히 너 없이도 견딜 수 있을 거라 생각했지만 애석하게도 아니었다. 나는 견디지 못했다. 아주 짧은 시간이었지만 네가 곁에 있었던 지난 몇 달이 너무 달콤해서 홀로 지내는 시간은 마치 지옥과도 같았다.

너는 순식간에 내 삶을 장악했다. 네가 입었던 내 옷들, 만졌던 책들, 앉았던 소파와 누웠던 침대, 그리고 네 숨결이 닿은 모든 것들이 내 목을 조여 오는 것 같았다.

"못 견디겠어."

나는 집을 나섰다. 차마 네게 나가라고 말할 수 없어서 스스로 나가 버렸다. 그리고 하나밖에 없는 동생의 집에서 지냈다. 그때 생각지도 못한 조력자를 만났다.

"식사만 하고 바로 꺼져."

본가로 들어가서 지낼까 하는 생각도 들었으나 그랬다가는 어머니의 닦달을 견딜 수 없을 것 같았다.

"며칠만이야."

"어?"

"눌러 붙으려 하면 바로 쫓아낼 거니까 눈칫밥이 있으면 알아서 나가. 물론…… 당장은 아니고."

놀랍게도 인정머리 없는 동생은 새로운 조력자를 만나 심경의 변화가 생긴 것인지, 생각했던 것보다 자상한 말을 늘어놓았다. 좋은 현상이었다. 사랑은 얼음과도 같았던 동생도 사르르 녹이고 있었다.

'너는.'

너는, 어떨까.

내가 사라진 지금, 너는 나를 그리워하고 있을까.

네 삶에서 내가 사라져 버렸으니 살짝은 그리워해 주면 좋을 텐데.

너를 보지 못해 이렇게 고통스러운 나는 과연 올바른 선택을 하고 있는 걸까.

우리야.

'보고 싶다.'

"안 됩니다."

결국 큰 사고가 터졌다. 한창 촬영 중인 드라마 세트장에서 동생이 사고를 당했다. 나를 보러 왔다가 큰 사고를 겪은 것이었다. 그런 동생의 사고로 인해 잔뜩 흥분해 있던 조력자는 내 주변을 맴도는 것을 해결해야 한다고 주장했다. 그리고 내게서 스토커와 관련된 내막을 듣다가, 너의 이야기까지 전해 듣게 되었다.

"왜 안 된다는 거죠?"

"그 애를 끌어들이고 싶지 않습니다."

"끌어들이고 싶지 않다고요? 형님. 이미 그분은 너무 깊게 들어와 계시는 데요? 당장 그분에게도 이 사실을 밝혀야 해요."

동생의 조력자인 호리 씨는 몹시 수상한 인물이었다. 동생과 어떤 관계를 유지하고 있는지는 대충 눈치챘지만 그녀는 단순한 입주 가정 도우미로 보이지는 않았다. 간혹 신비로운 분위기마저 흘리고 있던 그는 나의 스토커 얘기를 너에게 알려야 한다고 외쳤다.

하지만 나는 알리고 싶지 않았다. 이미 나로 인해 충분히 고민하고 괴로 워하고 있던 네게 내 걱정까지 안겨 주고 싶지 않았으니까. 그 녀석, 진한 이의 결혼으로 제정신이 아닌 너에게 나의 혼란을 건네고 싶지 않았다.

그러나 끝내 호리 씨는 너를 내 앞으로 데려왔다. 나는 몹시 화가 났 다. 어떻게 이런 말도 안 되는 짓을 저지를 수 있을까. 너를 끌어들이고 싶 지 않아서 네 마음을 갈기갈기 찢어 버리면서까지 너를 밀어냈는데. 이 모 든 일이 해결되기 전에 너를 다시 내 앞으로 데려오다니.

대체 이런 말도 안 되는 짓을…….

동정이라 생각했다.

그래. 너는 어쩌면 아주 조금, 그래 정말 티끌 정도는 나를 향한 호감을 가지고 있겠지. 그러지 않고서야 내게 안기지는 않았을 테니까.

그러나 단지 그뿐일 거다. 네게는 이미 내어 준 마음이 있었고 그 마음을 내가 온전히 차지하기는 쉽지 않을 테니 당연히 그렇게 생각할 수밖에 없 잖아.

그때 나는 몹시 혼란스러웠다. 너를 향한 마음과 네가 나를 좋아해 줄 리 없다는 자신감 부족, 그리고 곧 닥쳐 올 스토커로 인한 혼돈이 공존했다. 그래서 제멋대로 오해하고 제멋대로 생각했다.

그런 나를 향해 너는 외쳤다.

"웃기지 마!"

……뭐?

"나 너 좋아해서 이러는 거야! 네가 너무 좋아서 신경이 쓰이는 거고 너 를 놓치지 않으려고 이렇게 쫓아온 거라고! 그러니 금주형, 넌 나 쫓아낼 생각은 꿈도 꾸지 마. 네 옆에 들러붙어서 네가 꺼지라고 해도 계속 붙어 있을 거니까!"

네가 뱉어 낸 말 한 마디 한 마디가 내 귀에 꽂혔다. 어찌나 쩌렁쩌렁한지, 한 자도 놓치고 싶지 않았다.

손끝이, 파르르 떨렸다.

'좋아……한다고?'

나를?

네가?

"너를 좋아해."

당황하는 나를 향해 너는 말했다. 곧은 두 눈으로 나를 응시하며, 차분하게.

"난 네가 처한 문제에 도움이 되고 싶어."

울컥 감정이 치솟지 않았다면 거짓이다. 나는 아무 말도 할 수가 없었다.

"주형아. 네 일에 제삼자가 되고 싶지 않아. 너를 좋아해서, 사랑해서, 나도 함께하고 싶어. 그러니까 나도 네 일에 관여할 수 있게 해 줘."

"뭐? 너 방금 뭐라고 그랬어?"

네가 두 눈을 동그랗게 떴다. 너는 모르겠지만, 나는 깜짝 놀라는 네 모습을 몹시 좋아한다. 그 눈을 더욱 크게 뜨면 마치 토끼와도 같아서 아주 귀여웠으니까. 당장이라도 네 입술에 입을 맞추고 움직임 몇 번이면 사르륵 풀릴 것 같은 네 하얀 가운 사이로 손을 집어넣고 싶었지만 장소가 장소이니만큼 꾹 참아야겠지.

갑작스럽게 병원까지 찾아온 나를 올려다보던 너는 무척이나 당황해했다. 나는 빙긋 웃었다.

"가자, LA. 이미 티켓 끊어 놨어."

"하, 하하. 주형아."

"김 원장님 허락도 받아 뒀고, 예약 환자들 일정도 조금씩 변경해 뒀어. 다행히 급한 환자는 없더라."

"뭐? 너 그게 무슨, 잠깐. 그거 누가 허락했니? 수경 쌤 진짜!"

"아니. 수경 쌤은 잘못 없어. 내가 부탁한 거야."

"네가?"

"게다가 수경 쌤이 부탁한다고 원장님이 휴가랑 스케줄 변경을 허락해 주실 분도 아니잖아."

"그, 그건 그렇지만."

"왜. 이제 와서 발 빼려고?"

"어?"

"도와주겠다며."

"……!"

"그 스토커를 유인하려면 이 방법이 유일해."

"……."

"왜 그렇게 봐?"

"아니. 네 생각이 맞다고 생각하기는 하는데,"

"하는데?"

"왠지 모르게 네 꿍꿍이가 보이는 것 같아서."

"무슨 소리를 하는 건지."

"금주형."

"……."

"너 스토커 유인보다 다른 데 목적이 있는 거 아니냐?"

두 눈을 가늘게 뜨는 네 말에 가슴이 찔린 것은 사실이었다. 확실히, 나는 다른 목적이 있기는 했다. 그간 너와의 시간을 못했기 때문에 이번 기회에 한층 여유롭게 보내고 싶었기 때문이다. 대답을 머뭇거리는 나를 보며 너는 이내 피식 웃었다.

"하는 수 없지. 너와 한 길을 가기로 했으니 도와야지. 암. 그렇고말고."

내 마음을 알고도 모른 척해 주는 건지, 아니면 정말 몰랐던 건지 너는 더 이상의 의심은 하지 않았다. 기쁜 마음이 차올랐으나 최대한 태연한 척했다. 그래야 네가 함께 움직일 테니까.

"자, 잠깐."

"왜."

"이렇게 손을 잡는 걸 누가 보기라도 하면……."

"괜찮아. 그러려고 하는 거니까."

공항으로 향하는 길에서부터 공항에서 내려 비행기를 타기 전까지. 나는 네 손을 놓지 않았다. 이제 두 번 다시 놓을 일은 없을 거다. 다른 목적이 있어서 내 앞에 온 네가 아니었으니까. 오로지 나를 보고 나와 함께하기 위해 찾아왔던 네 손을 놓고 싶지 않았다.

우리는 스토커를 유인하기 위해 몇 번이나 공개 데이트를 즐겼지만 아직까지 그녀를 끌어들이지 못했다.

'조금 더 과감하게 움직일 필요가 있어요.'

나는 호리 씨의 의견에 전적으로 동의했다. 그래서…….

"어라? 금주형 아니야?"

"저 여자는 누구지? 낯이 익은데."

나는, 수군거리는 주변 사람들의 목소리를 들을 때마다 올라가는 입꼬리를 막지 못했다.

"세상에."

네가 낮게 숨을 터트렸다.

"세상에. 진짜 맙소사. 이거 꿈이지?"

네 손에 끼워진 반지는 결코 값싼 물건은 아니었다.

"우리……."

"응."

"우리 말이야. 우리!"

"응."

"우리 진짜 결혼했어!"

네 사이즈와 꼭 맞은 반지를 내려다보며 소리치는 네 두 볼은 붉었다.

왠지 웃음이 났다. 다른 사람의 시선 따위는 의식하지 않고, 스킨십을 이어 가며 몇날 며칠 동안 LA를 누비고 다니던 마지막 날, 나는 너를 데리고 이곳의 명물이라는 곳으로 향했다. 24시간 운영되는 결혼 전용 교회였다.

이 모든 과정을 미리 준비해 두었기에 진행에 무리는 없었다. 아마 집으로 돌아간다면 우리의 결혼을 증명할 결혼 증명서가 나와 너를 기다리고 있겠지.

"티, 엄청 나겠다. 그치?"

"응."

"대한민국이 아주 난리가 나겠네."

"응."

"괜……찮겠지?"

우연을 가장한 내 계획을 차근차근 따르던 너는 즉흥적으로 결혼식을 올린 이후 걱정하기 시작했다. 나는 빙긋 웃을 수밖에 없었다.

"괜찮지. 우리의 연애는, 원래 티가 나야 하잖아."

내게는 정당한 이유가 있었으니까.

우리의 계획은 성공적이었다. 그림자 뒤에 숨어 나올 생각을 하지 않던 스토커는 나와 너의 결혼 증명서가 세상에 공개되기가 무섭게 반기를 들었다. 하마터면 끔찍한 일이 발생할 뻔했으나 호리 씨의 도움으로 스토커를 잡는 데 성공했다.

어느 정도 예상했던 대로, 내 주위를 맴돌고 너를 위협하던 스토커는 오세아였다.

'어째서 내가 아니에요? 이해가 안 돼. 어째서 그 여자야? 내가 더 선배를, 오빠를 좋아한다고요! 그 여자는 다른 사람을 좋아했잖아! 나는 평생 오빠만 좋아했다고! 그런데 왜, 내가 아니야!'

이를 갈며 소리치는 오세아를 향해 나는 쓰게 웃었다.

글쎄.

너는 무척이나 예쁘고 다른 사람들의 사랑을 많이 받고 자랐겠지. 그래서 모든 사람들이 다 너를 좋아해 줄 거라 생각했을 것이 분명하다. 하지만…….

'이유는 하나야.'

내가 그 여자를 좋아하니까. 아무에게도 마음을 줄 수 없을 만큼, 그 여자를 사랑하니까. 네가 아무리 나를 좋아한다고 한들 소용이 없는 이유는 내가 이미 오래전, 그 여자에게 마음을 줘 버렸으니까.

'대답해요, 오빠!'

대면까지 할 필요는 없다고 하는 서지연 본부장의 조언에도 불구하고 나는 굳이 오세아를 찾아갔다. 그리고 아무 말 없이 그녀의 외침을 듣고 있다, 끝까지 대꾸하지 않고 자리에서 일어났다. 소리치는 그녀의 음성이 발악처럼 들리기는 했으나 외면했다.

그녀에게 있어서 가장 끔찍한 일은 내가 자신에게 있어 아무 것도 아니라는 것을 자각하게 하는 것일지도 모른다.

"으으, 미치겠네, 정말."

너는 긴장하고 있었다. 아니, 긴장하고 있다.

"어떡하지? 나 진짜 떨려, 주형아. 어떡하냐."

평소의 너와는 달랐다. 후우, 후우, 숨을 길게 마셨다가 다시 뱉어 내고 다시 마시기를 반복하는 너는 당당하던 평상시와는 거리가 있었다. 살짝 웃음이 났지만 대놓고 웃을 수는 없었다. 그랬다간 분명…….

"윽."

"왜 웃어, 인마. 나는 떨려 죽겠구만."

그래, 아마 이런 상황이 닥쳐서일 테지.

"너는 긴장 안 돼?"

"무슨 긴장."

"하긴. 너는 꽤 뻔뻔하니까. 그러고 보니 그때도 그래."

"그때?"

"마 여사한테 결혼 허락 받으러 갈 때 말이야! 너무 여유로워서 나는 네가 무슨 마실 나가는 줄 알았다고!"

나는 어깨를 으쓱였다.

"그러는 너는."

"나?"

"우리 미녀님이랑 만났을 때 몇 년 간 못 본 절친처럼 굴지 않았던가."

"그건…….."

"그리고 내가 어머님 허락을 받는 건 시간이 꽤 걸렸지만 미녀님한테 허락 받은 건 10분도 안 걸렸어."

그건 솔직히 조금 상처였다.

'세상에, 우리야! 당연하지! 얼른 데려가! 이 망할, 아니, 우리 잘생긴 큰아드님, 얼른 데려가줘. 응? 오늘 어때? 그냥 말 나온 김에 오늘 혼인신고하지 그래? 난 얼마든지 환영이야! 그리고 가급적이면…….. 조만간 2세 소식도 들려줄 거지? 아, 부, 부담 주려는 건 아니고. 호호, 그래, 나도 빨리 할머니가 되고 싶지는…….. 아니야, 되고 싶어! 난 할머니가 되고 싶다고!'

그 짧은 시간 동안 몇 번이나 감정이 변하는 어머니, 고양미 여사의 모습은 꽤 충격적이었으니까.

"어머님이 날 좋아하셔서 그렇지."

"한때는 네 욕을 얼마나 했다고."

"뭐, 그건 내가 네 마음을 몰랐을 때고. 아니, 잠깐. 네가 진작 날 좋아한다고 말했으면 어머님도 내 욕을 하지 않았을 거 아니야!"

"……내 탓이라 이거지?"

"그러니 왜 시비를 건대?"

"두 사람, 지금 무슨 상황인지 알고는 있지?"

화려한 장식이 달린 문을 앞에 두고 투닥거리는 나와 너를 지켜보고 있던 나라가 결국 입을 열었다. 그 말에 동시에 피식 웃음을 터트리던 나와 너는 슬쩍 뒤를 돌아보더니 쯧쯧 혀를 차고 있는 나라를 향해 말했다.

"당연히 알고 있지."

"이렇게 대놓고 차려입었는데 모를 리가 없잖아. 그리고."

"그리고?"

"내가 이 날을 얼마나 기다렸는데. 안 그래, 금주형?"

차례로 대꾸한 나와 너는 다시 서로를 바라봤다.

두근두근.

긴 기다림은 곧 설렘으로 다가와 내 마음을 두드린다. 나는 네 손을 부여잡았다. 너 역시 있는 힘껏 내 손을 잡으며 정면을 바라봤다. 두근두근. 너를 바라보는 내 심장의 박동은 걷잡을 수 없이 커져 가고 있었다.

너는 긴장한 기색이 역력한 나를 향해 물었다.

"준비 됐어?"

준비. 준비라.

아주 오래 전부터, 너를 원하기 시작했을 때부터 이날이 왔으면 좋겠다고 어렴풋이 생각하기는 했지만 막상 눈앞에 닥치고 보니 떨리는 건 어쩔 수 없나보다.

쉽사리 대답하지 못하는 나를 향해 너는 속삭였다.

"이제 정말 시작이네."

"그러게. 이제, 시작이야."

"앞으로 잘 부탁해. 금주형."

너는 어떻게든 대답하기 위해 입술을 움직이는 나를 보며 말했다.

앞으로.

그래. 우리의 시작은 지금부터야.

지금부터 너와 나는 이전까지와는 다른 생활을 시작하게 되겠지.

아무것도 아닌 일에 부딪히고 사소한 일에 다투기도 하겠지만, 그럼에도 불구하고…….

"나도, 잘 부탁해, 여우리."

내 대답이 마치기가 무섭게 영영 열리지 않을 것 같던 문이 끼이익 움직이더니 멀리서 사회자의 목소리가 들려온다.

– 신랑 신부, 입장!

<우리의 티 나는 연애> 완

외전. 지난날의 우리, 현재의 우리

"그 전학생 말이야. 고나라 가족이래."

낮게 속삭이는 진한의 말에 식판을 향해 뻗어 가던 젓가락의 움직임이 뚝 멎었다.

"왜, 고나라 아빠가 얼마 전에 재혼했다고 했잖아."

주형은 이어 설명하는 진한을 물끄러미 응시했다.

'내 말 안 들려? 너 내 말이 우습냐?'

반에서도 언제나 중심에 있던 나라의 얼굴이 요 근래 놀라울 만큼 어두웠다는 것이 문득 떠올랐다.

그래서였군.

신경질적으로 제 앞에 있던 하얀 얼굴의 소녀를 향해 몰아붙이던 나라의 오늘 아침, 등굣길에서의 모습이 생각났지만 곧 주형은 흥미를 잃었다.

알게 뭐야. 고나라의 아버지가 재혼을 하든, 그래서 그녀의 새로운 의붓자매가 하필이면 같은 반에 들어오든 주형에게 있어서 크게 중요한 것은 아니었다.

고나라의 의붓자매가 2학기 첫 모의고사에 전학을 왔다는 것은 꽤나 흥미로운 사실이기는 하나 당시의 주형에게 있어서는 더욱 큰 고민거리가 존재했으니까.

주형에게는 두 살 어린 남동생이 존재한다. 어릴 적부터 그 누구보다 귀엽고 예뻤던 동생 은형에겐 한때 대한민국의 트로이카로 이름을 날린 배우 어머니를 닮아 연기라는 천부적인 재능이 존재했다.

일찍이 아역 배우로 데뷔하여 화제를 몰고 다니던 은형은 그의 나이 10살쯤, 해외 촬영지에서 길을 잃고 무려 이틀 동안이나 실종이 된 적이 있었고 그 이후 당혹스러울 만큼 이상하게 변했다.

'형. 형은……. 안 보여?'

겁에 질린 작은 소년이 저를 향해 묻던 말은 수년이 지난 지금도 잊히질 않는다.

평범한 사람들이 볼 수 없는 것을 보게 되었다고 주장하는 은형을 두고 가족들은 난리가 났다. 타인과 접촉만 하면 기절을 하고, 정신을 차리지 못하는 은형의 모습에 그가 귀신에 씌었다고 생각한 가족들은 각종 해결 방법을 동원했지만 은형의 증상은 쉽게 사라지지 않았다.

'형. 아빠랑 엄마가 저러는 거, 혹시 나 때문이야? 나 때문…… 맞지?'

결국 자신의 반응으로 인해 화목했던 부모님 사이에 불화가 일어나자 은형은 제게 무슨 일이 일어나든, 그 누구에게도 알리지 않게 되었다.

어떻게든 은형을 돕고 싶어 하는 주형에게 굳은 얼굴로 "괜찮아."라고 답하는 동생의 무미건조한 반응이 이어진 지 벌써 몇 년째. 주형의 모든 관심은 오로지 동생에게 쏠려 있었다.

"흐음. 안 되겠어."

깜짝 소식을 알려주겠다며 주형에게 의기양양하게 말하던 진한은 주형이 기대 이하의 반응을 보이자 낮게 중얼거렸다.

"고나라 성격에 그애를 가만둘 리 없으니, 아무래도 내가 나서야겠어."

"나서다니?"

"친구가 되어 주는 거지. 나하고 네가."

"뭐? 나까지?"

"인마, 내 친구면 네 친구가 되기도 하는 거 아니냐? 그러니 당연히 너도 그 애랑 친구가 되어야 해."

주형의 오랜 친구인 진한은 좋게 말하면 남을 잘 챙기고, 나쁘게 말하면 오지랖이 넓은 편이었다. 그러니 초등학교 때부터 고등학교 1학년인 지금까지 단 한 번도 반장의 자리를 놓치지 않은 거겠지만.

심드렁한 주형의 질문에 힘껏 고개를 끄덕이며 하얀 이를 드러내는 진한을 보고 주형은 머리가 지끈거리는 것을 느꼈다.

'귀찮아지겠군.'

주형의 아버지는 대형 병원인 <금성 종합병원>의 병원장이었다.

주형이 다니고 있는 금환 고등학교는 <금성 종합병원>이 속한 재단에서 운영 중인 사립 고등학교로, 주형은 이런 저런 특혜를 누리고 있었는데 그중 하나가 학교 옥상을 자유롭게 드나들 수 있는 권한이었다.

동생 은형으로 인해 그의 부모님은 그들 형제에게 공부를 강요하기보다는 건강하게 커 주기만을 바랐고, 주형도 딱히 공부에는 의지가 없었으므로 그는 자주 옥상에서 휴식을 취하고는 했다.

그날도 마찬가지.

점심시간이 시작되자마자 옥상으로 올라온 주형은 멀리서 들려오는 왁자지껄한 소리를 뒤로하고 잠을 청하고 있었다. 청명한 오후의 시작은 더할 나위 없이 따사로웠고 덕분에 편히 눈을 붙일 수 있었다.

끼익, 쾅—

'응?'

그때였다.

"고나라, 이 망할 계집애!"

평화롭던 주형의 점심을 방해하는 커다란 소리는 감겨 있던 그의 눈꺼풀을 들어 올렸다. 주형은 미간을 좁히며 자리에서 일어났다.

'어떻게……'

출입 금지 구역인 이곳 옥상으로 어떻게 들어온 건지, 얼마 전 그의 짝이 된 소녀가 씩씩거리며 소리치는 모습이 현재 그가 누워 있던 옥상 위 공간에서 훤히 내려다보였다. 주형은 미간을 좁혔다. 이런 곳에서까지 귀찮은 일을 겪고 싶지 않은데.

인기척을 낼까? 아니면—

"정도껏이어야지. 진짜 너무하잖아! 한두 번도 아니고 대놓고 따돌리면 오히려 반감이 생긴다고! 정말 너 죽고 나 죽고 해 보자 이거야? 해 볼까? 어? 진짜 해 볼까!"

주형이 잠깐 고민하는 사이 운동장이 훤히 내려다보이는 난간 앞에서 소리치던 소녀의 목소리가 커져 갔다. 저러다 소리가 새어 나가면 어쩌지, 라는 생각이 아주 조금 들었지만 그보다 흥미로운 것은 씩씩거리고 있는 소녀 여우리의 얼굴이었다.

2학기 첫 모의고사 날 전학을 온 고나라의 '의붓자매'가 반에서 겉돌고 있다는 것을 주형도 눈치를 챘다.

반장인 진한이 어떻게든 그녀를 친구들과 융화시키기 위해 노력하고 있었으나 한계가 있었다. 덕분에 전학을 온 지 한 달이 되었음에도 불구하고 반 내에 그녀의 '친구'라 불릴 수 있는 존재는 오지랖이 넓은 진한뿐이었다.

물론 모두 친하게 지내야 한다는 진한의 성화로 인해 주형도 그녀와 함께 식사를 한다든가, 짝꿍으로서 몇 마디 나누고 있기는 했으나 큰 관심은 없었다. 주형은 그 누구에게도 관심이 없었으니까.

가끔 주형 역시 진한의 부탁으로 우리가 나라에게 일방적으로 당할 때면 슬쩍 다가가 도와준 적은 있었다. 그러나 우리는 주형만큼 과묵한 성격이었는지 제게 직접적으로 고맙다는 말은 하지 않았고 언제나 진한을 거쳤다. 만약 진한이 없었다면 그들 두 사람 사이에 흐르는 침묵의 늪은 빠져나올 길이 없었을 거다.

'우리말이야, 우리들이랑 지내는 거 괜찮은 거겠지? 도통 속을 모르겠네.'

자신이 말을 걸어도 옅게 웃기만 할 뿐인 여우리를 걱정하던 진한의 말처럼 그녀는 제 마음을 잘 드러내지 않는 편이었는데, 현재 주형의 시야로 들어온 우리의 모습은 평소 그가 알고 지낸 모습과는 달랐다.

'흐응.'

은근히 자신을 괴롭히는 나라의 악행을 그저 감내하고 있을 거라 여겼던 우리가 이렇게 발끈하는 성격을 지니고 있을 거라고 생각해 보지 못한 주형의 눈이 흥미로 물들었다.

주형은 이후로도 몇 분 동안 나라에 대한 온갖 험담을 늘어놓고 있는 우리를 내려다보더니 풋 웃음을 터트렸다. 그녀의 작은 뒤통수를 보고 있자니 왠지 모르게 입이 근질거렸다. 그는 잠시 주머니를 뒤적였다.

<버블버블킹>

오늘 아침 충동적으로 들렀던 문구점에서 산 껌 종이 하나가 잡혔다. 주머니 속에서 꺼내 든 껌 종이를 물끄러미 내려다보던 주형은 잠시 생각하다 은박지 위로 손톱을 가져다 댔다.

벅벅.

기다란 손가락 끝으로 짧은 문구를 써 내려간 그는 곧 껌 종이를 꾸깃꾸깃 접어 씩씩 대고 있는 소녀의 머리를 향해 던졌다.

"윽!"

우리가 낮게 신음을 흘리는 소리가 들리자 그는 얼른 몸을 숨겼다.

"거기 누구 있어요?"

곧 우리의 목소리가 들렸으나 주형은 여전히 대답하지 않았다. 이내 "네가 뭘 알아."하고 투덜거리는 그녀의 중얼거림이 들려오자 주형은 쓰게 웃음을 터트렸다.

맞서 싸울 용기는 없네.

"여기. 과제물."

여우리는 이상한 소녀였다. 적어도 금주형이 보기에는.

어떻게 사람이 이렇게 다를 수 있을까. 조금, 아니 조금 많이 신기하게 느껴졌다. '교실'에서의 그녀와 '옥상'에서의 그녀는 전혀 다른 사람이었다.

프린터물을 건네주는 그녀의 얼굴에서는 그 어떤 감정도 읽을 수 없었지만 옥상에서 만큼은 달랐다. 한 번 물꼬를 틀기 시작한 '의문의 껌종이'와 대화를 나누기 시작한 그녀의 얼굴에는 다채로움이 느껴져서 어쩌면 주형은 더욱 제 짝꿍이 수상하게 느껴졌던 건지도.

"……뭘 그렇게 봐?"

자신이 건넨 프린터물을 받아들지 않고 그저 바라보기만 하는 주형의 모습이 우리로서는 의아했던 거겠지. 주형은 자신이 넋을 놓고 그녀를 바라보고 있었다는 것을 뒤늦게 눈치챘다.

"아니야. 고맙다."

"별말씀을."

교실에서는 언제나 해야 할 말만 하고 입을 다물어 버리는 그녀는 옥상에서만큼은 수다스러웠다. 주형은 살짝 고개를 끄덕인 이후 말없이 책을 들여다보는 우리를 지켜보다 쿡쿡 웃었다.

"너 요즘 이상하다?"

그러한 주형의 변화를 가장 먼저 눈치챈 사람은 당연하게도 진한이었다. 진한은 창밖을 내려다보며 소각장으로 향하는 여우리를 내려다보는 주형을 향해 다가온 후 낮게 속삭였다. 살짝 놀라기는 했으나 주형은 애써 태연함을 유지했다.

"뭐가."

"아니. 요즘 이상하게 실실 웃고 다니잖아."

"……내가?"

"모르는 척하지 마라. 내가 널 몰라? 뭔데? 무슨 좋은 일이라도 있어? 혹시 은형이랑 화해한 거야?"

주형에게 있어 은형은 아픈 손가락이었기 때문에 진한은 가급적 그에 대해 묻지 않았지만, 근래 옅은 미소를 흘리고 다니는 주형의 모습에 혹시나 했던 모양이다. 눈을 반짝이는 진한을 보고 말없이 고개를 저은 주형은 쓰레기통을 들고 소각장으로 향하고 있는 우리를 힐긋거리다 창틀에 걸터앉으며 중얼거렸다.

"그냥. 따분하지 않네."

"뭐? 맞다, 너 오늘도 사라질 거야?"

"왜."

"아니, 점심 먹고 축구나 한 판 뛰자고. 11반 애들이 붙자네."

"난 패스. 피곤해."

"사교성이라고는 없는 놈. 나 아니면 누가 너랑 놀 아주냐."

쯧, 혀를 차며 고개를 절레절레 젓는 진한을 보고 피식 실소를 터트리던 주형은 손을 휘휘 흔들고선 교실을 빠져나갔다.

'오늘은 또 뭘로 씩씩대려나.'

요즘 주형은 점심시간만 되면 옥상으로 올라갔다. '그녀'의 시시콜콜한 상담을 들어 주기 위해서였다. 껌 종이를 통해 건넨 자신의 해법에 일일이 반응하며 재잘거리는 그녀의 두 볼이 붉게 물드는 모습은 왠지 모르게 그의 기분을 들뜨게 만들었다.

'……'

뚝, 뚝.

하지만 그날만큼은 쾅, 옥상 문을 열고 들어오던 그녀가 보이지 않았다.

왜지? 주형은 하늘에서 떨어지는 빗방울을 잠시 맞고 있다 옥상에서 내려왔다.

'기다렸는…… 뭐?'

뒷머리를 긁적이며 내려오던 주형의 눈이 휘둥그레졌다.

기다렸다고?

'내가?'

순간적으로 멈칫한 주형은 "금주형!" 하고 저를 부르는 소리에 뒤를 돌아봤다. 진한이 복도 끝에서 자신을 발견하고 헉헉대며 달려오고 있었다. 주형은 벌게진 진한의 얼굴을 의아하게 바라보며 그가 멈추어 서기를 기다렸다.

"인마, 너 대체 어디 있었어?"

"왜."

진한이 왜 이리 다급해 보이는 건지 모르겠다마는 주형은 주형 나름대로 큰 충격에 빠져 있었던지라 크게 동요하지는 않았다. 그러나 이어지는 진한의 발언엔 주형의 심장이 쿵 떨어졌다.

"우리랑 나라, 대판 싸웠어!"

* * *

"주형 학생, 요즘 그 껌 자주 사가네?"

빛나라 문구점에 들를 때마다 언제나 그를 반겨 주던 주인아주머니가 빙긋 웃으며 말을 걸어왔다. 주형은 제 손에 들린 껌, <버블버블킹> 3통을 내려다보았다.

"그거 맛있니? 하도 판매가 안 되길래 조만간 발주 취소할까 고민하고 있었는데, 주형 학생이 계속 사서 고민 중이거든."

"맛은……."

맛은 딱히 없었다. <버블버블킹>은 포도맛과 딸기맛, 그리고 메론맛으로 구성된 껌이었는데 근래 그가 이 껌을 사는 이유는 하나였다.

"사장님."

"응? 왜? 무슨 할 말 있어?"

주형은 "걱정 마. 발주 취소 안 할게!"하고 미소 짓는 주인아주머니를 향해 말했다.

"부탁 하나만 드려도 될까요?"

"부탁?"

"네."

어리둥절해하는 그녀를 향해 설령 누가 이 껌을 누가 구매했냐는 질문을 하더라도 절대로 자신이 샀다고 말하지 말라는 부탁을 한 주형은 문구점을 나섰다.

'주형아. 난 여자란 존재가 무섭다. 그 애들은…… 야수였어. 짐승 그 자체였다고.'

으으, 낮게 신음을 흘리며 몸서리치던 진한은 여우리와 고나라의 난투극을 직접 목격한 장본인 중 하나였다. 그의 표현에 의하면 그날, 무슨 일에선지 단단히 화가 난 우리가 먼저 나라를 덮쳤고 처음에는 그녀의 공격에 속수무책으로 당하던 나라도 어느 순간부터 만만찮게 반격했다고 한다.

아수라장이나 다름없었던 그날, 그녀들의 부모님이 학교에 직접 행차를 했고 이후 두 소녀의 관계는 완벽하게 바뀌었다. 나라는 진심으로 우리에게 사과를 했으며 우리는 그러한 나라의 사과를 받아들였다.

'좋아. 네 사과를 받아들일게. 그러니 일어나, 동생.'

그 사건 뒤 여우리는 스스로가 누구인지, 표현하기 시작했다. 얌전했던 그녀의 성격이 바뀌고 나라가 우리를 인정하며 그녀와 친하게 지내자 하나둘씩 그녀에게도 친구가 생겼다.

변화하는 소녀의 모습을 지켜보는 것은 왠지 모르게 즐거웠다. 이후로도 자신에게 힘들고 지치는 일이 있을 때마다 옥상으로 와서 소리치는 그녀의 모습을 보며 주형은 '껌 종이' 대화를 계속해서 이어 갔다.

정체를 숨긴 대화는 흥미진진했지만 한편으로는 고민이 됐다. 슬슬 내가 누구인지 밝혀야 할 때일까.

아니, 어쩌면 눈치를 챘을지도 모르지. 이렇게 대놓고 껌 종이를 던져 대는데 그걸 모를 리가 없잖아.

하지만…… 정말 모를 수도 있지.

우연히 시작된 여우리와의 비밀스러운 대화는 1년, 2년, 그리고 3년째로 접어들었다.

'졸업 전에는…….'

그래, 졸업 전에만 밝히자. 이 이중적인 생활을 얼른 끝마칠 필요가 있겠어. 졸업 전에, 네게 내가 너의 비밀스러운 조언자였다고 말하는 것이 좋겠어. 주형은 진한과 함께 금환고의 삼총사라고 불리기 시작한 우리에게 시선을 두며 생각하고 또 생각했다.

그리고.

'이 마음……도.'

전해야지.

언제부터인가 자리를 잡은 너에 대한 내 마음도, 전해야겠다고 생각하고 또 생각했다. 그러나 그런 그의 결심은 생각지도 못한 나라의 발언에 와르르 무너져 내렸다.

"야, 금주형. 네가 보기에 여우리……. 우리 언니 말이야. 한진한 좋아하는 것 같지 않아?"

* * *

열일곱 소년이 동갑내기 소녀를 좋아하기까지는 그리 오랜 시간이 걸리지 않았다.

그 소녀가 바라보는 상대가 자신이 아니라는 것을 깨닫기까지도, 그리고 그녀의 끈기와 고집을 알면서도 무작정 지켜보고 기다리기까지도.

'나, 이제 너랑 친구 하기 싫어.'

한때는 언젠가 네가 뱉어 낼 그 말을 듣는 것이 너무 괴로워서 너를 좋아한다는 것을 고백하지 말까 고민을 한 적도 있었지.

어떻게든 멀어져 보려고, 너를 향하는 마음을 접어 보려고 노력하기도 했었어.

하지만 매번, 내 눈은 네게로 향하더라. 세상에는 나를 좋아하는 사람들이 많다고 하는데, 이상하게 내 시야에는 너만 보이더라.

네가 가슴을 졸이면 덩달아 불안해지고 네가 기쁘면 나도 기쁜 이 마음은 변하질 않더라.

우리야.

나는, 아주 오랫동안 너와 친구였어. 그것이 너무 힘들어서 몇 번이고 이 관계를 다시 시작해 보려 노력했지만 결과적으로는 네 곁을 맴도는 내가 서 있더라.

그래서 인정해 버리고 말았지.

차라리 네 친구가 되자. 네가 떼어 낼 수 없는 친구가 되어서 내가 너에게 있어 가장 소중한 사람이라는 것을 너 스스로 깨닫게 만들어 주자.

그래서 네가 나를 밀어낼 수 없게 되는 날, 이 세상에서 너를 가장 사랑하는 사람이 나라고, 말해 버리자. 그러면 너는 깜짝 놀라 아무 생각을 할 수 없게 되겠지.

그때 나는, 네게…….

"어이."

십수 년이 더 지난 일임에도 불구하고 왠지 모르게 생생하게 느껴지는 일을 떠올리고 있을 때였다. 주형은 곁에서 들려온 우리의 목소리에 고개를 돌렸다. 생긋 웃으며 그의 곁으로 사뿐사뿐 다가와 아예 주형의 허벅지 위로 올라타는 우리가 보였다.

"뭐야."

"뭐기는. 하늘같은 마누라가 무려 임신을 했는데 남편 된 도리로서 이 정도 서비스는 해 줘야지!"

"……."

"어허, 움직이지 말고 가만히 있거라, 방석아."

"참나."

"하하, 폭신하다. 아주 폭신해!"

우리는 깔깔 웃으며 주형의 허벅지 위로 슥슥 엉덩이를 문질렀다. 한때는 주형의 잠옷이었지만 이제는 우리의 임산복이 되어 버린 그의 하얀 티셔츠는 어느새 해져 있었다.

코끝에서 우리의 달콤한 체취가 느껴졌다. 주형은 그녀의 어깨 위로 턱을 괴었다.

"조금 전에 무슨 생각 했어? 아무리 불러도 멍하니 있던데……. 너 설마 또 복귀할 생각 한 거 아니지?"

주형은 눈을 가늘게 뜨며 "한동안 복귀할 생각은 하덜 말아."하고 눈을 부라리는 우리를 물끄러미 바라봤다. 우리는 어느덧 남산만큼 불러 온 자신의 배를 가리키며 씩씩거렸다.

"금주형 넌, 이 애 다 크기 전까지는 절대로 복귀 못 해."

"하하."

"웃기는! 꼭 복귀하고 싶으면……. 그래, 육아 프로그램! 그런 데나 나가! 요즘 그런 거 유행하잖아."

"음, 내 이미지 상 예능은 좀……."

"대배우님. 후다닥 올린 세기의 결혼식 이후로 그쪽의 신비주의 전략이 무너진 건 이미 오래거든요? 우리 대배우님이 못 말리는 여우리 바라기라는 건, 이미 대한민국 국민들이 다 알고 있거든요?"

주형은 눈을 가늘게 뜨며 제 콧등을 톡톡 두드리는 우리의 발언에 할 말을 잃었다. 하긴. 확실히 그의 이미지는 지금으로부터 1년 전 있었던 금주형의 결혼식 장면이 유출되면서 와르르 무너지기는 했다.

'나, 금주형은, 여우리를 사랑한다! 이 세상 그 누구보다 사랑한다! 너무 너무 사랑해서 지금 당장 쓰러트리고 싶다!'

대체 무슨 바람이었을까.

'무슨 바람이긴.'

제 눈앞에서 새하얀 드레스를 입고 다가오는 우리를 보는 순간, 그냥 정신을 놓아 버린 거겠지.

그의 검은 눈에는 오로지 우리밖에 들어오지 않아서 주변에서 결혼 영상을 찍고 있다는 것도, 관계자임을 사칭한 기자가 생중계로 그 모습을 찍고 있다는 사실도 전혀 알아차리지 못했다.

"어디 그뿐이야? 결혼 이후 1년은 마음의 준비를 할 시간을 달라고 했더니, 결혼한 지 세 달도 안 돼서 애까지 만들었잖아!"

"그건 어쩔 수 없지."

"뭐?"

"더 늦으면 노산인데, 늦게 낳으면 큰일 나. 산부인과 의사 선생님이 그걸 모르진 않겠지?"

"야, 인마!"

"하하. 그래서, 또 불만이 무엇입니까."

주형은 입을 쭉 내밀며 제 이마를 콕 건드는 우리를 보고 빙긋 웃었다. 우리는 흥 하고 콧방귀를 뀌더니 입술을 삐죽였다. 그러다 문득 생각난 것이 있는지 탁, 손뼉을 친 그녀가 주형을 노려봤다.

"솔직히 말해 봐."

"뭘."

"너, 불면증 따위는 없었지?"

주형은 두 눈을 동그랗게 떴다. 불면증? 무슨 불⋯⋯.

'나 병 있어. 진짜야, 불면증.'

우리가 제안한 계약 연애의 대가로 동거를 제시했을 때 뱉어 낸 말이 떠올랐다. 주형은 흐리게 웃었다.

불면증이라.

'너랑 난 오늘부터 모르는 사이야. 다시는 너, 안 봐.'

곰곰이 생각해 보면 그의 불면증이 시작된 계기는 그녀로부터 믿기 힘든 절교 선언을 들었을 때였다. 또 스토커 문제를 처리하기 위해 우리와 잠깐 떨어졌을 때, 그리고⋯⋯.

"으. 뭐, 뭐야."

가만히 지난날을 떠올리던 주형의 입가에 옅은 미소가 번졌다. 놀란 우리가 파르르 떨며 고개를 뒤로 돌리자 주형은 곰처럼 부풀어 오른 그녀의 배를 만지작거리며 속삭였다.

"확실히 내게⋯⋯ 병이 있긴 했어. 있었는데."

"있었는데?"

"네가 곁에 있으니 저절로 낫더라."

우리가 황당한 숨을 터트리며 그를 힐긋거렸다.

"사실이야. 네가 내 약이거든."

주형은 나지막하게 그녀의 귓가에 속삭였다.

항상 불안하고 초조하고 잠 못 들고, 그래서 괴로웠던 나의 밤은 네가 존재함으로 인해 편안해졌어. 내 곁에서 잠든 네 얼굴을 볼 때마다 미소가 그려졌고 네가 깨어난 모습을 보면 그렇게 기쁘더라.

주형은 "거짓말 같은데." 하고 이젠 자신의 정면으로 몸을 돌리고 앉은 우리를 올려다봤다.

"여우리."

"왜."

"사랑해."

한때는 이 말을 뱉어 내는 것이 너무도 힘들었다. 언제나 입 안에만 맴돌며 꺼내지 못하는 말이라고만 생각했다. 고작 세 글자. 단순한 세 글자임에도 불구하고 네게는 절대로 하지 못하는 말이라고만 여겼다.

하지만 이제는.

고요한 심장의 리듬을 깨트리는 박동 소리가 점점 커져 간다. 두근두근, 처음 만난 이후 거짓 연애를 하고, 다시 한 번 시작된 인연의 끈을 놓지 않고, 지난 해 연말 기어코 결혼에 성공한 저만의 연인을 올려다보던 주형은 빙긋 웃었다.

"웃겨."

주형은 그러한 자신을 물끄러미 응시하더니 돌연 얼굴을 구기는 우리를 바라봤다. 무엇이 그리 마음에 안 드는지 손을 뻗어 그의 두 뺨을 덥석 잡은 우리가 힘껏 주형의 얼굴을 밀었다. 자연스럽게 주형의 입술이 밖으로 튀어나오자 우리가 돌연 그의 입술 위로 제 입술을 가져다 댔다.

"지난날의 네 사랑이 어땠을지 몰라도, 현재는 내가 더 널 사랑하니까, 안 봐줘."

살짝 닿았다 떨어지는 그녀의 입술에 눈앞이 몽롱해진다. 붉어진 그의 두 뺨을 보고 쿡쿡 웃던 그녀가 "어때, 내가 이겼지?"하고 하얀 이를 드러냈다. 주형은 고개를 절레절레 저으려 했다.

"헉! 주형아! 자기! 봤어? 미니 우주가 방금 발로 찬 거? 봤냐고!"

"어? 아, 아니."

"그걸 왜 못 봐! 방금 헉, 여기!"

"아."

"또 못 본 거냐고!"

"하, 하하."

"두 눈 크게 뜨고 봐. 미니 우주가 한 번 더 힘차게 발차기를 할, 헉!"

여우리와 금주형의 글자를 하나씩 딴 주니어에게는 우주라는 태명이 붙었다. 어찌나 사랑스러워하는지, 아직 태어나지도 않은 아이의 태명을 불러가며 주형의 이름을 부르짖던 우리가 제 배를 가리키며 외치자 주형은 온 신경을 그녀의 배에 집중하기 시작했다.

우리야.

난 말이야.

지금껏 단 한 번도 네게 솔직히 말한 적 없었지만 아마도 너를 좋아하기 시작한 순간을 굳이 꼽아야 한다면 그날을 꼽을래.

'도와줘서 고마워요. 아니, 고마워. 그런 의미에서 말 놔도 되지? 아니, 이미 넌 말 놓고 있으니 그냥 나도 놓을게.'

'뭐?'

'내 이름은 우리. 여우리야. 우리 담임이라 말한 걸 보면 앞으로 자주 보게 될 것 같은데……. 잘 부탁해. 그러니까, 금주형? 금주형이지? 좋은 이름이네.'

네가 내게 처음 손을 내밀었던, 바로 그날을.